Sarah Malhus

Von Fabelwesen und Königen

Aus dem Leben eines Barden

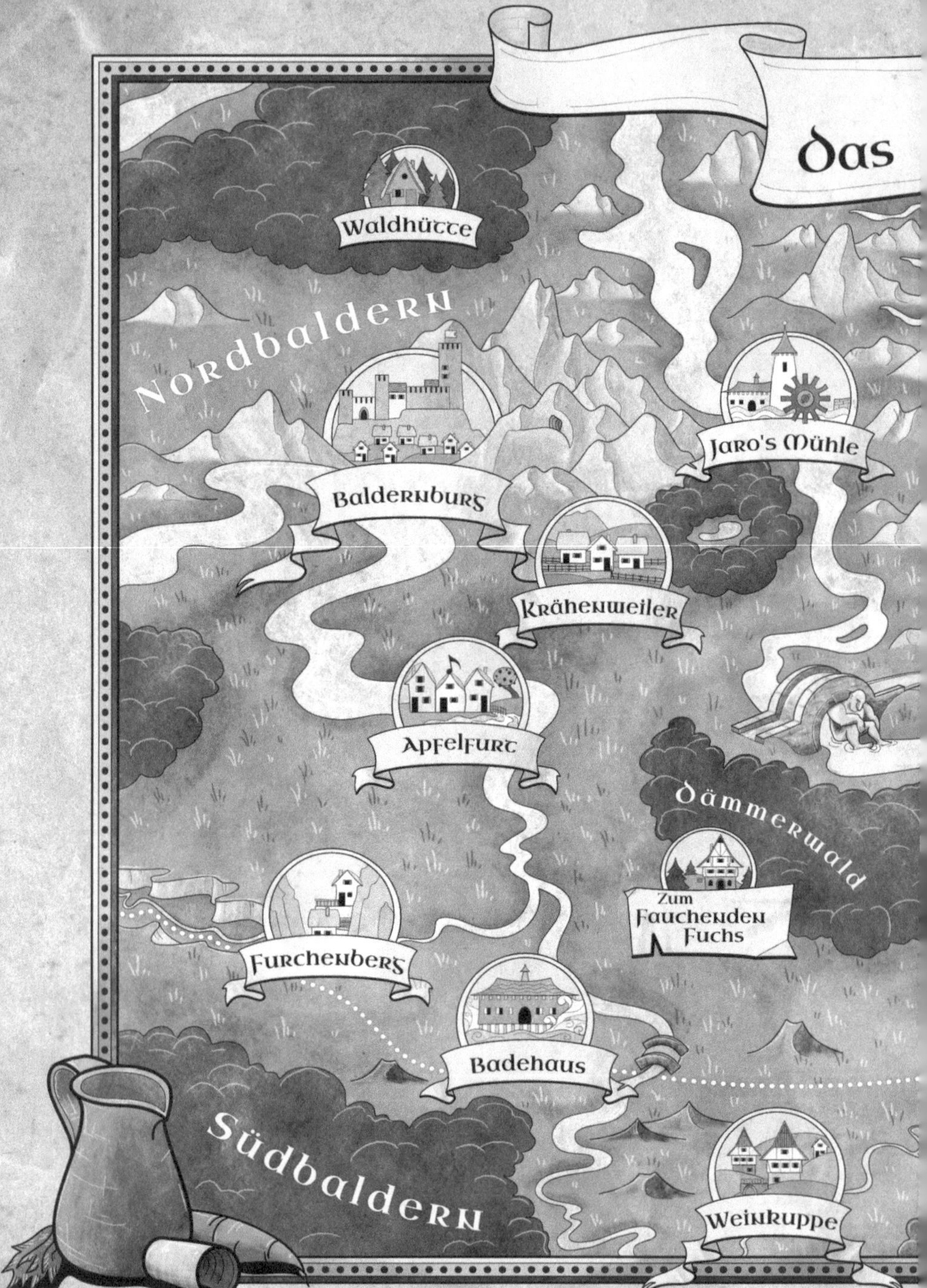
das
Waldhütte
Nordbaldern
Jaro's Mühle
Baldernburg
Krähenweiler
Apfelfurt
Dämmerwald
Zum Fauchenden Fuchs
Furchenberg
Badehaus
Südbaldern
Weinkuppe

Königreich Baldern
Stolzensand
Blutmarschen
Gut Goldähre
Trollbrücken
Ostbaldern
Torfhütten
Zum Schädel-spalter
Weißkiesel
Drachenfelsen
die Sechs Riesen

Inhaltsverzeichnis

Vorwort zu Positive Tags und Content Notes

Aramil und ich möchten dir deine Reise mit ihm so angenehm wie möglich gestalten. Damit du dich vorab darüber informieren kannst, ob etwaige, dich triggernde Themen vorkommen, findest du auf der letzten Seite dieses Buches – und auf meiner Homepage unter sarahmalhus.de/positive-tags-content-notes – eine Liste mit Content Notes/Triggerwarnungen.

Da wir aber nicht nur warnen wollen, gibt es ebenfalls eine Liste mit Positive Tags, also schönen Dingen, die im Buch vorkommen. Diese findest du ebenfalls am Ende des Buches auf der vorletzten Seite.

Beide Listen sind nach Geschichten aufgeteilt. Sicherlich sind die Listen nicht vollständig, wurden aber mit der größten Sorgfalt erstellt.

Aramil und ich wünschen dir viel Freude beim Lesen!

Frei zu sein
Bedarf es wenig
Nur wer frei ist
Ist ein König

In Extremo – Frei zu sein

Prolog

Jahr 491 seit Besiedlung

Seid gegrüßt an meinem Lagerfeuer, Fremde. Setzt euch ruhig zu Orik und mir und genießt die Wärme. In diesen dunklen Tagen sollten wir das Licht aufsaugen, bevor der Schnee alles bedeckt.

Darf ich euch einen heißen Met anbieten oder wollt ihr nur rasten und euch wärmen? Eine Runde Kwat können wir auch spielen, ich habe ein Deck in meiner Tasche.

Ein Lied wollt ihr hören? Nun, ich bin mir nicht sicher ... Wie bitte? Ja, ich bin Aramil Flitterer, der Barde, ganz richtig. Wie aufregend, dass ihr meinen Namen kennt. Eurer Kleidung nach zu urteilen kommt ihr nicht aus Baldern, oder?

Nun, ein Lied entfaltet ohne Lautenbegleitung nicht seinen ganzen Zauber und meine Finger sind zu steif von der Kälte, um die Saiten ordentlich greifen zu können. Kann ich stattdessen mit einer Geschichte dienlich sein?

Dann lasst mich euch erzählen, wie ich Barde wurde und was dieses Leben alles für mich bereithielt. Wo fange ich an? Da wir Gäste von so weit weg haben, vielleicht ganz am Anfang – wie ich meine erste Laute bekam.

Auftakt

Jahr 467 seit Besiedelung

Alles begann mit dem Tod des regierenden Königs Siegesmund von Baldern. Ein Streit zwischen seinen Söhnen führte dazu, dass das Land geteilt wurde, in Nordbaldern, Ostbaldern und Südbaldern. Der größte Teil ging dabei an Nordbaldern, regiert von König Uthbert, dem ältesten Sohn von Siegesmund. Südbaldern war fortan das Reich von König Idar, dem Jüngsten der drei. Sein Land besteht zum größten Teil aus Weinbergen, und der Wein, den sie hervorbringen, genießt einen ausgezeichneten und weitreichenden Ruf. König Ulric erhielt Ostbaldern, ein unwirtliches Land, das vom Fischfang und dem Salzabbau lebt.

Ein Jahrzehnt lang herrschte mehr oder weniger Frieden zwischen den drei Brüdern, bis zu dem Tag, da eine große Flutwelle auf die Küste von Ostbaldern traf und sich weit ins Landesinnere fraß. Das Meerwasser machte das wenige Ackerland unfruchtbar. Von den Fischerdörfern, die das Land mit Nahrung versorgten, blieben nur Trümmerfelder aus Holz und Stein zurück.

Aus Angst vor einer Hungersnot floh ein Teil der Bevölkerung nach Nord- und Südbaldern. Ulric verlangte von seinem Bruder Uthbert ein großes Stück Land, das an seines grenzte und zu den fruchtbarsten Regionen Balderns zählt. Uthbert verwehrte ihm dies und so antwortete Ulric auf diese Abfuhr in der einzigen Sprache, die er beherrschte: Gewalt.

Die brutale Auseinandersetzung, die daraufhin entbrannte, dauerte nur wenige Wochen und tränkte die Erde mit dem Blut vieler tapferer

Kämpfender, die aufgrund dieses Bruderzwistes ihr Leben lassen mussten. Die Fehde gipfelte in einer Schlacht in den Blutmarschen, wie das Feld seitdem genannt wird. Es beherbergt die Geister der dort Gefallenen und niemand, der bei rechtem Verstand ist, überquert sie.

Warum ich das alles erzähle? Ich wurde damals unfreiwillig in König Ulrics Söldnerarmee eingezogen. Fünfzehn Sommer zählte ich an jenem Tag.

Doch glaubt bitte nicht, dass all meine Erzählungen solch ein trübes Kleid tragen. Wie sich jede Pflanze durch die Dunkelheit gräbt, um ans Licht zu kommen, musste auch ich zunächst den Weg zur Sonne finden.

Als mich die Soldaten vom elterlichen Hof holten, versuchte ich ihnen händeringend zu erklären, dass ich für den Kampf untauglich sei. Freilich, zu diesem Zeitpunkt hatte ich noch nie ein Schwert geführt, aber dessen Ausmaß und Wirkung im Vergleich zu einer Harke löste in mir schieres Grauen aus. Mit einer Harke konnte ich ganz passabel umgehen, ein Schwert hingegen würde mich vor unlösbare Probleme stellen. Meine Worte interessierten die Soldaten jedoch herzlich wenig. Ich wurde laut, schrie sie an, wehrte mich gegen ihren harten Griff um meine Arme, doch vergebens. Sie zerrten mich mit sich und meine Eltern sahen mir nicht einmal hinterher. Während ich sie mit Tränen in den Augen anflehte, mir zu helfen, hob mein Vater die Harke, mit der ich eben noch meine Arbeit verrichtet hatte, auf und drückte sie meinem jüngsten Bruder in dessen kleine Hände. Mein Herz fühlte sich jäh an, als würde sich eine eiserne Faust darum schließen. Meinen Eltern war es offenkundig gleich, ob ihnen ein Kind genommen wurde. Ihnen würden genug bleiben, mehr, als ihnen lieb war.

Ab diesem Zeitpunkt war mein Leben von Kampfunterricht bestimmt. Wir Zwangsrekrutierten mussten mit schartigen Schwertern aufeinander losgehen. Kaum einer von uns hatte zuvor eine Waffe geführt, folglich verletzten wir uns gegenseitig mehr durch Ungeschick denn durch Können.

Die Tage verschwammen ineinander. Von Sonnenauf- bis Sonnenuntergang wurden unsere Übungskämpfe von einer Kakophonie aus Beleidigungen und Befehlen begleitet. Wie andere auch versuchte ich wegzulaufen, doch die Wachhabenden fingen jeden von uns wieder ein. Jeder Muskel in meinem Körper schmerzte und meine Haut war übersät mit mehr blauen Flecken, als ich zählen konnte. Und auch mein Geist litt unter der Tortur. Nie hatte ich lernen wollen, wie ich einen Menschen am schnellsten umbringen konnte. Um dem Ganzen wenigstens für ein paar Augenblicke zu entfliehen, zog ich mich so oft wie möglich zurück. Immerhin waren uns ein paar Schritte vergönnt, ohne dass die Söldner uns sofort zurückpfiffen.

Eines Tages entdeckte ich neben einem Zelt eine Trommel, die jemand dort achtlos im Schlamm liegen gelassen hatte. Das Musikinstrument zog mich an wie das Licht die Motte. Rasch hob ich sie auf und wischte mit meinem ohnehin vor Dreck starrenden Ärmel den Matsch ab. Die Schlagstöcke klemmten in der Verspannung. Zaghaft zog ich sie heraus und drehte sie in meinen Händen. Das plötzliche Hochgefühl, dass mich durchflutete, schwemmte alle Angst fort. Unversehens schlug ich auf das Trommelfell, fand schnell einen Rhythmus. Binnen Augenblicken rannten mehrere Söldner mit gezogenen Waffen auf mich zu. Ich schloss die Augen, doch der erlösende Stich blieb aus. Stattdessen erhielt ich den Befehl, den Truppen mit der Trommel das Marschtempo vorzugeben, wenn wir in die Schlacht zogen. Froh darüber, das Schwert nicht mehr in die Hand nehmen zu müssen, versuchte ich zu verdrängen, dass mein

Trommeln den Großteil der Kompanie mit Sicherheit in den Tod führen würde.

Ich trommelte nicht nur, ich sang dazu. Und als die Soldaten in den Blutmarschen aufeinandertrafen, besang ich ihren Mut, während sie ihr Leben ließen für einen Streit, der seit den Kindertagen der Könige auf Bevorzugung und Missgunst beruhte.

Nach einem Tag des Kämpfens legte sich die Nacht über das Schlachtfeld und verbarg die Leichen, die bald Aasfresser anlocken würden. Uthberts Armee hatte die Soldaten von Ulric aufgerieben, bis nichts mehr von ihnen übrig geblieben war.

Ich weiß nicht, wie lange ich bereits auf ihre verstümmelten und verrenkten Leiber starrte, als hinter mir eine Stimme ertönte: »Geh heim, Junge. Hier gibt es nichts mehr zu trommeln.«

Das plötzliche Auftauchen eines Überlebenden holte mich zurück ins Hier und Jetzt. Irritiert erkannte ich, dass der Hauptmann vor mir stand.

»Sieh mich nicht so an. Der Kampf ist vorbei, Ulric tot! Es gibt keinen Grund mehr, hier herumzuhocken und Löcher in die Luft zu starren. Geh nach Hause, wenn du eins hast, sonst sorgen die Leichenfledderer noch dafür, dass sie einen Grund haben, dich um dein Hab und Gut zu erleichtern.«

Entsetzt sprang ich auf. »Ich darf gehen?«

»Du bist frei wie ein Vogel, Junge.«

»Kann ich die Trommel mitnehmen?«, fragte ich leise und umklammerte das Instrument fester, drückte es an mich.

Der Mann schnaubte belustigt. »Tu damit, was du willst.«

Mit diesen Worten machte er auf dem Absatz kehrt und lief davon. Die Trommel fest im Griff, ließ ich die Blutmarschen ebenfalls hinter mir.

Wenn ich an diesen Tag zurückdenke, dann auch daran, dass diese Trommel mir durch die kurze, brutale Zeit des Krieges geholfen hat. Nein, sie hat mir sogar das Leben gerettet! Ohne diese Trommel wäre ich bestimmt als einer der ersten auf diesem verdammten Schlachtfeld gestorben. Doch statt Krähenfraß zu werden, rannte ich so schnell und so weit weg von den Blutmarschen, wie ich mit meinem geschundenen Körper imstande war. Damals schwor ich mir: Aramil, fang etwas mit deinem Leben an, das den Menschen Freude bringt.

Auf den Hof meiner Eltern wollte ich keinesfalls zurückkehren. Sie waren froh, ein Maul weniger stopfen zu müssen. Das hatten sie mir mit der Billigung meiner Zwangsrekrutierung deutlich zu verstehen gegeben.

Ich entschied mich, nach Nordbaldern zu gehen und mich dort zunächst als Knecht auf einem anderen Hof zu verdingen. Nach einigen Tagen Fußmarsch erreichte ich ausgehungert und durstig den Rand eines riesigen Weizenfeldes, auf dem einige Menschen ihrem Tagwerk nachgingen.

»He da!«, rief ich und winkte. »Ich suche Arbeit!«

Niemand reagierte. Meine Kehle war so trocken, vermutlich hörten sie mein Krächzen nicht. Ich legte die Trommel ab und machte einen Schritt in das Weizenfeld, dessen Korn um ein Vielfaches gesünder aussah als die paar Ähren, die meine Eltern der kargen Erde Ostbalderns abtrotzten. Nach einigen wenigen Metern sah einer der Arbeiter auf und entdeckte mich. Er führte Daumen und Zeigefinger zum Mund und stieß einen lauten Pfiff aus. Prompt blickten mir fünf misstrauische Augenpaare entgegen.

»Stehenbleiben!«, rief einer der Männer. Groß wie ein Baum kam er mit weit ausholenden Schritten auf mich zu. Trotz seiner

Größe bewegte er sich sorgsam durch den Weizen und knickte keinen Halm um. Instinktiv wich ich zurück, doch der Mann, nur noch eine Armeslänge entfernt, packte mich an der Schulter.

»Was hast du auf dem Feld meines Herrn zu suchen, Bursche?«

»Ich bin auf der Suche nach Arbeit«, antwortete ich, in der Hoffnung, er würde meine Hilfe dankbar annehmen.

Doch er schnaubte belustigt.

»Arbeiten? Du halbes Hemd? Dass ich nicht lache! Mach, dass du fortkommst.«

Er ließ meine Schulter los, doch nicht, ohne mir einen kräftigen Stoß zu geben.

Ich taumelte und fiel rücklings ins Feld. Unvermeidlich riss ich einige Halme mit mir.

Der Feldarbeiter baute sich bedrohlich über mir auf. Die Sonne stand hoch am Himmel und ich erkannte den riesigen Mann nur als Schatten.

»Jetzt schuldest du meinem Herren Geld.« Er deutete mit beiden Händen auf das Getreide, das ich unter mir begrub. »Hast du Geld?«

Ich schluckte und schüttelte langsam den Kopf.

Den Schlag in meine Magengrube sah ich nicht kommen, so plötzlich schnellte die Faust des Mannes nach vorne. Reflexartig rollte ich mich zusammen wie ein Igel, doch zu spät. Der Hieb trieb mir die Galle empor und ich musste würgen.

»Verschwinde, und lass dich nicht mehr blicken!«, bellte der Feldarbeiter.

Ich stemmte mich hoch und brachte kriechend Abstand zwischen ihn und mich, so schnell ich konnte. Einige Meter abseits der Ackergrenze fiel ich ins Gras und würgte den widerlichen Magensaft aus.

»Wo ist der Schutzpatron der Wanderenden, wenn man ihn braucht?«, stieß ich hervor und rollte mich kraftlos auf den Rücken.

Das Rascheln der Halme verriet mir, dass die Arbeiter wieder ihrem Tagwerk nachgingen. Ich gönnte mir noch ein paar Augenblicke des Verschnaufens, dann rappelte ich mich auf und klopfte mir die Wiese von meiner zerschundenen Kleidung.

Ich griff nach meiner Trommel, die die glücklose Begegnung heil überstanden hatte, und sah mich um.

»Nach Norden oder nach Westen?«, fragte ich die Feldmäuse und Heupferde, die mit Sicherheit um mich herum wuselten. Ein Rascheln im Gras vor mir gab mir die Antwort. »Dann nach Westen!«

Bald tauchte der Hof am Horizont auf, zu dem das Weizenfeld gehören musste. Je näher ich kam, umso mehr Dächer kamen zum Vorschein. Große und kleine Häuser standen dort wie eine Herde Rehe, aufeinander achtend, so dass keinem etwas geschah. Über allen Hütten thronte das Haupthaus wie ein Hirsch, der gerne zeigte, was er zu bieten hatte. Ich pfiff durch die Zähne, als sich die ganze Pracht des Hofes vor mir zeigte.

»Hier wird doch eine Arbeit für mich zu tun sein«, redete ich mir selbst Mut zu. Gleichwohl, so abgerissen, wie ich aussah, konnte ich nicht nach einer Beschäftigung fragen. Also suchte ich in der Umgebung einen kleinen Bach, in dem ich mir den gröbsten Schmutz von der Haut waschen konnte.

Zumindest in diesem Punkt blieb mir das Glück hold und ich fand ein Rinnsal. Eilig zog ich mein Hemd über den Kopf, tauchte es ins Wasser und schlug es anschließend mehrere Male auf die Steine, die das Ufer säumten. Sofort meldete sich mein malträtierter Bauch. Ich sog Luft durch meine zusammengebissenen Zähne. Der Hieb würde einen ordentlichen blauen Fleck hinterlassen.

»Langsam, Aramil, langsam«, ermahnte ich mich. Darauf bedacht, keine allzu schnellen Bewegungen mehr zu machen, wusch ich mir

Gesicht, Oberkörper und mein Hemd. Dann wrang ich, so gut es ging, das Wasser heraus und zog es mir wieder über.

Mittlerweile sank die Sonne rasch dem Horizont entgegen. Die Luft wurde kälter und ich fror unter meiner feuchten Kleidung. Ich zog die Stöcke aus der Rahmenverspannung der Trommel und spielte mir einen Marsch, um wieder warm zu werden.

Auf dem Innenhof herrschte reges Treiben. Mägde und Knechte trugen Körbe mit Essen, Holz oder Stoffen von hier nach da. Ratlos blieb ich an der unsichtbaren Grenze zwischen zwei Bauwerken stehen, unsicher, ob ich weitergehen sollte. Unter dem Vordach einer Scheune saß ein Mann an einem Pult. Ein großes Buch lag vor ihm, in das er mit einer Feder hineinschrieb. Zögernd einen Fuß vor den anderen setzend, schlich ich mich näher an ihn heran, bis ich vor dem Pult stand.

»Was willst du?«, fragte der Mann mich unwirsch, ohne hochzuschauen.

»Ich … ich suche Arbeit«, stotterte ich.

»Hier gibt es keine Arbeit.« Er hob die Hand und winkte in die Richtung, aus der ich gekommen war. »Verschwinde.«

»Ich mache alles, was Ihr von mir verlangt«, versicherte ich hastig. »Hauptsache, ich bekomme dafür einen Schlafplatz und eine warme Mahlzeit.«

Nun hob der Verwalter, so vermutete ich, seinen Blick und sah mich aus kleinen Augen an. »Wir sind hier nicht auf dem Markt, Junge. Du kannst nicht mit mir feilschen.« Mit einem Finger auf meine Trommel deutend ergänzte er: »Such dir lieber einen Spielmannszug und lieg denen auf der Tasche.«

Ich erkannte, dass ich bei dem Verwalter nicht weiterkam, und ließ den Kopf sinken. Niedergeschlagen, weil ich die nächste Nacht unter freiem Himmel verbringen musste, schlurfte ich über den Hof.

»Du da! Stehenbleiben!«

Ich erstarrte. Schwere Stiefel kamen näher. Einen Augenblick später baute sich vor mir ein Mann auf, der in feinen, dunkelblauen Zwirn gekleidet war. Über seinem strengen Blick thronten beeindruckend buschige Augenbrauen und auf seinen Wangen ein gepflegter Bart.

»Herr?«

»Herr Iakob ist der Name. Bist du ein Spielmann?«, fragte er ohne Umschweife.

War ich das? Ich brachte ein Nicken zustande. In diesem Moment wäre ich alles gewesen, Hauptsache, ich bekam etwas zu essen.

»Ja, Herr, ich kann mit der Trommel ganz gut umgehen, Herr. Und singen kann ich auch.«

»Du scheinst mir noch grün hinter den Ohren zu sein. Wie viele Sommer hast du bereits gesehen?«

Er ging um mich herum und betrachtete mich von allen Seiten, als wäre ich ein Schwein und er ein, nun ja, Hofbesitzer.

»Fünfzehn, Herr.«

»Mir käme ein bisschen Minnesang zum Nachtmahl gerade recht.« Er blieb vor mir stehen. »Ist das alles an Kleidung, was du hast?« Er hielt sich die Nase zu. »Ist jemand darin gestorben?«

»Ja, Herr. Nein, Herr! Um ehrlich zu sein, komme ich vom Schlachtfeld. Na ja, besser gesagt von neben dem Schlachtfeld.« Ich betrachtete eingehend die Spitzen meiner Schuhe. Sicherlich hielt er mich für einen Feigling.

Herr Iakob, der mich eben noch hatte wissen lassen, dass ich stank wie ein Toter, packte mich an beiden Armen und zog mich zu sich heran.

»Du warst bei der Schlacht zwischen Ulric und Uthbert dabei? Sag, ist Ulric wirklich gefallen und Ostbaldern herrscherlos?«

»So sagt man es, Herr«, antwortete ich ausweichend.

Sein Griff um meine Arme verstärkte sich und ich gab mir Mühe, nicht das Gesicht zu verziehen. Ein Bär hätte nicht kräftiger zupacken können.

»Du musst mir beim Nachtmahl alles erzählen. Aber vorher musst du dich waschen und in etwas anderes kleiden, sonst fällt meine Familie in Ohnmacht.«

Er löste den Griff von einem meiner Arme, während er den anderen immer noch festhielt und mich so zu seinem Verwalter zerrte. Unbeholfen stolperte ich hinter dem Edelmann her.

»Kunrad!«

Der Angesprochene sprang sofort auf und deutete eine Verbeugung an. Doch er erstarrte in der Bewegung, als er sah, dass sein Herr mich wortwörtlich in der Hand hatte. »Soll ich den Burschen vom Hof werfen, Herr Iakob?«

»Mitnichten! Sorg dafür, dass der Junge hier frische Kleidung und einen Kanten Brot bekommt. Er soll später beim Mahl aufspielen und singen und von der Brüderschlacht erzählen.«

»Sicher, Herr. Er wird zur rechten Zeit in der Speisestube erscheinen.«

»So soll es sein, Kunrad.«

Der Gutsbesitzer wandte sich um und überquerte mit großen Schritten den Hof, um kurz darauf im Haupthaus zu verschwinden.

»Da waren dir wohl alle Schutzpatrone hold, Bürschchen.« Kunrad spuckte aus und verfehlte mich dabei knapp. »Komm mit«, herrschte er mich an und schlug mit einem lauten Knall das Buch zu.

Gerade noch rechtzeitig stellte mich der Verwalter vor die Tür zur Speisestube, nachdem er mich durch das Waschhaus und die Küche geschleift hatte, um meinem Magenknurren und dem unansehnlichen Bild, das ich bot, ein Ende zu machen.

»Klopfe, warte auf Einlass und dann tu, was auch immer mein

Herr Iakob von dir verlangt«, wies Kunrad mich an, dann verschwand er durch eine der vielen Türen.

Unter Protest der zu engen Tunika, die er mir gegeben hatte, straffte ich die Schultern. Auch die Hose schien für jemand Kleineren gemacht worden zu sein. Hoffentlich reichte den Herrschaften das bisschen Getrommel, mit dem ich die Soldaten im Lager unterhalten hatte.

Ich klopfte an der aufwändig verzierten Holztür.

»Nur herein, Spielmann«, rief eine tiefe Stimme.

Als ich die Tür öffnete, erstreckte sich vor mir eine farbenprächtig mit Blumen und Wandmalereien geschmückte Stube, in deren Mitte ein großer, länglicher Esstisch stand. Ich sah mich drei Menschen gegenüber, doch der Tisch hätte spielend Platz für zehn oder zwölf Gäste geboten.

»Nun tritt schon ein.« Seine Aufforderung unterstrich der Gutsherr mit einer einladenden Geste.

Rasch schloss ich die Tür hinter mir und blieb dicht bei ihr stehen.

»Liebe Familie, das ist ...« Er stockte. »Junge, ich habe dich gar nicht nach deinem Namen gefragt. Wie nennt man dich?«

Zögernd trat ich einen Schritt nach vorne und verbeugte mich, ohne zu wissen, ob richtig war, was ich da tat. »Mein Name ist Aramil, Herr.«

Ich richtete mich auf und warf einen Blick in die kleine Runde, vor der ich den Spielmann mimen sollte. Rechts neben dem Gutsherrn saß eine ältere Frau. Seine Gemahlin, wie ich vermutete. Ihr gegenüber saß ein Mädchen, das mich mit großen Augen neugierig ansah.

»Aramil wird uns von der Schlacht erzählen, die unser König vor einigen Tagen schlug«, verkündete der Gutsherr und verschränkte die Hände vor seinem stattlichen Bauch.

»Du warst bei der Schlacht?«, fragte mich das Mädchen erstaunt.

»Dahlia!«, maßregelte ihre Mutter sie.

Beschämt senkte Dahlia den Blick auf ihre Hände. »Verzeiht, Mutter.«

»Ihr habt eine Trommel, Barde. Ein ungewöhnliches Musikinstrument für jemanden Eurer Zunft. Sind nicht Laute und Flöte die bevorzugten Instrumente eines Spielmanns?«

»Meine Liebe, lass ihn erzählen. Zum Ausfragen ist später Zeit genug.«

Fragend sah ich zwischen dem Gutsherrn und seiner Tochter hin und her. Ich schätzte sie auf ungefähr zehn Sommer, vielleicht elf.

»Dahlia ist zwar jung, aber sie muss lernen, dass das Leben nicht nur aus Spielen und Tagträumen besteht.«

Er winkte beiläufig, worauf ein Bediensteter aus einer dunklen Ecke der Stube an den Tisch trat. Beflissen schenkte er seinen Herrschaften Wein nach und zog sich anschließend sofort zurück.

Wie gerne hätte auch ich einen Schluck Wein getrunken, um mich für die Erzählung zu wappnen.

Ich begann, so leise ich konnte, Marschmusik zu trommeln. Dabei marschierte ich auf der Stelle und heftete den Blick auf die gegenüberliegende Wand, um nicht aus dem Takt zu kommen.

»Das Heer des Ulric von Baldern war klein, aber entschlossen. Es zögerte keinen Moment, als es am anderen Ende des Feldes die Übermacht von König Uthbert sah, angeführt vom König selbst.

Ulric rief seinem Heer zu: *Kämpft um Land, kämpft ums Überleben! Ich habe meinen Bruder um Hilfe gebeten. Er hat sie mir verwehrt. Nun zeigen wir ihm, wozu Ostbaldern fähig ist. Wir holen, was uns zusteht! Was mir zusteht! Zum Angriff!*

Seine Untergebenen wiederum antworteten mit Rufen und Stampfen auf seine Worte. Der Klang meiner Marschtrommel wehte über den Acker, begleitet vom Wiehern der Pferde.

Bruder!, erklang die Stimme König Uthberts hinüber zu Ulric, der in seinen Steigbügeln stand und mit der Spitze seines Schwertes auf seinen Feind zielte.

Bruder, ich lasse dich nicht ein in mein Land. Wir haben Baldern geteilt, um den Frieden zu wahren. Ich gelobe, dir zu helfen, mit Gütern, mit Rohstoffen, aber ich kann dir keine Zuflucht gewähren. Sieh, er deutete mit einer raumgreifenden Geste hinter sich, *mein Heer ist um ein Vielfaches größer als deines. Du kannst nur verlieren. Verschone das Leben deiner Leute und werde um aller Patrone willen vernünftig!*

Doch Ulric lachte nur, laut und hämisch, und gab seinem Pferd die Sporen. Das machte einen Satz nach vorn und donnerte, kaum dass seine Hufe den Boden berührten, auf Uthbert zu.

Rasend schnell und zugleich unendlich langsam kamen sich die Heere näher. Kurz darauf prallten Schwerter auf Körper, schlitzten Bäuche auf und hackten Gliedmaßen ab. Die gellenden Schreie der Verletzten erstarben nicht selten durch einen Kehlenschnitt. Und so ging es, von Sonnenauf- bis Sonnenuntergang. Ulrics Heer kämpfte, bis es fast vollständig aufgerieben war. Ständig begleitet vom Klang der Trommeln, der sie antrieb, bis zum Äußersten zu kämpfen. Das Schlachtfeld indes schimmerte rotbraun, durchtränkt vom Blut der Menschen, die einen fremden Bruderzwist austragen mussten.

Jubel brandete in Uthberts Reihen auf, als er seinen Bruder so schwer verletzte, dass er leblos vom Feld getragen wurde. Die übrigen Überlebenden von Ulrics Truppen suchten das Weite. König Uthbert schwang sich, nach einem letzten Blick auf seinen Bruder, auf sein Pferd und trat den Rückmarsch zur Baldernburg an.«

Ich hörte ein Klatschen. Das Geräusch passte so gar nicht auf das Schlachtfeld und holte mich ruckartig zurück in die Gegenwart. Ein paar Mal kniff ich die Augen zusammen, um das innerliche Bild der

Blutmarschen loszuwerden. Langsam tauchte die Speisestube wieder vor mir auf.

Das Klatschen kam vom Gutsherrn. Ich zwang ein Lächeln auf meine Lippen und verbeugte mich.

»Was für eine lebhafte Beschreibung! Als wäre man dabei gewesen!«

»Wart Ihr je an einer Schlacht beteiligt, Herr?«, fragte ich scharf, woraufhin sein Lachen verstummte.

»Nein, Than hat mich immer reich mit Ernte gesegnet und so wurde ich nie ins Heer berufen, damit ich mich um die Felder kümmern konnte.« Er stand auf und kam auf mich zu. »Verzeih, ich wollte nicht respektlos sein. Du hast das Elend mit eigenen Augen gesehen, in deinem Alter ist das sicherlich schwer zu ertragen.« Der Gutsherr griff nach einem leeren Kelch, der auf dem Tisch stand. Prompt erschien der Bedienstete und füllte auch diesen mit Wein, woraufhin der Gutsherr ihn mir reichte. »Trink, das beruhigt dein Gemüt.«

Ich griff nach dem Gefäß und leerte es mit nur einem Zug zur Hälfte. Der Geschmack des Weines überrumpelte mich. Noch nie hatte ich etwas getrunken, was ein derart trockenes Gefühl im Mund hinterließ. Wohl, weil dieser Wein nicht mit Wasser verdünnt worden war.

»Was ich mich allerdings frage, ist, warum du nicht mit dem König zurück zur Baldernburg gezogen bist und stattdessen in unserer Gegend nach Arbeit suchst.«

Ich hüstelte. Was würde er tun, wenn er herausfand, dass ich ein Ostbalderner war?

»Er gehörte zu Ulrics Heer.«

Gleichzeitig zuckten mein und der Kopf des Gutsherrn zu seiner Frau herum, deren gelassener Blick auf uns ruhte. Mit dem Mittelfinger immer wieder über den Rand ihres Kelches fahrend, schmunzelte sie.

»Mein Herz«, wandte sie sich an ihren Gemahl. »Würde er unter

Uthbert dienen, wäre er gar nicht in der Situation. Doch da Ulrics Heer, wie Aramil selbst sagt, aufgerieben wurde und sein Land nun ohne Herrscher ist, will er sein Glück hier in Nordbaldern suchen. Nicht wahr, Aramil?«

Ratlos, was ich sonst tun sollte, grinste ich. »Die Herrin ist wirklich außerordentlich scharfsinnig.«

»Er ist ein Feind?«, entfuhr es dem Gutsherrn. Er sprang auf und kam mit großen Schritten auf mich zu. Vor lauter Schreck entglitten mir die Trommelstöcke, die mit einem Klackern zu Boden fielen.

»Den du in unser Heim geholt hast«, ergänzte seine Gemahlin in bissigem Tonfall.

Ihre Tochter, die die ganze Zeit über stumm auf ihrem Stuhl gesessen hatte, sprang auf. »Er ist kein Feind, er ist nur ein Junge!« Sie stapfte zu ihrem Vater, dem sie knapp bis zum Bauchnabel reichte, und schubste ihn. »Lass ihn los!«

Es überraschte mich sehr, als er tat, was seine Tochter von ihm verlangte. Ich hob die Stöcke auf und steckte sie in die Verspannung meiner Trommel.

»Kannst du mir etwas vorsingen? Meine Mutter kann nicht singen und mein Vater singt nur, wenn er zu viel getrunken hat, und dann lallt er.«

»Dahlia!«, schimpfte ihre Mutter erneut, doch der Gutsherr hob die Hände.

»Sie hat recht, Petra. Wenn du singst, klingst du wie eine Katze, auf die ein Pferd getreten ist.«

Seine Gemahlin öffnete und schloss den Mund einige Male, aber ihr fehlte offenbar eine passende Erwiderung.

Ich gluckste und ging vor Dahlia in die Hocke. »Was möchtest du denn hören?«

»Das Lied von *Bär und Wolf*! Kennst du das?«

»Ja!« Im Schneidersitz setzte ich mich vor sie auf den Boden, legte die Trommel neben mich und begann zu singen:

Der Wald, der Wald,
so grün und groß,
musst ich ihn durchqueren bald.
Ach hätt' ich, ach hätt' ich bloß
eine furchteinflößende Gestalt.
Denn wohnt dort im tiefen Tann
nicht nur ein hungrig' Wolf,
auch ein Bär kommt dann und wann
durch das Unterholz.

Bär und Wolf, die herrschen hier,
beschützen Land, beschützen Tier,
doch der Wanderer, der hat's schwer
mit dem Wolf und mit dem Bär.

Während ich das Lied vortrug, klatschte Dahlia mit ihren kleinen Händen und lachte. Dieser Anblick wärmte mir so das Herz, dass ich spontan noch ein, zwei Strophen dazuerfand. Dass ich ihr mit meinem Gesang eine Freude machte, war tausendmal besser, als vor Soldaten zu singen, die bald dem Tod ins Auge blickten und denen es auch einerlei war, ob jemand dazu sang oder nicht.

»Du hast eine wohlklingende Stimme«, lobte Iakob.

»Danke, Herr. Wenn ich schon nicht zum Kämpfen tauge, dann eben zur Unterhaltung«, flachste ich und grinste den Gutsherren an.

»Es ist spät und wir sollten uns alle zur Nachtruhe begeben. Wurde dir dein Schlafplatz gezeigt?«

»Ja, Herr. Habt Dank, dass ich heute die Nacht auf Eurem Gut verbringen darf und nicht draußen bei Bär und Wolf.« Ich zwinkerte Dahlia zu und sie kicherte glockenhell.

»Aber nur diese eine Nacht«, stellte Petra klar und schob ihren Stuhl zurück. »Auf, Dahlia. Ins Bett!« Sie griff nach der zarten Hand ihrer Tochter und zog sie aus der Stube heraus.

Dahlia winkte mir zum Abschied und ich erwiderte die Geste mit einem Lächeln.

Der Gutsherr unterdrückte ein Gähnen. »Melde dich morgen in der Früh bei mir, bevor du weiterziehst.«

Ich nickte und musste ebenfalls gähnen. »Eine angenehme Nachtruhe wünsche ich.«

Der Gutsherr nickte als Antwort und wies zur Tür. Ich griff nach meiner Trommel und verließ die warme Stube.

Wenig später lag ich auf einem mit frischem Stroh gefüllten Sack, zugedeckt mit ein paar Schafsfellen, die bei jeder Bewegung meine Haut jucken ließen. Dennoch fühlte ich mich wie ein König, denn so weich gebettet schlief ich zum ersten Mal in meinem Leben.

Viel zu schnell fand die Sonne den Weg über den Horizont. Ein Hahn, offenbar nicht der talentierteste seiner Art, krähte unweit meiner Schlafstatt in den schiefsten Tönen.

Dank der ruhigen Nacht fühlte ich mich erholt, also stand ich auf, klaubte meine Habseligkeiten zusammen und trat aus der Scheune.

Auf dem Hof liefen schon einige Bedienstete hin und her, um alles für den Tag herzurichten.

Ich ging hinter den Schweinestall, um mich zu erleichtern. Im Stall schmatzten die Tiere bereits und vertrieben sich quiekend gegenseitig vom Futtertrog. Prompt knurrte mein Magen. Neidvoll schaute ich auf die Pampe aus Essensresten, die die Schweine in Windeseile fraßen.

»Vielleicht springt ja noch ein Frühstück für mich heraus.«

Pfeifend lief ich über den Hof, machte bei einem herumstehenden Eimer Wasser halt, um zu trinken. Einen Augenblick später spürte ich, dass jemand hinter mir stand.

»Du trinkst Wasser, das dir nicht gehört.«

Ich verdrehte die Augen, als ich die schnarrende Stimme des Verwalters hörte. Langsam drehte ich mich um und strahlte ihn an. Seinem sauertöpfischen Gesichtsausdruck tat das keinen Abbruch. Unter seinem Arm klemmte das dicke, lederne Buch.

»Verschwinde. Wir brauchen hier keine Schnorrer wie dich.«

»Kunrad.« Ich klopfte ihm auf die Schulter und er drehte sich sofort weg. »Was habt Ihr gegen mich? In der kurzen Zeit, die wir uns kennen, wann habe ich da Eure Missgunst verdienen können?«

Er schnaubte. »Meine Aufgabe ist es, Herr und Hof zu schützen. Schmeißfliegen wie dich gibt es zuhauf und die gilt es zu vertreiben.«

Ich zuckte zusammen. Die Härte in seiner Stimme verdeutlichte, wie ernst er es meinte.

»Der Herr sagte mir, ich solle seinen Hof nicht verlassen, ohne mich von ihm zu verabschieden.«

»Das ist eine Lüge!«, schoss er zurück.

»Jagt mich fort und findet es heraus, Kunrad.«

Während der Verwalter abwägte, ob ich die Wahrheit sprach oder nicht, klopfte ich mir den Staub von der Tunika. Die Kleider, die ich gestern in der Speisestube tragen durfte, hatte ich ordentlich gefaltet auf meinem Nachtlager zurückgelassen.

»Du bleibst dort, wo ich dich von meinem Stuhl aus sehen kann. Es gibt nichts zu essen und ruhig bist du auch«, knurrte Kunrad, machte auf der Stelle kehrt und ließ mich stehen.

»Habt Dank für das muntere Gespräch«, rief ich ihm hinterher und lachte. Mein Magen knurrte erneut. Irgendwo etwas Essbares zu stehlen kam nicht infrage, also blieb nur die Ablenkung vom Hunger.

Ich stellte mich in die Mitte des Hofes, da konnte mich Kunrad ganz hervorragend sehen, und begann zu trommeln.

Die Bediensteten drehten nach und nach die Köpfe zu mir, manche blieben gar stehen und hörten mir zu. Eine Melodie konnte ich mit einer Trommel kaum anstimmen, aber ich spielte einen möglichst fröhlichen Rhythmus und überlegte, ob mir ein passendes Lied dazu einfiel. Liedgut ist in Ostbaldern nicht wirklich verbreitet und meine Eltern hatten mir nie etwas vorgesungen. So etwas Vergnügliches wie Musik passte nicht in ihr mühseliges Leben.

Mein Blick wanderte über den Hof, blieb hier und da hängen. Dabei kam mir ein Gedanke. Ich räusperte mich und sang:

Jeden Morgen, früh am Tag,
tut der Hahn, was er am liebsten mag.
Er klettert forsch den Misthügel 'rauf
und bauscht sein buntes Gefieder auf.
Sein Krähen hört man meilenweit.
Der es hört, der weiß Bescheid.

Raus aus dem Stroh die müden Glieder,
sing beim Tagwerk frohe Lieder.
Säen, ernten, was's auch ist,
solang' du dabei glücklich bist.

Ehre Than und ehre Ydir,
der eine hilft, der and're kommt dereinst zu dir.
Wenn die Sonne dann untergeht,
greifst du verdient zu einem Met.
Olin will gepriesen sein,
bald schläfst du satt und glücklich ein.

Raus aus dem Stroh die müden Glieder,
sing beim Tagwerk frohe Lieder.
Säen, ernten, was's auch ist,
solang' du dabei glücklich bist.

»Das war ganz wundervoll«, ertönte die tiefe Stimme des Gutsherrn hinter mir. Ich drehte mich zu ihm und verbeugte mich.

»Euer Lob ehrt mich, Herr.«

Er lächelte mich an. »Gut, dass du noch hier bist.«

»Leicht war es nicht«, entgegnete ich. »Kunrad hat sich alle Mühe gegeben, mich vom Hof zu jagen.« Ich deutete mit dem Daumen hinter mich in die ungefähre Richtung.

»Nimm es ihm nicht übel. Er möchte seiner Aufgabe nur gerecht werden.«

Der Gutsherr hielt ein längliches Bündel in der Hand, das er mir nun entgegenstreckte.

»Das hier möchte ich dir schenken. Hier verstaubt es nur und ich denke, du kannst es besser gebrauchen.«

Erstaunt nahm ich das Bündel entgegen. Der Gegenstand unter dem feinen Stoff fühlte sich hart an. Unsicher sah ich Herrn Iakob in die Augen.

»Nun wickle es schon aus. Es ist kein Haufen Kuhfladen, das ist sicher«, versicherte er mir lachend.

Ich zog den Stoff zur Seite. Zum Vorschein kam eine Laute. Eine Laute? Ehrfürchtig betrachtete ich das Instrument. Es war aus hellem Holz gearbeitet und kunstvolle Schnitzereien zierten den Klangkörper.

»Herr, das kann ich nicht annehmen.«

»Doch, das kannst du. Glaube mir, hier verrottet sie nur. Ich erhielt sie einst als Bezahlung für Getreide und seitdem habe ich sie nie wieder in die Hand genommen. Bitte, nimm sie und trage mit ihr Lieder und Geschichten in die Welt.«

»Aber ... ich weiß doch gar nicht, wie man sie spielt!« Mir sprang fast das Herz aus der Brust, so aufgeregt war ich ob dieses kostbaren Geschenks.

»Dann lernst du es. Und eines Tages werde ich von dir hören, dem Großen Aramil und seiner schönen Laute.«

»Iakob?«, hallte Petras Stimme über den Hof.

»Meine Gemahlin verlangt nach mir, du musst mich entschuldigen. Ich wünsche dir auf deiner Reise alles Gute.«

Eine Magd eilte auf mich zu, in der Hand einen Rucksack. Sie reichte ihn mir.

»Ein wenig Proviant. Geh die nächsten beiden Tage nach Westen, dann triffst du bald auf größere Städte, da wird es sicherlich Arbeit für dich geben«, riet mir Iakob.

»Danke, Herr, für Eure Großzügigkeit. Für alles. Grüßt mir Eure Gemahlin und Eure Tochter. Auch ihnen gebührt mein Dank.«

Iakob winkte zum Abschied. »Leb wohl, Aramil.«

So kam ich zu meiner Laute. Nein, es nicht diese hier, leider. Die Laute, dir mir Iakob seinerzeit zueignete, habe ich bei einem anderen Abenteuer verloren. Ich war nicht ganz unschuldig an dem Verlust, doch immer, wenn ich meine Laute betrachte, denke ich an ihre Vorgängerin und welche Erinnerungen ich mit ihr verbinde. Diese sind ebenfalls einer eigenen Geschichte würdig, doch wir wollen der zeitlichen Abfolge nach vorgehen, sonst kommt ihr noch ganz durcheinander und ich ebenso.

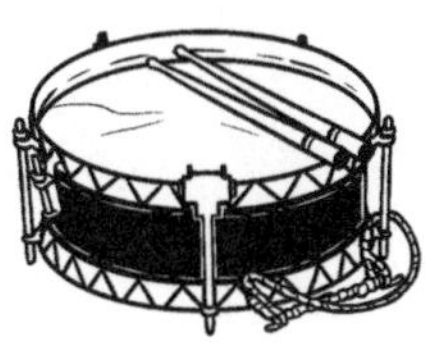

Wie ich Barde wurde

Jahr 468 seit Besiedelung

Hunger. Wenn ich an die Zeit denke, nachdem ich das Gut verlassen hatte und ziellos durch Nordbaldern wanderte, ist Hunger das Gefühl, das mich am meisten beherrschte. Mehr als einmal stand ich kurz davor, die Laute zu verkaufen, die Iakob mir geschenkt hatte. Was mir schon bei der Trommel unendlich schwergefallen war, brachte ich bei der Laute wahrlich nicht über's Herz. Oft lenkte mich das Zupfen der Saiten von meinem knurrenden Magen ab. Wenn das Grollen allzu laut wurde, versuchte ich, es mit meinem kläglichen Spiel zu übertönen. Ja, Hunger fürchte ich bis heute, obwohl er den Anstoß gab, dass ich Barde wurde.

Die Wärme des Sommers war längst verflogen, die Milde des Herbstes hielt nicht lange und so fror ich bald jeden hellen und dunklen Augenblick des Tages. Ich zitterte, vor Hunger und Kälte, als ich durch die Straßen von Apfelfurt schlich. Unweit des Städtchens lag ein großer Apfelhain, weswegen die Gegend den Beinamen *Das saftige Tal* trug. Im Sommer gab es hier Arbeit für Dutzende Tagelöhner, doch nun, da der Winter bevorstand, kehrte Ruhe in den Gassen ein. Mir kam es so vor, als wäre ich der Einzige, der noch nicht weitergezogen war. Überall fragte ich nach, ob jemand Arbeit für mich hatte, einerlei welcher Art. Doch vergebens.

Meine Füße trugen mich unversehens zum Markt. Der Geruch von frisch gebackenem Brot, gefüllten Pasteten und gerösteten Esskastanien stieg mir in die Nase. Für einen kurzen Moment gab mein Magen Ruhe, um gleich darauf noch lauter zu knurren, als er feststellte, dass er nichts von dem bekam, was da so duftete.

Ich stellte mich in einen schmalen Durchgang zwischen zwei Häusern und beobachtete eine Weile das Geschehen. Die Einheimischen waren mit dem Ende der Sommerzeit wieder unter sich und für mich wurde es so schwieriger, unbemerkt etwas von den Ständen zu nehmen. Ich sah sie mir genau an und ein kleines Lächeln machte sich auf meinen spröden Lippen breit. Heute bediente der betagte Bäckermeister Luka selbst seine Kundschaft. Seine Augen, mittlerweile getrübt vom Alter, würden jemand Flinkes weder kommen noch gehen sehen und so konnte ich die knusprige Brotkruste schon fast zwischen den Zähnen spüren. Ich schlenderte in einem großen Bogen um seine Auslage herum, um das am günstigsten liegende Gebäckstück ausfindig zu machen. Schnell wuchs mein Interesse an einem schönen, runden Laib Brot. Außer Sichtweite des alten Luka und etwas weiter außen, würde ich ihn ohne großes Federlesen einstecken und weiterspazieren können.

Entschlossen marschierte ich los, ergriff das Brot und ließ es unter meinem aus einem Sack bestehenden Umhang verschwinden. Ich schwenkte nach rechts, um zwischen den anderen Ständen unterzutauchen, da riss mir jemand den Umhang von den Schultern. Das Brot klemmte gut sichtbar unter meinem Arm.

»Haltet den Dieb!«, rief eine tiefe Stimme hinter mir. Vor mir tat sich endlich die rettende Gasse auf. Ich lief um mein Leben, das Brot fest umklammert, bis mein Fuß an etwas hängenblieb. Der Länge nach schlug ich auf den matschigen Boden und landete mit dem Gesicht voran in einer Pfütze. Ich stemmte mich hoch, rutschte immer wieder aus, bis mich schließlich eine grobe Hand in die Höhe zog. Ein, zwei, drei Backpfeifen landeten in meinem Gesicht. Das Brot ließ ich trotzdem nicht los.

»Hab Dank, dass du den Dieb aufgehalten hast, aber schlagen musst du ihn deswegen nicht.«

Ich rieb mir den Schlamm aus den Augen. Vor mir stand eine ältere Frau mit kurzen, aschblonden Haaren, die mich sowohl tadelnd als auch besorgt betrachtete. In ihrer Hand hielt sie meinen Umhang.

Neben ihr stand der Lehrling des Schmieds und funkelte mich an. »Den alten Luka bestiehlt man nicht.« Er hob erneut die Hand und ich zuckte zusammen. »Lass dir das eine Lehre sein!«, schimpfte er und stiefelte davon.

Die Frau räusperte sich. »Komm mit, junger Mann, und entschuldige dich bei Luka.«

»Gebt mir erst meinen Umhang zurück«, forderte ich die Frau auf.

»Nichts da, den behalte ich als Pfand.«

Trotzig hielt ich ihr das matschüberzogene Brot vor die Nase. »Das will er doch sowieso nicht wiederhaben!« Die Nässe weichte die Kruste immer mehr auf und bei dem Gedanken, den Laib zu essen, drehte sich selbst mein leidgeprüfter Magen um.

»Darum geht es nicht. Sondern dass du dich entschuldigen sollst. Auf jetzt!«

Keine Elle wich sie mir von der Seite, bis ich vor Lukas Marktstand halt machte und es vermied, ihm in die trüben Augen zu sehen.

»Sag, dass es dir leidtut.«

»Tut mir leid«, nuschelte ich.

»Lauter!«

»Es tut mir leid!«, brüllte ich den Greis an, der erschrocken seine buschigen Augenbrauen hochzog.

»Dass ich nicht mehr so viel sehe, heißt nicht, dass ich nicht mehr gut höre«, schalt er mich und deutete auf das Brot. »Wenn du so großen Hunger, aber keine Kronen hast, ein Brot zu bezahlen, warum sagst du es mir nicht einfach? Ich hätte es dir geschenkt.«

Verblüfft darüber, dass der Bäcker mir so etwas trotz meines Stehlens sagte, sah ich zwischen ihm und der blonden Frau hin und her.

»Es tut mir aufrichtig leid, Meister Luka«, wiederholte ich meine Entschuldigung. »Wenn ich es wiedergutmachen kann, dann werde ich das tun.«

»Was kostet das Brot, Luka? Ich möchte es bezahlen«, ergriff die Frau das Wort.

Das herzliche Lächeln auf dem Gesicht des Bäckers entblößte einige Zahnlücken. Seine Freundlichkeit zeigte mir, wie falsch mein Handeln gewesen war.

»Zwei Kronen, Hedda, und du, Junge, tu mir bloß den Gefallen und lern etwas Anständiges, damit du nicht mehr stehlen musst.«

Ich zog den Kopf ein und starrte auf meine verdreckten Schuhspitzen, während klimpernde Münzen den Besitzer wechselten.

»Auf was wartest du? Komm mit.«

Ich hob den Kopf und sah die Frau stirnrunzelnd an. »Ähm, was?«

»Luka hat recht. Du musst etwas lernen, womit du Kronen verdienen kannst. Wie es Eion so will, bin ich gerade auf der Suche nach einem Lehrling für meine Instrumentenwerkstatt. Deine Bezahlung besteht aus einem Strohbett und Essen morgens und abends.«

Ihr fragender Blick verwandelte sich in eine ungeduldige Miene, als ich nach einer Antwort suchte.

»Wenn du nicht willst ...«

»Doch, doch! Verzeiht ... ja, ich nehme Euer großzügiges Angebot gerne an«, stammelte ich und spürte die Hitze, die mir dabei ins Gesicht schoss.

»Ob es großzügig ist, wirst du früh genug feststellen, ...«

»Aramil«, beeilte ich mich, ihr meinen Namen zu nennen.

»Aramil«, schloss sie ihren Satz. Dann lief sie los, immer noch mit meinem Umhang in der Hand und mir im Schlepptau.

Nach einem kurzen Umweg, um mein mickriges Bündel und die Laute zu holen, staunte ich unverhohlen, als wir ihr Haus erreichten. Von außen sah es nicht sonderlich groß aus, von innen wirkte es umso geräumiger. Wir betraten nicht etwa eine gemütliche Stube mit Tisch, Bank, Herdstelle und Bett, sondern eine Werkstatt. Eine beeindruckende Werkbank erstreckte sich über die lange Seite des Hauses, an der Wand darüber hingen, steckten und lagen verschiedenste Gerätschaften. Ich erkannte unter ihnen Hämmer, Zangen und Feilen, alles andere war mir vollkommen fremd. Auf der gegenüberliegenden Seite der Werkbank ragten – zwischen zwei Fenstern – ebenfalls Haken aus der Wand, auf denen Instrumente ruhten, darunter lederne Säcke mit hohlen Stöcken und Löchern.

»Mach den Mund wieder zu, sonst fängst du damit noch Fliegen«, neckte mich meine neue Lehrmeisterin und ich tat, was sie sagte.

»Verzeiht. Ich bin nur«, ich suchte nach Worten, »beeindruckt von Eurer Werkstatt.«

»Das wäre ich an deiner Stelle auch«, erwiderte sie und zwinkerte. »Ich horte einen größeren Schatz, als jeder Drache es je könnte.«

»Jeder … was?«, fragte ich nach.

Sie winkte ab. »Ach, nicht so wichtig.«

Während sie geschäftig durch ihr Heim mal hierhin, mal dorthin lief, meinen Umhang über die Lehne eines Stuhls hängte und Feuerholz nachlegte, verharrte ich immer noch dort, wo ich stehengeblieben war. Ich spürte, wie der Matsch, der mir im Gesicht klebte, langsam trocknete und fest wurde.

»Ähm, wo darf ich mich waschen?«

Die Frau hielt in ihrem Tun inne. »Ach ja, ja, natürlich!« Sie eilte auf mich zu, nahm mir Bündel und Laute ab, da fiel ihr Blick auf meine verdreckten Schuhe und den nun ebenso schmutzigen Boden. Ein Seufzen entfuhr ihr.

»Es tut mir …«

»Mach dir keine Sorgen«, unterbrach sie mich. »Dort in der Ecke findest du einen Eimer und eine Schüssel. Hol Wasser und säubere dich und deine Schuhe.« Sie deutete auf die Holzdielen. »Ich mache derweil den Fußboden sauber. Ich bin ja nicht ganz unschuldig daran, dass du so aussiehst, wie du es tust.«

Später, nachdem wir jeglichen Schlamm aus dem Haus der Frau – und von dem Brot – fortgespült hatten, saßen wir gemeinsam an dem großen Tisch und aßen die kläglichen Reste des Laibes, die noch genießbar waren. Meine Füße steckten in einem Paar Wollsocken und nach den vielen Tagen und Nächten auf der Straße wollte ich nichts mehr, als mich vor dem Kaminfeuer zusammenzurollen und nie wieder aufzustehen.

» … und so lebe und arbeite ich hier schon bald zwanzig Sommer.«

Mein Kopf ruckte zu meiner Lehrmeisterin. Fahrig brachte ich ein Nicken zustande und hoffte, dass es die richtige Reaktion auf das Gesagte darstellte.

»Aramil?«

»Ja?« Irgendetwas an ihrem Tonfall ließ mich aufhorchen. Als würde sie mir gleich etwas verraten, das sie nie wiederholen würde.

»Jetzt, wo du nicht mehr mit Matsch bedeckt und hungrig wie ein Wolf bist, hör mir gut zu.«

Ich nickte beflissen und sah sie konzentriert an.

»Wie Luka bereits erwähnte, ist mein Name Hedda. Du wirst mir beim Instrumentenbau zur Hand gehen und ich lehre dich auch gerne, wie man sie spielt. Deine Bezahlung wird ein warmes Bett und ein voller Bauch sein. Wenn du damit nicht einverstanden bist, steh auf und geh.«

Hedda wartete. Ich blieb sitzen.

»Sehr schön. Sprich mich mit *Hedda* oder *Meisterin* an, höre auf das, was ich sage, und – um der Patrone willen – stiehl nicht mehr. Hast du mich verstanden?«

Ich lege all meinen Ernst in meine Stimme und antworte: »Jawohl, Meisterin.«

»Gut. Kannst du lesen?«

Betrübt schüttele ich den Kopf. »Aber zählen kann ich.«

»Dann setzen wir Lesen auch auf den Lehrplan.«

Heddas entschlossene Miene machte mir Mut und die Gedanken und Zweifel, warum und ob das alles wahr sein konnte, schob ich energisch weg.

»Deine Laute, woher hast du die?«

Froh darüber, dass Heddas Frage mich aus dem Gedankenstrudel riss, stand ich auf und holte das Instrument. »Ich habe sie geschenkt bekommen.« Vorsichtig legte ich die Laute zwischen uns auf den Tisch.

Hedda betrachtete sie zunächst eingehend, dann nahm sie sie in die Hand, klopfte auf verschiedene Stellen und spielte ein paar Töne, um daraufhin an den Schrauben am oberen Ende der Laute zu drehen.

»Ein schönes Stück. Wer hat sie dir denn *geschenkt*?« Das letzte Wort zog Hedda in die Länge.

Ich sprang vom Stuhl auf. »Wenn Ihr damit andeuten wollt, dass ich die Laute auch gestohlen habe, verstehe ich nicht, warum Ihr mich als Gehilfe wollt!« Mit einem Ruck riss ich ihr das Instrument aus der Hand und drückte es an mich.

»Verzeih, Aramil. Du hast recht, ich sollte nicht davon ausgehen, dass du alles stiehlst.«

»Nein! Nur Essen! Und auch nur, wenn ich es nicht mehr aushalte!«, fuhr ich sie an. Mein Herz hämmerte so laut, dass Hedda es hören musste.

»Bitte setz dich hin und beruhige dich wieder«, bat sie mich. »Erzähl mir, wer dir die Laute geschenkt hat.«

Ich ließ mir ein paar Augenblicke Zeit, bis ich mich wieder auf meinen Stuhl setzte. Erleichterung machte sich auf Heddas Gesicht breit.

»Ich habe sie von einem edlen Herrn, dem ein Gut gehört«, sagte ich leise, als wäre es ein Geheimnis.

»Und warum hat er dir die Laute geschenkt?«

In meinem Kopf blitzten Bilder auf. Bilder, die mich jede Nacht heimsuchten.

»Ich berichtete ihm, wer die Brüderschlacht gewann«, antwortete ich noch leiser.

Mit einer Mischung aus Skepsis und Besorgnis betrachtete Hedda mich. Auch sie senkte ihre Stimme: »Und woher wusstest du, wer gewonnen hat?«

»Ich war dabei«, hauchte ich und vergrub mein Gesicht in meiner Armbeuge, um ein Schluchzen zu ersticken. Nach einer gefühlten Ewigkeit richtete ich mich auf und suchte zögernd Heddas Blick.

»Es ist spät und unser Tag beginnt zeitig.«

Sie zog mich auf die Beine und dirigierte mich eine Leiter zu einem Zwischenboden hinauf. Dort oben fand ich einen leidlich gefüllten Strohsack vor, auf den ich dankbar sank.

»Wir machen dir morgen ein frisches Bett. Meines ist dort drüben«, sagte Hedda, mit dem Finger auf die gegenüberliegende Seite des Hauses deutend. Dort befand sich ein zweiter Zwischenboden, doch mehr erkannte ich nicht in der Dunkelheit, die nur sporadisch von ein paar wenigen Kerzen unterbrochen wurde. »Gute Nacht.«

Ich wiederholte ihre Worte in der Gewissheit, dass ich nicht *gut* schlafen konnte.

Ich trommelte. Ich trommelte, so schnell ich konnte. Hoffte, dass der Kampf sich meinem Rhythmus anpassen und rasch ein Ende finden würde. Doch ich hörte das Geräusch, das die Stöcke auf dem gespannten Leder verursachen sollten, nicht. Dafür hörte ich das Kampfgebrüll umso deutlicher. Den Kämpfenden wurde Arm um Bein um Haupt abgeschlagen, der Bauch aufgeschlitzt; nacheinander fielen sie in den blutigen Matsch. Doch der Strom endete nicht. Die Heere schienen unendlich groß zu sein. Aus Angst, dass ich sie mit meinem Trommeln anstachelte, wollte ich die Stöcke sinken lassen, doch meine Hände gehorchten mir nicht, trommelten unbeirrt weiter. Ich schrie, sie alle sollten die Waffen ruhen lassen, doch niemand schenkte dem Jungen am Rand des Schlachtfeldes Beachtung. Aus meinem Schreien wurde ein Krächzen und plötzlich bebte der Boden unter mir. Ich warf mich herum, versuchte wegzulaufen, doch ich kam nicht vom Fleck. Jäh stieg mir ein Geruch in die Nase, als würde ... als würde ...

»Wach auf!«

Ich schreckte hoch, um mich herum herrschte Finsternis, bis auf das Licht einer Stummelkerze, die das Gesicht einer Frau beleuchtete. Erst nach einem Moment erkannte ich Hedda.

»Du hast schlecht geträumt«, sagte sie sanft und verschloss dabei eine Phiole. Sofort ebbte der Gestank ab. »Du hast mit den Händen auf deine Schlafstatt getrommelt und geschrien. Ich habe einen riesigen Schreck bekommen«, fuhr sie fort.

»Was? Wie?«, stammelte ich vor mich hin.

»Hast du von der Brüderschlacht geträumt?«

Mit fahrigen Bewegungen rieb ich mir die Augen, mein Hemd klebte mir schweißnass am Körper. »Ich ... ja.«

»Es ist alles in Ordnung, Aramil. Du bist bei mir, bei Hedda, und hier wird dir nichts passieren.«

Sie legte mir ein Bündel getrockneter Blumen aufs Bett und ich sah sie fragend an.

»Das hilft dir, ruhiger zu schlafen. Ihr Duft sorgt dafür.«

»Hedda, ich … die Blutmarschen … sie kommen jede Nacht.« Meine Stimme zitterte genauso wie mein Körper.

Meine Lehrmeisterin ergriff meine Hände und drückte sie behutsam. »Gewiss, das verstehe ich gut. Vielleicht finden wir einen Weg, damit dich die Geister der Toten nicht mehr im Schlaf heimsuchen.« Sie ließ meine Hände los und erhob sich. »Aber jetzt versuche zu schlafen. Morgen brauche ich dich ausgeruht und wach. Wir haben viel vor.«

Irgendwann schlief ich ein, eingehüllt in den blumigen Duft, der sich wie Balsam auf meine Nerven legte. Ab dem kommenden Tag sorgte Hedda mit ihren Aufgaben für mich dafür, dass ich jeden Abend ausgelaugt auf mein Bett sank. Die Erschöpfung half, die Albträume fernzuhalten, und wenn sie mich doch heimsuchten, ließen mich Heddas Blumenbündel ruhiger schlafen.

An meinen neuen Tagesablauf als Gehilfe meiner Meisterin gewöhnte ich mich schnell. Der Morgen hielt mich mit Feuerholz holen, Wasser schöpfen und der Zubereitung des Morgenmahls auf Trab. Besonders das Eierbraten machte mir großes Vergnügen. Während wir aßen, las Hedda mir aus dem *Patronal* vor, einem Buch, das die Siedlungsgeschichte von Baldern erzählte.

»Hier, versuch du es«, forderte sie mich auf, nachdem sie eine Passage über die Bedeutung der Schutzpatrone wiedergegeben hatte.

»Meisterin, ich kann nicht lesen«, wies ich Heddas Aufforderung kopfschüttelnd zurück.

»Dann lernst du es. Buchstabe für Buchstabe.«

Sie stand auf, holte ein Stück Papier und einen Kohlestift. Mit sorgsamen Bewegungen schrieb sie etwas darauf, dann schob sie das Blatt zu mir herüber.

»Dort steht: Alle sieben Patrone waren einst Pilger. Sag den Satz laut und unterstreiche dabei die Buchstaben, die gleich aussehen.«

Sie legte den Kohlestift neben das Blatt.

Ich zog beides zu mir heran und räusperte mich. Tief über die Buchstaben gebeugt kniff ich die Augen zusammen, legte mir den Satz im Mund zurecht.

»Nicht so nah heran«, sagte Hedda mit einem Schmunzeln in der Stimme. »Du sollst das Geschriebene lesen, nicht aufsaugen.«

Seufzend nahm ich eine aufrechtere Position ein und wiederholte, was Hedda eben geschrieben hatte.

»Es ... ist nicht ... genau ... über... überliefert, ob es unter den Siedlern ... Vorbilder für die Patrone gab oder die ... Siedler den Patronen hier begegnet sind. Ihre ... schützende ... Aura findet sich früh ... in den Aufzeichnungen wieder. Überall in Baldern sind ihre ... Schreine zu finden und wer ihnen ihre ... Aufwartung ... macht, dem ist ihr Segen gewiss.«

Ich holte tief Luft. Lesen war eine anstrengende Sache, die mich fast mehr forderte, als Felder zu bestellen. Doch ich freute mich darüber, was ich nach wenigen Wochen bereits lesen konnte.

»Ausgezeichnet«, lobte Hedda mich schmatzend, während sie ein Stück Ei zerkaute. »Du liest immer flüssiger«, ergänzte sie, nachdem sie es runtergeschluckt hatte.

»Habt Ihr einen Lieblingspatron?« Ich selbst mochte Phax am liebsten, den Patron der Reisenden und Barden. Die Geschichten, die er erlebt haben soll, hörten sich für mich nach einem erfüllten Leben an.

»Hm, Bamus ist selbstredend ein Patron, den ich als Handwerkerin oft ehre. Aber mir ist auch Ydir wichtig, weil er über die Verstorbenen wacht und somit auch über die Menschen, die ich im Laufe meines Lebens verloren habe.«

Ich blätterte in die Mitte des Buches, wo das *Große Patronal* abgebildet war. Eine Zeichnung aller sieben Patrone. In der Darstellung ähnelten sie sich sehr, doch in den Beiwerken unterschieden sie sich. Olin, Patron der Wirte und Händler, hielt einen Krug in der Hand und hatte eine Schärpe um den Oberkörper geschlungen. Eine solche trug auch jeder Händler, um zu zeigen, dass er unter dem Schutz des Königs stand und Steuern zahlte. Una hingegen trug einen Kopfschmuck aus Blumen und Gräsern. Auf beiden Händen saßen Vögel und Eichhörnchen.

»Wer ehrt Una, wenn die Natur und die Tiere es selbst nicht können?«

»Ich bin mir sicher, dass jedes Tier und jedes Kraut Una auf seine eigene Weise ehrt. Und jeder Bewohner Balderns sollte dies genauso tun. Immerhin leben wir mit ihnen im Einklang – oder sollten es zumindest.« Hedda erhob sich und stellte ihr Geschirr zum Spülen in die kleine Holzwanne.

»Genug gelesen und geschwatzt. Die Arbeit ruft!« Sie ging zu ihrer Werkbank. Ich folgte, neugierig, ob Hedda heute beginnen würde, ein neues Instrument zu bauen.

»Du weißt, was eine Flöte ist?«, fragte sie mich, während sie verschiedene Werkzeuge von der Wand nahm und ordentlich vor sich auf der Werkbank aufreihte.

»Gewiss! Ein Stück Holz mit Löchern und Schlitzen, aus dem Töne kommen, wenn man reinbläst.«

»Eine recht grobe Beschreibung, aber ja, das ist so weit richtig. Geh und hole eine aus dem Regal.«

Ich gab ihr die Flöte in die Hand. Langsam drehte sie sie vor meinen Augen.

»Wie du siehst, scheint es ein recht einfaches Instrument zu sein. Nur Holz und Löcher, nichts weiter. Doch das richtige Holz auszuwählen, es so zu bearbeiten, dass am Ende die gewünschten Töne herauskommen, das ist nicht zu unterschätzen.«

Schnee türmte sich auf dem Fensterbrett und wirbelnde Flocken verwandelten die Welt außerhalb der Hütte in einen einzigen weißen Schemen.

»So viel Schnee habe ich noch nie in meinem Leben gesehen.«

»Una sorgt dafür, dass sich die Erde erneuern kann, und ist wohl der Meinung, dass unser Land diesen Winter mehr Ruhe braucht.«

Hedda hobelte gerade an einem Stück Holz. Span für Span landete auf dem Boden, während meine Meisterin dem Klotz eine Form angedeihen ließ.

Ich lernte bei ihr nun bereits einige Wochen, doch stellten wir beide in der Zeit rasch fest, dass mir mit Werkzeugen zu arbeiten ähnlich schwerfiel wie mit einem Schwert zu kämpfen. Mehrere Rohstoffe ruinierte ich unrettbar, bis Hedda entschied, dass ich mich anderer Aufgaben annehmen sollte. Und so übte ich das Lautenspiel und sang dazu. Das Lesen gelang mir immer besser und so spielte ich mich langsam Seite um Seite durch die *Erzählungen von damals*, einer Sammlung von Weisen eines Barden namens Tobin Saitenpfad.

»Spiel doch noch einmal *Tafel der Patrone*«, forderte Hedda mich auf. »Und denke daran, was ich dich über das Umgreifen gelehrt habe.«

»Gewiss, Meisterin.« Ich räusperte mich, legte meine Fingerkuppen auf die Saiten und begann zu spielen:

Einst, als Baldern noch nicht Baldern war,
noch ungezähmt und wild,
entdeckte es eine kleine Siedlerschar,
sahen in dem Land all ihre Träume erfüllt.

Schnell ward ein Ort gefunden,
das Lager aufgeschlagen.
Sie fühlten sich dem Land verbunden,
wollten hier den Neuanfang wagen.

Die Tafel der Patrone
hat der Stühle sieben.
Die Tafel der Patrone –
Wir sind nur hier, weil sie blieben.

Than frohlockte ob dem fruchtbaren Land,
Wald und Felder luden ihn ein.
Olin mit seinem klugen Verstand
sah hier schon bald den Handel gedeih'n.

Bamus, dankbar für die Ruhe und den Frieden,
wusste, dass beides nicht ewig währt.
Phax indes, der Unbeschwerteste der Sieben,
stimmte seine Laute, deren Saiten er stets nährt.

Die Tafel der Patrone
hat der Stühle sieben.
Die Tafel der Patrone –
Wir sind nur hier, weil sie blieben.

Una ward rasch umringt von des Landes schönen Tieren.
Die Pflanzen wuchsen da, wohin ihr Schritt sie führte.
Eion hoffte auf das kleine Glück, mit Blättern, allen vieren.
Doch unentschlossen, ob ihm dieses auch gebührte.

Ydir lächelte, von steter Ruhe umhüllt.
Er hatte nichts zu befürchten.
Er wusste, was sein Können gilt
und würde überdauern, wenn ihre Reihen sich lichten.

Die Tafel der Patrone
hat der Stühle sieben.
Die Tafel der Patrone –
Wir sind nur hier, weil sie blieben.

Als der letzte Ton die schwingenden Saiten verließ, klatschte Hedda in die Hände. »Tadellos! Du beherrschst deine Laute immer besser.«

Ich deutete eine Verbeugung an und grinste. »Das ist Euer Verdienst, Meisterin.«

»Stell dein Licht nicht unter den Scheffel. Dass Phax dich mit einer Gabe gesegnet hat, ist nicht zu überhören. Nur schade für mich, dass ich keinen Gehilfen habe, den ich in meinem Handwerk unterweisen kann.« Hedda hob theatralisch eine Hand an ihre Stirn und rollte mit den Augen, da klopfte es an der Tür. Meine Meisterin stand auf und öffnete sie. Herein kam eine Frau. Ihre mäßig sitzende Arbeitskleidung war stellenweise dunkel vom Schnee, der darauf geschmolzen war.

Sie trat nur so weit ins Haus, dass Hedda die Tür hinter ihr schließen konnte, zog ihre Mütze vom Kopf und knetete sie unruhig in den Händen.

»Meisterin Hedda, habt Ihr das ... Instrument, das ich ...« Sie stockte, als ihr Blick auf mich fiel.

»Er ist mein Gehilfe, macht Euch bitte keine Gedanken.« Sie tätschelte der Unbekannten den Oberarm. »Eine Flöte war das, richtig?«

Die Frau nickte und sah dabei weiterhin unsicher zwischen Hedda und mir hin und her.

»Hier ist sie schon!« Hedda reichte ihr ein längliches Päckchen aus Wachspapier. »Ich wünsche Euch viel Freude damit. Bezahlt hattet Ihr bereits.«

Die Frau deutete eine Verbeugung an. »Habt Dank.« Eilig verschwand sie durch die Tür, zurück in das Schneetreiben.

»Sie sah nicht gerade aus, als könne sie sich ein Instrument leisten.«

»Meine Instrumente sind erschwinglich für alle. Das ist mir wichtig. Und außerdem, Aramil, solltest du niemanden nur nach seinem Erscheinungsbild beurteilen, ohne dessen Lebensumstände zu kennen.« Hedda sah mich eindringlich an und es dauerte einen Moment, bis ich verstand. Sie hatte mich auf dem Markt auch nicht verurteilt, obwohl ich etwas gestohlen und obendrein ausgesehen hatte wie eine Vogelscheuche, die seit der Pilgerzeit ihren Dienst verrichtete.

»Verzeiht, Meisterin.«

»Es ist verziehen. Doch behalte diesen Gedanken immer«, ermahnte Hedda mich.

»Ja, Meisterin.«

Wir arbeiteten eine Weile stillschweigend vor uns hin, sie an ihrer Werkbank, ich an meinem Lesekönnen. Was ich aus dem Buch von Tobin Saitenpfad bereits verstehen konnte, beeindruckte mich. Er reiste damals durch ganz Baldern, trug Heldengeschichten durch das Land, Neuigkeiten von einem Weiler in den nächsten und auch manch traurige Weise war dabei. In Liebesdingen hatte ich noch keinerlei Erfahrung, doch was Tobin in ein paar Liedern schilderte, beschwerte mein Herz und ich fragte mich, ob ich jemals Liebe erleben wollte, wenn es so enden konnte.

Ich sah von dem Buch auf. »Meisterin, wieso wisst Ihr so viel über das Bardentum? Habt Ihr die Bücher, weil Ihr selbst Bardin wart?«

Hedda sah von ihrem Werkstück auf. »Nein, obwohl ich es gern gewesen wäre. Jeden Tag woanders aufwachen, neue Menschen kennenlernen und ihre Geschichten zu Liedern dichten, die noch Dekaden später gesungen werden.« Ihr Gesicht nahm einen schwärmerischen Ausdruck an. »Ich weiß so viel über die Zunft, weil meine Familie seit Generationen Instrumente baut. Ich bin sogar davon überzeugt, dass wir von dem Pilger abstammen, der heute als Phax über uns wacht.« Sie deutete auf das Buch, das vor mir lag. »Es gibt nicht viele Kopien von Tobins Lyrikbuch, doch unserer Familie hat er eines geschenkt. Ich habe auch noch eines von Lely Kupferstimme, doch um das zu lesen, musst du sicherer mit den Buchstaben sein. Ihre Schrift ist reichlich schnörkelig.«

»Was macht einen Barden aus?«

»Vieles. Wenn du Barde werden willst, musst du dir bewusstmachen, dass du dem Gesetz nach kein eigenes Heim haben darfst. Du bist tagsüber auf der Straße und abends in Tavernen und auf Festen. Eben überall da, wo ein Barde Publikum findet. Es ist dir untersagt, Reichtümer anzuhäufen und manchmal wirst du gar keine Kronen mit dir tragen, so dass es nicht einmal für einen Laib Brot reicht. Der Staub, den deine Füße aufwirbeln, wird an deiner Haut haften bleiben, du wirst in Flüssen baden und für Banditen und wilde Tiere von Interesse sein.«

Ich schluckte. Verlockend klang das Bardendasein für mich überhaupt nicht.

»Doch wenn dein Herz für das schlägt, was einen Barden ausmacht, wird all das, was ich gerade gesagt habe, für dich nicht von Belang sein. Die Menschen brauchen Musik und Geschichten in ihrem Leben. Überall, wo du Rast machst, werden dich Passanten bitten, ihnen etwas vorzuspielen. Ihr Applaus wird dein Herz schneller schlagen lassen. Sie werden dir Geschichten anvertrauen, aus denen du große Balladen webst. Wenn du gut genug bist, lädt dich vielleicht sogar der König eines Tages zu sich an den Hof ein, um dich spielen zu hören. Alle werden an deinen Lippen hängen, dir Avancen machen und womöglich singen später andere Barden über dich. Wenn es dann noch welche gibt.«

»Warum gibt es nicht mehr so viele Barden?«

»Bei allen Patronen, du fragst mir heute aber Löcher in den Bauch!«

»Entschuldigt, Meisterin«, erwiderte ich zerknirscht.

»Nein, verstehe mich nicht falsch, Aramil. Es ist gut, dass du Fragen stellst. Ich hatte nur so lange keinen Gehilfen mehr, dass ich es nicht mehr gewohnt bin, während der Arbeit zu reden.« Sie lächelte aufmunternd. »Wie ich schon sagte, wer den Weg des Barden gehen möchte, darf nicht verzagt sein. Viele scheuen mittlerweile die Strapazen, die damit verbunden sind. Und seit Baldern nicht mehr eins ist, sondern in drei Königreiche geteilt wurde, deren Grenzen bewacht und nicht so leicht passierbar sind, ist das Gebiet, in dem man reisen kann, kleiner geworden. Es lohnt sich nicht mehr so wie früher.« Hedda zuckte mit den Schultern.

»Das ist ... traurig.«

»Da sagst du etwas Wahres.« Sie seufzte. »Jetzt muss ich aber weiterarbeiten. Der Dudelsack sollte fertig sein, wenn er von seinem Käufer abgeholt wird.« Sie drehte ihren Hocker herum und rief mir über den Rücken noch zu: »Schäl doch schon mal ein paar

Grumbeeren für unser Abendessen. Aber wasch sie vorher. Die Knollen sind noch ganz erdig vom Ernten.«

Der Dudelsack lag einige Wochen im Regal. Der Käufer kam und kam nicht. Hedda ging jeden Abend verdrießlicher ins Bett. Tagsüber war sie entweder wütend oder besorgt.

»Ihm wird schon nichts passiert sein, Meisterin.«

Hedda lief in ihrer Werkstatt auf und ab. »Das will ich doch wohl hoffen«, knurrte sie. »Der Dudelsack ist nicht für ihn, er ist nur der Bote. Seine Unzuverlässigkeit könnte meinem«, sie stockte kurz, »Ruf schaden.«

»Schaut aus dem Fenster. Es liegt immer noch sehr viel Schnee. Je nachdem, wie weit sein Weg hierher ist, hat ihn das sicher aufgehalten.«

»Die Schneeschmelze muss bald einsetzen. Wenn er bis zum nächsten Neumond nicht aufgetaucht ist, dann such ich mir einen anderen ... Interessenten.«

Meine Meisterin griff in eine Schatulle und warf mir ein kleines Säckchen hin.

»Da sind fünf Kronen drin. Geh und kauf uns Eier und Brot auf dem Markt. Und geh beim Gerber vorbei und frage nach, wann ich mit neuem Leder rechnen kann.«

Ich nickte eilig, warf mir den wollenen Umhang über, den Hedda mir geliehen hatte, und machte mich auf den Weg.

Als ich zurückkehrte, war sie verschwunden. Ich fand keine Nachricht von ihr auf dem Tisch – die ich mittlerweile ohne Probleme hätte lesen können –, nur am niedergebrannten Feuer konnte ich erahnen, dass sie kurz nach mir das Haus verlassen haben musste. Ich verstaute die Lebensmittel in der dafür vorgesehenen Truhe und begann, die Werkstatt zu säubern. Nachdem ich damit fertig war, übte ich mein Lautenspiel und das Lesen. Das Buch von Tobin

Saitenpfad hatte ich längst ausgelesen, also suchte ich aus dem kleinen Bücherregal, das Hedda ihr eigen nannte, die Weisen der Lely Kupferstimme heraus. Draußen wurde es immer dunkler, also setzte ich mich so nah wie möglich an das Feuer, um keine wertvollen Kerzen zu verschwenden, und begann zu lesen. Hedda behielt recht, die Schrift in diesem Buch war nicht so gestochen scharf und gut zu entziffern, dennoch las ich Seite um Seite, bis mir die Augenlider schwer wurden. Ich legte noch ein paar Scheite nach und kroch ins Bett, umringt von den lila Kräutergebinden, die Hedda mir gegeben hatte, damit meine Albträume mich nicht so sehr quälten.

Ich schreckte hoch. Mein Herz raste. Alles um mich herum war in Finsternis getaucht. War ich erblindet? Gerade stand ich noch am Rande des Schlachtfeldes und sah zu, wie der König von Nordbaldern seinen Bruder niederstreckte, um im nächsten Moment von völliger Dunkelheit umgeben zu sein. Doch nach und nach wurde aus dem Schwarz ein dunkles Grau, durchsetzt mit hellerem Licht und ich verstand, dass ich nicht blind, sondern nur aus dem Schlaf aufgewacht war. Ich rieb mir die Augen und drehte mich auf meinem Strohbett herum, als ich von unten ein Klicken hörte. Offenbar war Hedda zurück. Gerade wollte ich die Beine unter der Decke hervorziehen und nach unten gehen, als leise eine Stimme ertönte – und die nicht Hedda gehörte.

»Jetzt hör auf, mir ständig Ydir an den Hals zu wünschen! Ich weiß, ich bin später hier als geplant, aber siehst du ab und an auch mal raus aus deiner Werkstatt? Seit ich von der Ostgrenze aufgebrochen bin, schneit es fast pausenlos, als ob Una weiß, was wir im Schilde führen.«

»Sscht, nicht so laut!«, zischte Hedda zurück. »Der Junge, von dem ich dir erzählt habe, liegt oben und schläft.«

Ich hielt den Atem an. Was ging da unten vor sich? Der Mann, der dort bei Hedda war, schien sich nicht für ein Instrument zu interessieren. Und seine Stimme, sie kam mir so bekannt vor! Ich musste sein Gesicht sehen. In der Hoffnung, dass das Kaminfeuer noch hell genug war, rollte ich mich so langsam wie möglich von meinem Strohbett und kroch bäuchlings vor bis zur Kante des Zwischenbodens. Nur eine Handbreit hob ich den Kopf, um nach unten blicken zu können.

Hedda und der Mann standen beide mit dem Rücken zu mir am Regal, in dem der Dudelsack lag. Papier raschelte. Papier?

»Sind wirklich alle Befehle und Briefe darin?«, fragte der Mann.

»Ja, alle, die ich vom Gerber bis jetzt erhalten habe.«

»Gut, gut. Hast du noch einen Schluck Met für mich, bevor ich wieder raus in die Kälte muss?«

Heddas Seufzen sprach Bände.

»Nur einen Becher«, beharrte der Mann, während er den Dudelsack schulterte und sich umdrehte.

Schnell hielt ich mir die Hand vor den Mund, um den Laut zu ersticken, der meine Kehle hinaufschnellte. Ich hatte diesen Mann schon einmal gesehen! Es war derselbe, der mich nach der Schlacht fortgeschickt hatte, einer der Hauptleute des gefallenen Königs Ulric. Warum war er hier? Und was für Briefe hatte Hedda für ihn?

»Hier, trink schnell aus. Der Junge hat Albträume und kann jeden Moment aufwachen. Niemand soll dich hier sehen!«

Schlürfend und schmatzend nahm der Mann ein paar Schluck aus dem Becher.

»Albträume? Ha! In seinem Alter hatte ich damals ganz andere Träume.«

Sein schmieriges Grinsen ließ mich unwillkürlich die Faust ballen. Er stellte den leeren Becher auf den Tisch, zog die Kapuze seiner Gugel hoch und ging Richtung Tür, so dass er aus meinem Blickfeld verschwand.

»Für Ulric, dem wahren König und Erbe Balderns.«

»Für Ulric, dem wahren König und Erbe Balderns«, erwiderte Hedda die Parole.

Die Haustür fiel ins Schloss und ich beeilte mich, zurück in mein Bett zu krabbeln. Wenn Hedda ihre Leiter hochkam und mich lauschend vorfand, würde sie mir mit Sicherheit das Fell über die Ohren ziehen. Oder Schlimmeres.

Ich zog mir die Decke bis zur Nasenspitze hoch und starrte fassungslos die Dachbalken an. Hedda, eine Späherin für Ostbaldern. Ulric, der die schwere Verwundung wohl überlebt hatte. Die Toten, die in den Blutmarschen lagen, alle umsonst gestorben. Wusste der König, dass sein Bruder noch lebte? Wie viele Spitzel gab es in Nordbaldern? Allein hier in Apfelfurt waren es mit dem Gerber zwei, womöglich sogar mehr! Wieder klopfte mein Herz, als wollte es mir aus der Brust springen und davonlaufen. Wie gern wäre ich ihm gefolgt, doch draußen wartete eine schneekalte Nacht.

Ohne mein Zutun fügten sich meine Gedankenfetzen zu einem Plan zusammen. Sobald die Schneeschmelze einsetzte, würde ich Hedda verlassen. Aber nicht, ohne vorher noch nach weiteren Briefen zu suchen. Sollte ich jemandem von diesem Komplott erzählen, brauchte ich Beweise. Vielleicht würde mich sogar der König von Nordbaldern anhören!

Beruhigt, dass ich nun einen Plan hatte, kam der Schlaf zurück. Ich hörte noch die Leiter unter Hedda knarzen, dann stand ich wieder in den Blutmarschen.

»Der Dudelsack ist verschwunden!« Ich bemühte mich um einen angemessen überraschten Tonfall und musterte meine Meisterin, gespannt auf ihre Reaktion.

Sie blickte mich aus müden Augen an und runzelte die Stirn, bevor sie mir antwortete.

»Ja ja, der Bote war gestern da und hat ihn abgeholt, da lagst du schon im Bett.«

»Verstehe«, gab ich zurück. »Ihr seid bestimmt erleichtert, oder?«

Hedda nickte und löffelte stumm den Haferbrei, den ich ihr wie jeden Morgen zubereitet hatte.

»Du hast dir das Buch von Lely genommen«, sagte sie nach einer Weile.

»Ja, das von Tobin habe ich mittlerweile zum dritten Mal durch und ich wollte wissen, ob ich bereits gut genug bin, um andere Schriften lesen zu können.«

»Gefällt dir, was sie geschrieben hat?«

»Ich bin noch nicht weit, aber bisher mag ich ihre Erzählungen über das Baldern von damals sehr. Ich wünschte, ich hätte in diesem Baldern leben dürfen, bevor es von drei streitsüchtigen Brüdern zerschlagen wurde. Den Patronen sei Dank lebt der König von Ostbaldern nicht mehr!«, sagte ich mit Nachdruck und warf einen Seitenblick auf Hedda.

»Es wird die Zeit kommen, in der unser Land wieder unter einem König vereint ist, Aramil. Vertraue darauf.«

»Aber wer wird das sein? Uthbert? Idar?«

»Die Zeit wird es zeigen.« Sie stellte mir ihre leer gekratzte Schüssel vor die Nase. »Wasch das ab und dann üben wir Laute.«

Ich spielte und spielte, und bis auf einige wenige Töne zeigte Hedda sich zufrieden mit mir.

»Du beherrschst mittlerweile auch die anspruchsvolleren Stücke nahezu tadellos. Aus dir würde ein ganz wunderbarer Barde werden, weißt du das?«

»Würdet Ihr mir das denn zutrauen?«, fragte ich unsicher. Auch wenn in den Büchern das Bardendasein früher als mühevoll und einsam geschildert wurde, schien mir ein solches Leben freilich eine Möglichkeit zu sein, meinen Lebensunterhalt zu verdienen. Nach dem, was ich vergangene Nacht über Hedda erfahren hatte, musste ich fort von hier. Ein Diener Thans würde ich mit meinen lausigen Fähigkeiten, was Säge, Hammer und Beil anging, ohnehin nicht werden.

»Durchaus, sonst würde ich es nicht sagen.«

»Es würde mir schon recht gefallen, das Bardendasein«, erwiderte ich und stimmte nebenbei die Saiten meiner Laute.

»Wie lautet eigentlich der Name deiner Familie?«

Ich schüttelte den Kopf. »Meine Familie ist zu arm, um einen Nachnamen zu haben.«

»Hm. Dann werde ich dir einen geben. Ein Barde braucht einen klingenden Namen, mit dem er bekannt ist, damit sein Ruhm auf ewig mit diesem Namen verknüpft wird.«

Sie tippte sich rhythmisch mit dem Zeigefinger gegen das Kinn und überlegte.

»Es sollte nicht so etwas Altmodisches sein wie Kupferstimme oder Saitenpfad. Hmm …«

Sie beobachtete mich, während ich eine kleine Melodie vor mich hin spielte, und murmelte Unverständliches. Dann huschte ein Lächeln über ihre Lippen.

»Flitterer. Ich finde, das passt vortrefflich zu deinem Lautenspiel. Um ehrlich zu sein, schwirrt mir dieser Name schon länger im Kopf herum. Deine Finger flittern gleich den Flügeln eines Schmetterlings über die Saiten. Aramil Flitterer! Was sagst du?«

Ihr begeisterter Blick machte mir Mut. Hedda schien an mich zu glauben.

»Das klingt wunderbar, Meisterin«, pflichtete ich ihr bei. »Aramil Flitterer«, sprach ich ihr nach und achtete darauf, wie meiner Zunge der Name schmeckte. Auf meinem Gesicht machte sich ein Grinsen breit. »Aramil Flitterer«, wiederholte ich immer wieder und Hedda klatschte in die Hände.

»Das ist der Beginn, Aramil. Aus dir wird ein großartiger Barde werden! Ich hoffe, du vergisst nie die gute Hedda, die dir zu diesem Namen verholfen hat.« Sie zwinkerte mir zu.

»Nein, Meisterin, ich werde Euch nie vergessen«, versicherte ich ihr, der Zweideutigkeit meiner Worte bewusst.

Es klopfte. Hedda rief: »Herein!« und im Türrahmen erschien die Tochter des Gerbers und richtete aus, dass das bestellte Leder für Hedda fertig sei.

»Ich gehe sie schon holen, Meisterin.« Ich stellte den Besen in die Ecke, mit dem ich gerade Holzspäne zusammengefegt hatte, und griff nach Mütze und Umhang.

Sie lehnte mein Angebot ab: »Nein, das werde ich selbst erledigen.«

»Hedda, bitte. Was für ein Gehilfe bin ich für Euch, wenn ich nicht einmal das Geschick habe, um Euer traditionsreiches Handwerk zu erlernen? Eure Zeit ist doch besser damit verbracht, Instrumente zu bauen. Die Botengänge mache ich.«

Ich hoffte, dass sie meinen Herzschlag nicht hören konnte, so heftig trommelte er. Hedda ließ sich auf den Hocker fallen, von dem sie sich gerade erhoben hatte, und wedelte beschwichtigend mit der Hand.

»Na schön, na schön. Dann geh, aber trödele nicht. Und dass du mir bloß nicht die Lederbündel aufknotest und alles durcheinanderbringst, hörst du?«

»Jawohl, Meisterin.«

Sie zählte ein paar Kronen aus ihrer Schatulle ab und reichte sie mir. »Die Bezahlung für den Gerber. Und nun lauf.«

Das tat ich. Ich flitzte so schnell durch die Gassen, wie es sonst nur eine Forelle in einem Bach vermochte, und stand schon bald vor der Tür des Gerbers. Ich klopfte und schaute mich um, während ich wartete. Der Schnee begann langsam zu schmelzen. Hier und da konnte ich bereits etwas Grün zwischen all dem Weiß ausmachen. Nicht mehr lang und der Frühling würde Einzug halten.

»Was willst du, Junge?«

Ich machte einen Hüpfer rückwärts. Vor mir stand der Gerber, trotz der Kälte nur mit einer dicken Lederschürze bekleidet. Er stank unangenehm nach Kuhpisse.

»Seid gegrüßt. Ich bin hier, um Heddas Bestellung abzuholen.«

»Warum kommt sie nicht selbst?«, murrte mich der Gerber an.

»Ich bin ihr Gehilfe«, erwiderte ich schulterzuckend und hielt ihm die Geldkatze hin. »Für Eure Bemühungen.«

Schnaubend riss er mir den Beutel aus den Fingern.

»Warte hier«, blaffte er mich an und verschwand im Haus. Als er zurückkehrte, trug er ein großes gerolltes Bündel auf den Schultern. Ich streckte die Arme aus, um es entgegenzunehmen. Unter seinem Gewicht konnte ich mich kaum auf den Füßen halten.

»Pass auf, ist schwer.« Mit einem dreckigen Lachen schloss der Gerber die Holztür vor meiner Nase.

»Soll Ydir dich auf dem Donnerbalken erwischen!«, zischte ich der geschlossenen Tür entgegen und machte kehrt. Den Rückweg dehnte ich weit aus und machte halt bei dem verwitterten Verschlag, in dem ich ab und zu geschlafen hatte, als ich noch nicht Heddas Gehilfe gewesen war. Nach dem heftigen Winter sah er noch mitgenommener aus und ich beschwor alle Patrone. Hoffentlich würden sie verhindern, dass das morsche Holz genau dann nachgeben würde, wenn ich darin stand. Bevor ich den Knoten des Bündels öffnete, betrachtete ich ihn genau, in der Hoffnung, ihn wieder genauso zu bewerkstelligen. Das Leder war so fest ineinander gerollt, dass ich das, was ich zwischen den einzelnen Schichten vermutete, nicht so ohne weiteres würde erreichen können. Mit meinen eingerissenen Fingernägeln musste ich den Knoten eine Weile bearbeiten, bis ich ihn geöffnet hatte. Ich ließ die Schnur los und rollte das Leder behutsam auseinander. Als es vollständig vor mir ausgebreitet lag, hob ich Schicht um Schicht an, auf der Suche nach Briefen, vielleicht einzelnen Notizen.

»Irgendwas muss ich hier doch finden«, murmelte ich vor mich hin. Zwischen den letzten fünf, sechs gegerbten Häuten fand ich endlich, was ich suchte. Ein einzelner Zettel.

»Mist.«

Den würde ich nicht nehmen können. Wenn Hedda gar keine verborgenen Nachrichten in ihrer Lederbestellung fand, würde ich mich selbst verraten. Ich kniff die Augen zusammen und versuchte, die Schrift zu entziffern. Der Text war offenbar in Eile verfasst worden, denn das Papier wies mehrere Tintenflecke auf.

Weitere Rekrutensuchende nach Furchenberg und Krähenweiler geschickt
Neue Rekruten sollen sich in Torfhütten versammeln
Heerführer bald genesen
Ruhig verhalten und auf weitere Befehle warten

Mehrmals las ich die Nachricht durch, um sie zu verinnerlichen. Ulric baute also aus der Ferne eine neue Armee auf. Ich musste jemanden warnen! Aber konnte ich das überhaupt?

Über dem Grübeln fiel mir ein, dass ich längst wieder bei Hedda sein müssen hätte. Schweren Herzens legte ich das Stück Papier dahin zurück, wo ich es gefunden hatte, rollte sorgsam das Leder ineinander und verschloss das Bündel wieder mit dem gleichen Knoten. Ich hoffte, Hedda würde nicht auffallen, dass ich ihre Anweisung missachtet hatte.

»Du hast dir ja wirklich Zeit gelassen! Hast du irgendjemandem schöne Augen gemacht oder weshalb kommst du so spät?«

Schnaufend legte ich das Bündel auf der Werkbank ab. »Das Leder ist ziemlich schwer, Meisterin. Ich habe mehrere Pausen machen müssen und bin kurz in der Sonne eingedöst.«

»Du hättest den Handkarren mitnehmen sollen.«

Ich schaute sie ausdruckslos an.

»Wenn man es dir nicht sagt, machst du es nicht. Ich weiß, ich weiß.« Hedda winkte ab und inspizierte die Ware.

Damit ich sie dabei nicht anstarrte wie ein ängstliches Reh einen Wolf, hängte ich meinen Umhang auf und schenkte mir einen Becher Wasser ein, den ich gierig leerte.

»Hatte der Gerber noch eine Nachricht für mich, die du ausrichten sollst?«, wollte Hedda wissen, während sie Leder für Leder begutachtete.

»Nein, Meisterin. Er sagte nichts weiter.«

»Hm«, machte sie. »Sei ein guter Gehilfe und geh Feuerholz holen.«

Mein Blick fiel auf den halbvollen Korb, doch ich erwiderte nichts. Ich wusste, warum sie mich aus dem Haus haben wollte.

»Jawohl, Meisterin.«

An diesem Abend genoss ich die Wärme des Feuers und die Weichheit meines Bettes besonders, denn ab morgen würde ich wieder auf der Straße sitzen. Ich konnte nicht länger mit einer Frau unter einem Dach leben, die an einem Komplott beteiligt war, den König von Nordbaldern zu stürzen. Nicht, dass ich mich ihm zugehörig fühlte, doch seit der Schlacht in den Blutmarschen verabscheute ich derartige Gewalt ohne Maßen. Nichts könnte Hedda mir bieten, um länger ihr Gehilfe zu sein.

»Meisterin, ich werde Euch heute verlassen.«

Mit einem Platschen fiel Hedda der Holzlöffel in die Schüssel voller Haferbrei. Ein paar Kleckse landeten auf dem Tisch.

»Warum so plötzlich?«, fragte sie erstaunt, doch ihre leicht zusammengekniffenen Augen sagten etwas anderes.

Ich hielt ihrem Blick stand. »Aus meiner Sicht der Dinge habt Ihr mir alles, was Ihr mich lehren könnt, gelehrt. Dass ich nie Euer Handwerk fortführen kann, schmerzt mich, vor allem, weil Ihr keine Nachfahren habt, doch ich würde Euren über Generationen aufgebauten Ruf nur in den Dreck ziehen.« Ich lächelte – so hoffte ich – entschuldigend.

»Und du willst noch heute aufbrechen? Möchtest du nicht noch warten, bis der Frühling ausgeschlagen hat?«

»Heute ist so gut wieder jeder andere Tag, Meisterin, und ich habe einen weiten Weg vor mir. Da gehe ich lieber früher als später los.«

Hedda stand auf, griff nach einer ledernen Tasche und fing damit an, sie zu füllen. Mit Saiten für meine Laute, mit Proviant, sogar mit einer Flöte.

»Meisterin, ich kann doch gar nicht Flöte spielen.«

»Das ist nicht so schwer zu lernen, Junge. Du hast doch ein musikalisches Verständnis.«

Als die Sonne ihren Zenit erreicht hatte, stand ich mit Umhang, dickem Bündel und Laute vor Heddas Tür.

»Pass gut auf dich auf, Aramil.« Ein weiteres Mal zupfte sie meinen Umhang zurecht, an dem es schon die letzten drei Male nichts mehr zu zupfen gegeben hatte.

»Habt Dank, Meisterin Hedda, dass Ihr mich unterrichtet habt«, sagte ich aufrichtig.

»Ziehe von hier aus am besten nach Süden. Dort gibt es viele

Bauern mit noch mehr Feldern und sicherlich auch Arbeit für dich, während du dir einen Namen als Spielmann machst.«

Ich nickte, dankbar für den Rat, und wandte mich zum Gehen um.

»Auf bald, Aramil!«, rief Hedda mir hinterher.

»Lebt wohl«, erwiderte ich unbestimmt, die Hand zum Gruß erhoben.

Rasch ließ ich Apfelfurt hinter mir und strebte neuen Erfahrungen entgegen, die hoffentlich besser sein würden als die, die ich bisher machen musste.

Dass der Mensch, der mir den Weg als Barde ebnete und mir obendrein meinen Namen gab, meine Albträume befeuerte, dieses Wissen nagt noch heute an mir. Vergessen werde ich nie, dass ich es in der Zeit, die ich bei Hedda verbrachte, gut gehabt hatte. Dennoch, sie begünstigte Ulrics Tun, half ihm, erneut Leid und Tod über Baldern zu bringen.

Aber ich möchte nicht vorgreifen. Was Hedda damals unterstützt hat, wirft seine Schatten weit in die Zukunft, doch bis wir dort ankommen, gibt es noch andere Geschichten zu erzählen.

Der verschwundene Ring

Jahr 469 seit Besiedelung

Es war bereits einige Jahre her, seit mir Iakob die Laute geschenkt und Hedda mir das Spielen beigebracht hatte. Doch war mein Lautenspiel bei weitem noch nicht so gut, wie ich es mir erträumte. Ich übte und spielte, wann immer das Tagwerk geschafft war und ich Zeit für mich hatte.

In den drei Sommern nach der Schlacht in den Blutmarschen wanderte ich in dem Gebiet nördlich von Apfelfurt herum. Es war eine fruchtbare Gegend und zur Erntezeit gab es immer genügend Arbeit. Mein Lautenspiel wurde in diesem Sommer stetig besser, denn die Mühle, in der ich arbeitete, gehörte einem alten Mann, der mich so manchen Kniff lehrte. Mir seine Fähigkeiten anzueignen würde ein ganzes Leben dauern.

Die Mühle stand an einem der Nebenarme der Narse. Die Strömung war ganzjährig ziemlich stark, wie mir der Müller bei meiner Ankunft erzählte, und so konnten wir tagein, tagaus ohne Unterbrechung das Getreide mahlen, das uns von den Bauern gebracht wurde.

»Lass uns noch diesen letzten Sack Korn mahlen«, rief mir der Müller über den Lärm des Mühlsteins hinweg zu.

Ich nickte und gab das Getreide durch die Öffnung im Stein.

»Das Wasser ist müde, siehst du das, Aramil?«

Wir standen beide vor der Mühle und Jaro deutete auf den Fluss. »Du musst erkennen können, wann es Zeit zu mahlen ist und wann Zeit, um zu ruhen.«

Ich schüttelte den Kopf. »Meister, wie kann Wasser müde werden?

Es gibt Dutzende Möglichkeiten, warum es langsamer fließt. Vielleicht ist weiter flussaufwärts eine Brücke eingestürzt, die das Wasser nun staut«, sagte ich schulterzuckend.

»Du glaubst auch nur an das, was du dir selbst erklären kannst, hm?«

Jaros vieldeutige Aussage machte mich neugierig. »Was meinst du damit? Dass es einen *anderen* Grund geben könnte, warum der Fluss nicht mehr so schnell fließt wie noch heute Morgen?«, fragte ich halbernst.

»Das meine ich, ja. Vielleicht badet gerade ein Brückentroll. Die haben eine enorme Leibesfülle, weil sie schon sehr lange mit ihren Brücken verbunden sind und deshalb immer weiter wachsen. Oder dem Fluss ist ein neuer Nebenarm gewachsen, um ein Bergwerk zu fluten, weil ein Grubengeist sich gestört fühlte. Das ist alles möglich.«

Besorgt betrachtete ich den alten Müller. Machte sein Kopf langsam schlapp? Ich wusste nicht mit Sicherheit, wie viele Sommer er bereits gesehen hatte, aber der Gräue und der Länge seines Bartes nach zu urteilen, müssten es mindestens sechzig sein.

Jaro ließ sich ächzend auf seinem Schaukelstuhl nieder. Der Zipfel seiner roten Mütze wippte im Takt. »Du glaubst mir nicht«, stellte er fest.

Statt ihm zu antworten, ging ich rüber zu dem kleinen Stall, in dem Herr von Grau wohnte. Lieber fütterte ich diesen störrischen Esel, als mich über Jaros Hirngespinste zu unterhalten. Ich klappte den Deckel der hölzernen Kiste auf, in der die Karotten gelagert wurden, und nahm zwei davon heraus. Der Graue schlug ungeduldig mit den Hufen gegen die Wand.

»Jaja, ich beeile mich ja schon!«, rief ich ihm zu.

Herr von Grau steckte seinen Kopf über die hölzernen Rundbalken und betrachtete mich mit Abneigung. Offenbar wurde er nicht gerne von mir gefüttert, ich war eben nicht Jaro. Mit der Heugabel schaufelte ich ihm sein Abendessen in den Stall und warf die beiden Karotten auf den Heuhaufen. Der Esel versenkte seine Nase darin und malmte zufrieden.

»Es gibt mehr zwischen Himmel und Erde als das, was du mit bloßen Augen sehen kannst, Aramil«, setzte Jaro unsere Unterhaltung nahtlos fort, nachdem ich vom Stall zurückkehrte. »Waldgeister, zum Beispiel. Es gibt sie in jedem größeren Waldstück und sie verteidigen es mit ihrem Leben gegen jeden Schaden. Willst du sie besänftigen, leg eine Münze auf einen Baumstumpf. Wusstest du das?«

Ich holte einen Schemel aus der Mühle und setzte mich Jaro gegenüber. Er stopfte gerade seine Pfeife, wobei mehr Tabak auf dem Boden als im Topf landete.

»Lass dir doch helfen. Der ganze Tabak fällt herunter!«

Mit einem unwirschen Grunzen beugte sich der Müller tiefer über seine Pfeife. »Bleib bloß weg!«

»Jaro, muss ich mir Sorgen um dich machen?«, fragte ich rundheraus.

»Ts«, winkte er ab. »Der Einzige, der sich Sorgen machen muss, bin ich selbst. Durch meine eigene Torheit sitze ich hier. Ohne meinen Ring werde ich irgendwann zu Staub.« Achtlos ließ er die Pfeife in seinen Schoß fallen und hob die Hände hilfesuchend gen Himmel.

»Ring?«, wiederholte ich das einzige Wort, das bei mir hängen geblieben war.

»Ja, Ring. Klein, rund, hat ein Loch in der Mitte«, erwiderte Jaro bissig.

»Würdest du mir bitte sagen, was los ist?«, forderte ich mit lauter Stimme. Sofort legte Jaro den Zeigefinger auf seine Lippen und winkte mich näher heran. Er deutete auf mein Ohr und ich hielt es ihm misstrauisch entgegen.

»Der Mühlenkobold hat meinen Ring gestohlen, und ohne ihn komme ich nicht mehr zurück in meine Gefilde«, flüsterte er mir ins Ohr, wobei sich feine Spucketröpfchen großzügig auf dieser Hälfte meines Gesichts verteilten.

Ich zog meinen Kopf zurück und betrachtete Jaro mit hochgezogener Augenbraue.

»Was ist ein Mühlenkobold? Und was für Gefilde?« Der Mann wollte mir doch einen gewaltigen Bären aufbinden.

»Psssssscht! Rede nicht so laut, er kann dich hören!«, zischte mich Jaro an.

Entschuldigend hob ich die Hände.

Der Müller winkte ab. »Du glaubst mir ohnehin nicht. Geh, hol deine Laute. Wir werden noch etwas an deinem Spiel üben.«

Also spielte ich Laute und Jaro hörte zu. Meine Fortschritte waren, seit er mich unterrichtete, enorm. Ab und zu traktierte er mit seiner Pfeife meine Finger, wenn ich mich arg verspielte. Für gewöhnlich wurden meine Finger früher müde als Jaro, doch heute war es andersherum.

»Es wird Zeit für's Bett, Junge.« Der Müller erhob sich von seinem Schaukelstuhl, das Knacken seiner Knochen klang einem Haufen Zweige, wenn man auf sie trat, nicht unähnlich.

»Schlaf gut«, verabschiedete ich mich von ihm.

Ich sah Jaro nach, als dieser zurück in seine Mühle ging. Ich selbst blieb noch sitzen und grübelte über das, was er heute erzählt hatte. Ring, Mühlenkobold, andere Gefilde. Wollte ich dem Ganzen auf den Grund gehen oder suchte ich mir besser eine andere Anstellung?

Sonst fegte mich der alte Müller jeden Morgen aus meiner Koje, heute weckte mich die aufgehende Sonne. Grell schien sie durch die Zwischenräume der Bretter, aus denen die Mühle gebaut war. Irritiert, dass Jaro von seiner gewohnten Routine abwich, zog ich mir Hemd und Hose an und kletterte die schmale Leiter nach unten in den Hauptraum der Mühle, der von dem großen Mahlwerk beherrscht wurde.

»Jaro?«

Die Mühle stand still, die Verbindung zwischen Mühlenrad und Mahlstein war noch unterbrochen.

»Jaro, wo bist du?« Ich sah mich um, doch die Mühle sah aus wie üblich. Mehlstaub tanzte in den Sonnenstrahlen und besetzte alles mit einer zartweißen Schicht. Jaros Mantel hing an dem Nagel neben der Tür, er schien also auch nicht in aller Frühe losgezogen zu sein. Ich stieß die Tür auf und trat nach draußen. Die kühle Morgenluft vertrieb rasch die letzte Müdigkeit. Binnen zwei Augenblicken überzog eine Gänsehaut meine Arme. Ich ging runter zum Fluss und kniete mich ans Ufer. Mit meinen Händen formte ich eine Schale und schöpfte Wasser. Die Frische tat gut, auch wenn mich die Kälte zittern ließ. Wie immer ließ ich mir Zeit beim Waschen, um mich von Schlaf und Spreu zu befreien. Als ich aufstand, um meine morgendlichen Aufgaben zu verrichten, hörte ich jemanden leise sprechen. Das konnte nur Jaro sein. Auf Zehenspitzen ging ich der Stimme entgegen. Ich wollte wissen, mit wem der Müller da redete und warum er darüber vergessen hatte, mich aus dem Bett zu scheuchen.

Ich fand ihn auf einem Schemel am Mühlenrad sitzend, welches unablässig seine Runden drehte. Ich drückte mich an die Wand der Mühle und lugte um die Ecke.

»Ich habe dir doch schon tausendmal gesagt, dass es nicht meine Absicht war. So versteh doch! Bitte, gib mir meinen Ring zurück. Er ist der einzige Grund, warum ich überhaupt noch hier bin.«

Noch nie hatte ich Jaro flehen hören. Doch wen auch immer er da um seinen Ring anflehte, schien ein Herz aus Stein zu haben. Es kam keine Antwort.

»Was willst du noch, das ich tue? Nein, ihn kann ich nicht zurückbringen und das weißt du!«

Jaros letztem Satz folgte ein Geräusch, das verdächtig nach dem Zuschlagen einer kleinen Tür klang. Ich schob den Gedanken beiseite. Kaum arbeitete ich ein paar Wochen in einer Mühle, machte mein Gehör schlapp.

Der alte Mann versuchte, seinen knochigen Körper zum Aufstehen zu bewegen. Besorgt gab ich meine Deckung auf und eilte zu ihm.

»Lass dir helfen, Jaro.« Ich griff nach seinem dürren Arm, doch er entriss ihn mir.

»Hast du mich etwa belauscht, Bursche? Das gehört sich nicht«, wetterte er. Mühsam richtete er sich auf und ging an mir vorbei in die Mühle hinein. Ich folgte ihm.

»Mit wem hast du da gesprochen?«, verlangte ich zu wissen, in der Hoffnung, dass meine forsche Stimme ihn zum Antworten bewegte.

»Ich bin dir keine Rechenschaft schuldig.«

»Nein«, seufzte ich. »Aber ich mache mir Sorgen, wenn du mit Menschen redest, die nicht da sind.«

»Ich habe mit keinem Menschen geredet, weder einem lebenden noch mit einem erdachten.« Meinem Blick stetig ausweichend, richtete er die Mühle für den bevorstehenden Arbeitstag her. »Los, steh nicht rum und starre Löcher in die Luft. Geh lieber das Korn holen! Katla ist sicher bald hier und dann sollte ihr Korn gemahlen sein.«

Mit wedelnden Armen scheuchte er mich nach draußen. Ich stapfte hinüber zum Lager, lud die Schubkarre voll mit Kornsäcken und brachte sie in die Mühle. Bis die Sonne im Zenit stand, gingen wir schweigend unserer Arbeit nach. Jeden Versuch, mich mit ihm zu unterhalten, blockte Jaro ab und stauchte mich stattdessen zusammen. Also ließ ich es schließlich bleiben.

Während wir draußen in der Mittagssonne saßen und unser Mahl, bestehend aus Brot, Käse und verdünntem Bier, zu uns nahmen, tauchte Katla an der Kurve des Weges von der Hauptstraße zu Jaros Mühle auf. Sie hielt ihr Kaltblut am Zügel, das einen Karren hinter sich herzog.

Ich hob die Hand zum Gruß, schob mir eilig die letzten Stücke Brot in den Mund und spülte alles mit dem restlichen Dünnbier hinunter. Mit großen Schritten ging ich der Bäckerin entgegen.

»Grüße dich, Katla. Wir sind eben mit deinem Schrot fertig geworden.«

Die gutherzige Frau lächelte mich an, so dass sich kleine Falten um ihre Augen bildeten.

»Dann komme ich ja genau richtig. Würdest du mir die Säcke auf den Karren laden, während ich Jaro bezahle?«

Ich nickte und machte mich ans Werk. Katla setzte sich neben den Müller und sie unterhielten sich flüsternd. Mir fiel das zum ersten Mal auf, aber seit heute Morgen betrachtete ich Jaro misstrauischer. Wusste Katla etwas von dem, was mir der alte Mann verheimlichte?

Ich wuchtete den letzten Sack auf den Anhänger, als Katla aufstand und sich von Jaro mit einem Kuss auf die Wange verabschiedete. Ich ging zu ihrer Stute Dotterblume und streichelte Hals und Nüstern. Dabei brummelte sie leise und stupste mit ihrer Nase gegen meine Hand.

»Gutes Mädchen«, flüsterte ich ihr ins Ohr. Mit Herrn von Grau, dem Esel, konnte ich nicht schmusen, so widerborstig, wie er sich mir gegenüber verhielt.

»Ich wünsche dir einen guten Tag, Aramil«, verabschiedete sich

Katla und gab Dotterblume das Zeichen zum Aufbruch. Rumpelnd setzte sich der Wagen in Bewegung. Ich blieb stehen und sah den beiden hinterher, bis sie an der Abbiegung hinter den Bäumen verschwanden.

Ich drehte mich um und Jaro kam mit Mütze, Stock und Weidenkorb aus der Mühle.

»Ich habe etwas zu erledigen. Sieh zu, dass du alle Säcke gemahlen bekommst. Thurs wird heute noch eine Fuhre vorbeibringen, die muss bis morgen fertig werden«, wies der Müller mich an und eilte los.

»Wo gehst du hin, Jaro? Und wann kommst du wieder?«, rief ich ihm nach. Der alte Mann verhielt sich seit gestern Abend immer seltsamer.

»Ähm, Pilze suchen«, stotterte er als Antwort.

Ich verstand ihn kaum, so weit war er schon von der Mühle entfernt. Hatte ich mich verhört?

»Aber es gibt doch noch gar keine Pilze um diese Jahreszeit!«, rief ich Jaro hinterher, doch er hörte mich nicht mehr. Fassungslos sank ich auf meinen Hocker und wischte mir mit bloßer Hand den Schweiß von der Stirn.

»Entweder, er erklärt mir heute Abend, was ihn umtreibt, oder ich suche mir morgen eine neue Arbeit«, sagte ich zu mir. Gegen Geheimnisse hatte ich nichts einzuwenden, aber Jaros Verhalten setzte mir allmählich zu und ich wusste weder mir noch ihm zu helfen.

Wie von dem alten Müller angekündigt kam wenig später Thurs und ließ mir ein halbes Dutzend Säcke Korn da.

»Schaffst du das bis morgen Mittag?«, wollte er wissen.

»Gewiss. Ich fange gleich damit an.«

Thurs gab mir die vereinbarte Anzahlung und verabschiedete sich. Das Geld verstaute ich in Jaros Holzkästchen und vermerkte den

Betrag in seinem Buch. In den vergangenen Jahren hatte ich darauf geachtet, schnell lesen und schreiben zu lernen, weil ich merkte, wie viel leichter so ein Tagwerk zu finden war. Ich beherrschte das Alphabet mittlerweile recht passabel und rechnen konnte ich bis hundert.

Langsam wurde es dunkel und Jaro war immer noch nicht zurück. In Sorgen versunken fütterte ich Herrn von Grau. Selbst er schien beunruhigt und zeigte sich gar nicht so streitsüchtig wie sonst. Statt sich über Heu und Karotten herzumachen, reckte er seinen Kopf über die Umzäunung seines Stalls und starrte in die Richtung, in die Jaro sich heute Mittag davongemacht hatte.

»Er wird sicherlich bald zurückkommen«, sagte ich mehr zu mir als zu dem Esel. Der schnaubte und scharrte mit den Hufen durch das Stroh.

Ich wandte mich um und ging zurück zur Mühle. Nur die plätschernde Melodie von Mühlrad und Fluss begleitete die Nacht.

Ich holte die Laute und setzte mich nahe dem Rad ans Flussufer, zupfte aufs Geratewohl an den Saiten. Sonst sagte Jaro mir, was ich spielen sollte. Seine Führung fehlte mir an diesem Abend.

Während ich überlegte, welches Musikstück ich gestern geübt hatte, spielte ich eine Tonfolge, um mir das Lied in Erinnerung zu rufen. Doch die Klänge schweiften ab und verwoben sich zu einer neuen Melodie. Ich wiederholte sie einige Male und mit jeder Wiederholung fand ich mehr Gefallen an ihr. Plötzlich konnte ich nicht mehr ruhig dasitzen, also sprang ich auf und lief hin und her, während ich immer und immer wieder die Melodie spielte.

»Ich habe ein Lied komponiert!«, jauchzte ich und reckte meine Hand samt Laute in die Luft.

Eine knarzige Stimme ertönte hinter mir: »Du hast Talent, Junge, das muss man dir lassen.«

Erschrocken wirbelte ich herum, doch ich sah niemanden.

»Wer spricht da?« Nervös blickte ich mich um.

»Senke deinen Blick«, wies mich die Stimme an.

In dem plattgedrückten Gras vor mir stand ein kleiner Mann, bekleidet mit einer mehlbestäubten Jacke, geringelten Strumpfhosen und einer roten Zipfelmütze, die Jaros ziemlich ähnelte; bis auf die Größe, versteht sich. In einer Hand hielt er eine Laterne, in der das Licht einer Kerze flackerte. Er hatte eine unerhört lange Nase, die einen gehörigen Bogen machte.

»Was bist du?«, entfuhr es mir. »Ein Geist?«

»Hast du noch nie einen Kobold gesehen?«

Zögernd schüttelte ich den Kopf, während ich den kleinen Mann – Kobold! – anstarrte. Da traf es mich wie ein Blitz. Der alte Müller hatte mir keine Fabel erzählt. Vor mir stand tatsächlich der Mühlenkobold, den er abends zuvor erwähnt hatte.

»Wie dem auch sei. Wo ist Jaro? Der alte Zausel und ich waren zum Sonnenuntergang verabredet.«

In meinem Kopf fügten sich zwei Gedanken zusammen.

»Bist du derjenige, mit dem Jaro heute Morgen gesprochen hat?«

»Der bin ich. Pimpack mein Name, Beschützer dieser Mühle und des Flussabschnitts, an dem sie steht.« Er schob einen Daumen in den Bund seiner Hose und wippte auf den Fersen vor und zurück. »Wo versteckt sich der alte Teichkröterich? Wir haben über Geschäfte zu reden.«

»Er ist seit heute Morgen verschwunden. Sagte etwas von Pilzen und ging eiligen Schrittes davon. Dabei ist es noch viel zu früh, um welche zu suchen!«

»In welche Richtung?«

Mit dem Daumen deutete ich hinter mich.

»Ah, verstehe.« Pimpack wippte weiter vor und zurück und

streichelte dabei seinen stattlichen grauen Bart, der fast bis zum Boden reichte.

»Ihm könnte etwas zugestoßen sein! Er ist ein alter, gebrechlicher Mann. Was, wenn er sich verletzt hat und nicht mehr laufen kann? Oder Wölfe ihn gefunden haben?«

»Pah! Wölfe. Ihr Menschen denkt immer zuerst an Wölfe, als wären die das Gefährlichste in einem Wald.« Der Kobold stellte seine Laterne auf den Boden, holte eine Pfeife aus seiner Jackentasche und fing an, sie zu stopfen.

»Bären sind auch gefährlich«, merkte ich an.

»Junge, hat dir niemand beigebracht, den Mund zu halten, wenn du nicht weißt, wovon du redest?«

Empört schnappte ich nach Luft. »Natürlich weiß ich, was ich da sage! Ich verbringe genug Nächte im Freien, um zu wissen, was dort …«

»Ah, da ist er ja«, unterbrach Pimpack mich und brach in glucksendes Gelächter aus.

Ich drehte mich um und erkannte Jaro, der triefnass auf uns zuhielt. Die Kleidung klebte nass am Körper des hageren Mannes, der Zipfel seiner Mütze hing ihm wasserschwer zwischen den Augen und auch sonst war der Anblick ein trostloser.

»Guten Abend, alter Zausel. Hast es mal wieder probiert, was?« Pimpack schlug sich lachend auf den Oberschenkel und deutete mit dem Mundstück seiner Pfeife auf den Müller.

Jaro zitterte so sehr, dass seine Zähne klappernd aufeinanderschlugen. Ich packte ihn am Arm und zog ihn Richtung Mühle.

»Komm rein, Jaro. Hier draußen holst du dir nur den Tod.«

Wie ein fest verwurzelter Baum bewegte er sich keinen Schritt.

»Der Tod hat keine Bedeutung für mich. Ich würde ihn sogar willkommen heißen.«

Finster starrte er den Kobold an, der jedoch starrte nur zurück.

Ich ließ Jaro los und blickte zwischen ihm und dem Kobold hin und her. Pimpacks süffisantes Lächeln gefiel mir gar nicht.

»Gib mir meinen Ring, Kobold. Er ist nicht von Wert für dich. *Er* ist fort, *er* wird nicht mehr wiederkommen und solange du mir meinen Ring nicht wiedergibst, werde ich hier sein. Warum willst du mich nicht lieber ziehen lassen? Dann bist du mich los!«

Pimpack paffte an seiner Pfeife und pustete kleine Kringel aus Rauch in die Luft.

»Ganz einfach. Weil du deswegen leidest. So, wie mein Müller wegen dir gelitten hat, bis er es nicht mehr aushielt!« Die letzten Worte brüllte der Kobold. Wellen schlugen gegen den Rand des Flussbettes, als würde das Gewässer Pimpacks Stimmung teilen.

Jaro fiel auf die Knie und schluchzte, die Hände vor's Gesicht geschlagen. Tränen drängten sich durch seine Finger. Jäh erinnerte mich sein Anblick an das, was ich in den Blutmarschen erlebt hatte. Bilder von Kämpfenden, die neben leblosen Körpern knieten und weinten, fluteten meinen Kopf. Jaro trauerte. Er trauerte so sehr, dass sich meine Augen ebenfalls mit Tränen füllten. Ich beugte mich zu Jaro hinab und umarmte ihn in der Hoffnung, seine Verzweiflung so lindern zu können. Er zitterte so stark, dass ich glaubte, er müsste jeden Moment aufhören zu atmen. Wütend auf den grausamen Kobold schrie ich ihn an: »Gib Jaro den Ring! Siehst du nicht, wie er leidet?«

»Pfff«, machte Pimpack verärgert. »Dieser vermaledeite Ring. Ich werde dem Ganzen ein für alle Mal ein Ende bereiten.« Im Schneidersitz setzte er sich ins Gras und wühlte in seinen Jackentaschen.

Ich hielt die Luft an. Was hatte der Kobold nun vor?

»Hier, Jaro. Hier ist dein Ring.« Pimpack hielt etwas Grünes in die Luft, das nach geflochtenem Gras aussah.

Der Müller wischte sich mit dem klammen Ärmel seines Hemdes über die Augen und zog die Nase hoch.

»Mein Ring«, hauchte er und streckte die Hand aus. Sehnsucht trat in seine Augen.

»Sieh ihn dir gut an. Das ist das letzte Mal, dass du ihn sehen wirst.«

Mit diesen Worten öffnete der Kobold seine Laterne und hielt den Ring über die Kerzenflamme. Binnen zwei Herzschlägen schrumpelte er zu einem kümmerlichen Gebilde zusammen und zerfiel zu Asche.

»Nein!«, schluchzte Jaro auf. »Nein, nein, nein!« Kraftlos kippte er zur Seite und zog die Knie an die Brust. Sein Körper bebte ob seiner Verzweiflung.

»Du bist ein Monster«, fuhr ich den Kobold an. Ich sprang auf und hob den Fuß. Ich würde diese Kreatur einfach mit meinem Stiefel zerquetschen. Doch im nächsten Moment war Pimpack verschwunden und ich zertrat nur das Gras, auf dem er bis eben noch gestanden hatte.

Jaros Schluchzen wurde zu einem Wimmern. Ich sank neben ihn, schob meine Arme unter seinen Körper und trug ihn in die Mühle. Er konnte sich kaum auf den Beinen halten. Mühevoll befreite ich ihn von den nassen Kleidern, legte ihn vorsichtig auf seine Schlafstatt und türmte sämtliche Decken auf seinen zitternden Körper. Dann machte ich Feuer in dem kleinen Ofen und hängte seine Sachen zum Trocknen auf.

»Ich mache dir einen Tee, der wird dich von innen wärmen«, sagte ich sanft zu Jaro und lief nach draußen, um frisches Wasser zu holen. Herr von Grau schrie, als er mich sah. Mit der vollen Kanne eilte ich zu ihm und warf eine Handvoll Möhren in den Stall.

»Er wird überleben, mach dir keine Sorgen.«

Der Esel verstummte und stellte die Ohren auf.

»Ich kümmere mich um ihn«, versprach ich dem Grauen und strich ihm über den Nasenrücken. Sein leises Schnauben wertete ich als wohlwollende Antwort.

Zurück in der Mühle hängte ich die Kanne über dem Feuer auf und warf ein Bündel getrocknete Kräuter in das Wasser, sobald es kochte. Wie gerne hätte ich Jaro mit einer Suppe versorgt, doch wir hatten dafür keine Zutaten. Also flößte ich ihm in regelmäßigen Abständen heißen Tee ein und spielte für ihn auf meiner Laute.

Der Sonnenaufgang überraschte mich. Ausgelaugt von der Nacht konnte ich meine Augen kaum noch offenhalten und zupfte mehr schlecht als recht an den Saiten.

»Spiel weiter, Junge.«

Jaros zittrige Stimme erschreckte mich so sehr, dass ich fast vom Schemel gefallen wäre. Ich rutschte zu ihm ans Bett. Er hatte die Augen weiterhin geschlossen, Schweiß stand auf seiner Stirn. Seine rissigen Lippen zitterten.

»Wie geht es dir?«, fragte ich leise.

»Durst«, krächzte Jaro zur Antwort und ich sprang auf, um neuen Tee zu kochen. Ungeduldig beobachtete ich das brodelnde Gebräu. Sobald es fertig war, füllte ich den Becher nur halb und pustete aus Leibeskräften, damit der Inhalt schnell an Hitze verlor. Vorsichtig richtete ich Jaro ein Stück auf und führte das Gefäß an seine Lippen. Der Müller trank gierig und hustete dadurch die Hälfte wieder aus.

»Langsam, Jaro«, mahnte ich ihn und legte seinen Kopf sanft auf das Kissen zurück.

Seine Lider öffneten sich flatternd, sein suchender Blick brauchte einen Moment, bis er mich fand.

»Danke, Aramil. Obwohl ich lieber tot wäre, bin ich dir dankbar, dass ich es doch noch nicht bin.«

»Wenn es dir besser geht, musst du mir erklären, was letzte Nacht geschehen ist«, erwiderte ich ernst. »Keine Geheimniskrämerei mehr.«

»Ich verspreche es dir.« Jaro schloss die Augen und wenig später war er erneut eingeschlafen.

Die nachfolgenden Tage vergingen wie im Flug, so voller Arbeit waren sie. Ich hetzte zwischen Korn mahlen und Jaro pflegen hin und her, fütterte zwischendrin Herrn von Grau und besorgte auf dem Markt im nächsten Dorf Lebensmittel, die Jaro wieder zu Kräften kommen lassen würden. Kochen konnte ich nicht, so bat ich Katla, mir zu helfen.

»Was ist ihm widerfahren?«, fragte sie mich, während wir gemeinsam Gemüse für eine kräftige Suppe putzten. Katla hatte Jaro nur kurz gesehen, doch das war genug.

»Ich weiß es nicht genau. Vor ein paar Tagen stammelte er etwas von Pilzen, lief überstürzt in den Wald und kam mitten in der Nacht zurück, nass bis auf die Knochen und schwach wie ein Kind.«

»Er hat dir also nicht erzählt, was passiert ist?«, hakte sie nach.

Ich runzelte die Stirn. »Nein. Aber er versprach, es mir zu erzählen, sobald es ihm besser geht.«

»Das ist gut. Das ist er dir schuldig.«

Ich musterte die Bäckerin fragend, doch sie konzentrierte sich ganz auf die Grumbeere, die sie gerade schälte.

»Was weißt du, Katla?«, fragte ich.

Sie sah auf und lächelte mich an. »Bei weitem nicht so viel, wie du gerade denkst. Gib ihm Zeit, Aramil.«

Katla wusste also über Jaros Vergangenheit Bescheid, ich jedoch nicht. Plötzlich hatte ich ein Gefühl im Bauch, als schloss sich eine Faust um meine Eingeweide.

»Wie lange kennst du ihn schon?«

Katla warf die fertig geschälte Grumbeere in eine Schüssel und griff nach der nächsten. »Seit ich ein kleines Mädchen bin.«

Ich nickte und das ungute Gefühl ebbte ab. Ich lebte und arbeitete hier erst seit Sommerbeginn. Kein Wunder also, dass die Bewohner dieser Gegend mehr über Jaro wussten als ich.

Es dauerte noch zwei weitere Tage, bis Jaro sich kräftig genug fühlte, um aufzustehen. Katlas Suppe schien dennoch Wunder zu wirken, denn jeder Teller davon ließ mehr Farbe in das Gesicht des Müllers zurückkehren. Ich half ihm, sich zu waschen und anzuziehen und sich draußen in seinen Schaukelstuhl zu setzen.

»Ach, die Sonne auf meiner Haut ist eine Wohltat«, seufzte er. Der genießerische Ausdruck auf seinem Gesicht ließ mich aufatmen. So lange hatte ich es unter Schmerzen und Fieber verzerrt sehen müssen, dass mir selbst ganz flau dabei geworden war.

»Hast du alles, was du brauchst? Dann würde ich mich wieder ans Mahlen machen.« Thurs hatte erneut ein Dutzend Säcke vorbeigebracht, die schleunigst gemahlen werden mussten.

»Setz dich zu mir, Aramil«, forderte Jaro mich auf.

»Aber, was ist mit Thurs? Er wird wütend sein, wenn –«

»Nein. Er wird sich einen Tag gedulden müssen. Ich kann dies wiederum nicht, denn ich bin dir eine Erklärung schuldig. Vielmehr eine Geschichte, wenn ich es genau bedenke.«

Das ließ mich aufhorchen. Er hatte versprochen, dass er mir alles erzählen würde. Zeit, dass er sein Versprechen auch einhielt! Ich setzte ich mich dem Müller gegenüber auf den Schemel und sah ihn an.

Jaro atmete tief ein und hustend wieder aus. Sofort wollte ich aufspringen, doch mit einer Geste hielt er mich zurück.

»Was ich dir jetzt erzähle, mag dir wie eine Fabel vorkommen, doch sei versichert, es ist keine. Es ist mein Leben. Zuallererst: Ich bin ein Nöck, kein Mensch«, begann er.

»Moment. Du bist ein was?«, fiel ich Jaro ins Wort. »Was ist ein Nöck?«

»Du solltest schleunigst mehr über die Welt lernen, in der du lebst«, tadelte er mich. »Ein Nöck ist ... ich bin ein Wassermann. Ich lebte früher in einem See im Wald, bis mich mein Herz hierher zur Mühle führte.

Als Nöck lebt man einsam. Ab und an, wenn ein Mensch an mein Gewässer kam, zog ich ihn hinein, weil ich mich nach Gesellschaft sehnte, doch ihr könnt unter Wasser nicht atmen.«

Der Satz hing eine Weile zwischen uns in der Luft, während Jaro einen Schluck Tee trank.

»Eines Tages kam ein junger Mann an meinen See. Er trug einen Korb Pilze bei sich, die er im Wald gesammelt hatte. Er suchte Erfrischung in meinem Wasser und badete. Nie zuvor hatte ich einen solch wunderschönen Menschen gesehen. Ich wollte ihn sofort und immer für mich behalten, doch wusste ich auch, dass es sein Ende sein würde, wenn ich ihn mir einfach nahm. Also stieg ich aus dem Wasser, setzte mich auf den Felsen in der Mitte des Sees und begann, auf meiner Fiedel zu spielen. Die Melodie lockte ihn an und bald gesellte er sich zu mir auf den Felsen. Wir brauchten keine Worte, um uns zu verstehen, und bald lagen wir eng umschlungen auf dem Stein, der unseren erhitzten Leibern Kühlung verschaffte.

Als es dunkel wurde, verließ er mich. Ich ließ ihn ziehen, mein Herz nahm er mit. Bis zu diesem Tag wusste ich nicht, dass ich eines besaß, doch es musste so sein, so leer, wie sich meine Brust anfühlte.

Die darauffolgenden Tage flossen grau ineinander. Meine Seerosen, mein ganzer Stolz, welkten eine nach der anderen. Ohne ihn würde ich nie mehr glücklich werden können, wenn ich das denn je gewesen war. Meine Fiedel weinte bittere Melodien. Selbst die Frösche passten ihr Quaken meiner Stimmung an. Mein stattlicher See war zu einem traurigen Tümpel verkümmert.

Einige Zeit blieb es still um mein Zuhause, doch als ich Schritte durch das Laub rascheln hörte, wusste ich sofort, dass er es war. Wenig später lagen wir uns in den Armen. Die Seerosen richteten sich auf und leuchteten im schönsten Purpur. Meine Brust füllte sich mit wohliger Wärme, als ich ihn küsste und berührte, weil er eben mein Herz bei sich trug.

Doch unsere Zweisamkeit hielt nicht lange an. Bald wurde es zu kühl und er zitterte am ganzen Leib. Zerrissen von Sehnsucht und Trauer sah ich ihm zu, wie er sich in seine warme Kleidung hüllte. ›Komm mit mir‹, drängte er mich, doch als Nöck, der ich nun mal war, konnte ich mein Gewässer nicht lang allein lassen. ›Für eine Nacht‹, willigte ich ein und er nickte. Also entstieg ich meinem Gewässer und versteckte den Ring, der mich mit meinem See verband, in der Uferböschung.

Du musst wissen, Aramil, dass ein Nöck erst zu seinem eigenen Gewässer finden muss. Nachdem ich meinen See entdeckt und darum gebeten hatte, dass er mich dauerhaft beherbergt, haben wir unsere Übereinkunft mit einem Ring aus Wasserstern, das im See wächst, besiegelt. Ohne diesen Ring erkennt mich mein Gewässer nicht. Ohne den Ring bin ich heimatlos.

Nun, aus der Nacht wurde eine ganze Woche, die ich mit ihm zusammen in seiner Mühle – dieser Mühle – verbrachte. Aber so sehr, wie es mich zu ihm hinzog, so sehr zog es mich auch zu meinem See. Also verließ ich ihn mit dem Versprechen, bald zurückzukehren. So ging es einige Jahre. Wir liebten uns, doch standen immer meine Herkunft und mein Heim zwischen uns. Wir stritten oft deswegen. Die Lösung, dass ich in diesen Fluss übersiedeln könnte, ließ der Mühlenkobold, der hier lebt, nicht zu. Er hasste es, wenn ich bei *seinem* Müller war. Ich wusste, ich musste mich entscheiden, aber weder konnte ich mein Dasein als Nöck noch meine Liebe zu ihm verleugnen.

Ich glaubte, schlimmer konnte es nicht mehr werden, bis zu dem Tag, an dem mein Ring verschwand. Ich hatte ihn an seinem üblichen Platz verborgen, fand ihn dort aber nicht mehr. Ich suchte das ganze Seeufer ab, doch nirgends war der Ring. Ohne diesen Ring erkannte mich mein See nicht als seinen Herren an, was es mir unmöglich machte, darin zu leben.

Wütend rannte ich zurück zur Mühle und stellte den Müller zur Rede. ›Wo ist mein Ring?‹, fragte ich ihn immer wieder. ›Ich habe deinen Ring nicht‹, beteuerte er erst, dann wurde auch er zornig. ›Dein Tümpel ist dir wichtiger als ich‹, warf er mir vor. ›Ich kann diese Unsicherheit nicht länger ertragen, ich gehe fort‹, verkündete er und griff nach seinem Hab und Gut. Ich bekniete ihn, weinte bittere Tränen und flehte ihn an, nicht zu gehen. Doch er blieb hart und verließ mich am gleichen Tag.

Da stand ich nun, ohne Heimat und ohne Geliebten. Meine Zerrissenheit hatte mich am Ende beides gekostet. Ich wusste nicht, was ich tun sollte oder wohin ich hätte gehen sollen. Unfähig, mich zu entscheiden, blieb ich an Ort und Stelle, in der Mühle. Wie hätte ich ihr auch den Rücken kehren können? Was, wenn mein Geliebter doch noch zu mir zurückkehren würde? Und ehe ich mich versah, waren Jahre vergangen und ich lebte auf einmal selbst ein Leben als Müller. Kurz darauf erzählte mir Pimpack, dieses Scheusal, dass er meinen Ring genommen habe, um mich zu bestrafen. Das ist jetzt bald dreißig Winter her. Und nun hat er meinen Ring verbrannt.«

Jaros Stimme brach und seine Augen füllten sich abermals mit Tränen. Ich ging vor ihm in die Hocke und streichelte seinen Handrücken.

»Das tut mir so leid, Jaro«, flüsterte ich. »Hast du denn je versucht, deinen Müller zu finden?«

»Ich bin ein Nöck!«, rief er aufgebracht. »Ich bin nicht dafür gemacht, durch die Lande zu streifen. Ich kenne nichts außer meinen See, die Mühle und den Weg dazwischen.«

»Und du willst nicht mehr hier sein, richtig?«

»Nein«, stieß Jaro hervor. »Alles hier riecht immer noch nach ihm und erinnert an die Zeit, die wir miteinander hatten. Wir verbrachten gewiss auch Stunden zusammen in meinem See, doch die Natur hat längst alles getilgt, was an ihn erinnern könnte.«

»Aber der Ring ist zerstört«, überlegte ich laut. Jaros Handrücken traf mich hart ins Gesicht. Erschrocken befühlte ich meine Wange.

»Bei Unas rissigen Fußnägeln, hör auf, das Messer in der Wunde herumzudrehen!«, fuhr er mich an.

Ich stand auf und ging ein paar Schritte. Gerade hatte ich Jaros Verzweiflung körperlich gespürt. Wie er das seit dieser langen Zeit ertrug, verstand ich nicht. In meinem Kopf knospte eine Idee, die rasch Blüten trug. Ruckartig drehte ich mich um.

»Jaro, ich habe die Lösung!«, triumphierte ich.

»Du hast eine Lösung? Ich brüte seit Dekaden darüber und dir fällt mir nichts, dir nichts, eine ein?« Er lachte freudlos.

»Wir machen dir einfach einen neuen Ring aus den Pflanzen des Sees!«

Mit dem brüllenden Gelächter, in das Jaro ausbrach, hatte ich nicht gerechnet. Es dauerte eine Weile, bis der alte Mann sich beruhigt hatte. Währenddessen ließ ich mich wieder auf dem Schemel nieder und beobachtete ihn finster.

»Was ist daran so lustig?«, wollte ich wissen.

Jaro holte japsend Luft und wischte sich die Tränen aus den Augen. »Das war einer meiner ersten Einfälle. Aber um einen Ring flechten zu können, muss man an die Pflanzen herankommen. Und mich lässt der See nicht mal die Wasseroberfläche berühren.«

»Ich kann dir doch das Grünzeug holen«, schlug ich vor.

»Sag nicht Grünzeug! Das ist kein Unkraut, das sind wunderschöne Gewächse aus Unas Schoß. Kannst du überhaupt schwimmen, geschweige denn tauchen?«

Ich senkte den Kopf. »Nein.«

»Ha! Da haben wir das Problem.« Jaro winkte ab und erhob sich schwankend aus seinem Stuhl. »Ich werde hier Getreide mahlen, bis meine Zeit gekommen ist, Junge. Ich habe mich damit abgefunden, also solltest du es auch.«

Den Rest des Tages hingen wir unseren Gedanken nach. Keiner von uns beiden wollte reden. Ich verrichtete meine Arbeit, während Jaro sich weiter ausruhte. Als die Nacht hereinbrach, legten wir uns in unsere Betten. Doch ich schlief nicht. Sobald ich Jaros regelmäßiges Schnarchen hörte, schlich ich auf Zehenspitzen durch die Mühle und dann nach draußen.

Ich wusste nicht, wo Jaros See war, doch offenbar ahnte der Wald, was ich suchte. Den Wind stetig im Rücken wies er mir den Weg, ließ Zweige Richtungen deuten und Wege sichtbar werden. Als ich schließlich vor dem Gewässer stand, erkannte ich darin nicht den See aus Jaros Erzählungen. Überwuchert mit Pflanzen, reflektierte das trübe Wasser kaum das fahle Mondlicht, das durch die Baumkronen bis auf den Waldboden fiel.

»Trauerst du um deinen Nöck?«, fragte ich den See. Ein einzelner Frosch antwortete mir mit einem leisen Quaken.

Bevor ich es mir anders überlegte, zog ich Hemd und Schuhe aus und watete in den See, der einem erblindeten Auge ähnelte. Als das Wasser gegen meine Hüfte schwappte, erstarrte ich. Ich würde sogleich sinken wie ein Stein, das wusste ich. Also ging ich in die

Hocke und tastete nach den Pflanzen, die hoffentlich dafür geeignet waren, einen Ring für den Nöck zu flechten. Bald bekam ich etwas zu fassen und zog daran. Immer fester riss ich an den Gräsern, die sich nur langsam aus dem schlammigen Grund lösten. Nun war das Wasser noch trüber und ich stand inmitten der braunen Plörre.

»Bist du von Sinnen? Was tust du da?«

Erschrocken drehte ich mich um und verlor den Halt. Nur kurz sah ich ein angsterfülltes Gesicht, bevor das Wasser über meinen Kopf schwappte. Sofort schluckte ich etwas davon beim Versuch, zu atmen. Ich strampelte panisch mit allen Gliedmaßen, um den Boden wiederzufinden, auf dem ich bis eben noch gestanden hatte, doch es gelang mir nicht. Ich hustete Wasser und schluckte gleichzeitig mehr davon. Meine hektischen Gedanken verlangsamten sich zusehends und plötzlich war es mir nicht mehr so wichtig, Halt zu finden. Ich ließ mich treiben, im Wasser schien alles so leicht ...

Mit einem Ruck wurde ich nach oben gerissen. Instinktiv holte ich Luft. Doch anstatt zu Atem zu kommen, spie ich Wasser hervor. Ich war mir sicher, ich hatte den halben See in meiner Lunge. Ich wurde mit dem Rücken auf etwas Hartes geworfen, gleich darauf malträtierten Hände meine Brust und ich hustete noch mehr, drehte mich würgend zur Seite und spuckte alles aus. Erschöpft blieb ich liegen, vermutlich eine Ewigkeit.

»Nicht einschlafen, Aramil. Bleib wach!«

Jemand rüttelte an meiner Schulter. Ich wollte die Hand wegschlagen, aber mein Arm gehorchte mir nicht. Stattdessen machte ich »hmpf« und versuchte den, der mich schüttelte, zu ignorieren.

»Komm zu dir, ich bitte dich!«

Ich wurde aufgerichtet und einmal links, einmal rechts ins Gesicht geschlagen. Empört öffnete ich die Augen. Das faltige Gesicht des Müllers schwebte über meinem.

»Jaro! Werden die Ohrfeigen jetzt zur Gewohnheit?« Ich hustete.

»Bin ich froh, dass Ydir dich noch nicht zu sich geholt hat.« Er umarmte mich kurz. »Wieso bist du in das Wasser gegangen? Du kannst doch nicht schwimmen.«

Mit aller Kraft, die ich aufbieten konnte, hob ich meine Hand, in der ich immer noch fest die Pflanzenstängel hielt. Jaros Augen wurden groß.

»Du hast es … geschafft? Du hast es geschafft!« Er sprang auf und tanzte um mich herum. Mir wurde schwindelig bei dem Anblick.

»Du hast Wasserstern gepflückt! Ich kann mir einen neuen Ring flechten! Ich kann wieder in meinen See!« Der Nöck jauchzte und lachte und war wie ausgewechselt.

Ein plötzlicher Gedanke durchzuckte mich. »Warst du nicht eben auch im See, um mich zu retten?«

Jaro setzte sich neben mich und öffnete vorsichtig meine Hand, um den Wasserstern daraus zu befreien. Dabei nickte er. »Der See hat mich vermutlich nur akzeptiert, weil ich ihn betreten wollte, um dich zu retten. Nicht, um in ihm zu wohnen.«

»Verstehe«, entgegnete ich und beobachtete Jaro, wie er mit flinken Fingern einen Ring aus den Gräsern flocht. Kurz darauf fertigte er auch noch einen zweiten.

»Sei so gut und tauche beide kurz in den See.«

Ich tat, wie mir geheißen, und legte die Ringe anschließend in Jaros Hände. Sofort hielt er mir einen hin und lächelte mich an.

»Das ist mein Geschenk an dich. Der Ring wird nie verdorren und dich an die große Tat erinnern, die du heute vollbracht hast.«

Ich betrachtete den Ring von allen Seiten, bevor ich ihn an den Mittelfinger steckte. Er passte wie angegossen.

»Danke, Jaro. Für alles. Vor allem dafür, dass du mich das Lautenspiel gelehrt hast.«

Der Nöck winkte ab. »Du konntest es bereits. Ich habe nur noch ein wenig an deinen Künsten gefeilt. Du spielst beinahe so gut wie ein Nöck.«

Er zwinkerte mir zu, doch dann wurde sein Blick schwermütig.

»Nun wird es Zeit, aufzubrechen, Aramil. Ich habe wieder ein Heim, aber deine Bestimmung ist es, weiterzuziehen. Geh in die Mühle und nimm alles, was dir nützlich erscheint. Nimm alle Kronen aus dem Kästchen mit und auch Herrn von Grau. Er wird dir als Gefährte gute Dienste erweisen.«

Er half mir auf die Beine. Noch etwas wackelig zog ich Hemd und Schuhe an und umarmte Jaro ein letztes Mal. Dann tauchte er mit einer geschmeidigen Bewegung in das Wasser ein, schwamm zu seinem Felsen und mir schien, dass das Wasser etwas mit ihm machte. Seine Haut wirke jäh grünlicher, glatter und seine Kleidung war zur Gänze verschwunden. Er setzte sich im Schneidersitz auf den Felsen, holte eine Fiedel hervor und begann zu spielen.

Nie mehr hörte ich solch eine traurig-süße Melodie. Ich habe nie versucht, sie nachzuspielen, es käme mir nicht richtig vor.

Zurück bei der Mühle suchte ich alles zusammen, was für mich einen Wert besaß, und ging mit vollgepackten Taschen zum Stall des Esels. Der sah mich mit aufmerksamen Augen an und machte keinen Ärger, als ich ihm sein Halfter aufzog und das Tragegeschirr anlegte. In den daran angebrachten Taschen und Körben verstaute ich mein Hab und Gut und gab dem Tier eine Möhre, die er in Windeseile verspeiste.

Ich schnalzte mit der Zunge. »Komm, Herr von Grau. Auf uns wartet die weite Welt.«

Seitdem ich die Mühle verlassen habe, war ich kein einziges Mal mehr dort. Zum einen habe ich Angst, dort von Jaros Tod zu erfahren, und ich möchte, dass er in meinen Gedanken ewig lebt. Zum anderen wollte ich nie wieder Pimpack begegnen, der für das ganze Unglück verantwortlich war. Seitdem achte ich auf jedem Gehöft und jeder Mühle auf Anzeichen für Kobolde. Ich hörte, dass es auch nette geben soll, doch ist mir seither keiner begegnet.

Auch, wenn es gehässig klingen mag, ist mein einziger Trost, dass Pimpack allein in seiner Mühle hockt, seit Jaro und ich nicht mehr dort sind. Was ist ein Mühlenkobold ohne Müller, frage ich euch? Richtig, er ist einsam. Vielleicht hat sich seitdem wieder jemand dort niedergelassen. Wenn ja, hoffe ich, dass Pimpack ihm wohlgesinnter ist als seinem letzten Hausgenossen.

Ich bezweifle, dass ich jemals so ein guter Lautenspieler geworden wäre, wenn sich Jaros und meine Wege nicht gekreuzt hätten. Und noch etwas anderes hat er mich gelehrt: Dass man Liebe zulassen sollte, wenn sie einem begegnet.

Den Ring, den er mir schenkte, habe ich noch, gewiss. Doch er ist mit den Jahren zu brüchig geworden, um ihn zu tragen.

Wohin es mich danach trieb? Lasst mich meine Kehle erst mit einem guten Schluck Met benetzen, bevor ich euch die nächste Geschichte erzähle. Ich sehe schon, der heutige Abend wird ein längerer.

Zwischenspiel – Funkenflug

Jahr 470 seit Besiedelung

Ein Windstoß findet jäh seinen Weg in die Höhle und ich fröstele. Doch der Luftzug weht auch den mir vertrauten Duft Oriks herüber. Ich schließe die Augen, gestatte mir einen kurzen Moment des Träumens, denn immerhin habe ich eine Gesellschaft zu unterhalten. Doch meine Gedanken schlagen bereits den Pfad ein, der zu der süßen Erinnerung von Oriks und meiner ersten Begegnung führt.

Ich stand ein paar Esellängen vor dem Gasthaus *Zum Fauchenden Fuchs*, unentschlossen, ob ich es betreten sollte. Ihm eilte ein Ruf voraus, der meine Füße daran hinderte, einen Schritt weiterzugehen. Gleichzeitig knurrte mein Magen so laut, dass es mir nahezu egal war, wo ich meine nächste Mahlzeit herbekam.

Herr von Grau stupste mich ungeduldig an. Er, dem ich sonst stundenlang beim Grasen am Wegesrand zusehen sollte, drängte mich zu einer Entscheidung.

Ich seufzte übertrieben. »Na gut, aber auf deine Verantwortung.«

Langsam näherte ich mich mit meinem Esel dem Haus, vor dessen Tür ein riesiger Mann mit finsterem Blick stand. Er musterte mich aus der Entfernung und kurz trafen sich unsere Blicke. Ein Impuls ließ mich rasch zu Boden sehen. Ich lief weiter und stieß gegen den Anbindebalken, den ich übersehen hatte.

»Autsch!« Ich rieb über die schmerzende Stelle an meinem Bein. »Das fängt ja gut an.«

Ich band Herrn von Grau am Balken fest, nahm Bündel und Laute aus den Tragetaschen und hängte mir beides über die Schulter. »Ich frage drinnen nach deinem Abendessen, mein Freund«, versprach ich meinem Esel und streichelte ihm den Hals. Dann straffte ich die Schultern und steuerte auf die Eingangstür der Taverne zu.

Erneut heftete sich der argwöhnische Blick des Mannes auf mich und er wich keinen Fußbreit von der Tür.

»Du bist zum ersten Mal hier.«

»Ähm, ja.«

»Siehst ganz schön jung aus.«

»Das täuscht«, krächzte ich. *Reiß dich zusammen, Aramil.*

»Hm. Wir werden sehen.«

Der Hüne machte einen Schritt zur Seite und öffnete die Tür. Ich schlüpfte hindurch und fand mich in einem Raum voller Gelächter und dem Geruch von Ale wieder. Jeder Tisch war bis zum letzten Platz und darüber hinaus besetzt. Ich machte zwei Schritte in den Schankraum, doch ich wusste nicht, wohin ich mich wenden sollte.

»Wie hast du mich genannt? Einen Betrüger?«

An dem Tisch vor mir stand ein Mann auf, merklich schwankend, und drohte seinem Gegenüber mit der Faust.

»Weil du einer bist! Die Karte hast du doch versteckt!«

Ich lugte auf den Tisch und sah darauf verteilt ein Deck Kwat-Karten.

»Du kannst nur nicht verlieren!«, rief der Beschuldigte aus.

Eine Faust flog über den Tisch und traf den vermeintlichen Betrüger am Kinn. Im nächsten Augenblick wurde die Eingangstür hinter mir aufgestoßen und der Hüne von Aufpasser stürmte in die Taverne. Mit einem Sprung zur Seite brachte ich mich in Sicherheit und presste mich mit dem Rücken an die Wand, um bloß nicht in den Tumult hineingezogen zu werden.

»Keine Schlägereien im *Fuchs*!«, brüllte der Tavernenwächter und zerrte die beiden Streithähne auseinander.

Gebannt folgte ich dem eindrucksvollen Schauspiel. Obwohl die beiden Kontrahenten noch immer an die Gurgel des jeweils anderen wollten, hielt der Hüne beide fest am Kragen wie eine Katzenmutter ihre Kinder.

»Ihr wisst, was das heißt. Einen Monat Schänkenverbot für euch beide!« Der Mann drehte sich um und zerrte die Kartenspieler hinter sich her. Einer der Tavernengäste, dem das Ganze wohlvertraut schien, sprang hoch und hielt dem Gespann die Tür auf. Der Hüne stiefelte hinaus und einen Wimpernschlag später folgte ihm die halbe Taverne. Auch ich ging mit, neugierig, ob es wohl noch einen zweiten Akt gab. Ich drängte mich durch die Menge ein Stück nach vorne, gerade um noch zu sehen, wie der Tavernenwächter die Männer mit dem Kopf in die Pferdetränke tauchte, doch nur kurz. Dann ließ er sie los, nicht ohne beide noch ein Stück voneinander wegzuschubsen.

»Das soll euch eine Lehre sein. Ist es das nicht, werdet ihr nie wieder einen Fuß in den *Fuchs* setzen, verstanden?«

Die Streithähne murmelten beiderseits Zustimmung, rieben sich dabei über Nacken und Gesicht.

Der Wächter indes drehte sich um und starrte missmutig auf uns Schaulustige. »Was habt ihr alle hier draußen zu suchen? Sind eure Becher etwa schon leer?«, polterte er. »Husch, rein mit euch. Oder fort! Das wäre mir sogar lieber.«

Die Schaulustigen lachten, ein paar davon klatschten und grölten sogar. Oriks Aufforderung folgend, strömten sie zurück in den Schankraum. Auch ich ging wieder hinein, bestellte am Tresen ein Dünnbier und etwas zu essen. Der Vorfall hatte mir die Scheu vor diesem vermeintlich rauen Ort genommen. So schlimm, wie der *Fuchs* von so manch ehemaligem Gast beschrieben wurde, kam mir das Gasthaus keinesfalls vor.

»Ihr seid Barde?«

Ich blickte in das aufmerksame Gesicht einer Frau mittleren Alters, die einen vollen Becher Dünnbier vor mir abstellte. Ihr ergrauendes Haar lag als geflochtener Zopf über ihrer Schulter.

»Die Laute hat mich verraten, nicht wahr?« Ich tätschelte liebevoll das Instrument. »Aramil Flitterer mein Name. Barde, Geschichtenerzähler und gelegentlich Bote.« Ich verneigte mich knapp.

»Wenn Ihr wollt, könnt Ihr später aufspielen. Tut der Meute hier mal ganz gut, mit ein bisschen Kultur konfrontiert zu werden. Für den ersten Auftritt zahle ich nichts. Ich muss erst sehen, ob Ihr gut seid. Aber das Essen geht auf's Haus.«

»Abgemacht«, erwiderte ich strahlend. »Und Ihr seid?«

»Svadis. Inhaberin des *Fuchses*.«

Sie streckte mir ihre Hand hin, ich ergriff sie und schüttelte sie kurz. »Sehr erfreut! Ich habe schon vieles über diese Taverne gehört, doch die Geschichten werden ihr nicht gerecht.«

»Es kommt immer auf die erzählende Person an und ob sie von Orik hinausgeworfen wurde«, entgegnete Svadis mit einem Zwinkern. Ich grinste.

»Wieso trägt Eure Taverne den Namen *Zum Fauchenden Fuchs*? Hattet Ihr eine einprägsame Begegnung mit einem?«

Svadis betrachtete mich mit hochgezogenen Augenbrauen. »Den Namen gab nicht ich der Taverne, sondern deren Vorbesitzer. Seltsamer Kerl, Savian hieß er. Wollte das Gasthaus loswerden, um auf ein Abenteuer zu gehen. Faselte von etwas namens *Drachen*. Das ist Jahre her. Gesehen habe ich ihn seitdem nie wieder. All sein Hab und Gut hat er hier zurückgelassen. Das Einzige, was er mitnahm, war eine gewaltige Schere. Zur Verteidigung, sagte er mir damals.« Die Wirtin zuckte mit den Schultern. »Jedenfalls bringt es Unglück, eine Taverne umzubenennen. Merk dir das.«

Ich nickte stumm, nahm Krug und Schale an mich und suchte mir einen freien Platz.

Nachdem ich mein Abendessen vertilgt und auch um Versorgung von Herrn von Grau gebeten hatte, stand nichts mehr zwischen mir und meinem nächsten Auftritt. Mir drehte es davor jedes Mal schier den Magen um, doch danach fühlte ich mich stark wie zehn Esel, also kratzte ich allen Mut zusammen und sprang auf den Tisch in der Mitte der Taverne.

»Hey, was soll das? Runter vom Tisch!«, beschwerten sich die Leute, die daran saßen. Ich ging nicht darauf ein und spielte stattdessen eine rasche, fröhliche Melodie auf meiner Laute.

»Liebe Leute, heute ist euer Glückstag! Svadis bat mich, für euch zu singen und genau das werde ich jetzt tun!«

Mit dem Fuß auf die Tischplatte tippend, gab ich mir den Takt des ersten Liedes vor und begann zu spielen. Die Gespräche verstummten nach und nach und gingen in Klatschen und Gesang über. Ich hielt mich an Klassiker von Saitenpfad und Kupferstimme, spielte aber auch das *Arbeitslied*, das mir damals auf Iakobs Hof in den Sinn gekommen war. Aus dem Augenwinkel sah ich, dass auch der Hüne ab und an einen Blick in die Taverne warf und mir zuhörte. In diesen Momenten spielte ich noch leidenschaftlicher und sang noch inbrünstiger.

Als ich eine kurze Pause einlegte, konnte ich mich vor Einladungen zu einem Krug Met kaum retten und sah mich schon betrunken auf dem Tavernenboden liegen, als ich dankbar mit jedem anstieß, dem meine Musik gefiel.

Ich beendete meinen Auftritt mit dem allseits beliebten Stück *Tafel der Patrone*. Überwältigt von dem Zuspruch der Gäste des *Fuchses* stand für mich fest, dass ich von nun an öfter hier sein würde.

»Letzte Runde«, hallte Svadis' Stimme durch den Raum und eine knappe Stunde später leerte sich die Taverne rasch.

»Bei Phax' gerissener Saite«, rief ich aus und schlug mir an die Stirn.

»Was ist los, Meister Barde?«, erkundigte sich Svadis.

»Ich vergaß, Euch um ein Zimmer für die Nacht zu bitten. Ist denn noch eines frei?«

Sie schüttelte mit bedauernder Miene den Kopf. »Alle Zimmer waren bereits belegt, bevor Ihr ankamt.«

Ängstlich spähte ich zur Tür und murmelte: »Ich kann nicht draußen schlafen.«

Der Hüne betrat den Schankraum und sah sich um. Sein Blick blieb an mir hängen. »Wir schließen, Barde. Ab nach Hause mit dir.«

»Sei nicht töricht, Orik. Er ist ein Barde. Er hat kein Zuhause«, wies Svadis ihn zurecht. »Ich habe eine Idee! Meister Flitterer kann doch heute mit in deiner Kammer übernachten, oder nicht? Dann muss er nicht draußen in der Kälte schlafen.«

»Er kann doch im Stall schlafen«, grummelte Orik.

Svadis zog sich das Geschirrtuch von der Schulter und haute damit auf die nächstgelegene Tischplatte. »Wie wär's, wenn du im Stall schläfst?«

»Schon gut, schon gut!« Orik hob abwehrend beide Hände. »Ich nehm ihn mit hoch.«

»Geht doch.« Svadis nickte zufrieden und lächelte mich an. »Schlaft gut, Barde, und bleibt morgen zum Frühstück.«

Ich grinste zurück. »Sehr gern, habt Dank.«

»Komm mit«, murrte der Hüne und ging, ohne sich zu vergewissern, ob ich folgte, eine schmale Treppe nach oben.

Ich eilte zurück zu meinem Tisch, griff nach Laute und Bündel und hastete ihm nach. Oben am Treppenabsatz prallte ich gegen seinen breiten Rücken. Er hatte also doch gewartet.

»Mach mal langsam, Barde.« Orik öffnete die Tür zu unserer Linken. »Hier ist es.« Er ging voran und bückte sich unter dem Türrahmen hindurch. Ich folgte ihm und schloss die Tür hinter mir. Der Raum war übersichtlich, aber nicht unbedingt klein. An der gegenüberliegenden Wand stand ein großes Bett, daneben ein kleiner Tisch mit Krug und Waschschüssel. Sogar ein kleines Fenster gab es. Ich sah mich um, konnte aber kein weiteres Nachtlager entdecken.

»Du kannst meine Decke haben. Ich schlafe sowieso meist ohne.«

Orik reichte mir die Wolldecke, unter der locker zwei von meiner Sorte Platz gehabt hätten.

»Hier ist auch ein Kissen.«

Ich hörte einen Luftzug und konnte das Kissen gerade noch auffangen, bevor es meinen Kopf traf. »Wir stehen zwei Schritte voneinander entfernt. Du musst hier nichts werfen«, schimpfte ich und ließ das federgefüllte Geschoss dicht neben der Wand auf den Boden fallen. Ich hatte die Nacht schon ungemütlicher verbracht.

Orik setzte sich, ohne ein weiteres Wort zu verlieren, auf sein Bett und begann, Stiefel und Hose auszuziehen. Ich tat es ihm gleich. Es tat gut, endlich aus den Schuhen zu kommen. Vorsichtig massierte ich meine beanspruchten Füße, bevor ich sie unter die warme Decke steckte.

Während nach kurzer Zeit aus Oriks Richtung tiefe, regelmäßige Atemzüge zu hören waren, rutschte ich, in die Decke eingewickelt, immer wieder hin und her, um eine bequeme Position zu finden. Frustriert setzte ich mich wieder auf und seufzte.

»Was stimmt nicht, Barde?«, murmelte Orik.

»Der Boden. Er ist zu hart.«

»Das hat Holz so an sich.«

»Sehr hilfreich, Türwächter. Wirklich.«

»Dann komm hier rüber. Das Bett ist riesig.«

Wie vom Donner gerührt starrte ich durch die mondlose Dunkelheit zu Orik hinüber. »Ich bringe aber die Decke mit. Ich friere schnell.«

»Dann tu das«, murrte er.

Mit der Decke unter dem Arm tapste ich barfuß durch das Zimmer und blieb unentschlossen vor dem Bett stehen. Orik lag am äußeren Rand und sah zu mir herauf.

»Du musst an der Wand schlafen. Ich muss schnell aufstehen können, sollte Svadis mich brauchen.«

»Na gut.« Unbeholfen stieg ich über den Hünen hinweg und legte mich mit so viel Abstand wie möglich neben ihn.

»Bei allen Patronen«, entfuhr es mir.

Oriks Kopf drehte sich zu mir und er sah mich fragend an.

»Ich habe mein Kissen auf dem Boden liegen lassen.«

Unverständliches brummend stand Orik auf, holte das Kissen und ließ es auf mein Gesicht fallen. »Und jetzt ist Ruhe.«

Ich nickte heftig und stopfte das Kissen unter meinen Kopf.

Augenblick um Augenblick verstrich, doch ich wurde nicht müde. Auch von Orik hörte ich nicht das tiefe Atmen von eben. Er schien genauso wach zu sein.

»Mich hat es beeindruckt, wie du vorhin mit den beiden Kerlen fertig geworden bist«, flüsterte ich in die Stille hinein. »Ich laufe immer vor allem weg. Ich kann ... nicht kämpfen«, stammelte ich.

»Mich hat es beeindruckt, wie selbstbewusst du dort unten auf dem Tisch standest und gesungen hast. Dazu gehört viel Mut. Viel mehr Mut, als sich zu verteidigen, finde ich.«

Ich drehte mich zur Seite und fand mich Oriks durchdringendem Blick gegenüber. »Alles Übungssache«, sagte ich mit einem Schmunzeln. »Wenn ich die richtige Musik für das Publikum finde, läuft es wie von selbst.«

»Ich brauche mittlerweile nur noch einen Hieb, sollte es ernst werden«, erwiderte Orik und gluckste. Das Geräusch erwärmte mir das Herz. »Solltest du in Gefahr geraten und ich in der Nähe sein, kann ich dich ja retten.«

»Ich bin mehr auf der Straße unterwegs als hier, Tavernenwächter. Du wirst mich sicher nie retten können.«

»Du könntest jemandem mit deiner Laute den Kopf einschlagen«, schlug Orik vor.

»Niemals! Eher würde ich sterben«, brauste ich auf. »Ich versuche, jeder Gefahr meilenweit aus dem Weg zu gehen. Mit Musik lässt sich niemand bezwingen.«

»Du hast mich mit deiner Musik in ganz erhebliche Gefahr gebracht«, murmelte Orik.

Bevor ich den Gedanken im Kopf zu Ende führen konnte, lag meine Hand an Oriks Brust und meine Lippen auf seinen. Er sog scharf die Luft ein, erstarrte unter meiner Berührung. Rasch zog ich mich zurück. »Bitte verzeih. Ich weiß nicht, warum ich das getan ...«

»Mach das nochmal.«

»Wie bitte?«

»Du hast mich schon verstanden, Barde«, entgegnete Orik mit rauer Stimme.

Langsam rückte ich wieder näher an ihn heran, legte zögernd meine Hand auf seine stoppeligen Wangen. Mit zaghaften Bewegungen streifte ich seine Lippen, erst mit meinen, dann mit meiner Zunge. Ein tiefes Grollen drang aus Oriks Kehle. Seine kräftigen Arme umschlungen und zogen mich auf seinen harten Körper.

»Und schon wieder beeindruckst du mich, Barde«, murmelte er an meinen Lippen.

Meine erste Nacht mit Orik glich einem Feuerspektakel, entstanden aus winzigen Funken.

Den nächsten Tag widmete ich dem Faulsein und dem Liederschreiben. Mir war nicht nach Weggehen zumute. Draußen vor der Taverne in der Sonne ließ es sich mit Dünnbier und der Aussicht auf Orik, der gerade Feuerholz hackte, hervorragend aushalten. Als er damit fertig war, kam er auf mich zu und deutete auf mein Buch. »Was schreibst du da?«

»Eine neue Weise, die mir heute Morgen in den Sinn kam.«

»Kann ich sie hören?«

Ich nickte. »Heute Abend, sollte Svadis mich noch einmal auftreten lassen.«

Die Tavernentür öffnete sich jäh und der Kopf der Wirtin kam zum Vorschein, als hätte sie dahinter gelauert. »Aber sicher wirst du heute Abend wieder aufspielen. Ich habe noch nie so viele Kronen in so kurzer Zeit verdient wie gestern. Mitsingen macht durstig. Das spielt mir in die Tasche«, freute Svadis sich.

Am späten Abend – eigentlich war es sogar schon Nacht – stimmte ich das letzte Lied an. Das, was ich heute geschrieben hatte. Es trug den Titel *Zwischen heut Nacht und morgen Früh:*

Ein Abend war's,
wie jeder andere.
Ein Abend nur,
an dem zwei sich trafen.
Aus zwei ward eine Spur.

In einer Taverne,
da spielt dies' Stück.
Dort bin ich gerne,
genieße jeden Augenblick.

Zwischen heut Nacht und morgen Früh
liegen nur ein paar Stunden.
Zwischen heut Nacht und morgen Früh
hab ich dich gefunden.

Was ich dort in der Schänke fand,
kannt' ich nur aus Geschichten.
Die mit mir drüber sprachen,
wollten selten Genaues berichten.

Stets lag ich allein, Nacht um Nacht,
da war nichts, was ich misste.
Du hast einen Funken entfacht,
in dem Moment, als ich dich küsste.

Zwischen heut Nacht und morgen Früh
liegen nur ein paar Stunden.
Zwischen heut Nacht und morgen Früh
konnt' ich dich erkunden.

Kleine Feuer legtest du,
mit jedem Kuss, mit jedem Flüstern.
Und so waren wir im Nu
umgeben von Flammen und deren Knistern.

Nichts blieb dir verborgen,
jeden Zoll hast du liebkost.
Kleine Tode bin ich gestorben.
Meine Gedanken, sturmumtost.

Zwischen heut Nacht und morgen Früh
liegen nur ein paar Stunden.
Zwischen heut Nacht und morgen Früh
hab'n wir uns verbunden.

Mit federleichten Lippen
und flammend rotem Blick,
triebst du mich über die Klippen
und holtest mich zurück.

Wir raubten uns den Atem,
stahlen uns die Sinne.
Was wir in dieser Nacht taten,
davon erzählt diese Minne.

Doch nun schweig ich still,
genug der Verse sind gesungen.
Dass ich dich noch einmal will,
ja, das ist dir gelungen.

Zwischen heut Nacht und morgen Früh
liegen nur ein paar Stunden.
Zwischen heut Nacht und morgen Früh
ist die Welt um uns verschwunden.

Bald nach dem letzten Ton leerte sich der Schankraum. Einige Gäste warfen mir einladende Blicke zu, doch die ließen mich kalt. Ich sehnte mich nach einem Bett mit Orik darin.

Ich ging zum Tresen und gab Svadis meinen Becher. Ihr verschmitztes Lächeln sprach Bände. Verlegen wich ich ihrem wissenden Blick aus. Immerhin hatte sie Orik und mich in einen Raum gesteckt.

Das Knarzen der Eingangstür ließ mich den Kopf drehen. Orik legte gerade den Balken, der die Tür verschloss, in die Halterung. Dann drehte er sich um, sein begehrender Blick fiel auf mich und ohne ein weiteres Wort gingen wir nach oben in seine Kammer.

Selten gingen meine Wünsche so rasch in Erfüllung wie in dieser Nacht.

Zur See!

Jahr 470 seit Besiedelung

Mit Herrn von Grau wanderte ich quer durch Nordbaldern. Am Tage ging ich verschiedensten Arbeiten nach und abends trat ich in Tavernen, auf Marktplätzen oder an einem Lagerfeuer auf. Eben da, wo sich Publikum fand.

Eines Tages trieb der Wind einen eigenartigen Geruch zu uns heran, der Erinnerungen in mir weckte. Salzig und irgendwie modrig. Er lockte uns nach Norden und zwei Tage darauf standen wir dem Meer gegenüber. Die Schaumkronen auf den Wellen schienen mir zuzuwinken. Die Meeresoberfläche funkelte und glitzerte und immer wieder stießen Vögel hindurch, auf der Jagd nach Fisch. Die Luft war erfüllt von dem Geruch, der uns hierhergelockt hatte. Ich atmete tief ein, spürte, wie die sonderbare Luft meine Nase frei machte, und musste niesen.

Herr von Grau schnaubte seinerseits ausgiebig.

»Wir sollten uns auf den Weg zum nächsten Ort machen und dafür sorgen, dass sich unser Beutel mit Kronen füllt.«

Leicht an seinem Halfter zupfend bedeutete ich dem Esel, sich wieder in Bewegung zu setzen. Wir folgten der Straße Richtung Nordosten, begleitet von den Geräuschen des Meeres.

Uns kamen zwei Wegwachen entgegen und ich blieb wenige Schritte vor ihnen stehen.

»Seid gegrüßt. Könnt Ihr mir sagen, wie weit es bis zum nächsten Ort ist?«

»Sicher«, entgegnete einer der beiden. Seine Aussprache, seltsam langgezogen, kam mir gänzlich fremd vor. »Folgt dieser Straße weiter und Ihr kommt bald nach Stolzensand.« Er deutete in die Richtung, die ich eingeschlagen hatte.

»Da waren Herr von Grau und ich bereits in die richtige Richtung unterwegs. Habt vielen Dank!«

Ich erreichte Stolzensand, als die Sonne zu sinken begann. Das Tor der Küstenstadt durchschritt ich unbehelligt. Obwohl die Dämmerung bereits in die Gassen kroch, herrschte eine Geschäftigkeit, wie es in einer Stadt im Landesinneren nur tagsüber der Fall war. Händler boten ihre Waren feil und aus einigen Häusern drang heiter klingende Musik auf die Straße. Alles vermengte sich zu einer wilden Hymne. Der salzige Duft des Meeres wurde innerhalb der Stadt von einem üblen Geruch überdeckt. »Fisch«, stellte ich angewidert fest. Ein Nahrungsmittel, um das ich gerne einen Bogen machte.

Herr von Grau drängte sich gegen mich. Der Trubel gefiel ihm nicht, er war viel lieber auf dem Land unterwegs. In der Hoffnung, ihn etwas beruhigen zu können, kraulte ich ihn zwischen seinen langen Ohren.

»Ganz ruhig. Wir suchen gleich nach einem ruhigen Platz für dich und einem Abendmahl für mich.«

Obwohl ich versuchte, den anderen Menschen auszuweichen, rempelten mich einige von ihnen an. Niemand sonst führte einen Esel oder gar ein Pferd mit sich. Vermutlich gefiel ihnen Herrn von Graus Anwesenheit gar nicht. Ich streichelte den weichen Hals meines Gefährten und folgte den mal engen, mal breiten Straßen durch die Stadt. Auf einem der vielen Schilder der Waren- und Gasthäuser stand *Zum Vagabundenschiff*. Das klang spannend. Ich suchte nach einem Pfahl, um Herrn von Grau anzubinden, doch fand keinen. Mit beiden Händen griff ich sein Halfter und sah ihm tief in die dunklen Augen.

»Du wartest hier kurz, verstanden? Ich esse nur schnell etwas und versuche herauszufinden, ob es hier Arbeit für mich gibt. Hoffentlich als Barde und nichts, was mit Fisch zu tun hat.« Ich verzog das Gesicht, als ich einmal mehr den Gestank wahrnahm.

Aus einer der Taschen, die der Esel für mich trug, nahm ich meine Laute und schulterte sie. Ich glaubte, von Graus missmutigen Blick im Rücken zu spüren, als ich die Taverne betrat. In der Schankstube hielten sich so viele Gäste auf, dass ich kaum den Boden sah. Auf der anderen Seite des Raumes saßen auf einer kleinen Bühne drei Musikanten, die aufspielten. Ich drängte mich durch das Publikum zu ihnen hindurch und erreichte sie, als gerade die letzten Töne ihres Liedes verklangen.

»Phax zum Gruße!« Ich nickte ihnen reihum zu. »Was spielt ihr für Instrumente?«

»Aye, Phax zum Gruße«, erwiderte einer der drei. Er war groß wie ein Bär und genauso breit. Das rot gestreifte Hemd, das er trug, war löchrig und reichte ihm nur bis zum Bauchnabel. »Du bist aber ein neugieriger Bursche, und obendrein nicht von hier.«

»Ich bin Barde und immer froh, auf andere Musizierende zu treffen.«

»Aye. Ein Kollege also. Das hier«, er streckte beide Hände vor, »ist eine Quetsche.« Sein Instrument, bestehend aus zwei hölzernen Sechsecken und einer Art gefalteten Schlauch dazwischen, war mit Schlaufen an seinen Händen befestigt.

»Ich habe so eine noch nie gesehen«, gab ich zu. »Da, wo ich herkomme, sind Lauten, Fiedeln, Flöten und dergleichen verbreitet.« Ich deutete auf die Fiedel auf dem Schoß der Musikerin, die links vom Bären saß.

»Aye, das beste Instrument von allen«, warf sie mit rauer Stimme ein und grinste, wobei mehr Lücken als Zähne zum Vorschein kamen.

»Jetzt fang nich' wieder damit an, Cordie«, fuhr ihr die Dritte im Bunde, vor der eine Trommel stand, über den Mund. »Nich' alle mögen deine Fiedel so wie du.« Sie rollte mit den Augen.

»Sie macht nun mal den schönsten Ton. Ohne meine Fiedel würdet ihr furchtbar klingen«, erwiderte Cordie und deutete mit ihrem Bogen zwischen den beiden Instrumenten hin und her.

»Sag das noch einmal und ich werf' dich in einen Berg Fischköpfe!« Der Bär stand auf und wollte sich die Quetsche von den Händen streifen, doch sie steckten fest.

Cordie schlug sich feixend auf den Oberschenkel, woraufhin alle drei in schallendes Gelächter ausbrachen.

Ich nutzte die Gelegenheit, um Richtung Theke zu verschwinden. Die Idee, das Trio zu fragen, ob ich sie einen Abend begleiten dürfte, verwarf ich gleich wieder.

»Was darf's sein?« Eine Frau mit braunen Locken und fleckiger, blauer Bluse sah mich fragend an. Die Ungeduld stand ihr ins Gesicht geschrieben.

»Ein Dünnbier«, bestellte ich das Erste, was mir einfiel. Ich setzte mich auf einen freien Hocker, der unheilvoll knarzte.

Sie holte einen angeschlagenen Becher unter der Theke hervor, griff nach einem Tonkrug und füllte dessen Inhalt schwungvoll in das Gefäß.

Misstrauisch beäugte ich die halb durchsichtige Flüssigkeit.

»Was ist das?«

»Brackwasser.«

»Ich habe aber Dünnbier bestellt.«

»Ist das Gleiche«, gab sie knapp zurück. »Soll's auch was zu essen sein? Heute gibt's Fischsuppe.«

»Nichts anderes?« Mein Magen knurrte und rebellierte gleichzeitig.

»Brotsuppe haben wir noch, aber an deiner Stelle würde ich die Fischsuppe nehmen.«

»Nein, ich nehme die Brotsuppe, danke.« Die klang zwar auch nicht wirklich schmackhaft, aber irgendetwas musste ich essen.

Kurz darauf stellte die Wirtin eine Schale vor mir ab. Darin schwappte eine bräunlich-grünliche Brühe, in der Brotwürfel schwammen. Obwohl kein Fisch zu sehen war, verströmte die Brühe einen fischigen Geruch.

»Macht vier Kronen.«

Ich griff nach meiner Geldkatze und erstarrte. Hektisch wühlte ich unter meinen Kleidern, doch ich fand sie nicht.

»Ich bin bestohlen worden«, hauchte ich fassungslos.

»Wie meinen?«

»Ich bin bestohlen worden«, wiederholte ich, diesmal lauter. Was für Halunken diese Stadt beherbergte!

»Das heißt, du kannst nicht zahlen?« Die Stimme der Wirtin nahm einen bedrohlichen Ton an. »Du hast bestellt, also musst du bezahlen.«

»Aber, ich habe beides noch nicht einmal angerührt!«, verteidigte ich mich und rutschte gleichzeitig vom Hocker.

»Gudo! Iber! Wir haben hier einen Gast, der nicht zahlen will.«

Ich drehte mich um und sah zwei grobschlächtige Kerle näherkommen. Die beiden überragten alle anderen im Schankraum um mindestens einen Kopf.

Meine Beine machten sich selbstständig. Als wäre Ydir selbst hinter mir her, bahnte ich mir einen Weg durch die Menge und hechtete durch die Tür nach draußen. Ich hörte Herrn von Grau schreien, als er mich sah, doch ich hatte keine Zeit, ihn mitzunehmen. Hinter mir brüllten die beiden Männer, ich solle stehenbleiben und das wollte ich auf keinen Fall. Während ich rannte, sah ich mich zu allen Seiten nach einem Versteck um, doch vergebens. Es war mittlerweile stockduster und die Straßen kaum beleuchtet. Im Gegensatz zu mir kannten meine Verfolger diesen Ort sicherlich in- und auswendig. Ich lief nordwärts und kam beim Hafen raus. Ich konnte nur nach links oder rechts und nirgends eine Nische entdecken, in die ich gepasst hätte. Da fiel mein Blick auf ein Dutzend Fässer, die wenige Schritte von mir entfernt nahe der Kaimauer standen. Ich rannte hin.

»Bitte sei leer, bitte sei leer«, murmelte ich flehend und schob den Deckel eines Fasses zur Seite. Mir strömte Fischgestank entgegen, doch das Fass enthielt nichts.

»Nichts wie rein«, trieb ich mich selbst an und kletterte durch die Öffnung. Schnell schob ich den Deckel darüber. Meine Laute umarmend hockte ich im Fass und zwang mich, durch den Mund zu atmen, damit ich mich hier drin nicht übergab.

»Wo ist er hin?«, hörte ich dumpf eine Stimme durch das Holz dringen.

»Kann sich doch nicht in Luft aufgelöst haben«, sagte eine zweite Stimme.

»Vena wird sauer sein, wenn wir ihn nicht finden und ihm die Kronen abknöpfen.«

»Aber wir könn' ihn auch nich' herzaubern!«

»Lass' uns noch schnell die Ladung hier durchsuchen. Am Ende versteckt er sich in einem Fass oder so«, schlug die erste Stimme vor.

Ich hielt die Luft an.

»Sitzt bei dir ein Kobold im Kopf? Das ist die Ladung der *Kraken*. Lieber lass ich mir von Vena eins mit der Pfanne überbraten als das Zeug von den Halsabschneidern durchzuwühlen! Wenn der Bursche sich da versteckt hat, ist's eh bald um ihn geschehen. Komm, wir suchen noch die Kaimauer ab und dann lassen wir es gut sein.«

Meine Erleichterung darüber, ein Versteck gefunden zu haben, verflog jäh. In wessen Fass war ich hier geklettert?

Ich wartete eine Weile und lauschte angespannt auf jedes Geräusch, doch es blieb still. Heilfroh, den beiden Kerlen entkommen zu sein, stemmte ich mich hoch, um den Deckel anzuheben. So schnell wie möglich wollte ich wieder zu meinem Esel und aus dieser übelriechenden Stadt verschwinden.

»Los, ihr Kielratten, schafft die restlichen Fässer an Bord. Die Kapitänin will ablegen!«

Sofort ließ ich die Hände sinken und schloss die Augen. Wer auch immer da gerufen hatte, ich steckte in deren Ladung. Innerlich flehte ich alle Patrone an, einer von den sieben würde mir sicher zur Seite stehen.

»Aye, das Fass hier ist noch nicht verschlossen«, dröhnte es über meinem Kopf. »Wirf mir mal den Hammer rüber.«

Die würden doch nicht …

Der Deckel, der eben noch locker auf dem Rand des Fasses gelegen hatte, wurde an seinen rechten Platz geschoben. Hammerschläge dröhnten über meinem Kopf. Jäh blieb mir die Luft weg. Gefangen! Ich saß in einem Fass, das gleich auf ein Schiff geladen wurde. Mir brach der kalte Schweiß aus.

Jemand stieß das Fass um. Mein Kopf kam hart auf dessen Inneren auf und ich biss mir auf die Zunge, um nicht loszuschreien. Meine Verfolger hätten mich nur verprügelt. Doch diese Leute hier fackelten sicherlich nicht lange. *Halsabschneider* hatten die Kerle aus der Taverne sie genannt.

Das Fass wurde ins Rollen gebracht und ich rollte und rollte darin erst über den unebenen Boden des Kais, schräg eine Rampe hinauf und fiel jäh nach unten, um gleich darauf wieder irgendwo aufzuschlagen. Ich erbrach mich, spuckte bittere Galle auf meine Kleidung und meine Laute, die ich schützend umklammerte. Fahrig wischte mir mit einem Ärmel über den Mund.

»Schafft alle Fässer runter in die Bilge und verzurrt sie ordentlich. Wir lichten jeden Moment den Anker.«

Ich spürte ein Ruckeln und befand mich endlich wieder in aufrechter Position. Auf der anderen Seite des Gebindes hörte ich zwei Männer schnaufen. Ich hoffte inständig, dass sie sich keine Fragen über den Inhalt stellten. Mein Magen krampfte sich ein weiteres Mal zusammen, doch ich zwang mich, immer wieder zu schlucken. Die Träger würden mich hören, so viel war sicher, und ich wollte mein Leben nicht in einem Fass steckend verlieren.

Ich stieß ein weiteres Mal mit dem Kopf gegen das Fassinnere, als es abgestellt wurde. Es ruckte noch ein, zwei Mal, dann wurde es ruhig um mich herum. Ich war allein. Sofort versuchte ich, den Deckel aufzustemmen, doch er bewegte sich keinen Fingerbreit.

»Ruh dich kurz aus, Aramil, und versuche es noch einmal«, flüsterte ich zu mir selbst und presste meine Laute an mich. Da fiel mir Herr von Grau ein, der noch immer vor der Taverne stand. Ich musste zu meinem Esel!

Geschrei wurde laut und ich spürte erneut, wie der Untergrund ins Wanken geriet. Das musste das Schaukeln der Wellen sein, weiter kamen meine Gedanken nicht, als ich mich erneut übergab.

Erschrocken riss ich die Augen auf. Jedes einzelne Körperteil schmerzte. Ich brüllte und einen kurzen Moment fühlte ich mich besser, doch dann dämmerte es mir wieder. Die Taverne. Die Wirtin. Die Verfolgungsjagd. Das Fass. Das Schiff.

Das Schiff?

Das Schiff!

Ich musste aus diesem Fass raus. Der Gestank meines eigenen

Erbrochenen, das mittlerweile in meiner Kleidung eingetrocknet war, wurde immer unerträglicher. Kurz lauschte ich, ob es ruhig um mich und ich allein war. Dann stemmte ich entschlossen meine Füße gegen den Boden und meine Hände gegen den Deckel.

»Drei, zwei, eins!« Ich stemmte und drückte, doch nichts bewegte sich. Kurz ließ ich locker, dann versuchte ich es erneut. Nach einigen Anläufen gab er endlich nach. Ich schob ihn vom Fass herunter, beugte mich mit dem Oberkörper über den Rand, streckte die Hände aus und ließ mich nach vorne kippen. Die ramponierte Laute zog ich mit mir.

Ausgestreckt lag ich auf dem Boden, wer weiß wie lange. Nach und nach entspannten sich meine Muskeln und auch mein Magen. Ich sah meine Umgebung etwas verschwommen. Der Raum, in dem ich lag, schien nicht sehr groß zu sein. Neben mir führte eine schmale Treppe zu einer Luke, durch deren Ritzen ein paar Lichtstrahlen fielen. Ihr Spiel ließ meine Augenlider schwer werden.

Ein Poltern holte mich aus dem Schlaf. Ich schlug die Augen auf und blinzelte ein paar Mal. Vor mir stand eine Frau und schaute finster drein.

»Was machst du auf meinem Schiff?«, herrschte sie mich an und trat mit ihrer Stiefelspitze gegen meine Hüfte.

»Au!«, protestierte ich und setzte mich auf.

»Was du auf meinem Schiff machst, habe ich dich gefragt!«

Zwei weitere Frauen waren an ihrer Seite. Zeitgleich griffen sie nach meinen Armen und zogen mich in die Höhe.

»Au!«, rief ich erneut aus, diesmal lauter.

»Antworte der Käpt'in«, forderte die Frau links von mir.

»Solange du noch deine Zunge hast«, ergänzte die andere.

Ich starrte die Frau vor mir an und schluckte. Ihr Gesichtsausdruck machte deutlich, dass sie mich am liebsten sofort aufschlitzen würde. Die Jungs von der Taverne schienen recht zu behalten.

»Ich bin verfolgt worden und habe mich in einem Fass versteckt. Leider war es eines Eurer Fässer. Ich bin unfreiwillig auf Eurem Schiff gelandet!«

»Du bist keiner von meinen Leuten. Ein Spitzel.« Keine Frage, eine Feststellung.

»Nein! Ich bin nur ein Barde auf der Suche nach Arbeit.« Ich zeigte auf meine Laute.

»Wer sich auf mein Schiff schleicht, stirbt. Es ist mir gleich, ob du ein Anheuerer bist, ein Barde oder nur ein unbekümmerter Witzbold.« Zu den beiden Frauen gewandt sagte sie: »Über die Planke mit ihm. Und was ist das eigentlich für ein Ding?«, fragte sie und riss mir meine Laute aus der Hand.

»Moment, was? Und das ist meine Laute! Und überhaupt habe ich mich nicht auf Euer Schiff geschlichen! Eure Männer haben mich hier reingetragen.«

Die Kapitänin hob eine Augenbraue, dann drehte sie sich um und verließ ohne ein weiteres Wort das Lager. Die beiden Frauen, die mich festhielten, schleiften mich auf das Schiffsdeck. Dort arbeiteten mindestens ein Dutzend weitere Seeleute, die alle den Kopf drehten, als ich an ihnen vorbeigezerrt wurde.

Wir passierten den Mast, in dessen großen, roten Segeln sich der Wind fing. Jäh wurde ich nach vorn gestoßen. Der Boden schwankte gehörig unter meinen Füßen. Ich hatte Mühe, einen stabilen Stand zu bewahren.

»Bleib da stehen, Bursche«, befahl mir eine der Frauen.

Die Kapitänin stieg eine Treppe auf einen erhöhten Teil des Decks hinauf, in dessen Mitte sich ein riesiges Rad befand. Daneben blieb sie stehen.

»Aye!«, rief sie laut.

Die Köpfe der Besatzung drehten sich von mir zu ihr.

»Wir haben einen blinden Passagier an Bord.« Sie deutete auf mich. Augenblicklich zog ich den Kopf ein.

»Wer von euch war für's Fässer einlagern zuständig?«

»Das waren Howe und ich, Käpt'in«, meldete sich ein Mann, der rechts von mir stand. Er sprach ohne Angst in der Stimme, doch sein verkniffener Gesichtsausdruck verriet mir, dass er mit einer Strafe rechnete.

»Und ihr habt nicht bemerkt, dass ihr einen Spitzel mit an Bord bringt?«

»Ich bin kein Spitzel! Ich will nicht mal hier sein«, rief ich ihr zu.

»Halt den Mund, wenn Käpt'in Cennet spricht«, knurrte mich die Frau links von mir an.

»Na ja, ein Fass war schwerer als die anderen, aber wir haben uns nix dabei gedacht.«

Cennet stemmte die Hände in die Hüften. »Neue Regel: Wer nicht mitdenkt, wird ab heute ohne langes Federlesen über die Planke geschickt. Haben mich alle verstanden?«

»Aye!«, brüllte die Mannschaft im Chor.

»Cyd, du und Howe schrubbt den Rest der Reise jeden Tag das Deck!«

»Aye«, kam es erneut von den beiden Männern. In Windeseile rollten sie das Seil fertig auf, dass sie gerade in den Händen hielten, um gleich darauf unter Deck zu verschwinden. Vermutlich, um Eimer zu holen.

»Was dich angeht ...« Cennet stieg ohne Eile die Stufen hinunter. Dabei zog sie ein bemerkenswert dünnes Schwert aus der Halterung ihres Gürtels. Das blankpolierte Metall schimmerte in der Sonne. Mit der Spitze deutete sie auf mich. »Du warst lang genug Ballast für meine *Kraken*. Wir werden uns hier und jetzt von dir verabschieden.«

Die beiden Wächterinnen ließen von mir ab. Die Schwertspitze behielt ich im Blick. Aus dem Augenwinkel beobachtete ich, wie die beiden Frauen ein langes Brett über den Rand des Schiffes legten.

»Bereit, Käpt'in.«

Cennet bedeutete mir mit der Spitze ihrer Waffe, zu dem Brett zu gehen.

»Auf die Planke mit dir, Spitzel.«

»Ich bin kein …« Ich hielt inne. Es interessierte sowieso keinen. Ich drehte mich um. Unter der Holzplanke bewegte sich die graue, mit Schaum gespickte Wasseroberfläche bedrohlich auf und ab. Mir sackte das Kinn nach unten.

»Ihr wollt mich einfach so ins Meer springen lassen? Ich kann nicht schwimmen!«

Käpt'in Cennets kehliges Lachen klang dermaßen ehrlich, dass ich nur Recht haben konnte.

»Das hättest du bedenken müssen, bevor du dich auf ein Schiff schleichst«, entgegnete sie noch immer lachend.

Ich deutete auf mein Instrument, das sie immer noch in der Hand hielt. »Das ist meine Laute. Ich bin nämlich ein Barde und kein Spitzel, wie ich Euch ständig klarzumachen versuche. Ihr braucht eine Laute bestimmt nicht.«

»Oh, er ist ein Barde. Kennt man ihn denn?«, fragte Cennet spöttisch.

»Ob man mich kennt? Natürlich!«

»Kennt dich der König?«

»Der König von Nordbaldern?«

Cennet nickte.

»Nun, nein.«

»Dann wird dich auch niemand vermissen. Über die Planke mit ihm!«

Jubel brandete auf. Das hier war keine Posse. Diese Cennet würde mich wirklich ins Meer springen und so sterben lassen. Todesangst lähmte meinen ganzen Körper, doch aufgeben wollte ich nicht.

»Ich kann ein ganz wunderbarer Unterhalter sein«, stieß ich hektisch hervor. »Es wäre eine törichte Verschwendung, mich über Bord zu werfen!« Mein krampfhaftes Lächeln entlockte Cennet nur ein Schnauben.

»Wir haben an Unterhaltung, was wir brauchen. Und das bist du auf der Planke. Also los!«

Sie stieß mich auf das Brett. Das Holz bog sich unter meinem Gewicht nach unten. Ich lugte auf die Wellen des Meeres, die fortwährend gegen die Außenwand des Schiffs schlugen. Reflexartig machte ich einen Schritt zurück Richtung Schiffsdeck.

»Nichts da.« Sie hielt mir ihre Waffe unter die Nase.

»Einen Tipp gebe ich dir«, hörte ich Cennet hinter mir sagen.

Ich drehte meinen Kopf herum und blickte in ihr hämisches Gesicht.

»Wenn du Richtung Backbord schwimmst, erreichst du in wenigen Stunden eine kleine Insel.«

Entsetzt riss ich die Augen auf. »Ich kann nicht schwimmen! Und wo ist Backbooo… aaahhh!«

Cennet warf mir die Laute zu. Bei dem Versuch, sie zu fangen, verlor ich den Halt auf der Planke und fiel. Seitlich traf ich auf die Oberfläche des Meeres auf. Es hätte genauso gut ein Steinboden sein können. Nach einem kurzen Moment sank ich ein. Das eiskalte Wasser lähmte meine ohnehin schon malträtierten Arme und Beine. Ich paddelte und strampelte. Kurz ragte mein Kopf aus den Fluten. Ich holte tief Luft, eine Welle überspülte mich und drückte meinen Körper nach unten.

Ich konnte weder sehen noch hören. Das Wasser brannte in den Augen und rauschte unablässig in den Ohren. Dieses Mal würde mich kein Nöck vor dem Ertrinken retten.

Ich sank immer tiefer und meine Umgebung wurde finsterer. Immer wieder schluckte ich Wasser. Stille löste den Lärm der Wellen ab und plötzlich verspürte ich keine Angst mehr. Mir wurde sogar warm, als wäre das Meer ein einziger großer Zuber. Gleich würde mir die Schankmaid einen Met bringen ...

Etwas traf mich mitten auf der Brust. Und noch einmal. Ein heftiges Brennen breitete sich in meiner Lunge aus und ich musste würgen. Der Schmerz in meiner Brust stieg ins Unermessliche. Ich rollte mich zur Seite und spie. Alles brannte. Lunge, Augen, mein gesamter Körper tobte vor Pein. Ich würgte und hustete und spuckte so viel Wasser aus, dass ich gefühlt einen ganzen Schweinetrog damit füllen können hätte. Wieder auf dem Rücken liegend zwang ich mich, die Augen zu öffnen. Unzählige Male blinzelte ich, Tränen liefen mir die Wangen hinab. Als ich einigermaßen klar sehen konnte, sah ich über mir den Himmel, der, nur hier und da von ein paar weißen Wolken unterbrochen, rosa schimmerte. Langsam setzte ich mich auf und versuchte die Schmerzen, die mir dabei durch den Körper schossen, zu ignorieren. Meine Umgebung erfasste ich erschreckend schnell. Ich saß auf einem steinernen Eiland, das ungefähr so groß war wie ein halbes Dutzend Ochsenkarren. Um mich herum war nur Meer. Dunkelblau und bedrohlich rahmte es die winzige Insel ein. Überall lagen unterschiedlich große Steine, teilweise zu Haufen aufgetürmt. Waren die mir eben auf die Brust gefallen? Unwillkürlich rieb ich über die schmerzende Stelle, da kamen schlagartig die Erinnerungen an das Geschehene wieder.

Moment. War ich tot? Sah so die Nachwelt aus? Der Ort, an dem die Patrone lebten? Hatte mich Ydir auf dem Weg dorthin verloren und nun saß ich hier?

Darauf bedacht, keine zu schnellen Bewegungen zu machen, stand ich auf. Auf zittrigen Beinen stehend suchte ich Halt an einem Felsbrocken. Ich betrachtete das Meer und bekam sofort das Gefühl, dass es mich am liebsten wieder verschlucken wollte. Doch das konnte ich nicht zulassen. Immerhin hatte ich einen Esel, der sich auf mich verließ und der einsam in Stolzensand stand, während ich hier festsaß.

Ich sank gegen den Stein und überdachte meine Situation. Gefangen auf einem winzigen Fleck Erde, meilenweit von jedem Leben – und Herrn von Grau! – entfernt, ohne Nahrung oder einen Schluck trinkbaren Wassers war dies hier nur ein Hinauszögern des Unvermeidlichen. Der Tod war unausweichlich.

Ein Geräusch drang an meine Ohren. Eine Art Schnarren, eigenartig schief. Mal tief, mal hoch, wiederholte es sich. War das etwa … ?

»Meine Laute!«, stieß ich aus.

Das Geräusch verstummte und ich hörte ein Platschen. Ich stemmte mich hoch und ging mit bedachten Schritten zum anderen Ende des Eilands. Dort lag, auf Kieseln und zerbrochene Muscheln gebettet, meine Laute. Ich sank auf die Knie und hob sie vorsichtig hoch. Das Holz hatte sich mit Wasser vollgesogen. Der Korpus war verzogen, zwei Saiten hingen gerissen jeweils oben und unten in der Verspannung. Meine Laute sah aus, wie ich mich fühlte. Trauer und Schuldgefühle stiegen in mir auf. Das Instrument war ein wertvolles Geschenk gewesen und nun letztlich wegen mir zerstört.

»Wie spielt man es?«

Erschrocken schaute ich hoch. Hörte ich jetzt etwa Stimmen?

Aus dem Wasser tauchte ein Kopf auf. Blaue Haare umrahmten ein Gesicht, das an das Schimmern des Mondes erinnerte. Große, meeresgrüne Augen blickten mich wartend an. Ich starrte zurück, stumm wie ein Fisch.

»Kannst du nicht sprechen?« Das Mädchen – war es denn eines? – kam näher und stützte sich mit den Ellenbogen auf dem Rand des kleinen Eilands ab. Ihre langen Haare flossen in Kaskaden ihren Oberkörper hinab.

»Do… doch, kann ich«, stotterte ich. »Hast … du da eben auf meiner Laute gespielt?«

Sie nickte. »Wenn es so heißt. Bis vorhin hast du es festgehalten, da ging es nicht. Aber ich war so neugierig, wie es klingt.«

»Vorhin?«, echote ich.

Sie nickte erneut. »Ja, als du im Meer triebst. Ich habe dich gefunden und hierhergebracht, weil ich weiß, dass ihr nicht unter Wasser atmen könnt.«

Während sie sprach, schob sie sich näher an mich heran. Ich erblickte ihren Unterleib und zuckte zurück. Dort, wo sich bei einem Menschen Po und Beine befanden, schimmerten grüne Schuppen in der untergehenden Sonne.

»Was bist du?«, fragte ich erstaunt. Immer wieder sah ich zwischen ihrem Gesicht und ihrem Fischschwanz hin und her.

»Hm?« Sie folgte meinem Blick und sah an sich hinunter. »Ach so. Du bist noch nie einer Sirene begegnet?«

Ich schüttelte den Kopf. Mit einer kräftigen Bewegung hüpfte sie ganz aus dem Wasser und auf das Eiland. Sie lehnte sich neben mir auf den felsigen Untergrund und zupfte an den noch intakten Saiten meiner Laute herum. »Mein Name ist Merle.« Sie lächelte mich an. Ihre Gesichtszüge waren atemberaubend. Noch nie hatte ich so ein schönes Wesen gesehen.

»Begegnest du vielen Menschen?« Im Gegensatz zu mir wirkte sie vollkommen unerschrocken.

Sie kicherte. »Ja, oft. Ihr verbringt viel Zeit hier auf dem Meer und fahrt darauf herum.«

»Du hast mich vor dem Ertrinken gerettet und dafür gesorgt, dass ich das Meerwasser ausspucke«, fiel es mir wie Schuppen von den Augen. »Aber jetzt sitze ich hier fest. Weißt du, ob hier öfter Schiffe vorbeikommen?«

Anstatt mir zu antworten, nahm sie mir die Laute aus der Hand und zupfte erwartungsvoll darauf herum.

»Sie ist kaputt.« Ich nahm ihr die Laute aus der Hand und streichelte das sich wellende Holz. »Das Wasser hat sie vollkommen unbrauchbar gemacht.«

»Ist es ähnlich einer Harfe?«, fragte Merle, den Blick auf das Instrument geheftet. »Ich spiele Harfe.«

»Nein, also, ein wenig vielleicht. Eine Harfe klingt so, eine Laute braucht einen Klangkörper, damit die Töne verstärkt werden.« Ich deutete auf den bauchigen Leib der Laute, in dessen Mitte ein Loch war.

»Also kannst du mir nichts vorspielen?« Ihre Stimme klang traurig und ich suchte ihren Blick.

»Leider nicht.«

Merle seufzte. »Dann war alles umsonst.«

Der Gedanke, der mir in den Sinn schoss, gefiel mir ganz und gar nicht. »Hast du mich etwa nur gerettet, weil du wolltest, dass ich dir etwas vorspiele?«

Schulterzuckend nickte sie.

Entsetzt rückte ich von ihr ab. »Dann hättest du mich gleich ertrinken lassen sollen. So hast du nur meinen Tod hinausgezögert.« Ich stand auf und ging so weit wie möglich von ihr weg. Ungefähr vier Schritte.

»Sei mir nicht böse! Ich liebe Musik und ich konnte jemanden, der sie offensichtlich auch liebt, nicht einfach auf den Meeresgrund sinken lassen.« Sie rückte von Neuem an mich heran. »Bitte, versuch es. Ich möchte dazu singen.«

Ihr hoffnungsvoller Blick trieb mir einen bittersüßen Dolch ins Herz. Bald würde ich verdurstet sein, da konnte ich doch auch mit einer Sirene musizieren. Oder?

»Unter einer Bedingung«, entgegnete ich und ging in die Hocke, um gleichauf mit ihrem Gesicht zu sein. »Wenn dir gefällt, was ich spiele, lockst du ein Schiff her, das mich wieder an Land bringt. Abgemacht?«

Ich hielt ihr meine ausgestreckte Hand hin. Merle ergriff sie mit beiden Händen und schüttelte sie ausgiebig. Dabei sah ich, dass ihre Finger jeweils ein Stück Haut miteinander verband.

»Abgemacht«, erwiderte sie und strahlte mich an.

Ich schüttelte ob des Geschäfts, das ich gerade abgeschlossen hatte, innerlich den Kopf. Ich konnte nur hoffen, dass es klappte und Merle die Melodie mochte, sofern ich meiner geschundenen Laute eine abzuringen vermochte.

Mit dem Rücken lehnte ich mich an den Stein, griff nach der Laute und versuchte, sie so gut wie möglich zu stimmen. Die beiden gerissenen Saiten entfernte ich. Ich spielte einige Noten, doch wie erwartet klang alles schief.

Merle legte den Kopf schräg und beobachtete geduldig.

Nach einer Weile versuchte ich zaghaft einen ersten Akkord.

»Nicht perfekt, aber annehmbar.« An Merle gewandt fragte ich: »Welches Lied möchtest du singen?«

»*Mein Lieb*«, entgegnete die Sirene mit funkelnden Augen, was mich zum Schmunzeln brachte.

»Ich kenne das Lied leider nicht. Kannst du es summen, damit ich die Melodie höre?«

Merle kam meiner Bitte nach und sogleich versuchte ich, sie auf der Laute zu begleiten. Kurz darauf hatte ich die Melodie verinnerlicht.

»Ich bin bereit.«

Einen Augenblick später hüllte mich der silberne Gesang der Sirene ein:

Wen die Wellen zu mir trieben,
den einen stürmischen Tag,
ach wär' ich doch geblieben
in der Muschel, wo ich lag.

Da fiel ein dunkler Schatten
auf die Korallen bunt,
bekleidet mit fremdem Wappen
sank ein Mann auf des Meeres Grund.

Mein Lieb', mein Lieb',
mein Herz gab ich dir.
Mein Lieb', mein Lieb',
nun bist du fort und ich bin noch hier.

Rasch trug ich ihn nach oben
zur ach so süßen Luft.
Meine Finger mit seinen verwoben,
half ich ihm aus der nassen Gruft.

Ein Eiland, steinern und karg,
fand ich für ihn zum Ruhen.
Was die Begegnung für mich barg,
ein Schatz, zu groß für tausend Truhen.

Mein Lieb', mein Lieb',
mein Herz gab ich dir.
Mein Lieb', mein Lieb',
nun bist du fort und ich bin noch hier.

Ich schwor dir meine Liebe,
und du mir deine auch.
Wir versprachen, dass sie bliebe,
schworen es uns mit heil'gem Brauch.

Bald wurde er gerettet,
ein Schiff brachte ihn zurück.
Doch blieb ich angekettet,
im frost'gen Meer, getrennt von meinem Glück.

Mein Lieb', mein Lieb',
mein Herz gab ich dir.
Mein Lieb', mein Lieb',
nun bist du fort und ich bin noch hier.

Die Gezeiten kamen und gingen,
lang blieb der Horizont leer.
Doch eines Tages kamst du mit Ringen.
Ach, ich liebte dich so sehr.

Unsere Lippen sangen süße Lieder
an des and'ren Haut.
Ich denke immer wieder
an die Zeit als deine Braut.

Mein Lieb', mein Lieb',
mein Herz gab ich dir.
Mein Lieb', mein Lieb',
nun bist du fort und ich bin noch hier.

Die Flut nahm dich mir,
spülte dich fort ohne Erbarmen.
Ich konnte dich nicht retten,
du lagst tot in meinen Armen.

Das Meer, einst mein trautes Heim,
ist nun mein ewig' Kerker.
Niemals werd' ich eines and'ren Holde sein,
meine Liebe zu dir ist stärker.

Mein Lieb', mein Lieb',
mein Herz gab ich dir.
Mein Lieb', mein Lieb',
nun bist du fort und ich bin noch hier.

Die letzten Töne hingen länger in der Luft, als spürten sie den gleichen Trennungsschmerz wie die Figuren in dem Lied.

»Die Strophen sind wunderschön, wenn auch sehr traurig«, sagte ich mit belegter Stimme. »Wer hat das geschrieben?«

»Ich«, erwiderte Merle leise und wandte sich zu mir um. In ihren Augen schimmerten Tränen.

»Heißt das ... der Mann in dem Lied ist dein Angetrauter und nun ist er ... tot?«

»Ich habe ihn geliebt. Ein Zusammensein war für uns nie möglich, das weiß ich jetzt. Aber wäre er nicht gestorben, wäre ich es.«

Mühsam schluckte ich den Kloß in meinem Hals herunter. »Mir tut dein Verlust sehr leid, Merle.«

»Danke.« Sie seufzte. »Für einen kurzen Moment kam es mir so vor, als wäre er gar nicht gegangen. Dein Spiel machte ihn für mich lebendig.« Sie lächelte, doch es erreichte ihre Augen nicht.

Urplötzlich knurrte mein Magen. Merle erschrak und schlug mit ihrer Schwanzflosse heftig auf den Boden.

»Was in allen Meeren war das?«

»Mein Bauch. Ich habe das letzte Mal vor über einem Tag gegessen.«

»Es wird Zeit, dass ich mein Versprechen einlöse und einen Fischer suche, der dich wieder an Land bringen kann.«

Ohne ein weiteres Wort glitt die Sirene zurück ins Meer und verschwand zwischen den Wellen. Ich bezweifelte, dass sie gleich jemanden finden würde. Mittlerweile war es dunkel geworden und das Meer unruhiger. Wer jetzt noch auf dem Meer war, forderte eine Begegnung mit Ydir regelrecht heraus.

Im Schutz des Steinhaufens rollte ich mich zusammen und hoffte, nicht bis zum Morgen erfroren zu sein. Der Wind fuhr unablässig über das kleine Eiland und ließ mich noch mehr frieren, als ich es wegen meiner nassen Kleidung sowieso schon tat. Mit geschlossenen Augen lag ich da und zwang mich, ein wenig zu schlafen. Ich fühlte mich so erschöpft wie noch nie zuvor in meinem Leben, aber Hunger und Durst, die Kälte sowie die Tatsache, dass ich auf Rettung wartete, die eine Sirene herbeiholen wollte, ließen mich nicht schlafen. Meine Gedanken kreisten in einem fort um die Angst, hier zu sterben.

Ich schreckte hoch, als mich ein Schwall Wasser ins Gesicht traf.

»Bitte sei nicht tot«, rief Merle verzweifelt.

»Ich bin nicht tot! Hör auf, mich noch nasser zu machen«, schimpfte ich. »Ich habe jetzt schon das Gefühl, ich werde nie wieder trocknen.«

Merle schob sich mit einem Schwanzschlag auf das steinerne Eiland. »Ich habe jemanden hergeholt.« Sie zeigte hinaus auf das Meer.

Ich sprang auf und schaute in die Richtung, in die Merle deutete. Und tatsächlich, dort schwamm ein Boot.

»Hierher, hierher!«, brüllte ich gegen das Klatschen der Wellen an und sprang dabei auf und ab.

»Hab keine Sorge, er kommt sicher zu uns. Ich habe ihn darum gebeten.«

»Und er ist deiner Bitte nachgekommen? Einfach so?«

Merle schmunzelte. »Mir kann niemand eine Bitte abschlagen.«

Unbehagen kroch meine Wirbelsäule empor. Was für ein mächtiges Wesen diese Sirene war, wollte ich gar nicht wissen. Und gleichzeitig war der Drang, in ihren meeresgrünen Augen versinken, riesig, so bezaubernd wirkten sie auf mich.

»Komm her.«

Ich sank vor ihr auf die Knie. Merle griff nach meiner Hand und legte mit etwas Hartes auf die offene Handfläche.

»Das ist ein Geschenk. Als Dank, dass du mir meinen Liebsten für einen kurzen Moment wiedergebracht hast.«

Mit Mühe riss ich meinen Blick von ihrem los und sah nach unten. In meiner Hand lag eine Muschel, ähnlich einem Schneckenhaus. In der aufgehenden Sonne schimmerte sie sanft in Lila- und Blautönen.

»Ich danke dir.«

Jäh kam sie meinem Gesicht näher. Ihre kühlen Lippen berührten meine Wange und hinterließen ein Kribbeln.

»Danke dir, …«

»Aramil.«

»Aramil«, wiederholte sie lächelnd.

Mittlerweile hatte es der Mann mit seinem Boot an das steinerne Eiland geschafft.

»Wo ist sie?«, fragte er sofort, als er nur noch wenige Fuß entfernt war. Sein Blick war seltsam glasig, als sähe er etwas anders als ich. Am Boden seines Bootes lagen ein zusammengerolltes Netz und mehrere Taue, daneben ein großer Bottich mit Wasser. Er musste ein Fischer sein.

»Wer?«

»Die bildschöne Frau, die mich hier treffen wollte.« Seine Enttäuschung, stattdessen mich zu finden, stand ihm ins Gesicht geschrieben.

Ich blickte nach links und rechts, doch wir waren allein. Merle war verschwunden.

»Hier ist niemand außer ich«, gab ich wahrheitsgemäß zurück. »Aber wenn du schon einmal hier rausgefahren bist, kannst du mich auch mit zurück an Land nehmen.«

Die Fahrt zurück zum Festland verbrachten wir nahezu schweigend. Der Fischer murmelte immerfort etwas von einem Trugbild, das ihn in den Tod locken wollte. Dass ich Merle auch gesehen hatte, wollte ich ihm nicht sagen. Der Gedanke an die Sirene machte mich nachdenklich. Unablässig fuhr ich mit den Fingerkuppen über die Muschel, die sie mir geschenkt hatte. Meine Laute hatte ich auf dem Eiland zurückgelassen. Merle würde sie an sich nehmen, da war ich mir sicher. Damit auftreten konnte ich ohnehin nicht mehr.

In Stolzensand angekommen, sprang ich sofort aus dem Boot und rannte, ohne ein Grußwort an den Fischer zu richten, durch die Gassen zur Taverne. Schwer atmend blieb ich vor dem Gebäude stehen.

Herr von Grau war verschwunden.

Dass mein Esel nicht zwei Tage lang unbehelligt vor dieser Spelunke bleiben würde, hatte ich befürchtet. Doch die Gewissheit zu haben, dass ihn jemand mitgenommen hatte, trieb mir Wuttränen in die Augen. Irgendjemand hatte meinen Gefährten entführt! Außer mir stürmte ich die Treppen hoch zur Tür der Taverne.

»Wo ist mein Esel?«, fuhr ich die Wirtin an, die gerade die Theke putzte.

»Ach, da bist du ja wieder. Willst deine Zeche zahlen, hm?«

»Wo mein Esel ist, will ich wissen!«

Sie hob eine Augenbraue. »Dir liegt was an dem Vieh, was?«

»Wo ist Herr von Grau?«, wiederholte ich mit zusammengebissenen Zähnen.

»Er ist weg. Verkauft.«

Mit geballter Faust schlug ich auf die Theke, dass das Holz knackte. »Er ist mein Gefährte! Ihr könnt nicht einfach einen Esel verkaufen, der euch nicht gehört.«

»Und doch habe ich es getan«, erwiderte sie schulterzuckend. »Vielleicht kannst du ihn dir zurückkaufen. Geh auf den Markt von Trollbrücken. Wenn du Glück hast, ist er noch dort.«

Ohne ein weiteres Wort stürmte ich aus der Taverne und hinaus aus der Stadt.

Mit nichts außer den vom Salzwasser steif gewordenen Kleidern am Leib reiste ich bei weitem nicht so angenehm wie zusammen mit Herrn von Grau, aber das kümmerte mich herzlich wenig. Meinen Gefährten wegen solch Nebensächlichkeiten im Stich zu lassen kam nicht infrage.

Ich wusste in etwa, wo Trollbrücken lag. Im vergangenen Sommer hatte ich eine Kreuzung passiert, an deren Wegweiser der Ort angeschrieben stand. Der eigentümliche Name der Siedlung war mir im Gedächtnis geblieben.

Die Geschichte der beschwerlichen Reise möchte ich euch ersparen. Sie ist geprägt von Entbehrungen, Flüchen und viel zu wenig Möglichkeiten, sich den Gestank vom Leib zu waschen.

Doch ich erzähle euch gerne, wie ich Herrn von Grau wiederfand.

Die Mutprobe

Jahr 470 seit Besiedelung

Trollbrücken. Ein Ort, dessen Name einem alles verrät, möchte man meinen.

Erschöpft von der Reise stand ich auf der nahezu menschenleeren Hauptstraße. Trotz des allgemein herrschenden Wohlstands in Nordbaldern wirkte die Siedlung auf mich, als wäre vor Kurzem der Krieg hier durchgezogen und hätte alles an Gütern und Kampffähigen mit sich genommen.

»Verzeiht, wo finde ich den Markt?«, fragte ich eine vorbeieilende Magd.

Sie deutete die Straße hinunter. »Dort findet Ihr auch ein Badehaus«, ergänzte sie mit gerümpfter Nase. »Wenn Ihr es zahlen könnt«, schob sie murmelnd nach.

Mein Lächeln gefror. Ich musste wirklich stinken wie ein Bau voller Vielfraße. Doch das schien mir im Vergleich ein geringes Opfer, um Herrn von Grau am Ende dieses Weges wieder meinen Gefährten nennen zu können.

Einige Augenblicke später stand ich auf dem Marktplatz. Für einen Ort dieser Größe boten wenige Händler ihre Waren an und die Handvoll, die hier auf Kundschaft warteten, hatten eine entsetzlich magere Auswahl.

Mit einigem Abstand schritt ich die Stände ab. Es gab das Übliche: Gemüse, nur dass dies schon bessere Tage gesehen haben musste, und Fleisch, mehr Knochen als alles andere. Doch nirgends sah ich einen Viehhändler oder – was die Sache einfacher gemacht hätte – einen Eselstand. Kein Hinweis auf Herrn von Grau.

Vor einem Marktstand mit Seife blieb ich abrupt stehen. Doch ich hatte keine Kronen mehr, nicht mal meinen Beutel hatten mir die Diebe in Stolzensand gelassen.

»Seid Ihr interessiert an meiner Ware?«, fragte mich die Seifenverkäuferin.

Ich nickte heftiger, als mir lieb war, doch ich konnte mich schon selbst nicht mehr riechen. »Sehr, aber ich wurde beraubt und ...«

»Das sieht man«, unterbrach sie mich. »Was ist Euch geschehen?«

»Diebe haben sich meiner Geldkatze habhaft gemacht. Und dann wurde mir auch noch mein Esel gestohlen. Ich konnte in Erfahrung bringen, dass er wohl hierher verkauft wurde. Ist Euch in letzter Zeit ein Esel begegnet, den Ihr nicht kanntet?«

Die Verkäuferin schmunzelte. »Leider nein, zu meinem Bedauern. Doch morgen könntet Ihr Glück haben, ihn zu finden. Da setzen die Kaufleute von der anderen Seite des Flusses hierher über. Gut möglich, dass der Eseldieb versucht, Euren Grauen für ein paar Kronen an einen dieser Händler zu verkaufen.«

»Sie setzen über?« Ich runzelte die Stirn. »Dieser Ort heißt Troll*brücken*. Es muss doch hier in der Nähe eine geben?«

»Natürlich gibt es die. Doch niemand, der bei klarem Verstand ist, benutzt sie.«

»Verzeiht mir meine Unwissenheit, aber: Warum?«

Die Frau lachte schnaubend. »Ihr wisst doch, dieser Ort heißt *Troll*brücken.«

Ich nickte langsam. »Welcher Geschichte hat dieser Ort seinen Namen eigentlich zu verdanken?«

»Keiner Geschichte, einer Tatsache. Unter der Steinbrücke im Westen vor der Stadt wohnt ein Troll.«

»Ähm ... Wie lang wohnt er denn schon dort, wenn man eine Stadt nach diesem Zustand benennt?«, fragte ich verdutzt.

»Schon sehr lange. Wie lang kann ich nicht sagen. Es stellte auch nie ein Problem dar, bis der Stadtvogt verfügte, die Mauten an ihn einzustellen. Seit diesem Tag lässt er niemanden mehr die Brücke passieren. Und uns Anwohnenden ist es unter Strafe verboten, uns dem Erlass zu widersetzen. Lieber lässt der Vogt seine Stadt zugrunde gehen, als seine persönliche Rache aufzugeben.«

Ich hob fragend eine Augenbraue.

»Er behauptet, der Troll habe seine Frau gefressen. Wenn Ihr mich fragt, ist sie mit einem anderen Mann von hier fortgegangen. Mit dem Scheusal würde ich auch kein Bett teilen wollen.« Sie machte eine wegwerfende Handbewegung. »Aber was soll's, morgen können sich alle in der Stadt zwei Tage lang so fühlen, als wäre alles wieder in bester Ordnung.«

»Bei Olins Bartspitze, es muss doch auf dieser Seite des Flusses andere Siedlungen geben, mit denen Trollbrücken Handel treiben kann«, warf ich ein.

»Durchaus, aber dort drüben sind die Mühlen, die Apfelhaine und der große Wald, der so viel Wild, wie dort lebt, kaum beherbergen kann. Auf unserer Seite des Flusses gibt es nur Steinbrüche und Holz. Nicht wirklich nahrhaft.«

»Verstehe. Was ist das bloß für ein Troll?«

Die Händlerin schnaubte verdrießlich und drehte sich ruckartig zu ihrem Stand, um die Seifen zu ordnen, die bereits in akkurater Linie aufgereiht waren. Dabei rutschte etwas Saum unter ihrem Überrock hervor. Ich kniff die Augen zusammen und sah genauer hin. Erspähte ich da wirklich ein Saumende oder war das ein Schwanz, auf dessen Ende ein Haarbüschel saß? Ich räusperte mich.

»Euch scheint der Unterrock verrutscht zu sein«, murmelte ich und senkte rasch den Blick.

»Oh. Oh!«, rief die Händlerin erschrocken und nestelte eilends an ihrer Kleidung herum. »Habt Dank.« Sie lächelte mich an und griff nach einer grünen Seife. »Hier, fangt!«

Gerade noch rechtzeitig griff ich das Stück aus der Luft. Es duftete traumhaft nach einer Blumenwiese im Frühling.

»Wenn Ihr dem Fluss stromaufwärts folgt, kommt ihr bald an eine flachere Stelle, dort könnt Ihr Euch und Eure Sachen waschen. Sonst treibt morgen keiner Handel mit Euch, so verlumpt, wie Ihr ausseht.« Die Händlerin räusperte sich. »Bitte verzeiht meine Offenheit.«

Ich winkte ab. »Ihr habt ja Recht. Ich danke Euch für Eure Großzügigkeit. Ich bezahle es Euch, sobald ich kann.«

Gerade drehte ich mich herum, da knurrte mein Magen.

»Noch eine Frage«, wandte ich mich nochmal an die Seifenhändlerin. »Wo könnte ich hier etwas zu essen bekommen, das ich auch später bezahlen kann?« Ich grinste sie an, doch mir war mein Zweifel sicher anzusehen.

»Könnt Ihr denn etwas als Gegenleistung anbieten?«

Geschwind nahm ich meine Bardenpose ein. »Ich kann singen! Und auch Laute spielen. Wenn ich denn eine habe«, fügte ich trübselig an.

»Ihr seid ein Spielmann?«

»Ja, Aramil Flitterer mein Name! Ich reise landauf, landab, singe, erzähle Geschichten und überbringe ab und an auch Nachrichten.«

»Dann kommt heute Abend ins Gasthaus. Ich rede mit dem Wirt, dass er Euch für Eure Darbietung mit einem Teller Eintopf bezahlt.«

Ich war ehrlich verblüfft ob der Hilfsbereitschaft der Händlerin. »Wie kann ich Euch das je vergelten?«

»Macht Euch keine Gedanken darum. Eine Gelegenheit ist sicher schnell gefunden.«

Mit einer Verbeugung verabschiedete ich mich von meiner Gönnerin und sagte ihr zu, heute Abend ins Wirtshaus zu kommen.

Den Tag verbrachte ich damit, mich zu waschen. Meine Kleidung bekam ich nicht wirklich sauber, doch die Flecken fügten sich gut ein in die groben braunen und gräulichen Stoffe, aus denen Hemd und Hose bestanden. Um meinem knurrenden Magen etwas Abhilfe zu verschaffen, stahl ich von den wenigen Obstbäumen, die in einem umzäunten Garten standen, ein paar Früchte. Wohl fühlte ich dabei nicht, doch ich konnte mich kaum noch auf den Beinen halten.

Bevor ich den Rückweg zur Stadt antrat, beobachtete ich aus sicherer Entfernung die namensgebende Brücke. Aus Stein gefertigt thronte sie unerschütterlich über dem breiten Fluss. Ich wusste zwar nicht, wie ein Troll aussah, doch konnte ich keine Bewegung unter den massiven Bögen erkennen. Hatte sich die Händlerin am Ende einen Spaß mit mir erlaubt oder einfach nur eine gute Geschichte erzählt? Doch das schien mir unwahrscheinlich, so ernst, wie die Lage für Trollbrücken augenscheinlich aussah. Heute Abend würde ich mehr erfahren.

Als ich die Taverne »Zur Steinernen Brücke« betrat, schwappten mir sogleich Lachen und vergnügliche Gespräche entgegen. Von der Freudlosigkeit, die am Tag auf den Straßen des Ortes geherrscht hatte, war nichts zu spüren. Ich sah mich um, konnte die Seifenhändlerin aber nicht entdecken. Also ging ich zum Tresen, in der Hoffnung, dass sie bereits mit dem Wirt gesprochen hatte.

»Seid gegrüßt«, machte ich den Mann hinter der Theke auf mich aufmerksam. Sein Lächeln war müde, aber ehrlich und sogleich stellte er einen gefüllten Krug vor mir ab.

»Olin zum Gruß. Da ich Euch nicht kenne, müsst Ihr der Barde sein, vor dem Valja mich gewarnt hat.« Er zwinkerte mir zu.

»Der bin ich, in der Tat.« Mit dem Kopf deutete ich eine Verbeugung an. »Ich heiße Aramil und es wäre mir Ehre und Vergnügen zugleich, Eure Gäste heute Abend zu unterhalten.«

»Olve.« Er reichte mir die Hand. »Nur zu. Seht Ihr das Podest dort drüben? Stellt Euch einfach darauf, wenn Ihr so weit seid, und gebt etwas zum Besten. Anschließend wartet hier eine Schale heißer Eintopf auf Euch.«

»Gibt es etwas, was ihr Leute hier besonders gerne hört?«, wollte ich wissen. Von einigen eher glücklosen Auftritten war ich nur deswegen ungeschoren davongekommen, weil ich ziemlich schnell laufen konnte. Ein unpassendes Thema konnte das Publikum aufwiegeln, wie es sonst nur eine Erhöhung des Zehnten vermochte.

»Singt über den König, das süße Leben, was auch immer Euch einfällt, aber – in aller Patrone Namen – lasst die Brücke, den Troll und den Vogt aus. Ihr wisst, warum?«

Ich nickte stumm.

»Gut.« Der Wirt deutete auf einen Tisch auf der gegenüberliegenden Seite des Schankraums. »Die drei Kerle, die dort sitzen, sind von der Stadtwache und dem Vogt treu ergeben. Vergreift euch im Thema und Ihr sitzt bis zum nächsten Frühling im Kerker.«

»Danke. Ich werde es mir merken«, entgegnete ich.

Ich griff nach meinem Krug, nahm einen Schluck und marschierte auf das Podest zu. Mein Hunger wurde immer größer. Je rascher ich die Menge begeisterte, umso eher konnte ich einen Löffel in dem Eintopf versenken. Mir lief bei dem Gedanken das Wasser im Mund zusammen.

Im Vorbeigehen packte ich einen Stuhl und stellte ihn neben mir auf das Podest. Bisher nahm noch keiner der Gäste Notiz. Ohne

Laute würde es mich auch etwas mehr Mühe kosten als sonst. Ich lockerte meine Schultern, dann begann ich, in die Hände zu klatschen. Rhythmisch, eins, eins zwei, eins, eins zwei.

Ein paar vereinzelte Köpfe drehten sich zur mir um, doch nur kurz.

Zusätzlich fing ich an zu summen, eine Melodie, die so ziemlich jedem Menschen in Nordbaldern geläufig sein müsste. Nun lagen schon einige Blicke von den Gästen auf mir, die in unmittelbarer Nähe des Podests saßen.

Noch einen Refrain beschränkte ich aufs Summen und Klatschen, dann setzte ich mit dem Gesang ein.

Mehr und mehr Gespräche verstummten.

Gleich, in welchem Winkel Nordbalderns ich *Was soll's* anstimmte, mein Publikum sang spätestens ab der zweiten Strophe aus vollem Hals mit. Der Text umjubelte die einfachen Menschen, die nicht mit einem goldenen Löffel im Mund geboren wurden. Und auch dieses Mal begleiteten mich die Stimmen der Gäste, bald, nachdem ich angefangen hatte, zu singen.

Der Applaus der Zuhörenden war stets Balsam für meine Seele. »Habt Dank, habt Dank für eure Güte!« Ich verneigte mich.

Am Tresen wartete das versprochene Abendessen auf mich. Hungrig schlang ich die dicke Brühe voller Kartoffeln und Karotten hinunter.

Der Wirt gesellte sich zu mir und füllte meinen Krug wieder auf. Dankbar nickte ich ihm mit vollem Mund zu.

»Das Lied habe ich schon einige Zeit nicht mehr gehört. Seid Ihr auf der Durchreise?«

»Ich habe morgen etwas auf dem Markt zu erledigen«, erwiderte ich. »Mir ist etwas abhandengekommen, das hier morgen angeboten werden soll.«

»Dann hoffe ich, dass Olin Euch wohlgesinnt ist.«

»Ich ebenso.« Ich kratzte die Reste der Mahlzeit zusammen, nur der Anstand hielt mich davon ab, die Schüssel auszulecken.

»Ich werde Euren Gästen noch eine Geschichte erzählen, der Eintopf war es wert«, sagte ich zu Olve und ging auf die Bühne zurück, wo ich den Rest des Abends verbrachte.

Der nächste Morgen fand mich schlafend in einem Heuhaufen. Der Tau drang durch die Ritzen der kleinen Scheune und vertrieb meine Müdigkeit rasch.

Ich schlenderte runter zum Fluss und säuberte mich mit dem letzten Stückchen Seife. Unweit von der Stelle, wo ich hockte, waren Flöße vertäut. Ein paar Kaufleute entluden gerade wohl die letzten Waren, um sie zum Markt zu schaffen.

Schnell wusch ich mir die Seife aus Gesicht und Haaren und zog mir das Hemd wieder über. Es galt, meinen Esel zu finden.

Der Marktplatz war kein Vergleich zu dem tristen Ort von gestern. Es war bunt, laut und voll. Die Menschen drängten sich bereits zu der frühen Stunde durch die Gänge zwischen den Ständen. Alles wurde feilgeboten. Ich sah nicht nur Naturalien, sondern auch Schmuck, Tabak, Stoffe und sogar Instrumente! Meine Freude darüber ebbte jäh ab und ich duckte mich hinter ein paar gestapelte Weinfässer. Hedda könnte hier sein. Dies könnte ihr Stand sein. Ich wollte ihr nicht begegnen, nicht mit ihr sprechen. Sie, die Sympathisantin eines Kriegstreibers. Mit bangem Gefühl im Magen suchte ich nach der vertrauten Gestalt, als ein hagerer Mann den Platz hinter dem Stand einnahm. Erleichtert gab ich meine Deckung auf. Ohne mein Zutun brachten mich meine Füße zu dem Stand und ich bestaunte unverhohlen die Lauten und Flöten, die der Händler präsentierte.

Ich öffnete den Mund, um ein Gespräch mit ihm zu beginnen, da hörte ich ein vertrautes Geräusch.

»Herr von Grau!«

»Ähm, wie bitte?«, fragte der Händler verwundert.

Ohne auf die Frage einzugehen, ließ ich ihn stehen und folgte den Lauten zu einem Stück Wiese. Dort entdeckte ich Kühe, Schafe und einige Esel. Sogar zwei Pferde wurden zum Kauf angeboten.

Ich zwang mich, langsamer zu gehen, und umrundete einmal die angebotenen Tiere. Sofort erkannte ich Herrn von Grau. Er trug immer noch meine Taschen auf dem Rücken. Sein Halfter war durch ein Seil mit den Halftern der anderen drei Esel verbunden. Das Ende des Stricks hielt ein beleibter Mann in der Hand, der gerade mit einer Frau verhandelte und dabei abwechselnd auf sie, sich und die vier Esel deutete.

»Ich kann dir den Esel nicht für 25 Kronen verkaufen. Allein die Taschen sind 15 wert. Willst du mich zu einem armen Mann machen? 60 Kronen und wir sind im Geschäft.«

»Was? Für dieses verfilzte Klappergestell willst du 60 Kronen? Mit 25 bist du schon gut bedient!«

»Wenn du nicht so viel Geld hast, nimm den da«, er deutete auf den Esel links von Herrn von Grau. »Der kostet nur 18 Kronen.«

»So wie der aussieht, fällt er morgen tot um. Nein. Ich will den mit den Taschen, für 35 Kronen, das ist mein letztes Angebot.«

Der Eselhändler verzog gequält das Gesicht, als würden die Worte der Frau ihm Schmerzen bereiten. Er seufzte einem betagten Dudelsack gleich und legte den Handrücken an die Stirn. »Du beraubst mich, ehrlich. Aber ich habe heute einen guten Tag, also nimm ihn, bei Olins Fußwarzen, für 35 Kronen.«

Der Händler machte Anstalten, Herrn von Grau von den anderen Eseln zu lösen.

»Halt!«, rief ich und war mit zwei Sätzen bei dem Händler. Schützend legte ich den Arm um den Hals meines Gefährten. »Dieser Esel steht nicht zum Verkauf, denn er gehört mir. Er ist mir vor Kurzem oben in Stolzensand gestohlen worden!«

»Finger weg von meiner Ware, du Streuner!«, fuhr mich der Händler an. »Da kann ja jeder Vagabund daherkommen und behaupten, dass ihm meine Esel gehören.« Er breitete die Arme aus und drehte sich, nach Publikum heischend, um. »Hast du einen Beweis für deine Behauptung? Eine Besitzurkunde oder ähnliches?«

Ich schüttelte den Kopf. »Herr von Grau war ein Geschenk seines früheren Besitzers an mich. Sollte es notwendig sein, kann ich den Inhalt seiner Taschen bis zum letzten Brotkrümel aufzählen.«

»Was ist nun? Kann ich den Esel kaufen oder nicht?«, murrte die Frau, den Geldbeutel bereits in der Hand.

»Ja!« – »Nein!«, riefen der Händler und ich gleichzeitig.

»Was ist hier los?« Ein edel gekleideter Mann kam auf uns zu, flankiert von zwei Wachen. »Ich verbitte mir Streitereien auf meinem Markt.«

»Herr, dies ist mein Esel. Er kann nicht verkauft werden«, erklärte ich, den Arm immer noch fest um Herrn von Graus Hals geschlungen. Er drückte sich seinerseits gegen meinen Körper, was mich für den Moment etwas beruhigte.

»Ich weiß nicht, wovon der Rumtreiber da redet. Seht ihn Euch doch an, Herr. Dreckig und zerlumpt, wie er ist.«

Der Händler zog und zerrte kurz an meinen Armen, doch ich ließ meinen Esel nicht los.

»Nehmt diesen verlumpten Kerl mit, Stadtvogt, und sperrt ihn für ein paar Tage in den Kerker.«

»Könnt Ihr beweisen, dass dieser Esel Euer Eigentum ist?«, fragte der Vogt an mich gerichtet.

»Wenn Ihr nach einem Papier fragt, dann nein. Aber ich kann Euch sagen, was er in seinen Taschen trägt, diese gehören nämlich ebenfalls mir.«

Der Vogt machte eine wedelnde Handbewegung. »Nur zu.«

Eine der beiden Wachen ging zu den Taschen und nickte mir zu.

Ich begann aufzuzählen, während der Wachmann die Taschen filzte.

»Er hat mehr aufgezählt, als drin ist, Herr. All das, was in den Taschen ist, hat er auch aufgezählt.«

Der Stadtvogt nickte jovial. »Beeindruckend. Offenbar habt Ihr und der Esel tatsächlich eine gemeinsame Vergangenheit. Rufus?«

Der Händler verneigte sich eilig. »Ja, Herr?«

»Ihr werdet diesem Mann seinen Esel aushändigen ...«

»Aber, Herr!«

»Unterbrecht mich nicht!«

Rufus senkte beschämt den Blick.

»Ihr werdet diesem Mann seinen Esel aushändigen, unter einer Bedingung.« Der Vogt ließ den Blick zwischen dem Händler und mir hin und her schweifen. Offenbar genoss er die Situation ungemein.

»Kennt Ihr ... ?« Er sah mich fragend an.

»Aramil.«

»Kennt Ihr, Aramil, unser nicht ganz unerhebliches Brückenproblem?«

»Ja.«

»Wenn Ihr dafür sorgt, dass der Brückentroll uns die Brücke wieder nutzen lässt, ohne dass weitere Menschen sterben, bekommt Ihr Euren Esel.«

Mir fiel die Kinnlade herunter.

»Aber Herr, ich habe Kosten! Nicht unerhebliche Kosten«, protestierte der Händler.

»Rufus.« Der Stadtvogt hob beschwichtigend die Hände. »Mein Wort ist Gesetz.«

»Ihr beliebt zu scherzen. Ich soll mich mit einem Troll anlegen?«, fragte ich entgeistert, nachdem ich meine Sprache wiedergefunden hatte. »Seid Ihr sicher, dass es nicht ein tollwütiger Bär ist? Oder ein grantiger alter Mann?«

»Geht und überzeugt Euch selbst«, gab der Stadtvogt unbeeindruckt zurück.

»Was soll das sein? Eine Art Mutprobe?«

»Wenn Ihr es so nennen wollt. Ihr habt bis Sonnenaufgang Zeit. Wenn die Brücke bis dahin nicht wieder begehbar ist, bekommt diese Frau den Esel.«

Die Interessentin, die bis eben noch mit Rufus gefeilscht hatte, schloss mit einer ruckartigen Bewegung ihre Geldkatze. »Sollte ich bis morgen überhaupt noch geneigt sein, den Esel zu kaufen.« Sie drehte sich auf dem Absatz um und stolzierte davon.

»Zur Brücke geht es da entlang«, erklärte der Vogt lapidar, dann verließ auch er den Viehstand, gefolgt von den beiden Wachen.

»Ich hoffe, der Troll frisst dich«, knurrte Rufus mich an und spuckte mir vor die Füße.

»Wenn er das tut, werde ich ihn am Gaumen packen und zu dir lenken. Du wärst ein verdammt leckerer Happen.«

Ich bückte mich und drückte Herrn von Grau einen Schmatzer auf die Nüstern. »Ich bin bald zurück, mein Freund. Mach dir keine Sorgen.« Dabei zog ich die Flöte aus der Tasche und hielt sie hoch. »Die brauch' ich«, sagte ich laut und hob die Hand, um dem Protest des Händlers vorzubeugen. »Wir wollen doch nicht, dass mich der Troll frisst, bevor ich Fragen stellen kann, oder?«

Der Stadtvogt stimmte mir mit einem Nicken zu. »Und jetzt macht Euch an Eure Aufgabe.«

Vor mir lag die Brücke, hinter mir stand die Bevölkerung von Trollbrücken und wartete darauf, dass ich das Bauwerk betrat. In meiner Hand hielt ich, fest umklammert, die alte Flöte, die Hedda mir damals mitgegeben hatte und die von Grau die ganze Zeit mit herumtrug. Ich hoffte, der Brückentroll würde das Instrument als Mitbringsel akzeptieren.

Unter der Brücke rumpelte es unentwegt. Auch glaubte ich, ein Grunzen zu hören. Ich hoffte inständig, dass eine Wildschweinfamilie darunter lebte, kein Troll.

»Wie lange wollt Ihr noch dort untätig herumstehen?«, rief jemand hinter mir.

Ich verdrehte die Augen. Wenn dort wirklich ein Troll hauste, der niemanden über diese wichtige Handelsbrücke ließ, sollten die Bewohner von Trollbrücken mich nicht eher unterstützen, statt zu sticheln?

Der Wind drehte und trug ein leises »I-Ah« zu mir. Ich straffte die Schultern und betrat das Bauwerk. Ungefähr bis zur Hälfte kam ich, ohne dass etwas geschah, dann erschütterte ein Beben die Querung.

»Kein Mitbringsel, kein Mensch geht rüber!«, donnerte es durch das Gestein zu mir hinauf.

Ich erstarrte und hielt den Atem an.

»Mensch geht zurück oder Mensch geht tot!«

Ich nahm all meinen Mut zusammen und rief, so laut ich konnte: »Mensch will mit ... ach, *ich* will nur mit dir reden!« Was tat ich hier? Stand hier und sprach mit einer Brücke!

»Nie will Mensch reden, immer nur hauen und piken!«

Hauen und piken? Ich schüttelte den Kopf, unsicher, was ich von dem ganzen Schauspiel halten sollte. Neugierig, ob ich den Troll von hier oben entdecken würde, tat ich zwei Schritte in Richtung

Brüstung und lugte darüber hinweg in die Tiefe. Ein jähes Brüllen strafte meine Tat.

»Noch ein Schritt und Mensch hat ein Fuß weniger!«

Ich hob unwillkürlich die Hände. »Schon gut, schon gut.« Ich verharrte auf meiner Position, um die Stimme nicht noch mehr zu verärgern. »Darf ich zu dir unter die Brücke kommen? Ich würde gerne sehen, mit wem ich mich unterhalte.«

Ein paar Augenblicke blieb es still. Nur der Hall einiger Kiesel, die hinunter in das Flussbett fielen, untermalte die eigentümliche Situation.

»Gut. Kannst kommen. Aber nich hauen und piken! Sonst Mensch wird Essen.«

Ich schluckte trocken. Plötzlich kam eine steinerne Hand unter der Brücke zum Vorschein und tastete. Nach ... mir? Vor Schreck ließ ich die Flöte fallen und machte reflexartig einen Sprung zur Seite, doch zu langsam. Die Finger umschlangen mich und packten zu. So musste sich jemand fühlen, der gleichzeitig von zwei Ochsenkarren überfahren wurde. Ich schnappte nach Luft, doch erwischte nur feinen Staub und musste ordentlich husten. Gedämpft hörte ich Rufe der Anwohner von Trollbrücken durch die Hand hindurch.

»Er wird ihn fressen!«

»Und das alles für einen läppischen Esel!«

Die Pranke sackte schlagartig nach unten. Die Sonne wich einem diffusen Licht. Die Hand prallte auf etwas Hartes, die Finger verschwanden und ich fiel kopfüber auf einen nicht minder massiven Untergrund. Ich blieb auf dem Bauch liegen und verharrte still.

»Mensch wollte Kies'l sehen. Jetzt Mensch sehen auf Boden. Kies'l verstehen Menschen nicht. Immer Gegenteil machen von dem, was sagen.«

Da sagte der Troll etwas Wahres.

Ich rappelte mich auf und klopfte mir mit leidlicher Wirkung den Dreck von der fleckigen Kleidung, dann sah ich hoch. Und noch höher. Ungefähr zehn Fuß über mir schwebte ein steinernes Gesicht. Kleine Augen betrachteten mich misstrauisch, von der Knollennase zwischen ihnen regneten immer wieder kleine Steinchen auf mich herab. Ich machte einen Schritt zur Seite.

Der Brückentroll verlagerte sein Gewicht. Knirschen und Rumsen begleitete die Bewegung, denn auch sein Körper bestand, so wie ich es sehen konnte, zum größten Teil aus Stein. Hier und da schimmerte etwas Bläulich-Graues hindurch, das an ledrige Haut erinnerte. Neben dem Troll türmte sich ein Berg aus Dingen auf.

»Jetzt Mensch sehen, mit wem Mensch reden. Was wollte Mensch auf Brücke von Kies'l?«

»Ist Kies'l dein Name?«

»Was soll Kies'l sein sonst? Mensch hat Name, Fluss hat Name. Alles hat Name, also hat Kies'l auch Name.«

Ich hob beschwichtigend die Hände. »Ich habe lediglich gefragt. Er ist nur so … ungewöhnlich.«

»Mensch verboten auf Brücke. Kein Mitbringsel für Kies'l, keine Brücke.«

All meinen Mut zusammennehmend, kam ich gleich zur Sache: »Stimmt es, dass du die Frau des Stadtvogtes gefressen hast?«

Nur knapp verfehlte mich die Steinhand, die auf mich niedersauste. Fast wäre ich Mus gewesen.

»Kies'l frisst nicht Mensch! Hat nie Mensch gefressen! Vogtweib auch nicht!« Die Stimme des Brückentrolls donnerte gleich einem Gewitter und brach sich wellengleich an dem Gewölbe der Brücke.

»Es tut mir leid! Es tut mir leid!«, rief ich, so laut ich konnte. »Ich dachte mir schon, dass das Mumpitz ist.«

»Mum…pitz?« Der Troll neigte den Kopf. Zwei längliche Steine zogen sich über seinen Augen zusammen und vervollständigten den fragenden Blick.

»Quatsch, Humbug«, versuchte ich den Begriff Mumpitz zu erklären, doch mit mäßigem Erfolg, Kies'ls Gesichtsausdruck nach zu urteilen.

»Warum lässt du die Anwohner von Trollbrücken nicht mehr auf die andere Seite der Brücke rübergehen?«, fragte ich erneut.

Kies'l setzte sich wieder hin und lehnte den breiten Rücken gegen einen Pfeiler. Sein Körper war kaum vom Brückengestein zu unterscheiden.

»Kies'l leben schon lang hier. Viel mehr lang als Mensch. Das hier meine Brücke, mein Zuhaus. Brücke nicht immer so, wie heut ist. Mensch hat aus mein Stein Brücke gemacht, als Mensch kam her. Kies'l hat Mensch erlaubt, über sein Stein zu laufen, wenn Mensch gibt Mitbringsel an Kies'l. Viele Jahre gut für Mensch, gut für Kies'l. Bis kam Vogtweibmann. Sagt, Brücke gehört Mensch, Mensch muss nicht geben Mitbringsel für Brücke. Sagt, Kies'l muss weg, weil Mensch besser als Troll.«

Während Kies'l erzählte, wurde seine graphitene Stimme immer trauriger. Mit zermürbtem Blick glitten seine Augen über die Brücke, den Haufen Dinge und zuletzt über mich.

»Was für Mitbringsel magst du denn?«, fragte ich in dem Versuch, ihn aufzumuntern.

»Kies'l mag Dinge. Bunt, weich, klimpernd. Und singen. Kennt Mensch singen?«

Ich nickte inbrünstig. »Mit Singen verdiene ich meine Kronen.«

Kies'l beugte sich zu mir herunter. Sein Gesicht war nur wenige Fingerbreit von meinem entfernt.

»Kann Mensch auch ... spielen?« Seine Augen funkelten flusskieselgleich.

»Kann ich. Laute, Trommel, ein bisschen Flöte.«

Jäh beugte sich Kies'l hinüber zu seinem Dingehaufen. Er kramte und wühlte, bis er etwas herauszog, dessen Konturen mir sehr vertraut vorkamen.

»Kann Mensch spielen das?«

Kies'l hielt mir eine Laute hin. Ganz vorsichtig, nahezu andächtig hielt er sie zwischen seinen rauen Fingerkuppen.

Mit beiden Händen griff ich nach dem Musikinstrument. Trotz der vermeintlichen Grobheit, mit der der Troll seine Sachen durchsucht hatte, zeigten sich keinerlei Kratzer auf der Oberfläche der Laute. Ihr Gewicht lag angenehm in meinen Händen. Sie konnte noch nicht lange im Besitz des Trolls sein, denn die Feuchte des nahen Wassers hatte ihr kaum zugesetzt. Ihre kunstvoll verzierten Wirbel zeigten verschiedene Gesichter, die Grimassen schnitten. Auf der Decke der Laute verwoben sich florale und Knotenmuster ineinander. Der Erbauer dieses Schmuckstücks schien sein Fach wahrlich meisterhaft zu beherrschen.

»Spiel.«

Mit Mühe riss ich meinen Blick von der Laute los. »Was soll ich denn spielen?«

Kies'l deutete auf das Instrument. »Musik.«

Ich zupfte probehalber die Saiten, was einige schiefe Töne hervorbrachte. Mit wenigen Drehungen an den Wirbeln stimmte ich die Laute und fuhr anschließend mit dem Daumen von oben nach unten über alle acht Saiten. Ein angenehmer Fluss verschiedener Klänge umspülte uns.

»Was für ein atemberaubendes Instrument«, hauchte ich ehrfürchtig.

»Spiel!« Der Troll schlug mit der flachen Hand neben mir auf die Erde.

»Ich spiele gerne für dich. Aber dafür musst du mir etwas geben.«

»Mensch kann nicht wollen. Mensch in meinem Heim. Mensch tut das, was Kies'l sagt!«

Ich duckte mich rasch, besorgt, dass die steinerne Faust ein weiteres Mal auf mich niedersausen würde. »Ich will ja auch nichts. Zumindest nicht noch ein Ding.« Ich hob die Laute ein Stück in die Höhe. »Bitte, lass die Menschen wieder über deine Brücke gehen.«

»Kein Mitbringsel, kein Brücke.« Kies'l verschränkte die Arme und drehte sich von mir weg.

»Die Menschen von Trollbrücken leiden«, versuchte ich, mir Gehör zu verschaffen.

»Leiden? Kies'l leiden! Mensch will Kies'l weg, Kies'l aber Heim hier!«

Ich setzte mich im Schneidersitz hin und spielte wahllos Tonleitern, während ich darüber nachdachte, wie ich Kies'l helfen konnte. Denn, Brückentroll hin oder her, er war mir schon jetzt sympathischer, als der Stadtvogt es je werden könnte.

»Wenn ich dir verspreche, dass Vogtweibmann ...«, ich hielt inne, »der Stadtvogt dein Zuhause nicht mehr bedroht, würdest du die Menschen dann wieder über deine Brücke gehen lassen? Natürlich nur für ein Mitbringsel.«

Kies'l blickte über die Schulter zu mir. Ich lächelte ihn an. Hoffentlich bedeutete Lächeln bei Trollen dasselbe wie bei Menschen.

»Du kannst machen Vogtweibmann weg?«

»Wenn du mit ›weg‹ töten meinst, nein. Aber ich werde ihn davon überzeugen, dass er mit dir leben oder von hier fortgehen muss.«

Mittlerweile spielten meine Finger wie von allein eine Melodie, die ich schon lang nicht mehr aus meinem Repertoire gekramt hatte. Das Lied stammte aus der Feder von Lely Kupferstimme, einer Bardin, die ich für ihre Abenteuerlust und Dichtkunst sehr bewunderte.

»Ewig leben« erzählte von Lelys Lebensgeschichte und ich hoffte, Kies'l mit dem Text etwas aufmuntern zu können. Ich spielte das Intro zwei Mal, dann begann ich zu singen:

Auf der Straße läuft das Leben,
hey ja, hey hey ja,
wird sich selbst sein Schicksal weben,
hey ja, hey hey ja!
Wenn einmal der erste Schritt getan,
hey ja, hey hey ja,
wird das Herz nie wieder zahm,
hey ja, hey hey ja!

Des Lebens fette Trauben an den Reben,
hey ja, hey hey ja,
hängen dort für jede und jeden,
hey ja, hey hey ja!
Willst du wissen, wie Abenteuer schmeckt,
hey ja, hey hey ja,
greif nach den Früchten, ganz unerschreckt,
hey ja, hey hey ja!

Der Sonne nach, den Wind im Haar,
hey ja, hey hey ja,
reise ich seit Tag und Jahr,
hey ja, hey hey ja,
durch die Lande und auf See,
hey ja, hey hey ja,
doch zweifle ich, ob ich das Leben versteh',
hey ja, hey hey ja!

Ewig leben würd' ich gern,
ach, wie wär' das schön!
Doch Ydir, der bleibt keinem fern,
es kommt die Zeit und ich muss geh'n.

Ich sing und dichte für die Leute,
hey ja, hey hey ja,
mach hier und da gar reiche Beute,
hey ja, hey hey ja!
Ward ich auch ehrlich und pikant,
hey ja, hey hey ja,
hülle ich die Wörter stets in feines Gewand,
hey ja, hey hey ja!

Mein Weg führte vorbei an Riesen und Drachen,
hey ja, hey hey ja,
mit solchen Wesen lässt es sich vorzüglich lachen,
hey ja, hey hey ja!
Doch acht' ich stets bei Nöck und Nixe,
hey ja, hey hey ja,
auf mein Leben, wenn ich an deren Wassern sitze,
hey ja, hey hey ja!

Ewig leben würd' ich gern,
ach, wie wär' das schön!
Doch Ydir, der bleibt keinem fern,
es kommt die Zeit und ich muss geh'n.

Über Balderns Straßen könnt ich ewig schlendern,
hey ja, hey hey ja,

mit einem Lied der Menschen Tage ändern,
hey ja, hey hey ja!
Wenn aus Traurigkeit ein Lächeln wird,
hey ja, hey hey ja,
hat mein Bardinnenherz sich nicht geirrt,
hey ja, hey hey ja!

Ewig leben würd' ich gern,
ach, wie wär' das schön!
Doch Ydir, der bleibt keinem fern,
es kommt die Zeit und ich muss geh'n.

Plötzlich holte Kies'l tief Luft, sodass ein kleiner Sog entstand und sang mit mir gemeinsam den Refrain aus vollem Halse:

Ewig leben würd' ich gern,

Leben ewig will Kies'l gern

ach, wie wär' das schön!

Ah, schön das wär'

Doch Ydir, der bleibt keinem fern,

Üder bleibt nicht fern kein Wesen

es kommt die Zeit und ich muss geh'n.

Kommt Zeit und Kies'l muss gehen

Ich spielte die Melodie weiter, während Kies'l ein ums andere Mal den Refrain wiederholte. Dabei vertauschte er immer wieder die Worte anders. Obwohl ich ein wenig Sorge hatte, dass der Troll mit seinem Organ die Brücke zum Einsturz bringen könnte, grinste ich glücklich bis über beide Ohren. Nach der vierten Wiederholung ließ ich die Töne ausklingen und rieb mir die Fingerkuppen an der Hose. Tatsächlich war ich etwas aus der Übung. Die Zeit ohne Lautenspiel – und bestimmt auch das vermaledeite Salzwasser – hatte meine Fingerspitzen wieder weicher werden lassen und so spürte ich die Saiten schneller als sonst.

»Nicht aufhören, weiterspielen!«, forderte der Brückentroll, während er mehr oder weniger rhythmisch in die Hände klatschte. Dabei flogen immer wieder kleine Steinsplitter durch die Luft und ich senkte den Kopf, damit sich keiner davon in meine Augen verirrte.

»Ich brauche eine Pause, Kies'l.«

»Was ist Pause?«, fragte er und betonte dabei das U.

»Zeit zum Erholen«, erwiderte ich.

»Erholen«, wiederholte er. »Wie ... Nickerchen?«

Wieder musste ich schmunzeln. »Ja, ein Nickerchen kann auch eine Pause sein.«

Kies'l stupste mich sanft mit dem Finger an der Schulter an. Kurz strauchelte ich.

»Wie ist Menschname?«

»Aramil Flitterer heiße ich. Barde, Geschichtenerzähler und gelegentlich Bote.« Ich verneigte mich tief.

»Amil hat Kies'l macht fröhlich. Geben Amil Mitbringsel.« Er deutete auf die Laute, die ich immer noch festhielt.

Ich sah ihn an, dann die Laute und dann wieder ihn. »Ich danke dir von ganzem Herzen.«

»Amil Kies'l helfen mit Vogtweibmann?«

Ich nickte. »Lass das meine Sorge sein. Ich werde einen Weg finden, den Stadtvogt umzustimmen.«

Kies'l breitete seine Hand vor mir aus und ich stieg darauf. Ich hielt mich an seinem Daumen fest, während er mich langsam nach oben hob und auf der Brücke absetzte.

»Bis bald«, rief ich über die Brüstung gebeugt, drehte mich um und lief zurück in Richtung Stadt. Dort, am Ende der Brücke, standen immer noch zahlreiche Stadtbewohner, teilweise mit offenen Mündern zu den ungläubigen Blicken.

»Er lebt noch!«

»Jetzt ist der Händler seinen Esel los.«

»Ich war mir sicher, er wird auch gefressen!«

»Hast du ihn getötet?«

Kopfschüttelnd drängte ich mich an den Menschen vorbei. Ich musste schleunigst mit Valja und Olve sprechen und hoffte, auf dem Weg zu ihnen nicht dem Stadtvogt oder seinen Wachen in die Arme zu laufen. Ich wusste, wie ich ohne sein Wohlwollen Herrn von Grau zurückbekam.

Durchgefroren und müde fiel ich die zweite Nacht hintereinander in den Heuhaufen der kleinen Scheune. Nachdem ich der Seifenhändlerin und dem Wirt erläutert hatte, was genau das Problem des Brückentrolls war, hatte ich mich auf die Suche nach der Frau des Stadtvogts gemacht. Jetzt zwitscherten draußen bereits die Vögel, als mein Kopf das Heu berührte. Mein letzter Gedanke, bevor ich in einen komatösen Schlaf fiel, galt unserem Vorhaben.

»Bist du da drin, Aramil?«

Ein kräftiges Klopfen gegen die Scheunenwand riss mich aus dem Schlaf. Ich rutschte vom Heuhaufen und landete mit dem Hintern auf dem Boden der Scheune.

»Aramil?«, lautflüsterte die Stimme erneut.

»Ja«, krächzte ich und musste husten. »Ja«, wiederholte ich in einem klareren Ton.

»Komm raus. Sie müsste bald ankommen.«

»Was? Wie spät ist es?« Ich sprang auf und suchte meine wenigen Sachen zusammen.

»Die Sonne ist schon vor einiger Zeit aufgegangen.« Die Stimme klang bei jedem Wort ungeduldiger.

Ich stolperte über die Türschwelle nach draußen und lief Valja in die Arme. Als sie mich sah, schmunzelte sie. Mit federleichten Berührungen zupfte sie einige Heuhalme aus meinem Haar und von meiner Kleidung. Dabei schimmerten ihre grünblauen Augen neckend im Tageslicht.

»Hast du meine Laute auch sicher verwahrt?«, wollte ich von Valja wissen.

»Ja doch.« Sie deutete in Richtung Stadt. »Wir sollten auf den Marktplatz gehen.«

Ich machte einen Schritt zur Seite und ging an Valja vorbei. Ich hörte am knirschenden Kies, dass sie mir folgte. Rasch holte sie auf und sah mich im Gehen unentwegt an.

»Wo hast du sie gefunden?«

»Auf dem Gehöft, auf dem ihr sie vermutet hattet«, antwortete ich Valja.

»Gut, gut. Musstest du sie lang überzeugen?«

Ich erwiderte den Blick der Seifenhändlerin. »Sie nicht, aber ihre Begleitung. Diese war weniger angetan von unserer Absicht.«

Valja tat das Ganze mit einer wedelnden Handbewegung ab. »Papperlapapp! Es geht um eine ganze Stadt, da ist kein Raum für persönliche Befindlichkeiten.«

Mittlerweile hatten wir den Rand des Marktplatzes erreicht. Heute war der zweite Tag des großen Marktes und erneut gab es kaum ein Durchkommen zwischen den ganzen Kaufleuten und Kaufwilligen.

»Lass mich schnell nachsehen, ob Herr von Grau auch wirklich nicht schon wieder feilgeboten wird«, bat ich Valja und bog nach rechts ab zu der Wiese, auf der ich gestern meinen Esel wiedergefunden hatte. Doch sie packte meinen Arm und zog mich mit einem bestimmten Ruck zurück.

»Dafür ist keine Zeit. Wir sollten den Stadtvogt suchen und ihn dann nicht mehr aus den Augen lassen.«

Eindringlich sah mich die Seifenhändlerin an, wobei mir auffiel, dass ihre Nase nicht ganz in der Mitte ihres Gesichtes lag. Doch dieses kleine Detail machte sie nur hübscher. Vage erinnerte mich ihr Anblick an eine Weise von Lely Kupferstimme, die einst eine Beziehung mit einer Trolldame geführt hatte. Die Beschreibung jener Geliebten kam dem Aussehen von Valja erstaunlich nahe ...

Ich scheuchte den Gedanken fort und setzte an dessen Stelle das Bild meines Esels, in der Gewalt eines kronengierigen Viehhändlers.

»Nun gut«, willigte ich widerstrebend ein. »Danach sollte zwischen mir und meinem grauen Gefährten keine Hürde mehr stehen.«

Wir ließen uns in der Menschenmasse treiben, folgten dem Strom mal zu diesem, mal zu jenem Stand. Doch der Stadtvogt hatte sich nicht unters Volk gemischt.

»Wo ist er?«, zischte ich Valja ungeduldig zu.

»Er sollte bald auftauchen.« Mit zynischer Stimme ergänzte sie: »Er lässt *seine* Einwohner nie lange aus den Augen.«

Und Valja behielt Recht. Kurze Zeit später verließ der Vogt sein imposantes Haus, flankiert von den beiden Stadtwachen, die ihn auch gestern begleitet hatten.

»Da ist er«, flüsterte ich Valja zu und stieß ihr meinen Ellenbogen in die Rippen.

»Au! Ich sehe ihn ja auch.« Sie drehte den Kopf suchend in alle Richtungen. »Hm, hoffentlich kommt sie auch wirklich und hat sich nicht von ihrer Begleitung ausreden lassen, uns zu helfen.«

Damit hatte Valja meine größte Befürchtung ausgesprochen. Doch bei Phax und allen Patronen, sie musste einfach kommen!

Mehrere Schreie ertönten von der anderen Seite des Platzes, ich erkannte gleichsam Überraschung wie Entsetzen darin.

»Das muss sie sein«, sagte Valja lächelnd und zog mich in die Richtung des Aufruhrs.

Unweit von uns hatte sich ein Kreis um eine Person gebildet. Die Menschen hielten Abstand zu ihr, ihre Gesichtsausdrücke waren so mannigfaltig wie die Muscheln im Meer. Noch ein paar wenige Schritte, dann hatten wir den Tumult erreicht. Im gleichen Moment zog sich die Person die Kapuze vom Kopf. Zum Vorschein kam die energische Frau, die ich gestern zum ersten Mal getroffen hatte. Mir fiel ein Stein vorm Herzen. Ach was, eine ganze Steinbrücke!

»Danke, dass Ihr hergekommen seid«, begrüßte ich sie freudestrahlend.

»Keine Ursache«, erwiderte sie knapp. »Wo ist er?«

Wortlos deuteten Valja und ich zeitgleich auf den Stadtvogt, der fragend in unsere Richtung blickte.

Sie schob sich zwischen uns beiden hindurch und lief geradewegs auf den Vogt zu. Dieser hatte seine Mimik keineswegs mehr unter Kontrolle. Überraschung, Schreck, Wut und nicht zuletzt Ratlosigkeit huschten abwechselnd über sein Gesicht.

»Isobel, wie ...? Wo kommst ...?« Er schluckte ein paar Male. »Bist du von den Toten auferstanden?«

Isobel lachte schallend.

Mittlerweile interessierte sich niemand mehr für irgendeine Ware. Alle verfolgten das Spektakel, das vor ihren Augen ablief. Außer etwaige Taschendiebe vielleicht. Doch mir konnte sowieso niemand mehr etwas stehlen. Ich hatte ja nichts.

»Ich? Tot?« Sie schüttelte langsam den Kopf. »Ich war beinahe tot, ja. Die Ehe mit dir hat mir jegliche Lebensfreude genommen.«

Durch die Menge ging ein Raunen.

Isobel machte einen schnellen Schritt auf ihn zu, deutete mit dem Zeigefinger auf seine Nasenspitze, so dass er unwillkürlich darauf schielte. »Also verschwand ich eines Nachts mit meiner Liebe, die mir zeigte, dass eine Beziehung auch bedeuten kann, sich gegenseitig zu achten und zu schätzen.« Sie drehte sich einmal im Kreis, schaute in die Gesichter der Bewohner von Trollbrücken. »Du hast diesen Menschen also erzählt, dass der Brückentroll mich gefressen hätte? Hast dies als Vorwand genommen, ihm seine Maut zu nehmen?«

»Schweig still!«, forderte der Stadtvogt mit zitternder Stimme. »Du bist doch bloß eine Mittagserscheinung! Ein Geist!« Der Vogt tastete nach dem Schwert, das an seinem Gürtel befestigt war, und zog es. Die beiden Wachen taten, schattengleich, dasselbe.

»Ich bin kein Geist, du törichter Mann! Ich bin – war – deine Frau. Ich habe mich von deinen Ketten befreit und nun legst du sie um die braven Anwohnenden von Trollbrücken!« Isobel breitete die Arme aus und unterstrich damit ihre Aussage.

»So oder so werde ich dich zu Ydir schicken!«, schrie der Stadtvogt und stürzte sich auf seine ehemalige Frau. Diese schaffte es nur knapp, der Klinge auszuweichen.

Ein kollektiver Aufschrei ging durch die Schaulustigen. Die beiden Wachen sahen sich indes ratlos an. Offenbar hatten sie Skrupel, sich gegen die Einheimischen zu stellen, zu denen sie selbst gehörten.

Isobel sprang auf Kisten, die eine Händlerin neben ihrem Stand aufgetürmt hatte, und erhob erneut ihre Stimme: »Bevölkerung von Trollbrücken, ich bin nicht tot. Der Brückentroll hat mich nicht gefressen. Also, im Namen aller Patrone, zahlt dem Wächter der Brücke seine Maut und das Elend, das dieser selbstsüchtige Nichtsnutz von Stadtvogt verursacht hat, findet sein Ende. Vielleicht«, sie zuckte mit den Schultern, »solltet ihr ihn dem Troll zum Fraß vorwerfen. Verdient hätte er es.«

»Das ist doch unerhört«, empörte sich der Stadtvogt, doch es ging im Jubel der Menschen unter.

»Sperrt ihn ein!«

»Er soll Trollfutter werden!«

»So einen will ich nicht mehr als Stadtvogt!«

Kurzerhand wurde dieser gepackt und in seinem eigenen Haus unter Arrest gestellt.

»Lasst uns zu Olve gehen«, schlug Valja vor und legte ihre Hand auf Isobels und meine Schultern.

»Eine hervorragende Idee. Ich könnte jetzt einen Met gebrauchen. Oder zwei«, stimmte ich lachend zu. »Aber erst hole ich Herrn von Grau. Der Arme muss aus den Fängen dieses melodramatischen Händlers befreit werden!«

Der Abend wurde noch lang. Nachdem ich das Wiedersehen mit Herrn von Grau gebührend mit Karotten und Heu für ihn gefeiert hatte, stieß ich ein ums andere Mal mit Valja und Olve in dessen Taverne an. Die nächsten Tage gestalteten sich für Trollbrücken sehr ereignisreich. Der alte Stadtvogt wurde seines Amtes enthoben und verbannt. Kies'l erhielt fortan wieder Mitbringsel und ließ jeden die Brücke passieren, der wollte. Und wer keines hatte, sang einfach ein oder zwei Strophen mit ihm. Noch heute besuche ich meinen alten Freund und spiele ihm etwas vor.

Wer den Platz des Stadtvogtes einnahm? Ah, eine hervorragende Frage. Valja wurde von der Bürgerschaft zur Stadtvögtin gewählt. Sie nahm die Wahl an und machte Trollbrücken zu dem blühenden Handelsort, der er heute noch ist. Sie regiert die Stadt mit weisem Geist und strenger Hand. Ob Valja wirklich eine Trolldame ist, wie ich vermute, hat sie mir bisher nicht verraten und ich halte mich an das ungeschriebene Gesetz, nie danach zu fragen.

Lasst mich einen Schluck heißen Met nehmen, um meine Stimme zu ölen. Seid gewarnt: Die nächste Geschichte ist nichts für zarte Gemüter und doch soll sie gehört werden. Ihre Hauptpersonen haben es verdient, durch die Erzählung weiterzuleben.

Der letzte Ritter

Jahr 472 seit Besiedelung

Ah, die Taverne *Zum Fauchenden Fuchs*. Wenn man so will, der letzte sichere Hafen, bevor man in den Dämmerwald abtaucht. Ich habe dort gern gerastet, manchmal auch für mehrere Tage, um mir die Geschichten der Reisenden anzuhören, die Ecken der Welt durchwandert haben, die ich noch nicht kannte. Mittlerweile ist von der Taverne nur noch ein vermodertes Gerippe übrig. Nachdem die alte Wirtin vor gut einem Jahrzehnt starb, hatte niemand genug Schneid, die berüchtigtste Spelunke in ganz Baldern zu übernehmen. Nun sind ihre einzigen Gäste Krähen, Eichhörnchen und vielleicht mal ein Reh, das sich zwischen die Balken verirrt.

An einen Abend dort kann ich mich besonders gut erinnern. Ich habe damals Berolt den Wächter kennengelernt, den letzten Ritter des Baldern-Ordens. Damals, als der alte König noch lebte und das Land noch nicht gespalten war, vereinte der Orden die mutigsten und edelsten Ritter unter sich. Das Land verdankt es dem vor langer Zeit verstorbenen König Siegesmund von Balder, dass es mit den angrenzenden Königreichen Frieden gibt.

Ich wählte meine Route so, dass ich in jedem Fall am *Fuchs* vorbeikam. Die letzten Sonnenstrahlen fingen sich in der metallenen Fuchsfigur, die auf dem Giebel der Taverne thronte. Wie immer torkelten bereits einige Gäste vor der Taverne herum. Zu betrunken, um erneut hineingelassen zu werden, zu nüchtern, um einfach umzufallen und an Ort und Stelle zu schlafen.

Neben der Eingangstür lehnte Orik und beobachtete mit schroffer Miene die Unglückseligen, für die der Abend schon vorbei war. Als er mich sah, breitete sich ein Lächeln auf seinen Lippen aus.

»Aramil Flitterer, schön, dich wiederzusehen! Auf der Durchreise oder ein paar Nächte?«

Ich blieb vor ihm stehen und legte den Kopf in den Nacken, um ihm in die Augen sehen zu können.

»Erstmal nur für heute Nacht, aber ich habe es nicht eilig.« Ich grinste und drückte ihm einen schnellen Kuss auf die schwielige, kampferprobte Handfläche.

Herr von Grau trottete indes zum Stall. Da wir im *Fuchs* öfter kampierten, kannte er sich aus und fand allein zu Stroh und Futter.

»Heute Abend geht es besonders hoch her«, erzählte Orik, weiter den Blick auf den sternhagelvollen Pulk gerichtet. »Die Ernte wird dieses Jahr ertragreicher sein als sonst, deswegen hat das Volk anscheinend beschlossen, sich heute zu Ehren Unas zu betrinken.« Er schnaubte verdrießlich, doch ich entdeckte ein amüsiertes Blitzen in seinen Augen. Orik sorgte nun mal gerne für Ordnung und das konnte er nur, wenn jeden Abend mindestens ein Tumult losbrach.

Wie aufs Stichwort wurden hinter mir Rufe laut. Das schwere Schnaufen hinter mir nahm zu und mit ihm der Bierdunst. Ich wedelte mir mit der Handfläche frischere Luft zu.

»Wir sehen uns später«, raunte Orik mir zu. »He da, du Lump! Ich habe gesagt: Draußen bleiben!«

Schnell schlüpfte ich durch die Tür ins Innere der Taverne, bevor ich noch in den Tumult hineingeriet. Orik gewann immer, nur drang dies selten schneller zu den vernebelten Gehirnen der Leute durch, als Oriks Hand ihren Kragen packte.

Wie immer war die Taverne gut besucht. Trotz der bereits zahlreichen Hausverbote war die Luft zum Schneiden dick, geschwängert von Bier, Tabakrauch und den Ausdünstungen der Leute, die seit Wochen auf den Straßen unterwegs waren. Ich fühlte mich sofort zuhause.

Ich bahnte mir einen Weg durch die Leute, die es sich auf den Bänken, den Gängen und auch in der allerletzten Nische bequem gemacht hatten. Mit Mühe und Not erreichte ich die Theke.

»Svadis, einen Met, rasch!«, rief ich, so laut ich konnte. Binnen eines Wimpernschlags stand ein Becher vor mir, bis zum Rand gefüllt mit der goldgelben Flüssigkeit. Mir gegenüber stand die Herrscherin dieses lebhaften Reiches: Svadis.

»Der Barde! Endlich bringt wieder jemand etwas Kultur in diese verwanzte Hütte!« Sie lachte ihr herrlich raues Lachen, ihre grauen Locken schwangen dabei im Takt mit. »Hast du neuen Tratsch und neue Musik im Gepäck? Hat sich schon jemand um deinen Grauen gekümmert?«

»Er hat sich um sich selbst gekümmert«, erwiderte ich lachend und leerte den Becher Met in einem Zug. Svadis füllte sofort nach. Angenehme Wärme begann sich in meinem Bauch auszubreiten und in alle Körperteile auszustrahlen. »Hmm«, seufzte ich wohlig. »Svadis, ich brauche mehr Met, etwas Warmes zu essen und ein Bett für mindestens eine Nacht.«

»Das alles sollst du bekommen. Ich lasse deinen Stammplatz leerräumen.« Svadis stellte sich auf die Zehenspitzen und blickte angestrengt durch den Schankraum. »Ah, mit einem musst du deinen Tisch teilen, aber keine Sorge, es ist eine angenehme Gesellschaft.«

Ich folgte dem Blick und sah durch eine Lücke in der Menge einen Mann an dem Tisch sitzen, den ich zu meinem Stammplatz auserkoren hatte. Viel konnte ich von hier aus nicht erkennen, nur, dass er gepflegt aussah und so gar nicht zum Klientel des *Fuchses* passte.

»Er ist ein Ritter.«

Jetzt war es an mir, die Augen ungläubig aufzureißen.

»Er ist ein was? Es gibt keine Ritter mehr«, wandte ich ein.

»Das stimmt, bis auf ihn«, antwortete Svadis. In ihrem Gesicht spiegelte sich Schwermut. »Er ist das letzte Relikt einer alten Zeit. Er hat keine Aufgabe mehr, keine Gefährten. Nur seinen Kodex.«

Ich nickte langsam, verstand. Auf jeden Fall würde ich den heutigen Abend mit ihm verbringen. Vielleicht erzählte er mir die ein oder andere Geschichte, die ich als Weise verewigen konnte. Ein Mann wie er hatte sicherlich Dinge erlebt, die es zu bewahren lohnt.

Svadis machte mir den Becher ein drittes Mal voll, dann drängte ich mich durch die Gäste hindurch zu meinem Tisch. Ich warf mein Bündel in die Nische, legte behutsam meine Laute daneben und ließ mich auf die Eckbank fallen. Schräg gegenüber saß besagter Ritter, den Blick in seinem Bierkrug versenkt, die Miene unergründlich.

»Seid gegrüßt, werter Ritter. Mein Name ist Aramil«, stellte ich mich vor und hielt ihm die Hand hin.

Es dauerte etwas, dann ging ein Ruck durch den alten Mann und seine grauen Augen richteten sich auf mich.

»Verzeiht. Ähm, einen guten Abend wünsche ich Euch, Herr … ?«

»Aramil. Aramil Flitterer. Barde, Geschichtenerzähler und gelegentlich Bote.« Ich deutete eine Verbeugung an.

»Es freut mich, Eure Bekanntschaft zu machen, Herr Aramil. Ich bin Berolt der Wächter.« Er ergriff meine Hand und schüttelte sie kräftig. Unter größter Anstrengung vermied ich es, das Gesicht vor Schmerz zu verziehen. Zweifelsfrei musste der Ritter mit seiner bloßen Hand Eisen formen können, so viel Stärke steckte darin.

Er ließ meine Hand los. Schnell verbarg ich sie unter dem Tisch und probierte vorsichtig einige Lautengriffe. Beruhigt stellte ich fest, dass der Ritter mir keine Knochen gebrochen hatte.

»Seid Ihr öfter hier im *Fuchs*?«, versuchte ich eine Unterhaltung in Gang zu bringen. Ich wollte ja nicht gleich mit der Tür ins Haus fallen und den Mann nach seinem Leben ausfragen.

Berolt runzelte die Stirn, so als müsste er genau über meine Frage nachdenken, bevor er sie beantworten konnte.

Unser Blickkontakt wurde durch die Schankmaid unterbrochen, die einen Teller mit Fleisch, dampfenden Kartoffeln und Wurzelgemüse vor mir abstellte. Daneben platzierte sie einen Krug Met, der befriedigend hoch gefüllt war.

»Von Svadis, für später«, richtete die Schankmaid aus und ich bedankte mich mit einem Nicken.

»Nein, nein, ich bin zum ersten Mal in diesem Gasthaus«, fuhr der Ritter fort und nippte an seinem Bier. Die ganze Zeit beobachtete er unruhig den Schankraum.

»Erwartet Ihr einen Gast oder einen Angreifer?«, fragte ich zwischen zwei Löffeln Eintopf.

»Weder noch«, gab Berolt zurück. »Eine alte Angewohnheit, die sich nicht so leicht abschütteln lässt.«

»Verzeiht meine Direktheit, aber ich bin bisher noch nie einem Ritter begegnet.«

»Das ist auch kein Wunder, denn ich bin der Letzte von Siegesmunds Trupp.« Berolt musterte mich, während ich die letzten Reste Eintopf in meiner Schüssel zusammenkratzte. »Wie alt seid Ihr? So viele Winter könnt Ihr noch gar nicht gesehen haben.«

Ich zählte mit den Fingern nach. »Dieses Jahr müssten es dreiundzwanzig werden.«

»Hm«, murrte der Ritter in seinen Krug, den er nun deutlich zügiger leerte. »In deinem Alter hatte ich schon zwei Schlachten gesehen und Baldern mit meinem Leben verteidigt.«

Ein Funkeln trat in seine Augen, beinahe wie besessen. Ich kannte diesen Ausdruck von den Kämpfern, die damals den Tod in den Blutmarschen gefunden hatten. In seiner Erinnerung musste er gerade auf einem Schlachtfeld stehen, da war ich mir sicher.

»Ein Krieger wie Ihr sucht gewiss seinesgleichen«, sagte ich etwas lauter, um seinen Geist zu erreichen.

Berolt zuckte zusammen und blinzelte ein paar Mal heftig. »Was habt Ihr gemeint?«

»Dass ein Krieger wie Ihr sicher seinesgleichen sucht.«

Er schnaubte. »Was ist das für eine hohle Phrase? Sagtet Ihr nicht, Ihr seid Barde? Von Eurer Zunft erwarte ich mir mehr Wortgewandtheit!« Er knallte seinen Bierkrug auf den Tisch und brüllte: »Noch einen!«

Unwillkürlich rückte ich ein Stück von ihm ab.

»Habt keine Sorge«, lachte Berolt über mich. »Ich tue niemandem etwas, zumindest nicht mehr.«

Svadis kam zu uns an den Tisch, stellte einen vollen Bierkrug ab und griff nach dem leeren. »Dass du mir keinen Ärger machst, Berolt. Ich beherberge gerne so einen alten Wolf wie dich, aber wie jeder musst auch du dich an die Regeln des *Fuchses* halten. Und dem hier«, sie deutete auf mich, »dem krümmst du kein Haar. Ich mag den Jungen.«

Sie strubbelte mir über den Kopf wie ein kleines Kind einem Hund. Verwundert über die mütterliche Geste strich ich meine Haare, so gut es ging, wieder glatt.

»Wie lang habt ihr unter König Siegesmund gedient?« Hoffentlich machte ihn diese Frage nicht ebenfalls aggressiv, bangte ich im Stillen.

»Seit meinem siebzehnten Sommer bis zu seinem Tod. Insgesamt über vierzig Jahre.« Er seufzte. »Und jetzt muss ich mitansehen, wie seine verwöhnten Bälger meine Heimat auseinanderreißen, sich gegenseitig abschlachten und erwarten, dass ein ganzes Volk ihr kindisches Tun einfach erträgt.« Seine Hand umschloss den Bierkrug fester und ich glaubte, ein Knacken zu hören. Doch das Holz zersprang überraschenderweise nicht.

»Berolt, bitte erzählt mir von Euren Jahren als Ritter. Wie Ihr selbst festgestellt habt, bin ich noch jung und habe Baldern nie bewusst als ein geeintes Land kennengelernt.«

»Ich bin nicht in Stimmung zu erzählen, mir ist viel mehr nach einem Kartenspiel. Sagt, kennt ihr Kwat?«

»Ob ich Kwat kenne? Ihr sitzt hier vor dem unangefochtenen Meister von Nordbaldern!« Ich richtete mich auf und fasste mir mit der linken Hand an die stolzgeschwellte Brust.

»Es gibt keine Kwat-Meisterschaft, Aramil. Wobei, wieso eigentlich nicht?« Berolt geriet ins Grübeln.

»Dann lasst uns hier und jetzt eine eröffnen!«, schlug ich vor.

»Mit nur zwei Mann?«

»Jedes große Ereignis hat seinen Ursprung im Kleinen, Herr Ritter.«

Ich ergriff mein Bündel und durchsuchte es nach dem Kwat-Deck. Die abgegriffenen Karten legte ich zwischen uns auf den Tisch.

»Nach welchen Regeln spielen wir?«, wollte ich wissen.

»Es gibt nur eine Direktive«, entgegnete Berolt bestimmt.

»Die alten Regeln also, verstehe.«

Ich mischte die Karten und teilte sie zu zwei gleichen Stapeln auf. Berolt hob von beiden ab, ich schob die neu entstandenen Stapel zusammen und mischte erneut.

»Wie viele wollt Ihr?«

»Für den Anfang? Hm, vier sollten genügen.«

Überrascht über die niedrige Einstiegszahl, die der Ritter aufrief, warf ich ihm vier Karten hin. Ich selbst nahm mir sieben, die höchste Anzahl an Karten, die man zu Beginn einer Partie Kwat ziehen konnte.

Ich betrachtete mein Blatt und schenkte mir nebenbei etwas Met nach.

»Um was spielen wir?«

Ich sah hoch. »Ihr wollt um einen Einsatz spielen? Gern. Zwei Kronen pro Runde?«

»Ich setze mein Pferd.«

»Euer was?«, fragte ich verdattert.

»Mein Pferd. Kennt Ihr sicherlich. Groß, vier Hufe, langer Schweif, läuft ziemlich schnell, wenn man es schafft, es davon zu überzeugen.«

Genervt schielte ich zur Decke. »Ich weiß sehr wohl, was ein Pferd ist. Aber warum wollt Ihr es setzen? Wie wollt Ihr reisen, wenn ich es gewinne?«

Berolt schnaubte abermals. »Zum einen werdet Ihr nicht gewinnen. Und zum anderen habe ich zwei Füße. Ich werde einfach so lange mit ihnen laufen, bis ich tot umfalle. Das ist ohnehin längst überfällig.« Er griff nach seinen Karten, warf einen kurzen Blick darauf und legte sie wieder hin. »Nun denn, was sagt Ihr?«

»Ich habe nichts von ähnlichem Wert, was ich setzen könnte«, räumte ich ein.

»Dann setzt, was Ihr wollt oder könnt.«

Nach kurzer Überlegung nickte ich. Wenn der Ritter unbedingt sein Pferd verlieren wollte, würde ich ihn nicht daran hindern. Was ich anschließend mit dem Gaul tat, stand auf einem anderen Blatt. Ich griff in meine Geldkatze und zählte zehn Kronen ab. Ein stolzer Einsatz für meine Begriffe, doch der Ritter sah nicht einmal hin, als ich die Münzen auf den Tisch legte.

»Ihr beginnt«, bestimmte der Ritter und stützte das Kinn auf seine gefalteten Hände.

Ich betrachtete meine Karten und legte zuerst den Knappen. Ein niedriger Einstieg, aber ich wusste auch noch nicht, wie stark der Ritter in diesem Spiel war. Ohne zu zögern legte er den Lanzenträger auf meinen Knappen und mir entwich ein Seufzen.

»Der erste Zug und schon seid Ihr betrübt«, neckte Berolt.

Statt zu antworten, hielt ich ihm mein umgedrehtes Blatt hin. Die Karte, die er zog, nahm er in seine Hand auf. Bei Phax' Arschbacken, er hatte ausgerechnet die Königinmutter erhascht, meine stärkste Karte.

Als Nächstes legte er die Burgmauer, die ich problemlos mit Bogenschützen schlug. Ich zog eine Reihe Bauern von ihm. Auf meine Bogenschützen konterte er mit einem Schildwall.

»Wo habt Ihr Kwat gelernt?«, fragte Berolt und unterbrach so meine Gedanken zu meinem nächsten Zug.

»Mein Vater hat es mir beigebracht. Wenn er nicht arbeitete oder schlief, spielte er«, murmelte ich, die Stirn krausgezogen. Was würde passieren, wenn ich diese Karte …

»Ich habe dereinst mit König Siegesmund gespielt. Natürlich nur um die Ehre. Und einen guten Wein.« Berolts heiteres Lachen veränderte das Bild, das ich von dem alten Mann hatte.

»Wer hat gewonnen?«

»Der König natürlich. Sein Lehrmeister im Kwat war der General höchstpersönlich und niemand, der die Erde Balderns je betrat, spielte besser als der General.« Berolts Tonfall war belehrend, als gehöre dies zum grundlegenden Wissen eines Balderner Bürgers. »Die Flasche Wein, die ich ihm schuldete, nahm der König aus seinem vorzüglichen Weinkeller und teilte sie mit mir. Ein wahrhaft großer Mann.« Sein schwärmerischer Blick verschwand in einer weiteren alten Erinnerung und gab mir Gelegenheit, meinen Zug zu machen.

»Zwei Bauernreihen.« Ich zeigte mit dem Kinn auf den Kartenstapel. »Was wollt Ihr nun tun?« Meine Königinmutter konnte er nicht auf die Bauernreihen legen, dachte ich, und etwas anderes hatte er nicht auf der Hand.

Mit regungsloser Miene zog er vier neue Karten. »Ich nehme auf.«

Auf meinen Bauernreihen landete die Taverne und blockierte mich für einen Zug. Auf diese Karte folgte die Magd.

»Ihr hattet also ein besonderes Vertrauensverhältnis zum König«, nahm ich das Gespräch von eben wieder auf.

»So könnte man das sagen. Ich war ein enger Vertrauter, war mir meines Platzes jedoch immer bewusst.«

Ich nickte. Meine Augen sprangen zwischen meinem Blatt und der letzten Karte – der Magd – hin und her. Der Zug musste wohlüberlegt sein.

»Erzählt mir von den Gefechten. Wem standet Ihr auf den Schlachtfeldern gegenüber?«

Mir blieb nichts anderes übrig. Ich spielte die Hexe. Auf diese Karte konnte Berolt wahrlich alles legen, was ihm seinen Zug erheblich erleichterte.

»Wer es war, kann ich Euch nicht sagen. Aber ich sehe ihre Gesichter, wenn ich mich zur Nachtruhe bette, ganz klar vor mir. Heute noch, nach so vielen Dekaden, die über's Land gezogen sind. Sie kamen aus Königreichen, die es heute nicht mehr gibt, vereinnahmt von größeren Mächten, umbenannt, um ihr Erbe gebracht und zur Vergessenheit verdammt. Unser Kontinent war Schauplatz vieler Schlachten, aber auch des Entstehens, des Neuerschaffens.«

Berolt legte die Königinmutter auf die Hexe, wie ich es erwartet hatte. Ich starrte auf mein Blatt.

»Eure Kinder müssen stolz auf Euch sein.«

»Ihr kennt den Kodex nicht, scheint mir«, erwiderte er rasch, fast schneidend.

»Nein, woher auch?« Ich zuckte mit den Schultern.

»Ein Ritter zeugt keine Nachkommen, solang er im Dienst seiner königlichen Hoheit steht. Sein Leben gilt einzig dem Herrscher, keinem Weib, keinem Kind, niemandem.«

»Bitte entschuldigt meine unbedachte Frage«, ruderte ich zurück. Berolt zu erzürnen war das Letzte, was ich wollte. Würde er wutschnaubend die Taverne verlassen, wäre es um mein Ritterlied geschehen. »Aber gab es da nie jemanden in Eurem Leben? Niemals? Ihr seid ja nicht als Ritter auf die Welt gekommen.« Ich grinste Berolt an, der nur einen drohenden Blick für mich übrighatte.

»Wir spielen Kwat, Barde. Was erlaubt dir diese Kurzweil, derartig in meinem Leben herumzustochern wie ein Bauernkind in einem Kuhfladen?«

Ich spielte schnell eine Karte, um die Aufmerksamkeit des Ritters wieder auf das Spiel zu lenken.

»Was wolltet Ihr damit bezwecken?«, fragte er mich irritiert und deutete auf den Stapel zwischen uns.

Mist. Im Eifer des Gefechts hatte ich die falsche Karte erwischt und gespielt. Ich schlug die flache Hand an meine Stirn. Damit war mein Schicksal besiegelt, zumindest für diese Runde.

Auf meine Ziege, die wohl harmloseste Karte im ganzen Kwat-Deck, legte Berolt den Marktplatz, was es mir unmöglich machte, königliche Karten zu spielen, außer die Königstochter. Doch die hatte ich nicht auf der Hand. Da waren nur der König, der Ritter und das Patronal. Nichts davon konnte ich sinnvoll auf den Marktplatz legen, ohne eine weitere Karte ziehen zu müssen.

Berolt indes drehte bedächtig seine letzte Spielkarte zwischen seinen Händen hin und her, ein süffisantes Lächeln auf den Lippen.

»Ich ergebe mich.« Seufzend warf ich meine verbliebenen Karten vor mich. Da waren sie hin, meine zehn Kronen. Ich leerte meinen Becher und der Met tat sein Übriges.

»Gut gespielt, Aramil.« Berolt griff nach seinem Gewinn und ließ ihn in seinem Geldbeutel verschwinden. »Noch eine Runde?«

Ich winkte ab. »Ich weiß nicht, wie es um Eure Barschaft steht, aber für mich sind zehn Kronen eine enorme Summe. Nein, ich werde mich an meinem Met gütlich tun und dann in einen langen, hoffentlich traumlosen Schlaf fallen.« Ich prostete dem Ritter zu und trank.

Eine Weile saßen wir uns gegenüber, jeder im stummen Zwiegespräch mit seinem Trunk, die Augen auf den Schankraum gerichtet, der sich allmählich leerte. Wie so häufig würden die Gäste, die keinen Schlafplatz im *Fuchs* hatten, auf dem Weg nach Hause in einem Graben oder einem Feld ihr Nachtlager finden.

»Letzte Runde«, rief Svadis und füllte die Krüge auf, die ihr gierig entgegengestreckt wurden, während sie auf unseren Tisch zulief.

»Und?« Sie deutete auf den Kartenstapel vor uns. »Wer hat gewonnen?«

»Der werte Herr Ritter«, antwortete ich mit schwerer Zunge, müde vom Honigwein.

»Meinen Glückwunsch, Berolt der Wächter.« Svadis füllte auch seinen Krug. »Sagt, was bewacht Ihr eigentlich, wenn Ihr nicht in Tavernen sitzt?«

Berolt unterdrückte einen sehr unritterlichen Rülpser. »Das Grab des Königs. Zumindest, bis sein missratener Sohn das Schloss für sich beansprucht und mich fortgejagt hat. Kein Funken Ehre und Loyalität steckt in diesem Bastard!« Er donnerte mit der Faust auf den Tisch und ließ Becher und Karten ein Stückchen in die Höhe hüpfen.

Svadis und ich wechselten einen vielsagenden Blick.

»Wie dem auch sei«, der Ritter stieß einen Schwall Luft aus, »es war mir ein Vergnügen, heute Abend Euer Gast zu sein, werte Svadis. Ich werde mich nun zurückziehen.« Er griff nach seinem Becher und nahm die Treppe nach oben, wo die wenigen Schlafkammern des *Fuchses* lagen.

»Hat er dir Stoff für neues Liedwerk gegeben?«

Svadis kannte mich einfach zu gut. »Leider nicht. Hat er vor, länger zu bleiben?«

»Auf jeden Fall die morgige Nacht. Spiel nochmal Kwat mit ihm. Ich habe das Gefühl, er will dringend etwas loswerden. Sei es Besitz, alte Geschichten oder gar sein Leben. Doch er macht es seinem Gegenüber nicht leicht.«

Die Tür zur Taverne flog auf und herein kam ein grimmig dreinschauender Orik.

»Alle raus hier, der *Fuchs* schließt!«

Murrend und grummelnd schlichen die verbliebenen Gäste an Orik vorbei nach draußen. Als der letzte über die Schwelle getreten war, schloss er die Tür und legte einen massiven Balken in die eisernen Haken.

»Alles sauber, Herrin. Ich gehe ins Bett.«

Svadis hob die Hand zum Gruß.

»Er ist wirklich der beste Wächter, den ich bisher hatte, Aramil. Hoffentlich verfällt er nie vollends der Liebe und verlässt mich für sie.« Sie gluckste und zwinkerte mir zu. »Du willst sicher auch ins Federbett, nicht wahr?«

»Da sprichst du ein wahres Wort, Svadis«, bejahte ich grinsend. »Wir sehen uns morgen, bei Eiern und Speck!«

In meinem Schlafquartier war ich nicht allein. Orik wartete bereits auf mich. Auf dem Bett sitzend entledigte er sich gerade seiner Kleidung. Durch das kleine Fenster im Dach fiel Mondlicht auf seine teils vernarbte Haut. Nur die Stellen, die sein Harnisch nicht bedeckte, waren von der Sonne gebräunt. Die schweren Stiefel fielen dumpf zu Boden. Er schwang die Füße aufs Bett und betrachtete mich, wartend, lockend.

»Ich hatte ziemlich viel Met«, gab ich zu bedenken und ging langsam auf ihn zu.

»Ich hatte heute Abend nur einen Becher, weil mir Leute wie du alles wegtrinken.«

Er griff nach meiner Hand, sobald sie in Reichweite war, und zog mich aufs Bett. »Ganz gleich, wie viel Met du getrunken hast, ich werde ihn dir wieder austreiben.«

Seine federweichen Lippen trafen auf meine und ab da verschwamm die Nacht zu einem Meer aus Berührungen, Küssen und der Süße, die der kleine Tod mit sich brachte.

Ein Klopfen holte mich aus den Tiefen meines Schlafs, unnachgiebig und fordernd. Vorsichtig öffnete ich ein Auge und vergewisserte mich, dass das Licht keinen Stich in meinen Kopf sandte. Doch offensichtlich hatte die Nacht mit Orik dafür gesorgt, dass mich der Met von gestern heute nicht auch noch beschäftigte.

»Ja?« Ich krächzte wie ein kranker Hahn und räusperte mich. »Ja?«, wiederholte ich.

»Wach auf, Aramil. Es ist bald Mittag und du sollst meine Gäste unterhalten«, drang Svadis' Stimme durch die Holztür.

Ich setzte mich auf und rieb mir den Schlaf aus den Augen. »Ich bin sogleich unten«, rief ich und klaubte meine Kleidung vom Boden auf.

Mit einem Knarzen öffnete sich die Tür und gab den Blick auf Svadis frei, die einen Wassereimer in den Händen hielt. Schnell bedeckte ich mich mit meiner Tunika und lächelte verlegen.

»Tu nicht so, Aramil. Ich weiß, wie junge Burschen wie du nackt aussehen.« Sie lachte. »Hier hast du Wasser. Mach dich frisch, unten wartet Essen und ein ungeduldiges Publikum.«

»Hast du mich etwa angekündigt?«

»Sicher doch. Unterhaltung bedeutet mehr Kunden, und das bedeutet mehr Kronen für mich.« Ihr Grinsen ließ sie nicht wenige Sommer jünger aussehen, ihre grauen Locken steckten in einem unordentlichen Knoten zusammen, aus dem sich einige Strähnen bereits wieder befreit hatten.

»Wohlan, werte Svadis. Dein Wunsch ist mir Befehl.«

Sie warf mit einen Luftkuss zu, dann verschwand sie und schloss die Tür hinter sich.

Keine Wolke war am Himmel zu sehen. Mit meinem hölzernen Teller setzte ich mich vor die Taverne in die Sonne und aß genüsslich Eier, Speck und eine Scheibe knusprigen Brotes. Solche Momente ließen mich vergessen, dass ich auch schon klatschnass, frierend und von wilden Tieren bedroht auf der Straße hatte übernachten müssen, mit nichts als einem kleinen Lagerfeuer und meiner Laute als Trost. Und Herrn von Grau natürlich.

So viele Zuhörer, wie Svadis mich hatte glauben lassen, befanden sich nicht in der Taverne. Der Großteil, der heute Abend kommen würde, stand gerade auf dem Feld, in der Werkstatt oder ging woanders seinem Tagwerk nach.

Meines bestand heute aus Laute stimmen, mein Liederbuch für den Abend durchgehen, Herrn von Grau versorgen und erneut mit dem Ritter reden. Vielleicht erzählte er mir doch ein Geschehnis aus seinem sicherlich ereignisreichen Leben, das ich für heute Abend in ein Lied verwandeln konnte.

Lange saß ich nicht vor dem Wirtshaus, als der Ritter in Sichtweite kam. Das Pferd, auf dem er saß, trabte ruhig den Weg entlang, der zum *Fuchs* führte. Berolt brachte das Tier vor dem Anbindebalken zum Stehen, glitt aus dem Sattel und legte die Zügel locker über die Strebe.

»Bamus zum Gruße, Aramil. Es scheint ein weiter Weg aus Eurem Bett an das Licht der Sonne gewesen zu sein.«

»Ich schlafe einfach gerne lang, wenn es die Umstände zulassen«, gab ich zurück und tunkte die letzten Reste des Eigelbs mit dem Brot auf. »Das ist also das Pferd, das Ihr unbedingt verlieren wollt?«, fragte ich, mit dem Stück Brot auf das Tier deutend.

»Wenn Ihr die nächste genauso spielt wie gestern, werde ich mir von meinem Gewinn einen schönen neuen Sattel für sie kaufen können.« Er tätschelte dem Tier den Hals.

»Seid unbesorgt, so viele Kronen könnt Ihr von mir nicht gewinnen.«

Das Pferd brummelte leise und stupste seinen Herrn mit der Nase an.

»Die gute Distel begleitet mich schon, seit sie ein Fohlen ist.« Berolt klang wie ein stolzer Vater, der mit seiner Tochter durch die Lande reist, um ihr die Welt zu zeigen.

»Und trotzdem wollt Ihr sie weggeben«, stellte ich fest.

»Wie auch immer.« Berolt lockerte den Sattelgurt, holte eine Karotte aus der Satteltasche und gab sie Distel.

»Wo wart Ihr?«, wechselte ich das Thema, weg von den vierbeinigen Vertrauten in unserem Leben.

»An einem Ort aus meiner Vergangenheit. Die Unterhaltung mit Euch gestern hat in mir das Bedürfnis geweckt, ihn wieder einmal zu besuchen.«

»Ein schöner Ort?«

Berolt ließ sich neben mir auf der Bank nieder und starrte in die Ferne.

»Ein schöner Ort, durchaus«, erwiderte er vage.

»Habt Ihr sie aufgegeben, als Ihr in den Dienst von König Siegesmund getreten seid?« Es war ein Schuss ins Blaue, wie es so schön heißt, aber das Gefühl, dass unter der Oberfläche des Ritters etwas schlummerte, drängte mich dazu.

»Seid nicht albern. Ich war gerade einmal neun, als ich als Stallbursche von Ritterin Avila einberufen wurde«, sagte er barsch und sah mich daraufhin überrascht an.

»Ja, das habt Ihr gerade laut gesagt.«

»Hm«, grunzte Berolt unbestimmt.

»Wisst Ihr, ich bin Barde. Meine Kunst lebt von Geschichten aus dem Leben, die ich zu Versen und Liedern umwebe. Es ist meine Aufgabe, sie zu sammeln und für die Nachwelt zu bewahren.« Ich klopfte auf mein in Leder gebundenes Liederbuch, das neben mir auf der Bank lag.

»Was geschieht mit dem Buch, wenn Ihr sterbt? Vermacht Ihr es jemandem?«

»Wenn ich von einem Haufen dreister Banditen auf der Straße gemeuchelt werde, dann wird meine ganze Arbeit wohl umsonst gewesen sein. Aber wenn Ydir es mir gewährt, alt und grau auf einem weichen Bett zu sterben, dann erben die mir nachfolgenden Barden meine Lieder.«

»Es gab mal mehr von euch. Vor vier, fünf Dekaden, da konnte man keine zehn Schritte gehen, ohne von einem Lied begleitet zu werden. In den größeren Städten stand an jeder Straßenecke einer und sang von Ungeheuern, großen Schlachten und von der einzig wahren Liebe. Es war schauderhaft!«

»Dann hat Euch Svadis gestern wohl mit mir den Richtigen an den Tisch gesetzt.«

»Die zehn Kronen waren es wert.«

Ich stand auf und machte Anstalten, hineinzugehen.

»Lasst Ihr euch so leicht abwimmeln, Barde? Gestern kamt Ihr mir verbissener vor.«

»Ich habe Geschäftliches zu erledigen, Herr Ritter.«

Ich brachte den Teller zu Svadis in die Küche und sang mich danach im Schankraum warm. Orik schaute zwischendurch herein und hörte mir eine Weile zu. Während ich *Zwischen heut' Nacht und morgen Früh* sang, schmolz ich nahezu unter seinen Blicken.

Gerade gab ich die letzte Strophe zum Besten, als Berolt den Schankraum betrat und an dem Tisch Platz nahm, den wir uns gestern geteilt hatten. »Svadis, ein Bier!«, dröhnte er.

Orik füllte einen Krug und stellte ihm diesen schwungvoll vor die Nase. »Hier! Svadis ist gerade nicht da.«

»Habt Dank, sehr aufmerksam«, entgegnete Berolt, Oriks ruppige Art gänzlich ignorierend. »Aramil!«

Ich drehte mich um.

»Setzt Euch zu mir!«

Wollte er also doch reden. Neugierig auf das, was jetzt kam, holte ich mir einen Krug mit frischem Wasser vom Tresen und nahm ihm gegenüber Platz.

»Es gab eine Zeit, da wusste ich nicht, ob ich selbst in den Orden der Ritter aufgenommen werden wollte. Ich haderte mit dem Kodex, doch aus den falschen Gründen. Ich war ein junger Mann, hungrig nach dem Leben, und ich wollte es genießen.«

Aufmerksam beobachtete ich jede Regung im Gesicht des Ritters.

»Etwa zwei Mondzyklen, bevor ich meinen Schwur ablegen sollte, verschwand ich aus der Garnison und bereiste Baldern. Wie ein Blatt ließ ich mich treiben, vom Wind, von den Menschen, so wie es mir gerade beliebte. In einem Gasthaus, ähnlich wie diesem, nur«, er überlegte kurz, »weniger verroht, traf ich eine Frau. Zusammen mit ihrer Zofe und einer Leibwache war sie auf der Durchreise, erfuhr ich gegen ein paar Kronen vom Stallburschen.

Ich mietete mir ein Zimmer und verbrachte den ganzen Abend damit, mir den Kopf darüber zu zerbrechen, wie ich sie ansprechen konnte. Ihre Erscheinung ließ mich nicht los. Ihre Freundlichkeit, ihr Stolz, ihre Erhabenheit.«

Wie auch gestern löste sich Berolts Blick vom Hier und Jetzt und schwamm hinein in die Vergangenheit. Ein kleines Lächeln hielt sich auf seinen Lippen, während er weitererzählte.

»Ihr Leibwächter stand unentwegt an ihrer Seite und sorgte mit seiner grimmigen Miene dafür, dass ihr niemand zu nahe kam. Zu vorgerückter Stunde machte sie immer noch keine Anstalten, sich zurückzuziehen, und ich wurde langsam müde. Ich leerte meinen Krug, betrübt darüber, dass ich keine Gelegenheit fand, sie anzusprechen.

Ich verließ die Taverne und ging ein paar Schritte. Die Müdigkeit legte sich schwer auf meine Augenlider, doch meine innere Unruhe würde mich nicht schlafen lassen. Ein Wiehern lockte mich in den Stall. Meine kleine, drahtige Stute stand ruhig in der Box und prustete durch ihre Nüstern, als sie mich entdeckte. Zärtlich streichelte ich ihr über die Blesse. Ich mochte das Tier sehr. Der Stallmeister des Ritterordens hatte sie weggeben wollen, weil sie nicht zu dem stattlichen Schlachtross heranwuchs, das einem Ritter würdig war, doch ich verliebte mich sofort in ihre Wendigkeit und ihren wachen Blick.

Zwei Boxen weiter tänzelte ein nachtgraues Pferd nervös auf der Stelle und trat immer wieder mit dem Vorderhuf gegen die hölzerne Absperrung.

›Ruhig, ganz ruhig‹, versuchte ich es mit leiser Stimme zu beruhigen und machte einen Schritt auf seine Box zu. Ein schrilles Wiehern durchschnitt die Stille und das Pferd stellte sich auf die Hinterläufe. Sofort wich ich zurück.

›Nehmt es nicht persönlich, aber er mag selten jemanden außer mich‹, kam eine Stimme aus der Dunkelheit. Eine Gestalt schälte sich aus dem Schatten. Sie stand vor mir und betrachtete mich mit unergründlichem Blick. Mein Herz machte einen Sprung, als ich feststellte, dass sie allein war.

›Haltet Euch besser von ihm fern.‹ Sie öffnete die Tür, trat zu ihrem Pferd in den Stall und flüsterte ihm leise etwas zu. Ihre Hand strich langsam über den Hals des Tieres. Binnen weniger Augenblicke beruhigte sich das Pferd und rieb den Kopf an seiner Reiterin. ›Haha, stoß mich nicht um, du großer Kerl‹, gurrte sie lachend. ›Ich muss schlafen gehen, mein Großer. Morgen reiten wir weiter.‹

Meine Eloquenz ließ damals noch sehr zu wünschen übrig und so zermarterte ich mir das Hirn nach einer Thematik, über die ich mit ihr sprechen konnte.

›Ein stolzes Tier für eine stolze Frau‹, war das Erste, was mir einfiel.

›Danke?‹, entgegnete sie mit einem Stirnrunzeln.

›Ich meine, ich bin beeindruckt von Euch. Ich meine, von dem Pferd!‹ Rasch schaute ich zu Boden.

›Von wem seid Ihr denn nun beeindruckt? Von meinem Hengst oder von mir?‹

Ich nahm meinen ganzen Mut zusammen. ›Von Euch.‹

Sie lachte leise und ich sah auf.

›Womit auch immer ich Euch beeindruckt habe, es ist mir nicht im Gedächtnis geblieben.‹ Sie deutet auf die Tür. ›Lasst uns nach draußen gehen, damit die Pferde Ruhe haben.‹

Ich nickte und folgte ihr unter den Nachthimmel, der sich über uns spannte, durch kaum eine Wolke getrübt.

›Seid Ihr auf der Durchreise?‹

›Ja und nein.‹ Ich verbeugte mich. ›Mein Name ist Berolt, Herrin. Zu Euren Diensten.‹

›Zu meinen Diensten?‹ Sie lachte glucksend. ›Wer, denkt Ihr, bin ich?‹

›Ich weiß nicht, wer Ihr seid‹, gab ich zurück. ›Aber ich bin ein Ritter und ich weiß, was sich gehört.‹

›Ein Ritter seid Ihr? Von König Siegesmund?‹ In ihrer Stimme lag Beunruhigung.

›Na ja, noch nicht ganz Ritter. Ich lege meinen Schwur einen Tag vor der Hochzeit des Königs ab.‹

›Ich verstehe‹, erwiderte sie. ›Nun, Berolt, mein Name ist Iljana. Zu Euren Diensten.‹ Sie schmunzelte.

›Ja, ich bin auf der Durchreise, sozusagen‹, beantwortete ich ihre Frage.

›Ich ebenfalls. Was ist Euer Ziel?‹

Wir gingen zu einer Bank und setzten uns.

›Um ehrlich zu sein, habe ich keines. Eher glaube ich, dass ich auf der Suche nach meinem Ziel bin.‹

›Ich habe eines, weiß aber nicht, ob ich es erreichen möchte.‹ Iljanas Seufzen ließ mich aufhorchen.

›Werdet Ihr zu etwas gedrängt?‹

Sie schüttelte den Kopf. ›Von drängen kann man nicht sprechen. Ich hätte nur gerne noch ein paar Umwege genommen.‹

Gähnend streckte sie ihre Arme und Beine aus. ›Ich würde gerne noch mit Euch plaudern, doch mein Tag war lang und sicherlich taucht mein Leibwächter hier jeden Moment auf und scheucht mich in meine Kammer.‹

Iljana erhob sich. ›Seid Ihr morgen noch hier?‹

›Wenn Ihr es auch seid, dann ja.‹«

Langsam tauchte Berolts Blick aus der Vergangenheit auf. »Das war meine erste Begegnung mit ihr.«

»Sie muss wirklich eine beeindruckende Persönlichkeit gewesen sein.« Ich lächelte den Ritter an, hoffte, dass er gleich weitererzählen würde. Hinter uns füllte sich der Schankraum langsam mit Gästen, aber ich hatte noch Zeit bis zum Auftritt.

»In meinem ganzen Leben habe ich keinen Menschen mehr kennengelernt, der ihre Ausstrahlung hatte«, erwiderte Berolt inbrünstig und trank einen Schluck seines Bieres. »Am nächsten Tag setzte ich alles auf eine Karte, denn mein Gefühl sagte mir, dass ich es mir sonst nie verzeihen würde«, fuhr er fort. »Bereits am Morgen traf ich Iljana draußen auf dem Hof vor dem Gasthaus wieder. Sie striegelte ihren Hengst, der sie dabei immer wieder anstupste. Als sie mich entdeckte, kam sie zu mir.

›Guten Morgen. Hättet Ihr Freude an einem kleinen Ausritt, Berolt? Hier in der Nähe ist ein Patronenschrein, den ich gerne besuchen würde.‹

Hinter ihr ertönte eine herrische Stimme: ›Ich begleite Euch, Herrin.‹ Ihr Leibwächter baute sich vor mir auf und bedachte mich mit einem Blick, als wäre ich eine Schmeißfliege, die er gleich mit seinem Stiefel zertreten würde. Ich versuchte, ihn zu ignorieren.

›Nein, Lund, du bleibst bitte bei Ana.‹ Sie drückte ihm mit der Hand gegen den Brustharnisch. ›Du weißt, dass mein Hengst dich nicht riechen kann, und mir steht nicht der Sinn nach Stürzen in einem Wald voller Wurzeln und Dornengestrüpp, nur, weil du deinen vermeintlichen Beschützerinstinkt nicht unter Kontrolle hast.‹

›Aber Herrin!‹

›Nicht du hast hier das Sagen, Lund, auch wenn mein Vater dich mitgeschickt hat‹, herrschte sie ihn an. Seine vor Fassungslosigkeit aufgerissenen Augen ob dieser Maßregelung gaben mir eine ungemeine innere Befriedigung.

›Ich hole mein Pferd.‹ Ich sprang auf und ging in den Stall, um eilends meine Stute zu satteln. Als ich sie nach draußen führte, war Lund verschwunden und Iljana saß bereits auf ihrem Hengst.

›Kann es losgehen, Herr Bald-Ritter?‹, fragte sie mich, ein spöttisches Grinsen auf den Lippen. ›Hoffentlich kann Eure kleine Stute mit meinem Schlachtross mithalten!‹

›Unterschätzt sie nicht.‹ Ich schwang mich auf den Rücken meines Pferdes und lenkte sie neben Iljanas Hengst. ›Reitet vor, ich folge Euch. Den Weg zum Schrein kenne ich nicht.‹

Sie drückte ihrem Pferd die Fersen in den Leib und das Tier preschte vor. ›Mir nach!‹

Der Wind trug ihre Worte zu mir, die rasch leiser wurden. Ich trieb meine Stute an und hatte Iljana bald eingeholt. Schweigend ritten wir nebeneinanderher. Bald hatten wir den Waldrand erreicht.

›Welchen Patron werden wir ehren?‹

›Eion‹, antwortete sie.

Ich nickte wortlos und begleitete sie schweigend, bis wir die Statue des Patrons erreicht hatten. Der Weg dorthin wurde uns kein bisschen von Wurzeln und Dornensträuchern erschwert. Ein schmaler, aber offenbar regelmäßig genutzter Weg führte zu der Stelle, an der wir nun standen.

Iljana holte eine kleine Wachskerze unter ihrer Kleidung hervor und stellte sie vor die Statue, entzündete sie mit einem Feuerstein und kniete sich davor.

›Wenn Ihr mir helfen wollt, kniet gefälligst nieder und ehrt Eion mit mir‹, zischte sie mir zu. Eilig kam ich ihrer Aufforderung nach.

Irgendwann – ich hatte das Zeitgefühl verloren – richtete sich Iljana neben mir auf.

›Und, habt Ihr die Antwort auf Eure Frage erhalten?‹

Sie schüttelte den Kopf. ›Nein, aber ich habe eine Antwort auf eine Frage erhalten, von der ich nicht wusste, dass ich sie mir gestellt habe.‹

Ich legte den Kopf schief und sah sie fragend an.

›Folgt mir‹, forderte sie mich auf.«

Wie gebannt hing ich an den Lippen des Ritters. Ich als Barde hätte eine solche Geschichte nicht besser erzählen können! Auf meinem Körper machte sich Gänsehaut breit und ich sah jedem Wort mit Ungeduld und Beklommenheit gleichermaßen entgegen. Berolt hatte mittlerweile die Augen geschlossen, redete mehr mit sich als mit jemand anderem.

»Iljana führte mich noch ein Stück tiefer in den Wald, bis wir an einer verlassenen Hütte ankamen. In ihren Giebel war das Erkennungsmerkmal von Eion – ein vierblättriges Kleeblatt – eingearbeitet. Vielleicht hatten hier früher die Schreinwachenden gelebt.

›Woher wisst Ihr von diesem Ort?‹, fragte ich sie.

›Ich kenne diesen Teil von Nordbaldern sehr gut. Früher habe ich mit meiner Familie hier in der Nähe gelebt‹, entgegnete sie, den Blick nicht von mir nehmend. Sie trat auf mich zu, ergriff meine Hand. ›Berolt, ich begehre Euch.‹

Ihre Offenheit verschlug mir die Sprache und als ich nicht antwortete, verstärkte Iljana den Druck auf meine Hand.

›Sagt etwas.‹

›Ich begehre Euch‹, erwiderte ich ihr Geständnis flüsternd, aus Angst, jemand könnte uns hören oder der Moment würde durch zu laute Geräusche zerbersten. ›Doch ein Gefühl sagt mir, dass ich Euch nicht begehren darf.‹

›Ich bin die Einzige, die das zu entscheiden hat, und ich sage, Ihr dürft.‹

Ihre Hände auf meine Brust legend küsste sie mich.

›Warum?‹ Ich musste ihr diese Frage stellen. Dies war keine bedeutungslose Begegnung, die nach den Freuden im Stroh nie wieder Bedeutung hatte.

›Weil mein Herz mir sagt, dass ich meine bevorstehende Aufgabe besser bewältigen kann, wenn ich mir davor ein klein wenig Glück gönne. Und dieses Glück bist du, Berolt.‹

Der zweite Kuss hatte nichts mehr von der Zaghaftigkeit des ersten.

Iljana führte mich, während wir uns küssten, hinein in die Hütte. Was wir dort miteinander teilten, erfuhr ich im Leben mit keiner anderen Frau.«

Langsam öffnete der Ritter die Augen und blinzelte ein paar Mal, als wunderte er sich, dass er in einer Taverne saß und nicht auf einem Bett mit einer wunderhübschen Frau.

»Nach dieser Nacht sahen wir uns noch einige wenige Male, aber stets im Verborgenen und den Ort bestimmte immer sie. Am Tag, bevor ich dem König meinen Schwur leisten sollte, hörte es auf. Eine kurze Nachricht bloß, die sagte: ›Mein Liebster, unsere Treffen müssen enden. Du wirst auf ewig mein kleines großes Glück sein. Was auch immer die Zukunft bringt, bewahre dir das Gefühl, das du für mich hegst. Ich tue dasselbe‹«, rezitierte Berolt. »Am nächsten Tag, nachdem wir junge Ritter gelobt hatten, Herrscher und Land mit unserem Leben zu verteidigen, machte uns König Siegesmund mit seiner Braut bekannt. Als ich an seiner Seite Iljana entdeckte, zersprang mein Herz in tausend Scherben. Meine Disziplin half mir, Haltung zu bewahren, doch bei den Festlichkeiten in der Nacht vor der Vermählung schaute ich so tief ins Metfass, dass ich die Zeremonie verschlief. Dem Patronal sei Dank nahm mir dies niemand übel. Ich gab mir die größte Mühe, in Iljana nur noch die Herrscherin zu sehen, nicht die Frau, an die ich mein Herz verloren hatte. Ich sah sie fortan recht selten, denn eine Königin und ein Ritter verweilen nicht unbedingt an denselben Orten.

Ich hatte mein Herz so weit betäubt, als die Kunde verbreitet wurde, die Königin erwarte ihr erstes Kind. Selbst ein so junger Bursche wie ich wusste bereits, wie viel Zeit ins Land gehen musste, bis eine Frau gebar. Nicht einmal sieben Vollmonde später hallte der kräftige Schrei eines Säuglings durch die Burg. König und Königin zeigten sich überglücklich und ich erwies dem Königssohn meine Ehrerbietung, wie es meine Pflicht war. Tags darauf fand ich eine Nachricht auf meinem Nachtlager. Obwohl ich ahnte, was mich erwartete, ging ich zu dem genannten Ort.

›Berolt‹, sagte Iljana leise, flehend, doch ich schaute sie nicht einmal an.

›Sag, was du sagen willst, und dann lass mich in Frieden.‹

›Er ist dein Sohn. Uthbert ist dein Sohn!‹ Sie schluchzte und zum allerersten Mal sah ich sie weinen.

Ich widerstand dem Drang, Iljana an mich zu drücken. ›Warum weinst du?‹, fragte ich stattdessen mit taubem Herz und leiser Stimme.

›Weil ich dich liebe, weil ich unseren Sohn liebe, aber dies auf immer unser Geheimnis bleiben muss.‹

Die Sehnsucht übermannte mich. Nun zog ich Iljana doch in meine Arme, vergrub mein Gesicht in ihrem lockigen Haar. Zum Abschied drückte ich einen Kuss darauf.

›Ich werde auf ihn Acht geben, so gut ich kann‹, versprach ich ihr.

Das war unsere letzte Begegnung allein. Auch wenn meine Seele danach verlangte, konnte ich nicht meinem König dienen und ihn gleichzeitig hintergehen, indem ich seine Gemahlin liebte. Am Tag ihres Todes – sie starb nach langer Krankheit an Bluthusten – weinte ich viele Tränen, doch in der allgemeinen Betroffenheit war ich nur einer von vielen, der um seine Königin trauerte. Uthbert zählte zu diesem Zeitpunkt vierzehn Sommer, Ulric zehn und Idar gerade einmal vier. Der fehlende Einfluss ihrer Mutter gereichte ihnen allen zum Nachteil und Siegesmund formte sie in seinen letzten verbleibenden Lebensjahren nach seinem Vorbild. So sehr ich auch versuchte, vor allem Uthbert die Werte seiner Mutter – Freundlichkeit, Selbstsicherheit, Würde – zu vermitteln, er hörte nicht auf mich. Stattdessen stellte er mich, den *nervigen alten Mann*, zur Grabwache ab, als Siegesmund mit Ydir ging. Vor einigen Wochen hat er mich auch von dieser letzten Aufgabe entbunden.« Berolt stieß einen langen Seufzer aus.

»Werdet Ihr ihm sagen, wer sein wirklicher Vater ist?«, sprudelte es aus mir heraus. Um die ganze Zeit über zu schweigen, während er seine Geschichte erzählte, hatte ich mir nicht nur einmal auf die Zunge gebissen.

»Nein, nie. Es ist nicht mehr wichtig und ändert auch nicht im Geringsten etwas.«

Berolt ergriff meine Hand und hielt sie mit eisernem Griff fest. »Versprecht mir, Barde, dass Ihr zu dieser – meiner – Geschichte nie ein Lied singen werdet, solange mein Sohn noch lebt. Versprecht es!« Die Drohung, obwohl nicht ausgesprochen, ging mir durch Mark und Bein.

»Ich verspreche es, bei Phax und allen Patronen.« Ich nickte, um zu betonen, dass ich jedes einzelne seiner Worte verstanden hatte.

Berolt ließ meine Hand los. »Gut. Und jetzt lasst uns trinken und Karten spielen.«

Im Verlauf des Abends gewann ich das Publikum für mich, zahlreiche Becher Met und obendrein ein Pferd. Distel, die brave Stute des Ritters, stand am nächsten Morgen im Stall, verlassen von ihrem Herrn, der jedoch nicht gegangen war, ohne mir eine Notiz zu hinterlassen:

> *Dank Euch bin ich nun von meiner letzten irdischen Verpflichtung befreit und kann meiner Königin folgen. Kümmert Euch gut um Distel. Sie hat es verdient.*

Ich ließ Distel bei Svadis. Sie zu verkaufen brachte ich nicht übers Herz. Es hätte mir zudem zu viel Geld eingebracht, das ich als Barde nach dem Gesetz gar nicht besitzen durfte. Mittlerweile grast sie auf den Ewigen Wiesen.

Die Geschichte des letzten Ritters bewegt mich noch heute. Das Lied über *Des Recken Liebe.* Den Schwur, den ich damals leistete, habe ich eisern gehalten. Auch wenn ich diese Weise sehr mag, stimmt es mich traurig, dass ich sie inzwischen spielen kann.

Meine Hände sind mittlerweile warm genug vom Feuer. Werft noch ein paar Zweige in die Flammen, damit es ja nicht ausgeht!

Nun, wohlan:

Es passiert im Leben früh oder spät,
dass das eigene Herz auf Reisen geht.
Hat es einen Platz gefunden,
vergehen Jahre oder nur ein paar Stunden,
in denen man sich in den Armen liegt,
doch lasst euch sagen, es ist nicht immer der Liebe Sieg.

Es war einst ein treuer Recke,
den Ritterschwur auf den Lippen.
Sein Herz, noch am gebürtigen Flecke,
sah nicht des Verlangens hohe Klippen.

Eine Unruhe erfasste ihn, ließ ihn wandern,
fort von Schwur und Schwert und Pflicht,
seinen Geist um das Künftige mäandern,
unter des weiten Sternenhimmel Licht.

Des Recken Liebe, so wahr ich hier steh',
ist die tiefste, von der ich je hörte.
Des Recken Liebe, so sagte er mir,
war die Einzige, der er je gehörte.

Er traf sie auf seiner Reise ohne Ziel,
sein Herz verließ ihn ohne Zögern.
Ihr Antlitz entfachte das drängende Gefühl,
seinem Herzen nachzupilgern.

Blicken folgten Worte, folgte Tändelei.
An den Lippen des andern'
flüsterten sie Liebesschwüre vielerlei.

Des Recken Liebe, so wahr ich hier steh',
ist die tiefste, von der ich je hörte.
Des Recken Liebe, so sagte er mir,
war die Einzige, die ihn je betörte.

Ein Brief fand zum Recken,
setzte der Liebschaft ein Ende,
ließ ihn aus dem Traum erwecken,
ob sein Herz je wieder heimfände?

Seine Liebe verschwand jedoch nicht,
er sah sie am nächsten Tag wieder,
da zauberte sie ein Lächeln in des Königs Gesicht,
über diesen Schmerz singe ich heute Lieder.

Des Recken Liebe, so wahr ich hier steh',
ist die tiefste, von der ich je hörte.
Des Recken Liebe, so sagte er mir,
war die Einzige, der er wahre Treue schwörte.

Die Jahre vergingen, des Recken Sehnsucht nicht,
auch nicht als Ydir sie zu sich nahm.
Tausende Tränen stahlen ihm seither die Sicht,
gebeugt läuft er, in Trauer und in Gram.

Ein solch mächtiges Gefühl, so innig und klar,
mag sein für die einen das höchste Glück.
Doch wenn deine Bestimmung stets der König war,
so gib dem Recken sein Herz zurück.

Des Recken Liebe, so wahr ich hier steh',
ist die tiefste, von der ich je hörte.
Des Recken Liebe, so sagte er mir,
war die Einzige, der er je gehörte.

Wie die Badehaus-Ballade entstand

Jahr 475 seit Besiedelung

Kommen wir zu einer Geschichte, zu der ich am wenigsten beigetragen habe, um ein Lied daraus zu machen. Ich saß schlicht dabei, beobachtete und dichtete später in meinem Kopf eine passende Melodie dazu. Ja, ich spreche von der Badehaus-Ballade. Jenes frivole Stück Liedgut, das ich nur dann zum Besten gebe, wenn der Abend schon so weit vorangeschritten ist, dass sich niemand mehr daran erinnern wird, dass ich es gesungen habe. Und dennoch bin ich wohl durch die Ballade bekannter geworden.

Nun gut, ich werde euch von jenem Abend erzählen. Doch ich bitte euch, fragt nicht nach, wenn ich ein Detail nicht aus freien Stücken erzähle. Dieses Erlebnis soll eine süße Erinnerung für all jene sein, die das Glück hatten, zum richtigen Zeitpunkt am richtigen Ort zu sein.

Mittlerweile hatte ich einige feste Arrangements über das Jahr verteilt und es wurden sogar Boten nach mir ausgesandt, um mich um eine Darbietung zu ersuchen. Jüngst erhielt ich eine Nachricht, dass ich zum Gründungsfest der Stadt Furchenberg eingeladen sei und man sich dort sehr über meine Teilnahme an den Festlichkeiten freuen würde. Also machte ich mich auf den Weg zum südwestlichsten Punkt von Nordbaldern. So weit nach Süden war ich bisher nie gereist.

Es wurde gerade Frühling und mein Weg nach Furchenberg gestaltete sich nass, matschig und kalt. Umso mehr hüpfte mein Herz, als an dem Wegweiser mit der Aufschrift »Furchenberg« ein weiteres Schild mit der Aufschrift »Badehaus« baumelte. Die Nacht brach bereits herein. Mein Zelt lag feucht und verschlammt in einer der Taschen, die über Herrn von Graus Rücken lagen. Eine weitere Nacht darin würde mir mit Sicherheit einen Schnupfen oder Schlimmeres bescheren. Ich legte also all meine Hoffnung darin, dass das Badehaus auch über Gästezimmer verfügte und davon noch eins frei sein würde.

»Hopp, von Grau. Wir sollten uns beeilen. Nicht, dass uns jemand anderes das letzte Zimmer vor der Nase wegschnappt.«

Mein Esel gab ein Prusten von sich und trottete etwas schneller. Seine Hufe gaben jedes Mal ein schmatzendes Geräusch von sich, wenn er sie aus dem Schlamm zog und im nächsten Schritt erneut darin versenkte.

Die Wolken wurden dichter und bald bedeckte ihr schwermütiges Grau den Himmel. Doch ich wollte meine Laterne erst so spät wie nötig entzünden, da ich kaum noch Kerzen hatte. Aufgrund des feinen Regens, der mir das Gesicht hinunterlief, war ich mir zunächst nicht sicher, ob ich mir das schwache Glimmen vor uns nicht einbildete. Doch mit jedem Schritt sah ich es klarer.

»Dort vorne muss das Badehaus sein. Den Patronen sei Dank! Jetzt muss nur noch ein Plätzchen für uns frei sein.«

Wenig später betraten Herr von Grau und ich das umzäunte Gelände. Ich brachte meinen Esel zu den Stallungen und band ihn unter dem Vordach fest. Mit meiner Laute in der einen und meinem Bündel in der anderen Hand eilte ich über den Hof und klopfte mit dem schweren eisernen Ring an die Tür.

Es dauerte eine Weile, bis jemand kam und sie öffnete. Ein Schwall Wärme, geschwängert mit Gelächter und schiefem Gesang, schlug mir entgegen, und eine stämmige Frau blickte mir steif entgegen.

»Ja?«

»Phax zum Gruße. Habt Ihr für heute Nacht ein Zimmer frei, damit ich dem Wetter entkommen kann?«

Das Vordach reichte nicht, um mich vor dem Regen zu schützen, und so wurde meine Kluft von Augenblick zu Augenblick nasser.

»Geschlossene Gesellschaft heute. Nichts mehr frei«, antwortete die Frau kurz angebunden.

Eine neuerliche Welle Lachen brandete heran und ich glaubte, den Geruch von Gesottenem wahrzunehmen. Plötzlich stolperte ein Mann in den Gang hinein. Sein Oberkörper war nackt und in jedem Arm hielt er eine junge, bildhübsche Frau.

»Jola, gute Jola, schließ die Tür! Du lässt die ganze Freude hinaus und das garstige Wetter herein!« Er lachte herzhaft und drückte den Frauen in seinen Armen jeweils einen Kuss auf die Wange.

»Jawohl, Hoheit. Hier ist nur ein Wanderer, den ich abweisen muss.«

Ich runzelte die Stirn. Hoheit? Schlagartig ergriff mich die Angst bei dem Gedanken, vor mir könnte Ulric stehen.

»Idar, lass uns wieder in den Zuber gehen. Da ist es so schön warm«, gurrte eine der beiden dem König ins Ohr.

»Du hast ja recht. Ab in den Zuber mit euch, ich komme gleich nach.«

Die beiden Frauen kicherten und verschwanden ins Innere des Hauses. Idar hingegen kam zur Tür und musterte mich mit trüben Augen.

»Verzeiht, dass Ihr wegen mir die Nacht nicht im Warmen verbringen …« Er kniff die Augen zusammen. »Ist dies eine Laute in Eurer Hand?«, fragte er nicht ohne ein Lallen.

Ich nickte. »Jawohl, Herr. Ich bin Barde.«

»Wie lautet Euer Name?«

»Aramil Flitterer. Barde, Geschichtenerzähler und gelegentlich Bote.« Ich verneigte mich, woraufhin mein Hinterteil noch mehr Regen abbekam.

»Aramil«, er hickste, »Aramil Flitterer! Jola, was stehst du da so in der Tür und lässt den Mann nicht zu uns hereinkommen?«

Eilig trat die Angesprochene zur Seite und warf mir dabei einen zornigen Blick zu, den ich mit einem Grinsen quittierte. Sobald ich in dem Eingangsbereich stand, zog mich der König von Südbaldern an seine warme, stattlich behaarte Brust.

»Es ist mir eine Ehre und Freude, Eure Bekanntschaft zu machen, Aramil! Was für ein Glück, dass wir uns heute treffen. Eion selbst muss Euch hierhergeführt haben!«

Er legte mir den Arm um die Schulter und führte mich tiefer ins Badehaus hinein.

»Hoheit«, rief Jola aufgeregt hinter uns. »Hoheit!«

Der König blieb stehen und drehte sich halb zu ihr um.

»Verzeiht, Hoheit, aber seht Euch Meister Flitterer doch an! Ihr könnt ihn nicht so mit in die große Stube nehmen. Er ist voller Schlamm!«

So respektvoll wie möglich duckte ich mich unter dem königlichen Arm hervor und trat einen Schritt zurück.

»Mit Verlaub, Eure Hoheit, aber Jola hat recht. Habt Ihr Räume, wo ich meine schmutzige Kleidung ablegen kann?«

»Ja, bitte folgt mir. Ich bringe Meister Flitterer gleich zu Euch, Hoheit.«

Jola legte mir die Hand auf den durchnässten Rücken und dirigierte mich durch die Gänge in einen kleinen Raum.

»Hier könnt Ihr euch entkleiden. In den Badestuben sind als Bekleidung nur Badetücher geduldet. Diese findet ihr dort.« Sie deutete auf einen Haufen ordentlich gefalteter Leinen. »Durch diese Tür kommt Ihr direkt dorthin. Ich werde dafür Sorge tragen, dass Eure Kleidung wieder sauber ist, wenn Ihr morgen abreist.«

Ihr eindringlicher Blick gab mir zu verstehen, dass ich morgen in aller Frühe zu verschwinden hatte.

»Habt Dank, Jola.«

Sie wandte sich zum Gehen, doch ich war nicht der einzige schlammbesudelte Neuankömmling.

»In Eurem Stall steht mein Esel. Wäre es möglich, dass sich auch um ihn gekümmert wird? Er sieht fast so schlimm aus wie ich.« Ich lächelte schief, Jolas Miene hingegen blieb steinern.

»Ich werde es veranlassen«, gab sie knapp zurück. »Beeilt Euch und lasst den König nicht warten. Er hat heute Geburtstag und ich bin mir sicher, dass er einige Ständchen von euch erwartet.«

»Hm. Meiner Laute bekommt feuchte Luft nicht so gut«, gab ich zu bedenken.

»Mir ist das einerlei, Meister Flitterer. Hauptsache, der König fühlt sich unterhalten.«

Mit einem Knall schloss Jola die Tür hinter sich und ich fragte mich, was genau ihre Laune derart verdorben hatte.

Ich entledigte mich meiner Kleidung, wickelte mir eines der Leinentücher fest um die Hüften und betrat kurze Zeit später, zunächst ohne Laute, die Badestube. Die Szenerie, die sich vor mir ausbreitete, gab mir zum Teil die Antwort auf die Frage, warum es um Jolas Laune nicht zum Besten stand. Überall war Wasser, nicht nur in den Zubern, und der Schaum türmte sich fast bis unter die Decke. Dutzende leere und halbvolle Krüge verteilten sich über den Raum und dazwischen liefen ein gutes Dutzend Menschen nackt umher. Der Dampf hing in der Luft und machte es mir schwer, jemanden oder etwas zu erkennen.

König Idars tiefes Lachen drang zu mir herüber und ich folgte dem Geräusch, bis ich am Rand eines ausladenden Zubers stand. Der König saß darin mit den beiden Frauen, die ich vorhin schon gesehen hatte, und drei Männern, die sich gerade mit Schwämmen gegenseitig den Rücken wuschen. Einer von ihnen fing sogleich meinen Blick auf, doch ich schüttelte kaum vernehmlich den Kopf. Der König hatte mich zu seinem Ehrentag eingeladen. Solange er meine Unterhaltung wünschte, würde ich ihn unterhalten. Mein Vergnügen stellte ich hinten an.

»Ah, Meister Barde! Da seid Ihr ja. Aber wo ist Eure Laute?«

»Mit Verlaub, König Idar, meinem Instrument würde die feuchte Luft nicht gut bekommen«, erklärte ich und verneigte mich tief. »Wenn es hier einen Raum gibt, der etwas trockener ist als dieser hier, werde ich euch gerne dort ein Ständchen spielen.«

»Ja, den gibt es. Lasst uns in die Schankstube gehen. Mich quält allemal der Hunger und beim Essen kommt mir Musik ganz recht.« Der König suchte Halt am Rand des Zubers und erhob sich ächzend.

Ich heftete meinen Blick fest an seine Augen, damit er nicht auf das königliche Gemächt rutschte.

»Wer speisen und dem Barden lauschen will, folge mir in die Schankstube. Aber bekleidet euch. Nicht, dass wir die arme Jola noch in die Ohnmacht treiben.« Gelächter ertönte überall im Raum.

»Auf den König!«, drang es durch den Dampf.

»Auf den König!«, erwiderten alle, so auch ich.

»Folgt mir, Aramil. Ich hoffe, Ihr habt ebenfalls Hunger.«

Der König schlang sich ein Tuch so um den Körper, dass es seine Brust zumindest zur Hälfte bedeckte.

»Wie der sprichwörtliche Bär«, gestand ich in der Hoffnung, vor meiner Darbietung wenigstens einmal in ein Hühnerbein beißen zu dürfen.

»Es ist genug von allem da. Niemandem soll es heute an etwas fehlen!«

Ein Blick auf die vollgeladenen Tische verriet mir, dass der König nicht übertrieb. Die Tafeln schienen sich unter dem Gewicht von Gebratenem, dutzenden Beilagen und süßen Speisen zu biegen. Kichernd und neckend nahmen seine Gäste Platz, Idar selbst setzte sich in den großen hölzernen Stuhl, der großzügig mit Kissen gepolstert war.

Der König erhob seinen randvoll gefüllten Kelch. »Habt Dank, dass ihr heute alle hier seid und mit mir feiert. Diesen Geburtstag werden wir noch öfter begießen, denn ich sträube mich dagegen, älter zu werden und irgendwann Ydir gegenüberzutreten. Und ich hoffe, dass mein älterer Bruder nie auf die Idee kommt, die Landesgrenze weiter nach Süden zu schieben. Gepriesen sei dieses herrliche Anwesen, das älter als die Grenze ist, auf der es steht!« Die Gäste jubelten und klatschten und mehr als ein Becher schwappte dabei über. »Trinkt mit mir!«

»Auf den König!«

»Auf König Idar!«

»Möge er noch oft Geburtstag feiern!«

Mir fiel auf, dass ich nichts zum Anstoßen hatte, und sah mich suchend um, als mir auch schon eine von Jolas Bediensteten einen vollen Becher in die Hand drückte. Ich bedankte mich und roch neugierig an der tiefroten Flüssigkeit. Ihr Geruch erinnerte an Brombeersträuche und üppige Holunderblüten. Ich nahm einen Schluck. Sofort vernebelte mir der Trunk alle Sinne. Noch nie hatte ich solch einen Wein probiert. Freudig nippte ich erneut daran.

»Schmeckt Euch mein Wein, Aramil?«, rief der König mir von der anderen Seite der Tafel aus zu.

»Ganz vorzüglich, Hoheit!«

»Das will ich meinen. Die Trauben dafür stammen von meinen Weinbergen. Wenn der Sommer kommt, lade ich Euch zu mir an den Hof ein, damit Ihr die Rebenpracht mit eigenen Augen bestaunen könnt.«

Ich prostete meinem Gastgeber zu und suchte mir dann einen Platz, um zumindest etwas Grundlage für den Wein zu schaffen. Doch viel Zeit blieb mir nicht.

»Spielt auf, Barde«, forderte mich eine Dame auf, die mir gegenübersaß. Ihre langen roten Haare lagen, zu einem Zopf geflochten, einem Wasserfall gleich an ihrem Oberkörper. »Ich möchte tanzen.«

»Sehr wohl, meine Dame. Lasst mich nur kurz von diesem Hühnchen kosten, sonst wird mein Abend noch kürzer als der Eure.« Mit geneigtem Kopf deutete ich eine Verbeugung an und biss dann herzhaft in das Hühnerbein.

»Aramil, mein Guter«, drang die Stimme des Königs an mein Ohr. »Spielt *Ewig leben* für mich. Dieses Lied passt heute so gut wie an keinem anderen Tag!«

Auf dem letzten Stückchen Hühnerfleisch kauend erhob ich mich und holte meine Laute. Zurück im Schankraum stimmte ich rasch die Saiten, dann begann ich zu spielen. Bei der zweiten Strophe sangen alle laut mit, am lautesten war dabei der König.

»Das war wunderbar! Spielt noch eines!«

Ich stimmte *Tafel der Patrone* an. Alle Balderner kannten das Lied von Tobin Saitenpfad und schmetterten die Zeilen noch inbrünstiger als zuvor. Applaus stürmte aus jedem Winkel der Schankstube auf mich ein und mir wurde ganz schwindelig von den vielen Verbeugungen.

»Habt Ihr auch etwas, das zu diesem Abend passt?«

Ich drehte mich zur Seite und sah mich der Frau gegenüber, die mir vorhin den Becher Wein gegeben hatte. Ihr aufforderndes Lächeln hatte etwas Lauerndes an sich. Wie eine Wölfin, die dem Reh zu verstehen gab, dass es noch ein wenig springen sollte, bevor sie es erlegte. Ihre schwarzen, schulterlangen Haare umrahmten ihr Gesicht und gaben ihrem Ausdruck etwas Unausweichliches.

Ich traute mich nicht, unseren Blickkontakt zu unterbrechen. »Selbstredend. Ich habe für jeden Anlass die passende Weise«, gab ich großspurig zurück und stimmte *Zwischen heut' Nacht und morgen Früh* an. Meine Gedanken wanderten sogleich zu Orik und wie sein Körper sich unter meinen Händen anfühlte. Ich schloss die Augen und liebkoste, ein Lächeln auf den Lippen, jedes Wort der neun Strophen, jede bildhafter als die vorherige.

Dieses Mal fiel der Applaus kürzer aus, gefolgt von gemurmelten Entschuldigungen, während die Gäste eilig den Schankraum verließen, allen voran der König selbst.

Ich lachte auf. »Dass das jedes Mal passieren muss.« Zugegeben, auch ich verspürte stets Sehnsucht nach der Nähe eines anderen Menschen, wenn ich das Lied spielte. Doch Orik war nicht hier. Seufzend kippte ich den letzten Rest Wein hinunter, der noch in meinem Becher war, und sah mich nach einem Krug zum Nachfüllen um.

»Eure Darbietung war beeindruckend.« Die Schwarzhaarige war als Einzige noch mit mir im Schankraum. »Solch eine Wirkung entfalten die wenigsten Melodien.« Sie machte eine Armbewegung, um den leeren Raum zu betonen, in dem bis eben noch zwei Dutzend Menschen meinem Spiel gelauscht hatten.

»Habt ihr denn niemandem, dem es nach Eurer Gesellschaft verlangt?«, fragte ich, in Gedanken bei Orik.

»Mir verlangt es nach Eurer Gesellschaft.«

Ich sah vom Hühnerbein auf und betrachtete meine *Gesellschaft* eingehender. Ihre blauen Augen schienen das gleiche bei mir zu tun.

Sie kam näher und setzte sich rittlings neben mich auf die Bank. »Lasst Euch von mir nicht stören.« Sie deutete mit ihrem Kinn auf das Hühnchen in meinen Händen.

»Wusstet Ihr, was passieren würde, als Ihr darum batet, dass ich *Zwischen heut' Nacht und morgen Früh* spiele?«

Sie machte ein Geräusch, das ihr Schmunzeln verriet. »Zugegeben, ich habe durchaus damit gerechnet.«

»Hm«, machte ich. »Wie lautet Euer Name?«

»Ich heiße Bryn. Es freut mich, Eure Bekanntschaft zu machen, Aramil Flitterer.«

»Sind wir uns schon einmal begegnet?«

Sie schüttelte den Kopf und ihre kurzen Haare wippten dabei. »Nein. Doch jeder in Nordbaldern kennt Euch und Eure Sangeskunst. Wo habt Ihr so zu spielen gelernt?«

Ich ließ das Hühnerbein zurück auf den Teller fallen und wischte mir die Hände am Tischtuch ab. »Ein Müller, der selbst ganz vortrefflich spielt, hat es mich gelehrt.«

»Ein Müller?«, fragte sie überrascht und zog die Augenbrauen hoch.

»Ja, ein Müller, wie ich es sage.«

»War er der Einzige, der Euch ausgebildet hat?«

Ich überlegte kurz, ob ich das düstere Kapitel meiner Bardenlehre aufschlagen sollte. »Nein, es gab noch eine Frau, eine Instrumentenbauerin, die mir viel über das Bardentum und das Lautenspiel beigebracht hat. Sie nahm mich auf, als ...« Ich stockte.

»Als?«, wiederholte Bryn.

»Nicht so wichtig.« Ich griff nach meinem Becher, nur um festzustellen, dass er schon wieder leer war.

»Hier.« Bryn hielt einen Krug hoch, in dessen Bauch noch Wein für einen halben Becher schwappte. »Idars Wein ist der beste, den ich jemals getrunken habe.«

»Geht mir ähnlich«, gab ich zurück und grinste.

Die Tür des Schankraums öffnete sich knarzend. Im Rahmen stand eine der Badehausmaiden, die Wangen rot und das feuchte Haar klebte ihr am Hals.

»Meister Flitterer, der König verlangt nach Euch und Euren Anekdoten.«

»Ich bin sofort bei ihm«, versprach ich ihr und erhob mich, wobei ich penibel darauf achtete, dass mir das Leinentuch nicht von den Hüften rutschte.

»Er erwartet Euch in seinem Zuber.«

»*In* seinem Zuber?«

»Jawohl«, bestätigte die Maid und verschwand.

»Badet Ihr etwa nicht gern?«

Bryns süffisanter Ton ließ mich ihren Blick suchen.

»Doch. Danach rieche ich immer so gut. Aber ich habe noch nie mit einer Hoheit gebadet.«

»Macht Euch keine Gedanken um die Etikette. Die zählt hier und heute nicht das Geringste.«

Bryn folgte mir in die Badestube, doch als ich an König Idars Zuber stand, war sie verschwunden.

»Herein mit Euch, Aramil. Ich bestehe darauf, dass Ihr mit mir auf Augenhöhe seid, wenn Ihr Eure Geschichten zum Besten gebt.«

Auf Befehl des Südbalderner Königs ließ ich das Leinentuch fallen und stieg zu ihm und den fünf anderen Badenden in den Zuber. Das warme Wasser umspülte meinen Körper angenehm, während ich versuchte, eine bequeme Sitzposition zu finden. Jäh legten sich zwei Hände auf meine Schultern und fingen an, sie zu massieren. Ich schaute auf und blickte in Bryns blaue Augen.

»Einfach genießen, nicht hinterfragen«, sagte sie, nahm die Hände fort, um kurz darauf mit Seife und Schwamm meinen oberen Rücken zu waschen.

»Also, Aramil, wie ging es noch gleich damals mit dem Brückentroll aus?«, fragte mich König Idar und ich erzählte ihm vom ersten Treffen mit meinem Freund Kies'l, dem Troll unter der Brücke.

»Das ist eine meiner liebsten Geschichten!« Der König schlug sich, herzhaft lachend, auf den Oberschenkel, so dass das Wasser gen Decke spritzte. »Und er lebt heute immer noch dort unter der Brücke?«

»Gewiss, Hoheit. Die Brücke ist sein Zuhause und mich würde es nicht wundern, wenn er schon dort gelebt hätte, als die Pilger das erste Mal das Land betraten, das wir heute Baldern nennen.«

»Darauf stoßen wir an. Jola? Wein für alle, die in einem Zuber sitzen!«

Unter großem Gelächter sprangen alle, die nicht gerade in einem der großen Bottiche saßen, hinein und sorgten so für eine weitere Überschwemmung der Badestube.

Eine von Jolas Damen wollte mir einen Kelch mit Wein reichen, doch ich drückte rasch meine Hände unter Wasser.

»Für mich keinen Wein mehr, habt Dank. Ich möchte den König noch weiter unterhalten und das kann ich nur, wenn ich Ton und Saite treffe.«

»Ich bestehe darauf, Meister Barde.«

Der König musterte mich streng von der anderen Seite des Zubers aus, doch gleich darauf breiteten sich Lachfältchen auf seinem Gesicht aus.

»Bis jetzt fühle ich mich hervorragend unterhalten, da werden noch ein, zwei Weinchen mehr nicht schaden. Auch Ihr sollt feiern! Genießt den Abend!«

Ergeben zog ich die Hand aus dem Wasser und nahm den Kelch entgegen, den die Schankmaid mir immer noch vor die Nase hielt, als hätte sie gewusst, dass ich ihn am Ende doch nehmen würde. Ich leerte den Becher schneller, als ich wollte. Doch mir war vom vielen Reden der Mund trocken geworden und so folgte der zweite Wein rasch auf den ersten.

»Auf den König!« Ich reckte meinen Kelch in die Höhe.

»Auf den König!«, echoten die Gäste allesamt.

Ich senkte den Arm und stellte fest, dass mein Kelch erneut randvoll mit Wein war. Ich sah mich suchend nach der Maid um, doch es war Bryn, die mich, einen Krug haltend, angrinste.

»Auf den Barden!«, rief sie aus voller Lunge.

»Auf den Barden!«, wiederholten alle im Chor, auch der König.

Meine ohnehin glühenden Wangen wurden heißer ob des vielen Jubels für mich.

»Und stimmt es, dass Ihr von einer Sirene vor dem Ertrinken gerettet wurdet?«

Erstaunt darüber, was der König alles von meinem Leben wusste, nickte ich. »Ja, das ist wahr. Ohne sie würde ich heute nicht hier sitzen.«

»Aber wie seid Ihr ins Meer gefallen?«, fragte Idar weiter und klatschte mit der flachen Hand auf die Wasseroberfläche, dass es nur so spritzte.

»Unfreiwillig, Hoheit. Ich wurde geschubst«, gab ich mit einem gespielten Zähneknirschen zu.

»Wer wagt es, den großen Aramil Flitterer in die Fluten zu schubsen?«

Ich lachte ob Idars übertriebener Empörung. »Damals war ich noch nicht groß. Jung und gutgläubig, das trifft es eher. Ich sage Euch nur eines: Klettert niemals in ein Fass, von dem Ihr nicht wisst, wem es gehört.«

Gelächter brandete von der einen zur anderen Wand der Badestube und füllte mein Herz mit Freude.

König Idar hob den Kelch und alle stießen an. »Wie seid Ihr eigentlich Barde geworden? Es gibt ja kaum noch reisende Spielmänner wie Euch.«

»Durch Zufall«, erwiderte ich wahrheitsgemäß. Jäh suchte mich ein Schluckauf heim und verhinderte, dass ich die Zufälligkeit weiter ausführen konnte. Ich hielt mir die Nase zu und die Luft an.

»Ich kann Euch erschrecken, wenn das hilft«, flüsterte mir der Mann ins Ohr, der seit Beginn des Abends seine Aufmerksamkeit auf mich richtete. Er war immer näher gerutscht, so dass sich mittlerweile unsere Schenkel berührten. Mit Sicherheit hätte er mein Interesse geweckt, doch mir spukte weiter Orik im Kopf herum und zudem war mir Bryns Anwesenheit mehr als bewusst.

»Nein, es geht schon wieder«, wies ich seine Hilfe zurück, nachdem ich ein paar Atemzüge getan hatte, ohne dabei erneut zu glucksen wie eine Henne.

»Wie kann man durch Zufall Barde werden?«, wollte König Idar wissen, also nahm ich den Faden wieder auf.

»Euch sind sicherlich die Geschehnisse bekannt, die sich damals in den Blutmarschen zugetragen haben?«, fragte ich bewusst leiser, damit nicht der ganze Raum von dem düsteren Thema eingenommen wurde.

»Selbstredend. Meine streitlustigen Brüder haben sich dort die Köpfe eingeschlagen.«

Ich nickte. »Ich war dort. Als Trommler.« Ich stockte. »Doch ich bin dem Schlachtfeld unbeschadet entkommen, samt Trommel, und bin wenig später zu einer Laute gekommen. Als hätte Phax selbst mich gelenkt, traf ich immer auf Leute, die mich im Musizieren unterweisen konnten und so kam eins zum anderen.« Hastig trank ich meinen Wein aus. Jedes Mal, wenn ich über die Blutmarschen sprach, erschienen sie vor meinem inneren Auge. Gleichzeitig hörte ich die Schreie und roch das Blut. Beides hatte die Luft über dem Schlachtfeld durchdrungen und sich gleichermaßen in meine Sinne gebrannt.

»Ihr wart bei der Schlacht dabei? Wie viele Sommer zähltet Ihr an jenem schicksalhaften Tag?«

König Idars erschrockene Miene beruhigte meine angespannten Nerven.

»Fünfzehn.«

»Das muss furchtbar für Euch gewesen sein«, säuselte der Mann neben mir, doch ich ignorierte ihn. Wieder hatte mich die Erinnerung im Griff. Diese Nacht würde ich, sollte ich überhaupt ins Bett kommen, kein Auge zutun können.

»Jetzt ist nicht der richtige Moment, um über solch eine Tragödie zu sprechen. Aber versprecht mir, dass Ihr mich auf meinem Anwesen besuchen kommt und wir uns im Vertrauen austauschen.«

»Gewiss, Eure Hohheit.« Ich ließ den Becher los. Er fiel ins Wasser und trieb kurz an der Oberfläche, bevor das Gewicht ihn unter Wasser zog. Halt suchend, drückte ich mich am Rand des Zubers nach oben. »Wenn Ihr mich kurz entschuldigen wollt. Ich muss kurz ... ich gehe rasch ...«

»Nur zu, Aramil. Nur zu.« Der König machte eine entlassende Geste.

Ich kletterte aus dem Zuber, bückte mich nach dem Leinen und band es mir nachlässig um. In dem von Wasserdampf vernebelten Raum die Tür zu finden, durch die ich die Stube betreten hatte, stellte sich als schwieriges Unterfangen heraus. Zusätzlich rutschte ich mehrmals auf dem seifigen Boden aus. Eine Hand packte mich am Arm und zog mich mit sich.

»Hier entlang«, waberte Bryns Stimme zu mir herüber und kurz darauf durchschritten wir die Tür, die ich erfolglos gesuchte hatte.

Zurück in dem Raum, in dem ich mich entkleidet hatte, sank ich auf die Bank und stützte meinen Kopf in die Hände. Er war schwer vom Wein und von den Erinnerungen, die ich seit zehn Sommern mit mir herumtrug.

Ich hörte das Zischen eines Feuersteins und kurz darauf erhellte eine einzelne Kerze flackernd den Raum.

»Ihr müsst Furchtbares mitangesehen haben.«

Schwerfällig hob ich den Kopf und betrachtete Bryn, die mich besorgt betrachtete.

»In der Tat«, gab ich knapp zurück. Erneut hefteten sich meine Augen auf die Holzdielen, auf denen sich die Abdrücke meiner Füße dunkel abhoben.

»Auf welcher Seite habt Ihr gekämpft?«

»Ich habe nicht gekämpft.« Meine Stimme klang schwach, bedauernd. Nur wusste ich nicht, ob ich bedauerte, dabei gewesen zu sein oder nicht gekämpft zu haben.

»Unter wem habt Ihr gedient?«

Ihr fordernder Ton machte mich stutzig. »Ist das denn wichtig?«

»Für Ulric also.«

Bryns Schlussfolgerung entlockte meiner Brust ein tiefes Seufzen. »Ich möchte nicht darüber reden. Ich werde immer noch fast jede Nacht von ihren Schreien geweckt. Welche Gräuel dort verübt wurden, lässt sich nicht in Worte fassen. Ich sah, wie sie Verletzte vom Schlachtfeld trugen. Ihre Körper sahen nicht mehr menschlich aus.«

»Ich dachte, dass alle – Verletzte wie Gefallene – Ydirs Krähen überlassen wurden, nachdem der Kampf endete?«

Müde schüttelte ich den Kopf. »Nein. Ich habe es beobachtet. Viele waren es nicht, doch einige wenige haben es vom Schlachtfeld heruntergeschafft. Sogar …« Ich biss mir auf die Zunge, schluckte den Rest des Satzes hinunter.

Bryns Knie tauchten in meinem Blickfeld auf. Sie nahm mein Gesicht in ihre Hände und hob es an. Ihre blauen Augen wirkten im Kerzenlicht dunkler.

»Auch ich bin ein Opfer von Ulrics Kriegstreibereien. Die Blutmarschen labten sich auch an mir, als ich fast noch ein Kind war.«

Überrascht riss ich die Augen auf, starrte Bryn an, während sie mit ihrem Daumen meine Wange streichelte. Aberdutzende Fragen fluteten meinem Kopf, um gleich darauf von weiteren überspült zu werden. Doch Bryns Berührung zog mich rasch aus dem Gedankensturm zurück und bald glich mein Geist einem spiegelglatten See. Mein Blick wanderte und blieb an ihren Lippen hängen, die sich daraufhin zu einem Lächeln bogen.

»Meister Barde, lass mich deine grauen Gedanken vertreiben.«

Ich nickte. Jäh trafen Bryns weiche Lippen auf meine. Ein Gefühl wie der frische Morgen eines Sommertages durchströmte meinen Körper und ich zog sie näher an mich.

»Komm mit«, hauchte Bryn zwischen zwei Küssen.

»Wohin?«

Wortlos ergriff sie erst meine Hand, dann den Kerzenhalter. Ich ließ mich mitziehen, folgte ihr einen gewundenen Weg durch die vielen Gänge des Badehauses, eine Treppe nach oben, um mich kurz darauf in einer kleinen, gemütlichen Schlafkammer wiederzufinden. Bryn zog mich auf die Schlafstatt, von der ein sanfter Duft ausging, gleich dem Kraut, das mir beim Einschlafen half.

Bryns Haare kitzelten meine Nase, als sie sich über mich beugte und erneut küsste. Ich vergrub mein Gesicht an ihrem Hals, tupfte einen Pfad Küsse von ihrem Ohrläppchen bis zu dem Rand des Stoffes, der ihren Körper verhüllte. Einen Augenblick später fiel ihr Gewand raschelnd zu Boden. Ich zog mir das Leinentuch vom Leib und breitete die Decke über unsere nackten Körper aus.

»Wird Jola dich nicht vermissen?«, fragte ich Bryn.

»Wird der König dich nicht vermissen?«, konterte sie und schmunzelte an meinen Lippen. Gierig presste ich erneut einen Kuss darauf, erkundete mit meinen Händen ihren samtenen Körper.

»Es sind so viele Gäste dort unten. Es wird nicht auffallen, wenn wir beide nicht auch dort sind.« Ich zog Bryn auf mich und erkundete den Rest der Nacht ein Reich, von dem ich noch heute Morgen nicht geahnt hatte, dass es existierte.

Kälte streifte meinen Körper und ich begann zu frösteln. Gerade noch hatte mich die Sonne mit ihren kräftigen Strahlen gewärmt, doch nun war eine Wolkenfront aufgezogen und verdeckte das lodernde Gestirn. Ich versuchte, der Sonne nachzureisen, doch die Wolken waren allgegenwärtig. Widerwillig öffnete ich die Augen und stellte fest, dass ich in einem Bett lag, das nach Lavendel duftete. Und nach …

»Bryn?«

Die Kerze, die sie mitgenommen hatte, war mittlerweile heruntergebrannt. Dunkel lag der Raum vor mir, das Licht des Mondes war diese Nacht kaum der Rede wert.

»Bryn?«

Sie war fort. Plötzlich kam mir das Bett ungemütlich vor, kalt und kratzig. Ich stand auf und warf einen Blick durch das kleine Fenster, das hinaus auf den Hof zeigte. Nur hier und da fiel Mondlicht für wenige Augenblicke durch Lücken in der dichten Wolkendecke. Der Regen hatte nachgelassen, doch fiel er weiter und ließ die Pfützen wachsen, nur weniger rasch. Ich glaubte, in dem Matsch frische Hufabdrücke eines Pferdes zu erkennen.

»Bryn.« Ich hauchte ihren Namen. Meine Stimme, dünn wie die Haut einer Seifenblase und genauso fragil. Jäh kamen mir Jaros Worte in den Sinn, mit denen er von seinem Müller gesprochen hatte: *Als es dunkel wurde, verließ er mich. Ich ließ ihn ziehen, mein Herz nahm er mit. Bis zu diesem Tag wusste ich nicht, dass ich eines besaß, doch es musste so sein, so leer, wie sich meine Brust anfühlte.*

Ich wusste nicht, ob ich erst kurz vor Sonnenaufgang aufgestanden war oder seit Stunden am Fenster stand, als es draußen langsam hell wurde und die Wolken sich verzogen. Ich riss mich von dem Anblick los, wickelte mir das Leinentuch um die Hüften und eilte durch die Gänge zurück in den Raum, wo ich meine Kleider zurückgelassen hatte. Wie Jola mir am Vorabend versprochen hatte, lagen sie frisch gewaschen auf der Bank. Ebenso waren meine Schuhe von ihrer Schlammkruste befreit worden.

Rasch kleidete ich mich an und machte mich anschließend, Bündel und Laute geschultert, auf die Suche nach der Küche, um vor meiner Abreise noch eine Kleinigkeit zu essen zu bekommen. Zu meiner Überraschung traf ich König Idar persönlich dort an.

»Meister Flitterer! Ich dachte, ich bin der Einzige, dem Ihr in diesem Hause Eure ungeteilte Aufmerksamkeit schenken wolltet?«

Ich verneigte mich so schnell und tief wie möglich. »Verzeiht meine Kopflosigkeit, Hoheit! Wie kann ich meinen Fehler ...«

»Haltet ein, Barde, bevor Ihr Euch die Zunge verknotet und ich schuld bin, dass Ihr nie wieder singen könnt. Schaut mich an. Diese Dame schien großes Interesse an Euch zu haben. Diesen Avancen konnte man nur schwerlich widerstehen.« Er zwinkerte mir zu und biss anschließend in einen Apfel. Das Knacken hallte an den Böden der Töpfe wider, die fein säuberlich an einer Wand aufgereiht hingen.

»Wo ist sie denn?«

»Fort«, murmelte ich.

»Wie meinen?«

»Sie ist fort!«, wiederholte ich lauter, ließ meinem Gram freien Lauf.

Nahezu gleichzeitig rissen wir beide die Augen auf. Noch bevor Idar etwas sagen konnte, sank ich auf die Knie.

»Verzeiht. Erneut! Bitte, verzeiht!«, stammelte ich in der Erwartung, gleich vor die Tür in den Dreck des Hofs gezerrt zu werden, um dort mein Leben zu lassen.

»Meister Barde, ich will ehrlich zu Euch sein.«

Irritiert hob ich den Kopf, sah in wehmütige königliche Augen.

»Ich würde alles geben, um so leidenschaftlich von einem Menschen sprechen zu können. Offenbar ist diese Frau nicht nur ein nächtlicher Ausflug für Euch gewesen. Ihr habt mich nicht beleidigt. Ich bin offenbar lediglich der Erste, der Euch nach der Erkenntnis, dass sie Euch ohne Nachricht zurückgelassen hat, begegnet.«

Ich brachte ein ärmliches Nicken zustande. »Ja, Hoheit. So ist es.« Auf den Tisch gestützt stand ich wieder auf. »Euren Worten entnehme ich, dass sie nicht zu Eurem Hofstaat gehört.«

»Nein, leider nicht. Sie wäre durchaus eine Bereicherung für meinen Hof. Bevor Ihr aufgetaucht seid, führte ich ein anregendes Gespräch mit ihr über Politik, fremde Länder und Beziehungen zu anderen Königshäusern. Sehr erquickend.«

Jola betrat die Küche. Ihr Gesicht verriet, dass es ihr nicht gefiel, uns hier anzutreffen, aber sie sagte nichts.

»Guten Morgen, Jola! Was für ein Abend, nicht wahr? Habt tausend Dank, dass ich meinen Ehrentag unter Eurem Dach feiern durfte. Davon wird man noch in vielen Jahren sprechen. Nicht wahr, Meister Barde?«

»Gewiss, Hoheit! Wenn Ihr erlaubt, werde ich eine Ballade über diesen denkwürdigen Abend dichten. Eine Badehaus-Ballade!«

»Ich erwarte eine Ballade, Aramil! Sollten die Leute in den kommenden Dekaden vergessen, wie man feiert, wird dieses Lied ihnen dabei helfen, sich zu erinnern.« Das tiefe Lachen des Königs erfüllte den ganzen Raum.

»So soll es sein«, erwiderte ich und deutete eine Verbeugung an.

»Darf ich den Herrschaften mehr als einen Apfel zum Morgenmahl servieren?«, wollte Jola wissen, die gerade dabei war, den Herd anzuschüren.

»Dürft Ihr, Jola. Kredenzt, was Eure Speisekammer hergibt. Ihr bleibt doch noch, Aramil, und leistet mir Gesellschaft? Singt mir vielleicht etwas vor?«

Ich lächelte. »Mit dem größten Vergnügen, Hoheit.« Mit aller Gewalt schob ich den Gedanken an Bryn aus meinem Kopf, griff nach der Laute und stimmte sie. »Vielleicht über den gestrigen Abend?«

Die funkelnden Augen des Königs waren Antwort genug, also stimmte ich eine Melodie an und begann, die Badehaus-Ballade zu singen.

Ich war unterwegs zu einem Feste,
als mich ein Gewitter jäh durchnässte.
Eion sei Dank sah ich voraus
ein vielversprechendes Badehaus.

Ich klopfte voller Hoffnung
auf der Türe Öffnung
Und auch auf ein Bad
Es wär' solch eine Wohltat.

Das Badehaus war voll von Gelächter,
und vieler unbedeckter Gemächter.
Ein Geburtstag wurde hier begossen,
und meine Teilnahme war gleich beschlossen.

Schnappt die Seife, wenn Ihr könnt.
Zieht Euch aus das klamme Hemd.
Nehmt Euch einen Becher Wein,
heut' soll die Freude unser sein.

Die Zuber voll lust'ger Leute,
der Ehrengast keine Mühen scheute.
Die Tafel zum Bersten voll mit Wild
und allem, was den Hunger stillt.

Wie ein Freund wurd' ich empfangen.
Was wäre mir doch nur entgangen.
Stattdessen bade ich und singe
während ich den Weinkelch schwinge.

Schnappt die Seife, wenn Ihr könnt.
Zieht Euch aus das klamme Hemd.
Nehmt Euch einen Becher Wein,
heut' soll die Freude unser sein.

Der Abend war reich an Freuden.
Ich war da, ich kann's bezeugen.
Wer sich da ließ in den Zubern treiben,
darüber werd' ich immer schweigen.

Alles, was Genuss mit sich brachte,
zog man an dem Abend in Betrachte.
Dabei sang ich meine Lieder,
fühlte mich fast wie im Fieber.

Schnappt die Seife, wenn Ihr könnt.
Zieht Euch aus das klamme Hemd.
Nehmt Euch einen Becher Wein,
heut' soll die Freude unser sein.

Die Mittagsstunde war längst vorüber, als ich mich schlussendlich erfolgreich von König Idar verabschieden konnte. Bevor ich das Badehaus verließ, bat ich Jola noch auf ein Wort.

»Die Maid, die gestern mit bedient hat. Ungefähr so groß, schwarze kurze Haare, ihr Name ist Bryn. Gehört sie zu Eurer Dienerschaft?« Erwartungsvoll haftete mein Blick auf Jola, suchend nach einem Anzeichen des Erkennens.

»Bedaure. So ein Mädchen arbeitet nicht für mich.«

»Seid Ihr sicher?«, hakte ich nach.

»Sicher bin ich mir sicher«, raunzte die Herrin des Badehauses. »Ich kenne meine Maiden.«

Herr von Grau schien meine Niedergeschlagenheit zu spüren, als ich ihn aus dem Stall holte und für unsere Weiterreise nach Furchenberg bereitmachte. Er stupste mich unentwegt mit seinen weichen Nüstern an und brummelte leise.

»Mach dir keine Sorgen, mein Freund. Ich weiß, wie sie aussieht. Ich kenne ihren Namen. Wir finden sie.«

In der Nacht, die ich neben Bryn verbracht hatte, träumte ich zum ersten Mal etwas Angenehmes. Da war kein Blut, kein Geschrei, kein Tod. Nur Geborgenheit und Frieden. Solange ich sie berührte, war mein Inneres ein ruhiger Teich statt die aufgewühlte See, die sonst ohne Unterlass vom Sturm gepeitscht wird. Das Wissen, dass sie dasselbe durchmachen musste wie ich, beruhigte mich auf seltsame Art. Ich war nicht mehr völlig allein mit den Erlebnissen.

Das, was den alten Nöck ereilt hatte, hatte nun auch mich getroffen. Mit Bryn verschwand mein Herz. Sie hat es noch heute. Ich hoffe, es schlägt noch neben ihrem.

Ja, die Albträume wurden schlimmer. Zu meiner Belustigung war die nächste Einladung, die ich erhielt, eine, die mich gewissermaßen adelte. Der König von Nordbaldern, Uthbert, – jener Uthbert, von dem wir nun wissen, dass er nur zur Hälfte königlichen Lenden entsprungen war – rief mich in seine Burg. Ich sollte ihm mit meiner Sangeskunst gegen einen Albtraum helfen.

Ich werde euch diese Geschichte erzählen. Sie zählt zu meinen liebsten. Vielleicht kann ich mit ihr lehren, wie ihr eurer eigenen Albträume Herr werden könnt.

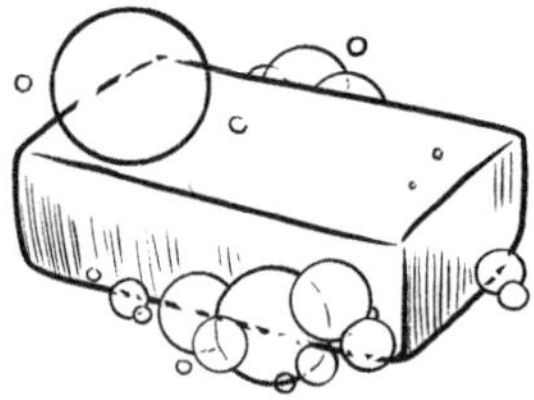

Des Königs Albtraum

Jahr 475 seit Besiedelung

Ich hoffe, ihr habt keine Angst im Dunkeln. Denn die nächste Geschichte, die ich euch erzählen möchte, hat sich größtenteils in der Nacht zugetragen. Dort, in der Finsternis, begegnet man Wesen, von denen man lieber nichts weiß.

Lasst mich eben noch etwas Holz nachlegen und meinen Metbecher füllen, dann erzähle ich euch, wie ich zum ersten Mal am königlichen Hofe gespielt und eine schaurige Bekanntschaft gemacht habe.

Seit ich König Idars Geburtstag mit Unterhaltung gefüllt hatte, eilte mir mein Ruf um einiges weiter voraus, als ich einen Stein schleudern konnte. Ich freute mich über die Maßen, dass mein Lautenspiel so beliebt wurde. Doch bald stellte sich heraus, dass alle nur begierig darauf waren, zu erfahren, was hinter der *Badehaus-Ballade* steckte. Ich verstand den Hunger danach, bestand doch ein guter Teil meiner Weisen aus Tratschereien aus den verschiedensten Winkeln Balderns. Dennoch, kein Detail des Abends mit König Idar würde meine Lippen verlassen. Ich dachte gar nicht daran. Aber an Bryn musste ich die ganze Zeit denken.

»Du denkst schon wieder über sie nach!«, warf mir Svadis an den Kopf.

»Gar …« Ich hickste. »Gar nicht wahr«, stritt ich lallend ab.

»Ach, soll mir gleich sein, über wen oder was du dir den Kopf zerbrichst.«

Die Wirtin des *Fuchses* goss den Rest Met in meinen leeren Becher.

»Das ist dein letzter Schluck für heute. Es ist spät genug.«

Ich angelte nach Svadis' Hand, hob sie an und drückte einen Kuss darauf.

»Was wäre ich nur ohne dich, Mutter Svadis?«

»Ich bin nicht deine Mutter, Aramil. Hör auf, Süßholz zu raspeln. Und mir Arbeit zu machen«, ergänzte sie, weil ich vor lauter Lachen den Becher von der Theke stieß.

Ein Knarzen lenkte meine Aufmerksamkeit auf die Tür, die ein Stück weit geöffnet wurde, aber sofort wieder zufiel.

»Ich habe gesagt, wir haben für heute geschlossen«, drang Oriks tiefe Stimme durch das Holz. Die Erwiderung darauf verstand ich nicht, sein Gegenüber hatte eine hohe Stimme und die Worte rauschten nur so an meinem Gehör vorbei.

»Mir ist es einerlei, was dein Begehr ist. Der *Fuchs* öffnet erst morgen wieder! Au!«

Oriks Schmerzensruf sorgte dafür, dass meine Trunkenheit etwas abnahm. Dass jemand bei Orik einen Treffer landen konnte, hatte ich noch nie erlebt.

Kurz darauf öffnete sich die Eingangstür und ein junger Bursche kam herein. Der edle Zwirn, in dem er steckte, passte so gar nicht in das bodenständige Ambiente der Taverne. Seinen albernen Hut zierte eine Feder, die beim Zufallen der Tür zwischen dieser und dem Rahmen eingeklemmt wurde. Nun blieb lediglich ein nackter Federkiel an dem Hut. Hinter dem Burschen kam Orik hereingeeilt, wobei er einen Fuß etwas nachzog. Ruppig packte er den Arm des jungen Mannes.

»Ich suche Aramil Flitterer, den Barden. Ist er hier? Bitte sagt, dass er hier ist.« Mit jedem Wort schraubte sich die Stimme weiter in die Höhe. Die Verzweiflung stand dem Neuankömmling ins Gesicht geschrieben.

Svadis und ich sahen uns lange an, bevor unsere Blicke wieder zu ihm fanden.

»Was wollt Ihr von ihm?«, fragte ich. Ich hatte durch verschiedenste Erlebnisse in meiner Vergangenheit gelernt, dass ich mich besser erst zu erkennen gab, wenn ich wusste, was der Bittsteller von mir wollte.

»Das darf ich nur ihm sagen. Befehl vom König.« Er biss sich auf die Lippe, als hätte er bereits zu viel verraten.

»So so, der König«, echote Svadis. »Dass der uns hier überhaupt findet. Und weiß, dass es eine Welt außerhalb seiner Burg gibt.« Sie schüttelte abfällig lachend den Kopf.

»Ist Meister Flitterer hier?«, fragte der Bote erneut, Svadis' Einwurf übergehend.

Ich stand auf und ging, womöglich mehr oder weniger schwankend, auf ihn zu.

»Ihr steht vor ihm. Ihr habt eine Botschaft vom König für mich?«

Der Bote räusperte sich. »Ihr seid schwer einzuholen, Meister Flitterer. Seit Wochen reise ich Euch hinterher.«

Er griff in die schmale lederne Umhängetasche, deren Riemen quer über seine Brust verlief, und förderte einen versiegelten Brief zutage. Er reichte ihn mir.

»Habt Ihr einen Becher Wasser für mich, Wirtin? Die Straßen sind staubig und zu rasten gestattete ich mir heute nicht.«

Svadis winkte den Boten zur Theke und schenkte ihm ein. Ich ließ mich währenddessen auf die nächststehende Bank fallen, brach das wächserne Königssiegel und versuchte, mit verschwommenem Blick die geschwungenen Buchstaben zu entziffern, die über das Papier zu schwimmen schienen.

»Der König lädt mich ein?«, fragte ich zweifelnd niemand Bestimmten. »Warum, bei Phax' runzeligen Eiern?« Ich las weiter. »Ich soll für ihn singen?« Ich kratzte mich am Hinterkopf. »Nun ja, ich bin immerhin ein Barde. Ein berühmter Barde«, schob ich laut hinterher und blickte in die Runde.

»Wir sollten sofort aufbrechen. Der König wird mit jedem Tag, der verstreicht, ohne dass Ihr bei Hofe erscheint, ungehaltener.«

»Wer sagt, dass ich der Einladung folge? Soll er von mir aus ungehalten sein.« Ich ließ das Blatt los und sah zu, wie es auf den Tavernenboden segelte.

»Wie könnt Ihr nur«, presste der Bote hervor. »Er ist der Herrscher des Landes, das Ihr bewohnt.«

»Und dafür zahle ich Abgaben. So gesehen tue ich mehr für den König als er für mich. Wenn ich es mir recht überlege, habe ich eigentlich schon zu viel für Uthbert getan, für das ich immer noch Tribut zahlen muss.« Ich machte eine wedelnde Handbewegung, sicherlich ein gewohnter Anblick für den Boten.

Statt zu gehen, nahm er die Mütze vom Kopf und knetete sie zwischen seinen Händen. »Bitte, Meister Aramil. Er leidet. Und seine Gemahlin ebenso. Wenn Ihr schon nicht ihm helfen wollt, dann seht es als Hilfe für Königin Esther an. Und für die Zukunft von Nordbaldern.«

Ich kniff mir mit Daumen und Zeigefinger in die Nasenwurzel. »Selbst für Phax höchstpersönlich würde ich heute keinen Fuß mehr auf eine Straße setzen. Ich will nur noch ins Bett.«

»Aber …«

»Nichts aber, Bote. Erst wird geschlafen, dann wird Einladungen gefolgt.« Schwerfällig stand ich von der Bank auf, nickte Svadis huldvoll, wie ich hoffte, zu und kämpfte mich die Stufen nach oben in Oriks Kammer.

Bald darauf folgten seine schweren Schritte auf den Dielen und Augenblicke später lag ich in seinen Armen. Seine immer warme Haut vertrieb die Kühle aus meinen Gliedern.

»Du denkst an Bryn, hm?«

Orik und ich teilten viel miteinander und so hielt ich es auch mit meinen Gedanken über Bryn. Dies mit ihm zu teilen half mir, die Gefühle zu verstehen, die ich für beide hatte.

Als ich Orik zum ersten Mal von Bryn erzählte, machte ich mir große Sorgen ob seiner Reaktion. Mir selbst einzugestehen, dass ich beide liebte, war eine Sache. Diese Empfindungen mit jemandem zu teilen, eine andere.

»Dass du sie und mich liebst, heißt nicht Schlechtes, Aramil. Es bedeutet, dass du ein großes Herz hast. Groß genug, dass mehr als ein Mensch darin Platz findet«, hatte Orik damals auf mein Geständnis hin gesagt. Dies zu hören half mir, meine Gefühle für beide anzunehmen.

»Du grübelst schon wieder, Aramil«, riss Orik mich aus den Erinnerungen an vergangene Gespräche. »Hab Hoffnung. Ich bin mir sicher, über kurz oder lang werden sich deine und Bryns Wege erneut kreuzen.«

Ich verschränkte meine Finger mit seinen, hauchte einen Kuss auf seinen Handrücken. »Verzeih, dass ich in Gedanken woanders bin«, seufzte ich. »Ich habe dich nicht verdient.«

»Sag sowas nicht. Jeder Mensch hat so viel Liebe verdient, dass er sich nie alleine fühlen muss.«

Ich vergrub mein Gesicht an seiner Brust, summte das Lied, das ich über uns – über ihn – geschrieben hatte. Oriks leises Lachen ließ unser beider Körper vibrieren. Ich flüsterte ein paar Zeilen vor mich hin:

Kleine Feuer legtest du,
mit jedem Kuss, mit jedem Flüstern.
Und so waren wir im Nu
umgeben von Flammen und deren Knistern.

Nichts blieb dir verborgen,
jeden Zoll hast du liebkost.
Ich bin kleine Tode gestorben.
Meine Gedanken, sturmumtost.

»Hör auf zu singen und küss mich«, forderte er und ich kam der Einladung nur allzu gerne nach.

Die Reise am nächsten Morgen begann für meinen Geschmack viel zu früh. Der Bote hatte sich, nachdem er Orik und mich mit seinem beharrlichen Klopfen aus dem Schlaf gepocht hatte, mit dem Namen Menlo vorgestellt und mich zum Aufbruch gedrängt. Nun waren wir gemeinsam auf dem Weg zur Baldernburg. Die aufgehende Sonne stach grell in meine übermüdeten Augen. Herr von Grau trottete ebenso lustlos neben mir her und blieb mehr als einmal stehen, um ein saftiges Büschel Gras auszureißen.

»Bei diesem zähen Tempo erreichen wir die Burg erst bei Wintereinbruch«, zeterte Menlo. Er ritt auf einem zierlichen Pferd neben mir und dem Esel her und musste es immer wieder zügeln. Jedoch hatte ich nicht vor, von meinem betont gemächlichen Tempo abzuweichen.

»Das habt Ihr davon, wenn Ihr mich nur einen Kanten Brot essen und einen Schluck Wasser trinken lasst, bevor Ihr mich auf die staubige Straße zerrt«, gab ich unbeeindruckt zurück.

»Wenn Ihr wenigstens auf Eurem Esel reiten würdet«, presste Menlo hervor.

»Mitnichten. Herr von Grau ist mein Gefährte, kein schnödes Reittier.« Ich streichelte ihm den Hals. »Nicht wahr, mein Freund?« Herr von Grau schnaubte und senkte erneut das Haupt, um nach Gras zu schnappen.

»Würde es Euren Gang beschwingen, wenn ich Euch den ersten Teil Eurer Entlohnung zuteilwerden ließe?«

Ich hob den Kopf und schenkte Menlo ein breites Grinsen. »Einen Versuch ist es allemal wert, Herr Bote!«

Als der Abend dämmerte, passierten wir den Wegweiser nach Krähenweiler. Menlo ritt kommentarlos daran vorbei. Ich beschleunigte meine Schritte und stellte mich seinem Pferd in den Weg.

»Es wird dunkel. Ich bin müde. Lasst uns über Nacht Rast in Krähenweiler machen.«

»Nein.«

»Wie, ›nein‹? Habt Ihr verstanden, was ich gesagt habe?«, fragte ich entrüstet.

»Durchaus. Aber wir haben keine Zeit für eine Rast. Wir sind nur noch vier Wegstunden von der Baldernburg entfernt. Es wäre ganz und gar sträflich, unsere Ankunft um eine Nachtruhe zu verzögern, wenn nur noch ein so kurzes Stück vor uns liegt.«

Menlo lenkte sein Pferd an mir vorbei und ritt weiter. Herr von Grau folgte ihm und ich fühlte mich verraten.

»Was ist mit Banditen? Wilden Tieren? All das könnte in der Dunkelheit auf uns lauern!«, rief ich ihm hinterher.

Der Bote lachte schnaubend. »Mit Verlaub, von einem Barden wie Euch hatte ich erwartet, dass das Reisen weniger jammervoll verlaufen würde. Ihr seid doch ständig auf den Straßen Balderns unterwegs.«

Ich hastete ihm hinterher, bis wir erneut auf gleicher Höhe waren. »Ist Euch schon einmal etwas auf einer Reise geschehen, Herr Bote?«

Er schüttelte den Kopf, die Augenbrauen zusammengezogen.

»Mir schon«, murmelte ich.

»Seid Ihr überfallen worden? Erzählt!« In seiner Stimme schwang Aufregung mit.

»Nein. Am Ende macht Ihr euch noch ins Hemd.«

Menlo zuckte mit den Schultern und holte eine kleine Laterne aus der Satteltasche hervor. Er entzündete sie mit einem Feuerstein und befestigte sie am Sattel. »Schaut nicht so verdrießlich drein. Wir sind schneller da, als ihr drei Mal *Tafel der Patrone* singen könnt.«

»Fordert mich nicht heraus, Bote! Ihr sprecht hier mit einem Meisterbarden.«

Die Nacht hatte das Land fest in ihrem Griff, als wir die Baldernburg erreichten. Die schemenhafte Silhouette dieses imposanten Bauwerks schälte sich langsam aus der Dunkelheit, die nur durch einzelnes Fackelleuchten unterbrochen wurde. Menlo wies sich am Tor aus und betonte, dass er einen Gast für den König höchstpersönlich im Schlepptau hatte. Die Wachen ließen uns durch einen Einlass im Tor in den Burghof. Das Pferd des Boten senkte routiniert den Kopf und hob die Hufe, um weder unten noch oben anzustoßen. Herr von Grau hingegen stürzte beinahe über die Schwelle, was er mit einem Eselschrei kommentierte.

Menlo deutete nach links auf ein langes, niedriges Gebäude. »Hier in den Stallungen könnt Ihr Euren Esel lassen. Es wird sich um ihn gekümmert«, wies er mich an, während er vom Rücken seines Pferdes glitt. »Folgt mir.«

Nur mit Mühe konnte ich mit dem Boten Schritt halten. Während wir über den Hof und in die Burg eilten, klopfte ich mir dürftig den Dreck von der Kleidung.

»Ist der König denn noch auf? Haben wir sogleich eine Audienz bei ihm?«

»Er wird nicht mehr wach sein, aber ich möchte, dass Ihr einen Eindruck gewinnt, was Eure Aufgabe sein wird.«

Stirnrunzelnd folgte ich dem Boten in das Innere der Burg. Wir stiegen zwei Treppen hinauf und folgten anschließend einem langen Gang. Durch die Glasfenster sickerte milchiges Mondlicht auf den grauen Steinboden. Was musste die Königsfamilie wohlhabend sein, wenn sie sich so viel Glas leisten konnte!

Jäh zerriss ein markerschütternder Schrei die Stille. Wie angewurzelt blieb ich stehen und starrte auf die Tür, hinter der ich die Quelle des Lauts vermutete. Ich blickte erschrocken zu Menlo, der seinerseits mitnichten überrascht wirkte.

»Ihr wisst, wer da eben gerade geschrien hat, richtig?«

Seine Antwort ging in einem weiteren gequälten Rufen unter. Er trat daher näher an mich heran und sagte: »Der König.«

»Und niemand schaut nach ihm? Ein Meuchelmörder könnte bei ihm sein.«

Träge schüttelte Menlo den Kopf. »Da ist niemand. Nur der König. Eure Befürchtung hatten wir anfangs ebenfalls, doch jedes Mal, wenn die Wachen sein Schlafgemach stürmten, war König Uthbert allein. Kaum wach, verwirrt, aber allein. Etwas scheint ihn zu plagen. Und nichts hilft. Kräuter in jeder Darreichungsform, Öle, ausgiebige körperliche Ertüchtigung vor dem Zubettgehen. Eine Wache direkt an seinem Bett lässt ihn überhaupt nicht schlafen.«

»Und was soll ich da tun? Ich komme ja selbst nicht zurecht, wenn ich nicht schlafen kann!« Ich biss mir auf die Lippe. Mit niemandem wollte ich darüber reden, warum ich selbst ebenso keinen ruhigen Schlaf fand.

»Ihr sollt ein Schlaflied für ihn schreiben«, erwiderte Menlo schlicht.

Nach einer kurzen Nacht auf einer harten Pritsche klopfte es früh an der Tür. Ohne meine Antwort abzuwarten, kam Menlo herein und stellte einen Krug Wasser und einen dampfenden Brei in einer Tonschale auf den kleinen Tisch.

»Guten Morgen. Esst, trinkt und macht Euch frisch. Ich warte solange und bringe Euch zu Eurer Audienz bei König Uthbert.«

Kurze Zeit später führte mich der Bote schnurstracks in den Thronsaal, der ein ganzes Weizenfeld in sich hätte aufnehmen können. Am anderen Ende, unter bunten Fenstern, saß das Königspaar.

»Mein König.« Ehrerbietend senkte Menlo das Haupt. »Ich bringe Euch den Barden, nach dem Ihr geschickt habt.« Er deutete auf mich. »Erlaubt mir, Euch Aramil Flitterer vorzustellen.«

Ich verbeugte mich ausladend. »Wenn Eure Hoheit mich ruft, bin ich zur Stelle. Wie kann ich Euch zu Diensten sein?«

»Kommt her«, befahl er schlicht.

Die Absätze meiner Schuhe hallten auf dem blankpolierten, steinernen Boden. Der König erschien mir mit jedem Schritt, den ich ihm näherkam, müder. Dunkle Ringe lagen unter seinen Augen, die mir matt entgegenstarrten. Seiner Gemahlin neben ihm stand die Sorge um ihn ins Gesicht geschrieben. Nur kurz hellten sich ihre Gesichtszüge auf, um mich begrüßend anzulächeln.

»Lasst uns ein Stück gehen«, bat König Uthbert.

Begleitet von zwei Wachen führte er mich durch eine Flügeltür hinaus in einen Garten.

»Wann seid Ihr eingetroffen?«

»Letzte Nacht.«

»Verstehe.«

Wir umrundeten einen sehr kunstvoll gearbeiteten Brunnen. Aus der Säule in der Mitte sprudelten Wasserströme aus mehreren Fischmündern hervor.

»Womit kann ich Euch dienlich sein?«, wiederholte ich meine Frage.

König Uthbert setzte sich auf eine Bank, die vor einem in Familienwappenform geschnittenen Busch stand. »Ich leide an Albträumen.

Seit Jahren. Ich weiß nicht zu sagen, wann ich das letzte Mal eine ganze Nacht durchgeschlafen habe. Alles habe ich versucht.«

»Menlo hat mir bereits davon berichtet«, warf ich ein. Der König warf mir einen irritierten Blick zu. Ich hatte ihn unterbrochen. Kleinlaut sah ich zu Boden.

»Wie dem auch sei. Ich hörte von Euren begnadeten Gesangskünsten und Eurer Wortgewandtheit.« Er seufzte tief. »Ich bitte Euch, mir ein Schlaflied zu komponieren und es mir vorzutragen. Eine Weise, die den Geist zur Ruhe kommen lässt.«

Ich entfernte mich ein paar Schritte vom König, blieb stehen und drehte mich wieder zu ihm um. »Seit wann plagen Euch diese Albträume?«

»Über zehn Winter schon.«

Ich nickte bedächtig, während in meinem Kopf das eine zum anderen fand.

»Zunächst dachte ich, mit der Zeit würden sie verschwinden, doch ich habe mich geirrt.«

Der verzweifelte Tonfall des Königs berührte mich kein Stück. »Ich kann Euch nicht helfen, Hoheit.«

Uthbert blinzelte. Einmal. Zweimal. »Aber ... warum nicht?«, stotterte er.

»Kein Schlaflied mag zu vertreiben, was Euch heimsucht.«

»Wie kommt Ihr zu der Annahme?«

Unwillkürlich ballte ich meine schweißnassen Hände zu Fäusten. »Das will ich Euch gerne erklären«, sagte ich mit schneidender Stimme. »Ihr sagtet, die Träume verfolgen Euch seit zehn Jahren. Ich weiß, was vor zehn Jahren passiert ist. Ganz Baldern weiß, was vor zehn Jahren passiert ist. Ihr allein seid der Verursacher Eurer Schlaflosigkeit. Nur Ihr könnt sie beenden.« Mit grimmiger Genugtuung sah ich, wie die Augen des Königs sich bei jedem meiner Worte weiteten.

Ich musste fort von hier. Wollte nicht länger dem Mann ins Gesicht schauen, der zur Hälfte Schuld am Tod vieler trug, weil er seinem Bruder nicht hatte helfen wollen. Ich drehte mich auf dem Absatz um und durchquerte den Innenhof.

»So wartet doch!«, rief der König mir hinterher. Kies stob hinter mir auf und unterstrich den Zorn in Uthberts Stimme. Eine schwere Hand legte sich auf meine Schulter und hielt mich auf. Ein Mann der Königswache deutete auf seinen Gebieter.

»Ich bin Euer König. Meine Bitte ist Euer Befehl!«

Ruhig erwiderte ich seinen Blick. »Ich folge nicht dem Befehl eines Mannes, dessen Handeln unbedacht ist und der obendrein die Augen vor den Folgen verschließt. Und auch sonst vor der Welt.«

Als ich mit Herrn von Grau die königlichen Stallungen verließ und mich Richtung Tor wandte, sah ich im Augenwinkel jemanden auf mich zukommen. Die bunten Röcke, die sich um die Gestalt bauschten, ließen mich erahnen, wer es war.

»Wartet, Meister Flitterer! Bitte wartet!«

Die Bediensteten verneigten sich hastig, als die Frau, die da nach mir rief, sie passierte. Ich blieb stehen und wartete auf die Königin. Sie ergriff meinen Arm und hielt ihn fest.

»Bitte, geht nicht.« Ihre blauen Augen schimmerten, doch nicht von der Sonne, die bald ihren Zenit erreicht haben würde. Rot gerändert sprach Angst aus ihnen.

»Ich kann dem König nicht helfen«, wiederholte ich monoton.

»Bitte, Ihr müsst es versuchen«, insistierte sie. Ihre Fingernägel gruben sich in den Stoff meiner Tunika.

»Königliche Hoheit, wie …«

»Esther.«

»Ich kenne Euren Namen, Königin Esther. Wie ich Eurem Gemahl bereits erläuterte, kann nur er selbst seine Ängste bekämpfen, die ihm diese Träume bescheren. Ich kann da herzlich wenig ausrichten.«

»Warum seid Ihr so festgefahren in Eurer Meinung? Warum so sicher, dass Euer Können ihm keine Hilfe ist?« Ihre vorgeschobene Unterlippe bebte. Auch sie litt offensichtlich unter dem Schlafmangel des Königs.

Kein Wort kam über meine Lippen. Ich war niemandem eine Erklärung schuldig.

»Ich mache Euch einen Vorschlag«, wagte Königin Esther einen weiteren Versuch. »Ihr bleibt noch eine Nacht bei uns auf der Burg. Esst, trinkt, vergnügt Euch, macht das, wonach Euch ist. Aber bitte geht nochmals in Euch, was die Bitte meines Gatten betrifft. Wenn Ihr ihm nicht helfen könnt – oder gar wollt –, befürchte ich das Schlimmste für sein Schicksal.«

Ich betrachtete das Gesicht der Königin. In ihrer Miene gingen Sorge, Stolz, Liebe und Sehnsucht fließend ineinander über. Da stand eine Frau, die ihren Mann zurückwollte. Ich sah hinauf zur Burg, die bis auf das Königspaar keine weitere Familie beherbergte und seufzte ergeben. »Gut, ich bleibe. Aber nur eine Nacht. Morgen früh, beim ersten Hahnenschrei, bin ich fort.«

Königin Esther kicherte wie ein Mädchen, Grübchen erschienen auf ihren Wangen und machten sie noch schöner. »Ich danke Euch von ganzem Herzen, Meister Flitterer.« Sie winkte den Stallknecht heran, der mir den Führstrick des Grauen abnahm. »Lasst mich Euch zurückbegleiten und die Burg zeigen. Sie hat so viele schöne Plätze, nicht nur den Garten.«

Widerwillig ließ ich mich mitziehen. Doch gleichzeitig genoss ich die Anwesenheit der Königin. Ihre Persönlichkeit hatte etwas Einnehmendes. Ich kam zu dem Schluss, dass es um Nordbaldern allemal besser stehen würde, wenn sie die Herrscherin wäre.

Den Tag verbrachte ich im süßen Müßiggang im Schatten einer stattlichen Esche, unablässig versorgt mit Speisen aus der königlichen Küche. Ich spielte unentwegt auf meiner Laute, übte alte Lieder und jüngere Stücke, ersann neue Melodien, die ich mit Wörtern füllen konnte. Der König kam mehrere Male in mein Blickfeld, doch ich ignorierte ihn und er suchte nicht noch einmal das Gespräch mit mir. Zugegeben, ich wollte, dass er litt. Auch mich quälten die Erinnerungen an die Schlacht in den Blutmarschen, seit ich dazu gezwungen worden war, die Kriegstrommel zu spielen. Ich war Zeuge geworden, wie Uthbert seinen Bruder auf dem Feld erschlug, auf dem nun die Geister umherirrten, die Ydir vergessen hatte. So erzählte man es sich zumindest. Ich mied diesen Ort, umging ihn weiträumig. Seit jenem Sommer hatte ich Ostbaldern keinen Fußbreit mehr betreten.

Die Nacht brach herein, also machte ich mich auf dem Weg in mein Gemach. Die Einladung, an der königlichen Tafel zu Abend zu speisen, lehnte ich dankend ab. Eine Beleidigung, fürwahr, aber zu meinem Glück war der König zu müde, um deswegen ein Todesurteil auszusprechen. Ich wollte mich nicht auf fruchtlose Debatten mit dem König einlassen, außerdem war ich bereits den lieben langen Tag mit den feinsten Speisen überhäuft worden.

Ich lag auf meiner Schlafstatt und starrte hoch zur Decke, wartete auf den Schlaf, der allerdings nicht kommen wollte.

»Du bist ein Narr, Aramil«, schalt ich mich selbst. »Du weißt doch, dass der Schlaf nicht kommt, wenn du ihm auflauerst.«

Genervt schwang ich meine Beine über die Bettkante und stand auf. Ich würde noch ein paar Schritte an der Nachtluft tun. Zu wenig Bewegung war sicherlich schuld daran, dass ich nicht müde war.

Ich schlich durch die schier endlosen Gänge der Burg, hier und da beäugt von einer Wache, die zweifelsohne müder war als ich. Ich lief

Treppen nach unten, Treppen hinauf. Es kam mir vor, als ob sich der Ausgang Richtung Garten vor mir versteckte. Als ich um eine weitere Ecke bog, hallte ein Schrei den Flur entlang.

»Der König«, flüsterte ich.

Ein weiterer Schrei, spitz und voller Pein.

Ich ging dem Geräusch nach und fand mich kurz darauf vor der Tür wieder, vor der ich vergangene Nacht gemeinsam mit Menlo gestanden hatte. Links und rechts einen Blick über die Schultern werfend stellte ich fest, dass mich niemand beobachtete. Keine Wachposten hatten ein Auge auf die wichtigste Tür der gesamten Burg. Trotz meiner fehlenden Sympathie für den König machte mich das pflichtvergessene Handeln der Wachen sprachlos. Gequälte Schreie hin oder her. Sollten sie sich doch Wachs in die Ohren stopfen, wenn es sie so mitnahm!

Ohne weiteres Zögern drückte ich so langsam und geräuschlos wie möglich die Klinke herunter, schlüpfte durch einen schmalen Spalt in Uthberts Schlafgemach. Ein halbes Dutzend Kerzen erhellte den Raum punktuell. Von der Tür aus konnte ich nur das Fußende der Schlafstatt erspähen, der Großteil verbarg sich hinter einem Wandschirm. Auf Zehenspitzen schlich ich näher heran, doch als ich ein Murmeln hörte, hielt ich inne. Deckung an einem Wandschrank suchend, drückte ich mich mit dem Rücken dagegen und lauschte angestrengt. Die Stimme, die ich hörte, hätte gleichsam einem Kind oder Greis gehören können. Wortfetzen waberten durch das sinistre Ambiente zu mir herüber, so bruchstückhaft, dass sie für mich keinen Sinn ergaben. Fuß um Fuß schob ich mich an Schrank und Wand näher an das Bett heran. Ich erlaubte mir nur, flach zu atmen. Um keinen Preis wollte ich den Gast am Bett des Königs aufschrecken. Mein Herz flatterte ob der Ungewissheit, wer oder was mich erwartete.

Als ich mich weit genug in den Raum hineingeschlichen hatte, um mehr vom Bett zu sehen, kniff ich die Augen zusammen, darum bemüht, im flackernden Licht der Kerzen mehr zu erkennen. Ein eigentümlicher Schatten zeichnete sich an der Wand hinter dem Bett ab, als würde …

Ich stockte, fuhr mir mit einer Hand über die Augen, während ich mir die andere auf den Mund legte. Uthbert lag im Bett, bekleidet mit einem weißen Nachtgewand. Etwas hockte auf der Brust des Königs. Eben noch nur ein Schatten, sah ich nun ein tiefschwarzes Wesen, das sich über Uthberts Haupt beugte. Es hatte den Kopf von mir weggedreht. Große, spitz zulaufende Ohren standen seitlich davon ab. Der Kopf wirkte im Vergleich zum Körper recht klein, der hagere Leib krümmte sich wie der einer Katze, die zum Sprung ansetzte. Auch diese Kreatur besaß einen Schwanz, der wild umherzuckte und – wie der gesamte Körper – unbehaart zu sein schien. Unentwegt neigte das Wesen den Kopf hin und her, die Ohrenspitzen wippten dabei mit jeder Bewegung. Sein unablässiges Murmeln unterbrach es nur hin und wieder durch ein Quieken, als würde es sich über etwas freuen.

Der König indes wand sich unter der Kreatur, doch sie wankte nicht einmal. Uthbert wimmerte, dass es mir schier das Herz verkrampfte. Breite, dunkle Flecken waren am Kragen und unter seinen Achseln zu sehen. Ich fragte mich, ob ich ein ebenso klägliches Bild abgab, wenn ich in solchen Träumen gefangen war. Jäh schnappte ich nach Luft. Saß dabei etwa auch so ein Vieh auf mir und beobachtete mich?

Das Wesen sprang in die Luft und fauchte in unzähligen Stimmen. Seine großen, dunklen Augen schimmerten im Kerzenschein. Zwei kleine Gestirne an einem sonst verwaisten Nachthimmel. Mit ihren dürren Beinen katapultierte sich die Kreatur in eine dunkle Ecke des

Raumes. Ich hechtete zur nächsten Kerze, ergriff sie und sprang dem Ungeheuer hinterher. Die Flamme hin und her schwenkend vertrieb ich für Augenblicke die Dunkelheit, doch fand keine Spur. Die Kreatur war fort.

»Was ist passiert?«

Ich wirbelte herum. Der König saß aufrecht in seinem Bett, beide Augen weit aufgerissen.

»Wachen!«, rief ich den Gang hinunter. »Helft Eurem König!«

Ich verlor keine Zeit. Sobald der König nicht mehr allein war, lief ich schnellen Schrittes zu den Stallungen. Dort wühlte ich in den Reisetaschen, die wie immer bei Herrn von Grau lagen. Rasch fand ich, was ich suchte. Ich eilte zurück in meine Kammer, entzündete eine Kerze und blätterte durch das Buch von Tobin Saitenpfad.

»Ha! Wusste ich es doch!«

So nah wie möglich stellte ich die Kerze neben das Buch, um den Text besser entziffern zu können. Tobin hatte einst ein Lied über eine schlafraubende Gestalt verfasst, der nicht unähnlich, die eben noch auf der königlichen Brust gehockt hatte. Die Erinnerung daran ließ mich erschaudern.

Zwei Mal las ich die Strophen des *Schlafliedes.* Es erschien perfekt für Uthbert. Dass ich es für ihn singen würde, kam jedoch nach wie vor nicht infrage.

»Was habt Ihr letzte Nacht in meinem Schlafgemach gesehen? Was?«

Die Nasenspitze des Königs war nur ein Minimum von meiner entfernt, während er mich anschrie, dann anflehte und anschließend erneut anschrie. Seine Gemahlin saß indes auf ihrem Thron, den Kopf in den Händen verborgen.

»Ich sagte es doch bereits. Ihr werdet von einem Nachtalb heimgesucht«, wiederholte ich ruhig. Entweder, der König würde mir bald glauben oder ich verschwand auf Nimmerwiedersehen auf den vielen Straßen, die sich durch sein Land zogen.

»Was soll das sein, ein Nachtalb? Ich weiß, das Volk glaubt an viele Fabelwesen. Trolle, Feen, Nixen! Ich als König muss einen klaren Kopf bewahren, wenn es mein Volk schon nicht vermag.«

Einen Seufzer ausstoßend sah ich zur Decke. Meine Gedanken wanderten zu Berolt, Uthberts Vater, und dessen Worten über Werte und Erziehung. Nordbaldern könnte einen so viel besseren König haben, wenn die Blutlinie nicht immer das Maß aller Dinge wäre.

»Nur weil Ihr etwas nicht kennt oder keinen Platz dafür einräumen wollt, bedeutet das nicht, dass es nicht wirklich da ist.«

Der König winkte barsch ab. »Papperlapapp!« Er schlurfte zu seinem Thron und ließ sich darauf fallen. Die Wut darüber, was ich ihm sagte, raubte ihm offenbar die wenige Kraft, über die er verfügte.

»Habt Ihr eine Idee?«

»Ja«, erwiderte ich versöhnlich.

»Und die ist?«

»Das verrate ich Euch nicht, Hoheit.«

Uthbert holte tief Luft, wollte erneut aufbegehren, doch seine Königin legte ihm beschwichtigend die Hand auf den Arm.

»Lass gut sein, Liebster. Du hast den Barden rufen lassen, also vertrau ihm oder entlasse ihn aus deinen Diensten. Angemessen entlohnt, natürlich.«

»Schon gut, schon gut. Tut, was Ihr tun müsst, Meister Flitterer.«

»Eine weise Entscheidung, Hoheit.« Ich hielt inne, unschlüssig, ob ich die eine Frage stellen sollte, die mich so beschäftigte.

»Habt Ihr noch ein Anliegen?«, erkundigte Uthbert sich.

Ich nickte. Jetzt oder nie. »Erinnert Ihr Euch an Ritter Berolt, den Wächter?«

Nachdenklich zupfte der König an seinem Kinnbart. »Nun ja, es gibt keine Ritter mehr. Zumindest habe ich alle aus dem Dienst entlassen. Die Zeit der Kriege und Eroberungen sind vorbei. Mir gefällt Nordbaldern so, wie es ist.«

»Aber erinnert Ihr Euch an diesen einen Ritter?«, hakte ich nach, ungehalten angesichts Uthberts seltsamer Antwort.

»Da Ihr den Namen erwähnt: Ja. Er war der letzte Ritter bei Hofe. Ich gab ihm die Aufgabe, am Grab meines Vaters zu wachen.«

»Wie lange ist dies nun her?«

»Hm, ein Dutzend Sommer, schätze ich.«

»Habt Ihr seither von ihm gehört?«

Verwundert schüttelte Uthbert den Kopf. »Wieso sollte ich? Ich brauche keine Ritter.«

»Lasst mich Euch einen Rat geben: Sucht ihn. Wenn Ihr ihn lebend findet, gebt ihm ein Zuhause und eine Aufgabe. Ist er schon tot«, ich stockte und musste schlucken, »dann gebt ihm ein Grab. Er hat Baldern große Dienste erwiesen.«

»Woher wollt Ihr das wissen?« In der Stimme des Königs schwang Argwohn mit.

»Weil er es mir erzählt hat. So einfach ist das, Hoheit. Und nun entschuldigt mich, ich habe Vorkehrungen zu treffen.«

Ich saß in einem Schrank und beobachtete durch die Aussparungen der Ornamente den König. Er schlief erst seit kurzer Zeit, unruhig wie eh und je, aber er schlief. Vor dem Zubettgehen wurde ich ein ums andere Mal zu ihm gerufen, weil ihm die bevorstehende Nacht noch mehr Furcht bereitete, als es die Nächte im Allgemeinen taten. Er insistierte, zu erfahren, was ich vorhatte. Doch ich verriet ihm nichts. Er wusste auch nicht, dass ich mich im Schrank versteckte. Nichts sollte er wissen, denn wusste er es, würde es die Kreatur von ihm erfahren.

Meine Beine kribbelten. Seit Stunden kauerte ich auf dem Holzboden. An ein Kissen hatte ich freilich nicht gedacht. Also richtete ich meine gesamte Aufmerksamkeit auf Uthbert, um mich abzulenken. Die Geschichte, dass ich dem König wegen eines wunden Pos und steifer Glieder nicht hätte helfen können, wäre ich zu meinen Lebzeiten nie mehr losgeworden.

Wie gestern brannten einige Kerzen, alle auf einem Mauervorsprung aufgereiht. Die Schatten des Mobiliars tanzten wilde Reigen auf dem Boden vor dem Bett. Und irgendwann gesellte sich ein Schemen zu ihnen. Ich richtete mich auf. Der Schemen hüpfte von der Kommode auf die Truhe und von dort auf die Schlafstatt. Am Fußende verharrte die Gestalt, schnüffelte, beobachtete. Gurrte leise wie eine Taube bei der Balz. Mit einem Satz sprang sie auf die Brust des Königs, der daraufhin einen lauten Schrei ausstieß. Er zappelte wild mit Armen und Beinen, doch unternahm keinen Versuch, die Kreatur von sich herunterzustoßen.

Weil ihr den Alb nicht seht, ging es mir durch den Kopf. Tobin beschrieb die Kreatur in seinem Lied gar trefflich. Von der Statur bis hin zu ihrem Gebärden. Mir blieb nur zu hoffen, dass er mit der Vertreibung des Albs ebenso recht behielt.

Im Kriechtempo einer Schnecke drückte ich die Schranktür auf, deren Scharniere ich in weiser Voraussicht mit Fett hatte schmieren lassen. Barfuß schlich ich über den kalten Steinboden. Trotz seiner enorm großen Ohren konnte mich der Alb offenbar nicht hören. Ich hoffte, dass er mich auch nicht riechen konnte. Meine Befürchtung, unsere Begegnung in der letzten Nacht hätte ihn vorsichtig werden lassen, bewahrheitete sich, Eion sei Dank, nicht.

»Zeig mir deine Ängste«, wisperte der Alb, tief über des Königs Ohr gebeugt. Dieser wimmerte.

Ich tat noch einen Schritt, dann hüpfte ich gleich einem Frosch nach vorn, genau auf den Schatten des Albs. Sein Kopf ruckte herum, die kugelrunden Augen weit aufgerissen. Ein markerschütterndes Kreischen kam aus seinem mit spitzen Zähnen bewehrten Maul.

»Fort, fort!«, schrie er. Mit seinen dünnen Armen fuchtelte er umher, seine kleinen Hände nach mir ausstreckend, doch durch den langen Schemen war ich weit genug von ihm entfernt. Er konnte mich nicht erreichen.

»Nein. Ich bleibe so lange auf deinem Schatten hocken, bis ich erfahren habe, warum du den König quälst.« Ich setzte mich in den Schneidersitz und sah dem Alb in die nachtschwarzen Augen. Er legte den Kopf schräg und ließ die Arme sinken.

»Ich quäle nicht, ich labe mich.« Der Alb kicherte. Ein Geräusch, das mich an Krallenwetzen erinnerte. Ich erschauderte.

»Ah, du bist ebenfalls ein tiefer Brunnen voll dunklen Wassers, wie erquicklich.« Erneut streckte er die Arme nach mir aus, doch erfolglos.

Unversehens seufzte Uthbert auf. Ob aus Erleichterung oder Resignation vermochte ich nicht zu sagen. Eine Träne rann seitlich an seiner Wange hinab. Rasch beugte sich der Alb hinunter und leckte sie mit seiner langen dünnen Zunge fort.

»Mhm, so süß!« Er schmatzte genießerisch.

Mir blieb nicht viel Zeit. Entweder, ich fand bis zum Tagesanbruch heraus, was genau den König quälte, oder … Ich verdrängte den Gedanken.

»Woran labst du dich?«

»An seinen Träumen«, raunte der Alb gedehnt. »An seinem Unheil.«

»Was für Unheil?«

Er keckerte. »Er bedauert. Seine Taten. Erschlug sein eigen Blut wegen nichts. Nichts!«

»Das ist wahr«, murmelte ich. »Er erschlug Ulric.«

Der Alb wackelte mit dem Kopf hin und her. »So nennt er den Menschen im Traum, ja ja.«

»Verzehrst du seine Träume?«

Unwirsch drehte sich das Wesen einmal um die eigene Achse. »Du bist zu neugierig«, schimpfte es. »Viel zu neugierig.«

Ich zuckte mit den Schultern. »Wie du meinst. Ich habe Zeit. Sträube dich nur, dann werden wir sehen, was mit dir passiert, wenn die Sonne aufgeht.«

Ein ängstliches Zischen war die Antwort. Ich schmunzelte. Für Nachtalben bedeutete die Sonne demnach nichts Gutes.

Die Kreatur fingerte indes an Uthberts Gesicht herum, hauchte Worte in sein Ohr, so leise, dass sie mir entgingen. Aber ich verstand.

»Du nährst sie. Seine Träume.«

Der Alb hopste auf Uthberts Brustkorb auf und ab, kicherte, gluckste. Der König röchelte, rang nach Luft. Es klang, als würde er ertrinken. Unwillkürlich biss ich die Zähne zusammen und glaubte fast, das Salz des Meeres schmecken zu können, zu spüren, wie es in mich drang.

»Ich füttere ihn. Und ich melke ihn. Meine immersprudelnde Quelle.« Zärtlich streichelte er dem König über die hochroten Wangen.

»Du hinderst ihn daran, zu vergessen. Zu vergessen, was damals in den Blutmarschen geschehen ist.«

»Du warst dort«, schlussfolgerte der Alb. »Hast es mitangesehen.«

»Nicht gesehen. Ich war zu weit weg. Den Patronen sei Dank.«

»Willst du es wissen? Ich kenne den Tag, bis zum letzten Blinzeln kenne ich ihn.«

Ich zögerte. Ein Kratzen in meiner Kehle zwang mich, trocken zu schlucken. Der Alb starrte mich an, seine pupillenlosen Augen schienen mich verschlingen zu wollen.

»Erzähl es mir«, bat ich schließlich.

Der Alb keckerte und legte eine Hand auf den Kopf des Königs.

»Er streckte seinen Bruder nieder wegen Land. Wegen Nahrung. Sein Bruder bat um Hilfe. Er bekam kalten Stahl. Der Anblick seines Bruders, sich windend im Todeskampf. Dieses Bild schmeckt so süß! Ich schaue es mir an. Immer wieder.«

»Du lässt nicht zu, dass er vergisst«, wiederholte ich mich. Fand ich das gut? Gerecht ob seiner Taten?

»Er kann es nicht. Vergessen. Seine Schuld. So viel, man könnte das Meer damit füllen.«

»Woher kennst du das Meer?«

»Ich genoss einmal den Traum eines Seemanns«, schwärmte der Alb. »Solche Leckerbissen findet man heutzutage kaum noch. Doch der Brudermörder hier«, das Wesen tätschelte Uthberts Wange, »gibt stets eine ganz hervorragende Mahlzeit ab.«

Die Schwärze vor dem Milchglasfenster verlor an Dichte. Die Nacht neigte sich dem Ende zu.

»An jenem Tag«, nahm ich den Faden wieder auf, »hat er seinen Bruder da sterben sehen?«

»Ja, ja.«

Ich hielt die Luft an.

»Doch ich weiß mehr als er.« Der Alb grinste schief.

»Aber wie?«

»Seine Erinnerung. Ich sehe sie klarer.«

»Was meinst du damit?«

»Er sah seinen Bruder nie tot. Verwundet. Ja, zerfetzt. Aber tot?« Der Alb nahm die Hand von Uthberts Gesicht, leckte sich darüber und putzte sich anschließend sein riesiges Ohr.

»Das heißt, Ulric lebt?«

»Mir gleich, ob lebendig. Ob tot.« Er wackelte hin und her, zupfte an seinem Schatten. »Lass mich gehen, Mensch. In muss in die Schatten. Bevor sie verschwinden.«

Behäbig streckte ich die Beine aus. »Tu mir einen Gefallen und lass den König nächste Nacht schlafen.«

»Er schläft doch.«

Ich stemmte mich hoch, machte einen Schritt zur Seite und gab so den Schatten des Albs frei. »Weißt du überhaupt, was Schlaf ist?«, zischte ich das Wesen an.

»Weißt du es?«, flüsterte er.

Binnen eines Wimpernschlags verschwand der Nachtalb zwischen den zusehends spärlich werdenden Schatten. Die Kerzen waren fast heruntergebrannt und das milchige Licht, das durch das Fenster fiel, wurde immer heller.

Ich betrachtete den König. Sein schweißnasses Nachthemd klebte an seinem Körper, doch er lag ruhig und sein Gesicht entspannte sich mit jedem Atemzug. Von draußen drang ein Hahnenschrei in das Schlafgemach. Ich gähnte.

»Zeit, ins Bett zu gehen.«

»Ich verlange, alles zu wissen. Jedes noch so kleine Detail. Was geschah vergangene Nacht in meinem Schlafgemach?«

Ich trat unruhig von einem Fuß auf den anderen, wich dem Blick des Königs aus und sah stattdessen in die sorgenvollen Augen seiner Gemahlin.

Ich räusperte mich überschwänglich. »Dürfte ich wohl um einen Becher Wein bitten?«

Im Nu eilte ein Diener heran, der mir einen großzügig gefüllten Kelch brachte.

Ich nahm einen großen Schluck. »Ah, das hat meine Kehle gebraucht.« Ich räusperte mich. »Majestät, ich fand einen Nachtalb auf Eurer Brust sitzend vor.«

Nervös zuckte der Blick des Königs zwischen Esther und mir hin und her. Mir dämmerte, dass sie nicht wusste, was sich wirklich in den Blutmarschen zugetragen hatte.

»Ich würde es bevorzugen, wenn wir uns im Vertrauen weiter über die Vorkommnisse austauschen ...«

»Nein«, schnitt Uthberts Gemahlin ihm das Wort ab. »Ich habe das Recht, zu erfahren, warum mein Ehemann in nahezu unserer gesamten Ehe nachts nicht mit mir in einem Bett schlafen kann, weil er schreit und um sich schlägt.«

Unversehens drang ein quietschendes Kinderlachen in den Thronsaal. Ich drehte mich um. Gerade packte eine Magd das fröhliche Kleinkind am Ärmel und zerrte es zurück in den Nebenraum. Sie deutete eine Verbeugung an und schloss rasch die Tür. Der Blick der Königin sprach Bände, als ich mich wieder zu den Hoheiten wandte.

»Nein«, wiederholte Esther und ballte ihre Hände zu Fäusten. »Aramil erzählt es uns beiden oder du wirst es nie erfahren.«

Das stumme Streitgespräch zwischen Königin und König dauerte nur kurz, bis er schließlich in Form von nach unten sackenden Schultern seine Niederlage anerkannte. Er ließ sich auf seinen Thron fallen.

»Fahrt bitte fort, Meister Flitterer«, bat Esther und setzte sich ebenfalls.

»Ein Nachtalb also«, kam ich ihrer Aufforderung nach. »Durch eine List hielt ich ihn fest und fragte ihn, warum er König Uthbert so quälte.«

Sofort vergrub er das Gesicht in den Händen. Auch wenn ich es ungern zugab, heilte sein Anblick ein wenig von den Wunden, die ich seit jenem schicksalhaften Tag auf meiner Seele trug.

»Es ist Euer Bruder.«

»Der Nachtalb ist mein Bruder?«, rief Uthbert verstört.

Ich lachte auf. »Nein, es ist Euer Bruder, vielmehr die Erinnerung an ihn, was den Nachtalb anlockt. Er ergötzt sich an dem, was Ihr an jenem Tag in den Blutmarschen gesehen und getan habt, und frischt die Erinnerung immer wieder auf. Ihr seid seine immersprudelnde Quelle, sagte er.«

»Ja, ich kann es nicht vergessen«, murmelte Uthbert. So leer sein Blick in diesem Moment wirkte, war er mit dem Kopf sicherlich wieder auf dem Schlachtfeld, stand erhobenen Schwertes über seinem Bruder.

»Ihr müsst mit dem abschließen, was vor zehn Jahren dort passiert ist. Ihr könnt die Vergangenheit nicht beeinflussen.«

»Aber ich bin daran schuld!«, donnerte der König.

»Wie wahr. Nur ist es so, dass Ulric nicht tot ist.«

»Was?«

»Oder vielleicht doch. Keiner weiß es so genau. Habt Ihr seine Leiche gesehen?«

»Ich ... ich habe ihm das Schwert zwischen die ... Nein, ich sah nicht, wie er starb. Nur, wie er vom Feld getragen wurde, schwer verletzt durch meine Klinge.« Er schüttelte den Kopf. »Aber was soll das bedeuten? Ist er nun tot oder nicht? Und wie soll mir das diesen Nachtalb vom Leib halten?«

»Ihr habt keine Gewissheit, dass Ihr Ulric getötet habt.«

Uthbert rang mit den Händen in der Luft. »Aber niemand hat ihn seitdem gesehen!«

»Es ist nicht ausgeschlossen, dass er Ydir entkommen ist und, gut verborgen, sein Leben lebt«, erklärte ich augenrollend. »Was ich damit sagen will: Schließt mit der Vergangenheit ab. Ehrt Euren Bruder, wenn es Euch dabei hilft. Ganz Baldern weiß um Euren Zwist und ja, es leidet darunter. Ihr seid der Älteste der Brüder. Wenn Ihr mich fragt, wäre es an Euch, den ersten Schritt gen Versöhnung zu tun.«

Ratlosigkeit machte sich im Gesicht des Königs breit. »Mir will nicht einleuchten, wie mir diese Erkenntnisse gegen die Albträume, ich meine, den Nachtalb helfen sollen?« Er ließ den Kopf sinken.

»Beschäftigt Euch mit Eurer Schuld. Sühnt. Schließt damit ab. Die Gefühle, die Euch schon so lange quälen, nähren den Alb. Sorgt dafür, dass er an Eurer Schlafstatt hungert. Dann wird er weiterziehen.«

Esther ergriff seine Hand und drückte sie. »Wie ehren ihn, wir ehren Ulric. Stellen eine Statue auf und ernennen den Jahrestag seiner Geburt zum Ulricstag«, schlug sie vor.

»Als ob das etwas nützen würde«, bezweifelte Uthbert.

»Wenn er noch lebt, wird er davon erfahren. Lass es uns wenigstens versuchen, Liebster.« Sie lächelte ihren Gemahl aufmunternd an und einmal mehr wünschte ich mir, dass sie herrschen würde und nicht ein Mann, der aus Angst geborene Ideen zu Taten machte. »Was meint Ihr, Aramil?«

»Das sind ganz vortreffliche Ideen, meine Königin«, erwiderte ich und bekam dafür das wärmste Lächeln seit langem.

Esther sprang auf und klatschte in die Hände. »Dann ist es beschlossen. Lasst uns gleich damit beginnen. Doch zunächst ...« Sie eilte hinüber zu einer kleinen, reich verzierten Truhe, neben der eine grimmig dreinschauende Wache stand, und holte ein Säckchen daraus hervor. Sie kam auf mich zu und legte es mir in die Hand. »Ich danke allen Patronen dafür, dass Ihr meinem Gemahl helfen konntet und es auch getan habt. Das ist für Eure

Bemühungen, wie versprochen.« Etwas leiser fügte sie hinzu: »Seid gewiss, dass Uthbert sich Eure Worte über Berolt zu Herzen nimmt. Doch ich wäre Euch sehr verbunden, erzähltet Ihr ihm eines Tages, wie dieser Ritter Baldern große Dienste erwiesen hat.«

»Eines Tages wird sich eine Gelegenheit auftun.« Wehmütig sah ich auf das Säckchen, machte einen Schritt zurück. »Ihr wisst sicher, dass ein Barde keine Reichtümer anhäufen darf. So bauchig, wie das Beutelchen ist, wird es zu viel sein.«

»Ich ... Uthbert ... wir machen die Gesetze und setzen sie außer Kraft. Jenes, das Ihr ansprecht und von diesem an Verfolgungswahn leidenden Vorfahren erlassen wurde, ist reichlich antiquiert. Es wird geändert werden müssen. Und nun nehmt den Beutel.«

Ich verneigte mich tief vor der Königin. »Habt Dank und auf bald.«

Für mich gab es somit bei Hofe nichts weiter zu tun. Die Mühe, die Königin darauf hinzuweisen, dass der Alb trotz allem jederzeit zurückkehren konnte, sparte ich mir. Solange mich keiner heimsuchte, war mir alles recht.

Ich sammelte in dem Gemach, das man mir zugewiesen hatte, mein Bündel ein und ging zu Herrn von Grau, der mich lautstark begrüßte.

»Dir ist langweilig, was, mein Freund? Wir machen uns gleich auf den Weg.« Ich kraulte ihn zwischen den langen Ohren, während ich mit der anderen Hand mein Bündel in den Taschen verstaute. Ich befestigte den Führstrick an seinem Halfter und wie verließen den Stall.

Dieses Mal lief mir niemand hinterher, um mich aufzuhalten, obwohl ich mich beobachtet fühlte. Den Innenhof nach einem bekannten Gesicht absuchend sah ich nur eine Magd davoneilen. Eine Windböe pustete ihr die Haube vom Kopf und kurze schwarze Haare kamen zum Vorschein, doch sie machte keine Anstalten, ihre Kopfbedeckung einzufangen. Ich wollte ihr nachlaufen und ihr die Haube bringen, aber von Grau zerrte unentwegt am Strick, also gab ich nach. Ich durchquerte den Torbogen, nickte den Wachen zu und rief mir gedanklich die Karte von Nordbaldern vor Augen, um mein nächstes Ziel zu wählen. Den Blick auf die Wolken gerichtet, stolperte ich und fiel fast der Länge nach hin.

»Bei Ydirs buschigen Augenbrauen«, fluchte ich und drehte mich nach dem um, was mich beinahe zu Fall gebracht hatte. Es handelte sich um einen Grenzstein, dessen Platz keineswegs auf dem Weg war, sondern an dessen Rand. »Wie kommt der denn hier hin?« Halb verwirrt, halb verärgert hob ich den Stein auf und ließ ihn am Wegrand in das Gras fallen. Hinter mir brummelte von Grau.

»Ja ja, wir gehen weiter«, sagte ich, während ich mich umdrehte – und erstarrte. Da stand Bryn und tätschelte dem Esel den Hals. Sie war die Magd, die ich kurz zuvor gesehen hatte!

»Schau nicht so, als würdest du einen wandelnden Toten sehen, das geziemt sich nicht.«

Ja, mein Gesichtsausdruck muss ähnlich dem euren gewesen sein, als ich Bryn dort neben von Grau entdeckte. In dem Moment gingen mir dutzende Fragen durch den Kopf, doch ich schaffte es nicht, auch nur eine davon zu stellen.

Was sie bei Hofe gesucht hat? Auch dies war eine jener Fragen, die unbeantwortet blieben. Andere beantwortete sie mir im folgenden Sommer, den wir zu zweit verbrachten. Lasst mich nur kurz … nach draußen gehen, Luft holen. Ein bisschen Schnee im Gesicht wird mir guttun, denn es wird mir nicht leichtfallen, euch von der Zeit mit Bryn zu erzählen. Dennoch, ich werde es tun. Vielleicht hilft es mir, mit diesem einen Sommer abzuschließen. Ich bin gleich zurück. Nehmt euch unterdessen noch etwas von dem Met und dem Eintopf.

Ein Sommer zu zweit

Jahr 476 seit Besiedelung

Gut. Die Zeit mit Bryn. Wer eine Liebesgeschichte erwartet, den gemahne ich zur Vorsicht.

»Ich dachte, ich sehe dich nie wieder.«

»Die meisten sehen mich auch nie wieder«, erwiderte sie mit einem Augenzwinkern. »Aber dich habe ich nicht aus dem Kopf bekommen, Aramil Flitterer.«

Bryn ging voraus und bedeutete mir, zu folgen. Herr von Grau trottete als Erster von uns beiden los. Er hatte es nach drei Tagen Stall offenbar satt, nur herumzustehen.

»Wir müssen ein Stück weg von der Burg. Ich hatte mich dort als Dienstmagd anwerben lassen, aber die werden sicher stinksauer, wenn sie bemerken, dass ich fort bin, und mich dann kurz vor den Toren finden.«

»Ich ... ich dachte, du arbeitest in dem Badehaus an der Grenze?«, brachte ich stotternd hervor.

»Ich nehme Gelegenheiten wahr, wenn ich sie sehe. Ein paar Kronen Zubrot, weißt du?«

Ich schloss zu ihr auf und betrachtete ihr Profil. Ihr wacher Blick war nach vorn gerichtet, fest auf das, was auch immer ihr Ziel zu sein vermochte.

»Wohin gehen wir?«

Bryn zuckte mit den Schultern. »Zur nächsten Taverne, einen Happen essen.« Sie grinste mich an. »Du zahlst.«

Ich blieb unvermittelt stehen. Herr von Graus Kopf drückte sich in meinen Rücken. »Nein.«

Sie musterte mich stirnrunzelnd.

»Du bist mitten in der Nacht aus dem Zimmer im Badehaus verschwunden. Du hast mich in dem Glauben gelassen, du seist Bedienstete dort. Und jetzt tauchst du hier auf, als scheinbare Dienerin bei Hofe. Ehrlichkeit scheint dir nicht zu liegen.«

Ich drehte mich auf dem Absatz um und zog meinen Esel hinter mir her.

»Du urteilst ziemlich schnell, Barde«, rief Bryn mir nach. »Deine Liedkunst hat mich etwas anderes vermuten lassen.«

»Fordere mich nicht auf, nachsichtig gegenüber deiner Zweigesichtigkeit zu sein!«, donnerte ich, gleichsam wütend auf sie wie auf mich, und stapfte weiter. In meinem Kopf gewitterte es Gedanken. Zwischen dem rasch wechselnden Hell und Dunkel entschied ich mich für einen Weg und folgte diesem nach Osten. Hin und wieder antwortete Herr von Grau auf mein Gemurmel mit einem Brummeln und ich fühlte mich verstanden. Ich hingegen konnte es nicht verstehen. Das Gefühl von Geborgenheit, das ich damals im Badehaus spürte, war durch Bryn zwielichtiges Verhalten zu Gänze weggewischt worden, was mich ungeheuer traurig stimmte.

Als die Sonne am höchsten stand, kam ich an einer Taverne vorbei und kehrte ein. Mit einer Schale Eintopf in der Hand suchte ich mir einen freien Platz und setzte mich.

»Ich suche Schutz«, hörte ich eine vertraute Stimme sagen.

Ich sah von meiner Schüssel auf und sah mich Bryn gegenüber, die sich rücklings auf einen Stuhl fallen ließ und ihren Becher auf dem Tisch abstellte, an dem ich saß.

»Bei mir? Ich bin ein Barde. Und ich habe Furcht vor Waffen.

Und der Dunkelheit. Ich kann gerade so mich selbst beschützen. Der Esel wäre ohne mich besser dran!«

»Eben drum. Niemand würde mich in deiner Gesellschaft vermuten.«

Ich nahm einen Schluck vom Dünnbier und sah Bryn mit zusammengekniffenen Augen an. »Vor wem suchst du Schutz?«

»Wer genau mich verfolgt, weiß ich nicht. Die glauben, ich habe etwas gesehen. Besser gesagt, jemanden. Wenn ich das erzähle, wird sich wiederholen, was vor zehn Jahren geschah.«

Unwillkürlich krampfte sich meine Hand um den Becher. »Wen hast du gesehen?«

Bryn legte den Kopf schief. »Hast du mir nicht zugehört?«

»Es ist gleich, ob ich dir lausche oder nicht«, erwiderte ich schulterzuckend. »Ich kann nicht sicher sein, dass du mir die Wahrheit erzählst.«

Jetzt war es an Bryn, mich anzufunkeln.

»Ich hab schon verstanden, Barde.« Sie zog meine Schüssel zu sich heran und aß den Grumbeerentopf. »Mit der Zeit werde ich dich davon überzeugen, dass ich nicht immer die Wahrheit zu meinen Gunsten beuge.«

Ich hob den Krug an meine Lippen, damit mein Mund etwas zu tun hatte.

»Was ist dein nächstes Ziel?«, fragte Bryn zwischen zwei Löffeln.

»Hm, Krähenweiler ist nicht weit. Vielleicht gibt es da ein paar Kronen für mich zu verdienen. Und danach«, ich zuckte mit den Schultern, »wohin auch immer Phax mich führt.«

Bryn seufzte. »Es muss schön sein, so frei zu sein wie du.«

»Dafür braucht es nicht viel, die Freiheit gibt einem dafür umso mehr.«

Die Eingangstür wurde aufgestoßen und Bryn drehte den Kopf herum, um sich sofort wieder mir zuzuwenden.

»Wir müssen gehen.« Sie stand auf, blieb aber weiterhin in einer geduckten Haltung.

»Wir?«

»Ich in jedem Fall. Sonst kann Ydir mich schon sehr bald vom Tavernenboden kratzen.«

Die beiden grobschlächtigen Kerle, deren Anblick Bryn so nervös machte, standen mittlerweile an der Theke.

»Leb wohl, Barde.«

Bryn zog sich die Kapuze ihrer Gugel auf und verließ, ihr Gesicht vom Tresen abgewendet, die Taverne.

»Hm.« Ich sah hinunter zur mittlerweile leeren Schüssel. »Ach, zu Ydir mit ihr«, knurrte ich, griff nach meinen Sachen und eilte Bryn hinterher. Herr von Grau hob widerwillig seinen Kopf aus dem Haufen Heu, der vor ihm lag, als ich das Bündel in die Tragetaschen stopfte.

»Tut mir leid, alter Freund, die Rast ist schon vorbei.«

Ich löste seinen Strick vom Anbindebalken und suchte gleichzeitig die Umgebung nach einer Person mit Gugel ab. Vor dem Anschlagbrett stehend fand ich Bryn.

»Ich wusste, ich kann mich auf dich verlassen«, kommentierte sie, die Anschläge betrachtend.

»Schwer zu glauben, dass du nicht auf dich aufpassen kannst, bei der scharfen Zunge, die du führst.«

Routinemäßig suchte ich die Bekanntmachungen nach Feierlichkeiten ab, bei denen ein Barde gebraucht wurde. Bedauerlicherweise gab es momentan nichts zu feiern.

»Ich möchte es dir ja erzählen, nur nicht hier. Ich habe ein Versteck, dort können wir uns ungestört unterhalten. Lass uns losziehen, wir haben ein gutes Stück Weg vor uns.«

Wir wandten uns nach Norden und folgten der Straße eine

Weile lang schweigend, nur hin und wieder unterbrochen vom Fressgeräusch des Esels, der keine zwanzig Fuß Weg ohne eine kleine Stärkung schaffte.

»Werden wir vor Einbruch der Dunkelheit ankommen?«

Bryn schüttelte den Kopf. »Wir werden nicht auf direktem Wege reisen. Du weißt schon.« Sie deutete mit einem Nicken nach hinten.

»Dann werden wir uns ein Wirtshaus suchen müssen, bevor es Nacht wird.«

»Nichts da. Da sind wir leicht zu finden für meine Verfolger. Zu gefährlich. Wir rasten im Wald.«

Ich lachte auf. »Da können sie uns erst recht meucheln, wenn die Wölfe uns nicht davor schon in Stücke gerissen haben!«

»Für einen fahrenden Spielmann ängstigt dich ziemlich viel«, schmunzelte Bryn.

»Hat alles seinen Grund«, gab ich knapp zurück.

Bryn ergriff meinen Arm und zog mich an den Wegesrand. Wieder machten ihre tiefblauen Augen ein Entkommen unmöglich.

»Bitte verzeih meine Art, Aramil. Die Umgebung, in der ich mich für gewöhnlich bewege, ist so rau und erdrückend wie ein Mahlstein. Du bist der erste Mensch seit langem, der mir so etwas wie Freundlichkeit entgegenbringt.«

Ich hob fragend eine Augenbraue.

»Bei dir habe ich das Gefühl, vertrauen zu können. Danke dafür.« Sie verschränkte ihre Finger mit den meinen. »Komm, wir haben noch ein Stückchen bis zum nächsten Gasthaus. Du nimmst schon genug Gefahr auf dich, da will ich dich nicht auch noch unter freiem Himmel übernachten lassen«, sagte sie zwinkernd und zog mich mit sich.

Müde schleppte ich mich am nächsten Morgen Schritt für Schritt vorwärts. Ich konnte mich kaum auf den Beinen halten, denn die ganze vergangene Nacht hatte ich an die Dachbalken unserer Unterkunft gestarrt. Bryn hatte darauf bestanden, dass wir uns eine Kammer teilten.

»Sonst kannst du mich nicht beschützen«, rechtfertigte sie ihr Verlangen nach nur einem Zimmer und ich hatte schließlich nachgegeben. Doch während sie, angeschmiegt an mich, rasch in den Schlaf fand, blieb er mir verwehrt. Zu sehr war ich mir ihrer Anwesenheit bewusst, doch ebenso rechnete ich jeden Moment damit, dass Fremde in unsere Kammer eindringen würden, um Bryn zu töten und mich gleich mit.

»Wenn du weiter so trödelst, erreichen wir unser Ziel bei Wintereinbruch.« Der beschwingte Gang meiner Begleiterin verfinsterte mein Gemüt zusehends.

»Wenn ich wenigstens wüsste, vor wem wir«, ich schüttelte den Kopf, »vor wem *du* wegläufst, wäre ich unter Umständen mehr gewillt.«

»Ich sagte doch«, begehrte Bryn auf und ich hob unwirsch die Hand.

»Bei Ydirs eingerissenen Zehennägeln, ich weiß, was du gesagt hast. Aber es ist mir gleich.« Mit einem kurzen Ziehen am Führstrick hielt ich Herrn von Grau an und wühlte in den Taschen nach einem Apfel. Energisch biss ich hinein. Einen weiteren Apfel hielt ich meinem Esel hin.

Bryn kam auf mich zu und ich tat augenblicklich zwei Schritte zurück. Nicht noch einmal würde ich mich von ihrer puren Anwesenheit überzeugen lassen. Missmutig knabberte ich an dem Obst, das ich wie eine Barriere zwischen Bryn und mich hielt.

»Nun gut.« Sie seufzte. »Wenn du mich unbedingt dazu zwingen willst, auf offener Straße darüber zu reden. Ich habe jemanden gesehen, der tot sein sollte. Jemanden, den auch du gesehen hast.«

Ich runzelte die Stirn. Ausgeschlossen, dass sie und ich die gleichen Leute kannten. Schon gar nicht …

»Davon hast du im Badehaus erzählt.«

Ich riss die Augen auf. Das Schlachtfeld. Überall Blut und abgetrennte Gliedmaßen. Der König, der seinen Bruder … »Ulric«, hauchte ich.

Bryn nickte fahrig, ihre Augen schimmerten.

»Was hast du mit diesem Kriegstreiber zu schaffen?«

»Was hast du mit ihm zu schaffen?«, konterte Bryn.

Ein lautes Knacken holte uns beide zurück in die Gegenwart. Jäh hielt Bryn ihren Dolch in der Hand, doch ließ ihn gleich darauf wieder sinken. Herr von Graus dunkle Augen ruhten auf uns, während er Blätter von einem Ast knabberte.

Schnaubend steckte Bryn die Klinge weg. »Können wir weiter?«

Ich nickte und griff nach von Graus Führstrick.

Während ich vorwärtslief, rasten meine Gedanken zurück in die Vergangenheit. Wieder stand ich in den Blutmarschen, am Rande des Schlachtfelds, und sah zu, wie sich Uthberts Klinge tiefer und tiefer in Ulrics Körper bohrte. Wie dieser anschließend von seinen Söldnern weggetragen wurde. Genau wie kurze Zeit später, bei Hedda, als ich erfahren hatte, dass Ulric noch am Leben war und nach dem seines Bruders trachtete. Sie hätte mich umgebracht, wenn sie mich dort oben am anderen Ende der Leiter entdeckt hätte. Ein Kribbeln kroch meine Wirbelsäule hinunter und mir wurde schlagartig kalt. Wenn Bryn Ulric gesehen hatte und ich, zumindest teilweise, von seinen Plänen wusste, konnte das einzig und allein bedeuten, dass der Ostbalderner König bald vorstoßen würde. Ich musste Uthbert warnen! Aber aufgrund welcher Tatsachen? Schiere Vermutung?

Zahllose Szenarien sprangen in meinem Kopf hin und her und mir wurde schwindelig. Halt suchend legte ich den Arm über von Graus Rücken. Log Bryn? War Ulric tatsächlich am Leben? Würde der Umsturzversuch bald in die Tat umgesetzt?

Verzweifelt sah ich auf Bryns Hinterkopf. Ihre kurzen, schwarzen Haare wippten rhythmisch zu ihrem forschen Gang. Was wusste sie?

Ich fasste einen Entschluss. Am meisten würde ich erfahren, während ich mit ihr gemeinsam reiste. Ich würde dem König Bericht erstatten, wenn sich Bryns und meine Wege wieder trennten. Was zweifellos passieren würde. Sofort drängten sich die Erinnerungen an den Morgen nach dem Badehausgelage in mein Bewusstsein. Ich fühlte mich auf eigenartige Weise mit ihr verbunden. Die widerstreitenden Gefühle in meiner Brust fachten das, was ich für sie empfand, immer weiter an. Es zerriss mir schier die Brust, als mir jäh bewusst wurde, dass ich Begehren und Misstrauen gleichzeitig darin aufnehmen musste.

Bryn lief beschwingt vor mir und summte eines meiner Lieder, was mir einen weiteren Stich ins Herz versetzte. Ich zwang mich trotz allem zu einem Lächeln und schloss zu ihr auf.

Langsam legte sich die Dämmerung über die Landschaft und es wurde kühler.

»Werden wir heute ankommen?«

Bryn streichelte von Graus Mähne, der zwischen uns lief. »Ich fürchte nicht. Eine Nacht werden wir draußen verbringen müssen, außer, du möchtest durch die Finsternis laufen.«

Beide Optionen jagten mir einen erneuten Schauer über den Rücken.

»Ich habe gelernt, dass man nachts besser nicht auf der Straße ist. Oder überhaupt draußen.«

»Du meinst das wirklich ernst mit der Angst vor der Dunkelheit, hm? Aber wir sind hier in Nordbaldern! Es gibt viel üblere Orte als diesen hier.«

»Mag sein, aber ich bin nun mal *hier.*«

Bryn sah mich fragend an.

Seufzend schob ich den Ärmel meiner Tunika nach oben und entblößte eine schlecht verheilte Narbe, die von knapp über dem Ellbogen bis hoch zur Achselhöhle führte. Bryn streckte die Hand aus und strich mit zwei Fingern vorsichtig darüber.

»An diese Narbe erinnere ich mich.« Sie ließ die Hand sinken. »Wie ist das passiert?«

»Banditen.« Ich krempelte den Ärmel wieder nach unten. »Lass uns einen Lagerplatz suchen«, erwiderte ich resigniert. »Dann erzähle ich es dir.«

Eine Weile folgten wir noch der Straße, dann schlugen wir uns in den Wald, wo Bryn nach kurzer Zeit eine passende Stelle gefunden hatte. Wir sammelten etwas Brennholz für ein Feuer. Als es brannte, kramte ich in den Transporttaschen, die ich dem Esel abgenommen und über einen umgefallenen Baumstamm gelegt hatte, nach einem Abendmahl. Schweigend reichte ich Bryn etwas Graubrot und zwei Streifen Dörrfleisch.

»Dafür, dass du nie draußen schläfst, bist du aber ganz schön ausgestattet«, sagte sie anerkennend.

»Ich bin gerne vorbereitet.«

Wir aßen schweigend. Dabei sah ich, in Gedanken versunken, Herrn von Grau beim Fressen zu.

Nachdem ich meine Mahlzeit mit einem Schluck Wasser aus meiner Feldflasche hinuntergespült hatte, deutete Bryn mit einem Zweig auf meinen Arm. »Erzähl es mir.« Der Zweig landete im knisternden Lagerfeuer, in dessen hypnotisierende Wirkung ich mich ziehen ließ.

»Ich war noch nicht lange als Barde unterwegs und konnte mir nur selten ein Zimmer für die Nacht leisten. Jeden Abend suchte ich mir einen Unterschlupf. Einmal fand ich eine kleine Höhle, die mir Schutz vor dem Regen bot, und kroch hinein. Damals hatte ich Herrn von Grau noch nicht. In der Höhle lagen ein paar Tonscherben verstreut und auch Knochen von kleinen Tieren. Offenbar war ich nicht der Erste, der in der Höhle Unterschlupf suchte. Meine Laute wickelte ich wie immer fest in den Stoff ein, der sie vor Witterung und Dreck schützte, und rollte mich dann auf dem Boden zusammen. Ich musste wohl gleich eingeschlafen sein, denn plötzlich packte mich etwas am Fuß und riss mich aus der Höhle. Es regnete immer noch und dicke Tropfen fielen auf meine Augen, machten mich für einen Moment blind. Da traf mich der erste Fausthieb ins Gesicht, der zweite in den Magen.

›Was machst du denn hier, Bürschchen? Das ist unser Versteck.‹

Ich zwang mich, die Augen zu öffnen, und sah drei verschlagene Gesichter, ungepflegt und mordlüstern.

›Das ... das wusste ich nicht‹, brachte ich stotternd hervor und versuchte, von meinen Angreifern fortzukriechen. Einer packte mich am Kragen und zerrte mich hoch.

›Wer schickt dich?‹ Sein fauliger Atem vertrieb einen Moment die Angst und machte Ekel Platz. Angewidert verzog ich das Gesicht, was der Kerl wohl als Aufforderung sah, mir eine Ohrfeige zu verpassen.

›Niemand! Niemand schickt mich! Ich habe nur einen Platz für die Nacht gesucht‹, stammelte ich. Er ließ mich los und ich fiel zu Boden. Schnell war er über mir, hielt mich fest. Ich spürte einen

Stich, dann ein Reißen und schrie, als der Schmerz in meinem linken Arm explodierte. Der Kerl hielt mir ein blutiges Messer vor das Gesicht. ›Ich mache keine Scherze. Wer hat dir gesagt, dass wir uns hier nach jedem Beutezug verstecken?‹

Ich wimmerte und zitterte, kniff die Augen zusammen und flüsterte: ›Niemand.‹

›Glauben wir ihm?‹, fragte der Kerl seine zwei Kumpanen.

›Schick ihn weg‹, antwortete einer. ›Hauptsache, wir haben unseren Platz. Das Zeug hier wird langsam schwer.‹

Etwas klimperte stumpf. Unscharf erkannte ich, dass der Dritte im Bunde einen Jutesack geschultert hatte.

›Du hast ihn gehört‹, knurrte der Kerl vor mir. ›Verschwinde!‹

Ich nickte eifrig und rappelte mich auf, den linken Arm an meinen Körper gepresst. ›Bin schon weg! Ich muss nur noch kurz mein Bündel aus der Höhle holen.‹ Ich wollte kehrtmachen, doch wurde grob an der Schulter zurückgerissen.

›Alles, was in der Höhle liegt, gehört uns. Ist das klar, Bürschchen?‹

Ich riss mich los, denn bei meiner Laute verstand – und verstehe – ich keinen Spaß.

›Nein, es gehört mir‹, widersprach ich und war selbst erstaunt über meine Courage.

›Ich glaub, ich hör nicht richtig! Komm her, du …‹

Ein Jaulen zerschnitt das stete Prasseln des Regens.

›Scheiße!‹

›Da kommen Wölfe! Lasst uns verschwinden!‹

Ein zweites Heulen mischte sich unter das erste und bald schien das Geräusch aus allen Richtungen zu kommen.

›Nichts wie weg! Ich will nicht noch einen Finger verlieren‹, trieb der eine Kumpane die anderen panisch an, seine dreifingrige Hand in die Höhe gereckt.

›Sollen die Köter doch den Knaben hier fressen!‹, sagte mein Peiniger und verschwand mit den beiden anderen binnen Augenblicken in der Dunkelheit.

Abermals heulten die Wölfe. Sie kamen rasch näher. Hastig zog ich mich in die Höhle zurück, den einzigen Zufluchtsort, den ich kannte, und rieb mich mit Schlamm ein, um den Blutgeruch zu überdecken. Selbst zu riechen wie der Waldboden, war meine einzige Chance, denn die Höhle bot zwar Schutz vor dem Regen, aber die Wölfe könnten den Eingang problemlos passieren. Irgendwann bin ich vor Erschöpfung eingeschlafen und am nächsten Morgen war ich mehr tot als lebendig. Meine Wunden hatten sich entzündet. Kein Wunder bei all dem Dreck. Was ich damit sagen will, ist, dass man die Nächte besser innerhalb schützender Wände verbringt.«

»Da hast du aber echt Pech gehabt. Wölfe *und* Banditen. Und das an einem Abend.«

»Ich war noch nicht mal siebzehn!«, schimpfte ich. *Und die Schlacht hat einen Feigling aus mir gemacht*, fügte ich in Gedanken hinzu. »Ich hatte Angst! Es ist in Ordnung, Angst zu haben!«

Bryn legte den Kopf schief. »Du musst nicht gleich so aufbrausend werden.«

Verärgert senkte ich den Blick. »Dann hör auf, meine Erlebnisse so abzutun. Mag sein, dass du mit so etwas fertig wirst. Aber was ich an Feingefühl habe, fehlt mir an Kaltschnäuzigkeit.«

Sie erhob sich von ihrem Baumstumpf und setzte sich neben mich. »Es tut mir leid, Aramil. Du hast recht. Jeder Mensch macht andere Erfahrungen im Leben. Bitte verzeih.«

»Vergleichst du uns etwa?«, begehrte ich erneut auf.

»Nein. Ich lerne, dies eben nicht zu tun.« Bryns sanfter Blick versöhnte mich etwas.

»Schlaf ein wenig, ich übernehme die erste Nachtwache.«

Ich schüttelte den Kopf. »Schlaf du. Die Erinnerungen werden mich sowieso noch eine Weile wachhalten.«

»Wie du willst.« Bryn grinste und wickelte sich in ihren Umhang, einen zufriedenen Ausdruck auf dem Gesicht. »Schau, jetzt beschützt du mich doch«, sagte sie und zwinkerte.

Ich winkte ab. »Freu dich nicht zu früh. Bei dem kleinsten Geräusch werde ich dich wecken. Ich kann nicht kämpfen. Weder gegen Tiere noch gegen Menschen.«

Bryn deutete auf meine Laute. »Dann spiele einfach etwas ganz furchtbar Schiefes. Da läuft jedes Lebewesen davon.«

»Ich weiß nicht, ob ich das kann«, entgegnete ich übertrieben erschrocken. Bryns leises, glucksendes Lachen wärmte mir die Brust. »Schlaf jetzt.«

»Würdest du mir ein Lied zum Einschlafen singen?«, murmelte Bryn mit geschlossenen Augen.

»Verdient hast du das nicht«, gab ich zurück, den Blick Richtung Blätterdach gerichtet.

»Ich weiß. Aber ich liebe deine Stimme und höre dich so gerne singen«, schnurrte sie.

Ich kniff die Augen zusammen und atmete hörbar aus. Diese Frau raubte mir alles: die Nerven, den Frieden, das Herz. Ergeben angelte ich nach meiner Laute und stimmte leise *Ich zog einst aus* an:

Meinen Hof verließ ich an einem nebligen Tag,
ich zog aus, nur mit Bündel und Mut.
Der Weg, der so ruhig vor mir lag,
würde mich führen, zu Feuer und zu Flut.

Ich sah das Schlachtfeld, sah das Leid
und was Klingen aus Menschen machen.

Der Toten Leiber verschwinden mit der Zeit
und Ydir wird auf ewig über ihre Seelen wachen.

Ich zog einst aus, nur mit Bündel und mit Mut.
Der Weg, der so ruhig vor mir lag,
würde mich führen, zu Feuer und zu Flut.

Durch goldene Felder führte mein Pfad,
ihre Ähren wiegten im sanften Wind.
Ich hörte auf ihres Hüters Rat
und folgte, wohin der Wind mich nimmt.

Das Meer lockte mich mit salzigem Duft,
wollte, dass ich in ihm versinke.
Ich entkam aus dieser nassen Gruft,
sie ließ nicht zu, dass ich ertrinke.

Ich zog einst aus, nur mit Bündel und mit Mut.
Der Weg, der so ruhig vor mir lag,
würde mich führen, zu Feuer und zu Flut.

Seit jenem Tag bin ich auf der Reise,
folge Pfad um Weg um Straße.
Singe manchmal laut und manchmal leise,
sei's in Trauer oder im Spaße.

Ich habe längst nicht alles gesehen,
noch so viel Land, das vor mir liegt.
Zahlreiche Wege gilt es zu begehen.
Ich laufe, bis die alte Krähe über mir fliegt.

Ich zog einst aus, nur mit Bündel und mit Mut.
Der Weg, der so ruhig vor mir lag,
würde mich führen, zu Feuer und zu Flut.

Als ich das Lied beendet hatte, sah ich zu Bryn, die ruhig schlief. Die Strähnen ihrer kurzen Haare fielen ihr kreuz und quer in die Stirn. Zum ersten Mal konnte ich ungestört ihr Gesicht betrachten. Damals, als wir beieinanderlagen, waren die Eindrücke, die auf mich einprasselten, zu vielfältig gewesen. Platz für Details gab es nicht. Doch nun konnte ich mit meinem Blick ihren Konturen folgen. Sie war so schön ...

Im Nu wandte ich mich ab und schalt mich innerlich. Was würde ich wohl davon halten, beim Schlafen so begafft zu werden?

»Sei kein Narr, Aramil«, knurrte ich mir selbst zu und begann, an den Saiten meiner Laute zu zupfen. Die Nacht würde lang werden und ich könnte sie ebenso nutzen, neue Melodien und Weisen zu ersinnen.

Ich war so vertieft in meine Gedanken und das Komponieren, dass ich Bryn die ganze Nacht lang schlafen ließ. Sobald das erste Licht des Tages durch den dichten Wald drang, schreckte sie hoch, die Hand am Dolch. »Es ist schon Morgen?«

Ich nickte, leise Töne spielend.

Sie stand auf und streckte sich. »Du hast mich nicht geweckt.«

»Offensichtlich. Ich wusste, dass ich nicht schlafen kann, also warum dir den Schlaf verwehren?«

Bryn beugte sich zu mir herunter und küsste mich. Sie roch nach Leder und Waldboden. »Danke. Die Nacht war also ruhig?«

»Abgesehen von meinem Lautenspiel, ja. Den Patronen sei's gedankt. Es hat mich ein bisschen damit versöhnt, nachts draußen zu sein. Es ist nicht immer gefährlich.«

Lächelnd nickte sie. »Das ist wahr. Komm, lass uns aufbrechen.

Es ist nicht mehr weit und die schlaflose Nacht wird dich schneller einholen, als dir lieb ist.«

Wir packten unsere Habseligkeiten, ich legte Herrn von Grau die Taschen wieder über den breiten Rücken. Zurück auf der Straße lag diese verlassen da. Bryn wandte sich nach links. »Noch ein paar Meilen Richtung Nordwesten, dann biegen wir in die Wälder ab und sind bald da. Folge mir.« Sie streckte ihre Hand nach mir aus und ich ergriff sie.

Bryn führte mich tief zwischen die Bäume. Den Weg, dem wir zunächst folgten, verließen wir rasch und stapften durch das Unterholz. Herr von Grau schnaufte und prustete.

»Ich weiß, alter Freund.« Ich streichelte ihm beruhigend den Hals. »Das ist nicht dein liebstes Terrain.«

»Es ist nicht mehr weit«, rief Bryn uns über die Schulter zu. »Hoffe ich zumindest«, ergänzte sie murmelnd. »Ich bin mir gerade nicht sicher, ob wir auf dem richtigen Weg sind.«

»Wie lange warst du denn nicht mehr hier?«

Bryn drehte sich um die eigene Achse, ihr Blick suchte dabei die Umgebung ab. »Drei, vier Sommer, schätze ich.«

Von Grau senkte die Schnauze auf den Waldboden und erkundete ihn nach Essbarem. Mit seinen großen dunklen Augen sah der Esel mich an, einen Tannenzapfen zwischen den Zähnen zermalmend.

Ruckartig streckte Bryn einen Arm in eine Richtung aus. »Da entlang!«, rief sie erleichtert.

Ich lächelte sie an. »Gut Ding will Weile haben.« Sachte zupfte ich an von Graus Führseil. »Komm, das Ziel ist nah.«

Nach und nach schälte sich eine niedrige Hütte aus den tiefhängenden Ästen hervor. Im Zentrum einer kleinen Lichtung saß das Häuschen auf seinem steinernen Sockel wie eine Henne auf ihren Eiern. Die behauenen Holzstämme, die die Außenwände bildeten, waren teils mit Moos überzogen. Drei flache Stufen führten zur schlichten Haustür. Das Dach, mit Holzschindeln gedeckt, krönte ein steinerner Schornstein. Rechts daneben schmiegte sich ein kleiner Verschlag an die Hauswand, in dem sich Brennholz stapelte.

Ich runzelte die Stirn. So sicher ich war, noch nie bei dieser Hütte gewesen zu sein, so sicher konnte ich auch sagen, dass ich sie kannte, nur woher? Gedanklich ging ich alle Geschichten durch, die mir einfielen und in denen Gebäude vorkamen. Mein Blick hing an der teils verwitterten Figur am Giebel hängen, die ein vierblättriges Kleeblatt hielt. Konnte das vielleicht … ? Mir schoss die Hitze ins Gesicht.

»Ein friedvolles Fleckchen.« Ich rüttelte an der Tür. »Hast du die Hütte gebaut?«

»Ich hoffe, es bleibt friedvoll«, erwiderte Bryn. »Und nein, ich habe sie gefunden. War in einem erbärmlichen Zustand, doch ich konnte sie wieder einigermaßen herrichten. Sie muss wohl vor bald fünfzig Sommern gebaut worden sein.«

Ich nickte gedankenversunken. Wie es schien, stand ich tatsächlich vor dem Haus, zu dem Iljana einst Berolt geführt hatte. Mühevoll unterdrückte ich ein Lachen. Durch Zufall hatte Bryn genau die Hütte gefunden, von der mir vor ein paar Jahren der letzte Ritter erzählt hatte. Amüsiert und fassungslos zugleich schüttelte ich den Kopf.

»Was ist los?«, fragte Bryn, doch ich winkte ab.

»Nur ein Gedanke, nichts Besonderes.«

Sie drängte sich an mir vorbei und holte einen kleinen Schlüssel aus ihrer Kleidung hervor. »Dass ich hinter mir abschließe, trägt zu der Friedfertigkeit bei.« Sie öffnete das Vorhängeschloss, das nicht so alt anmutete wie die Hütte selbst.

Uns schlug ein muffiger Geruch entgegen, als sie die Tür aufstieß. Mit einer Geste gab sie mir zu verstehen, dass ich warten sollte, und ging mit gezogenem Dolch in die Hütte hinein. Nach wenigen

Augenblicken rief sie: »Alles in Ordnung, keine ungebetenen Gäste anwesend.«

Ich betrat das Häuschen und sah mich im Zwielicht um. Die Bretter, die von außen vor die Fenster genagelt worden waren, ließen das Tageslicht nur in Rinnsalen hindurch. Ich erkannte einen viereckigen Tisch mit zwei Schemeln, eine große Truhe, ein schmales Bett. Weiter hinten im Raum meinte ich, eine Feuerstelle auszumachen.

»Hilfst du mir, ein paar der Bretter von den Fenstern loszumachen?«

Mit vereinten Kräften lösten wir die Latten von zwei der vier Fensterrahmen und richteten anschließend das Innere der Hütte her.

»Sind wir in Sicherheit?«, wollte ich wissen, während Bryn gerade etwas Brennholz vom Stapel vor dem Haus zum Kamin trug.

»Ich glaube nicht, dass die zwei Gestalten aus der Taverne uns bis hierher gefolgt sind. Aber sicher können wir uns ganz und gar nicht sein.«

Ich deutete auf den Kamin. »Wenn sie uns folgen, aber nicht genau wissen, wo wir sind, wird sie die Rauchfahne hierherlocken.«

»Zum Glück ist Sommer und wir müssen nicht heizen.« Bryn zwinkerte.

Fragend wechselte mein Blick zwischen Bryn und den Holzscheiten in ihrer Hand hin und her.

»Wenn wir nachts überfallen werden, können wir damit ganz fabelhaft auf Köpfe einschlagen«, erklärte sie fröhlich und legte die letzten Scheite auf den kleinen Stapel.

»Verstehe.«

Bryn erhob sich und klopfte sich die Hände an ihrer Hose ab. »Wir sollten uns etwas zu essen suchen. Dein Proviant reicht nicht, fürchte ich, und du brauchst ihn für unterwegs.«

»Wie lange willst du denn hierbleiben?«

»Solange es nötig ist.«

»Ich werde mich nicht die ganze Zeit von Wurzeln und Beeren ernähren, Bryn.«

»Ein kleines Feuer werden wir schon machen können. Das Holz ist trocken genug. So sehr qualmt es nicht.«

Ich kraulte Herrn von Grau kurz zwischen den Ohren und seufzte. »Du hast es gut. Kannst einfach alles essen, was hier vor der Hütte wächst.« Er schnaubte und wie so oft fühlte ich mich von meinem Gefährten verstanden. »Wenn jemand kommt, der dir nicht geheuer ist, lauf weg, ja?«, bat ich ihn und streichelte ihm abermals den Hals.

Wir gingen ein paar Schritte in den Wald hinein, langsam und auf jedes Geräusch achtend. So leise wie möglich öffnete ich die Geldkatze an meinem Gürtel und fischte eine Münze heraus.

»Was tust du da? Denkst du, gleich kommt ein fahrender Händler vorbei, bei dem du ein gekochtes Mahl erstehen kannst?« Bryn sah mich an, als wäre ich einem Irrlicht aufgesessen.

»Ich hinterlasse eine Gabe für die Waldgeister«, entgegnete ich ruhig und legte die Münze auf einen bemoosten Baumstumpf. »Das begünstigt unsere Suche nach etwas Essbarem und stimmt die Geister milde.«

Bryn zuckte mit den Schultern. »Wenn uns das hilft.«

Wir streiften durch das Unterholz, doch nicht ohne Ziel. Entschlossen lief Bryn in eine Richtung und bald darauf erreichten wir einen Bach. Wir stillten unseren Durst und füllten anschließend die Feldflaschen auf. Stromabwärts platschte irgendetwas ins Wasser.

»Wunderbar, ich hatte schon so lange keinen Fisch mehr.« Bryn holte aus einer ihrer vielen, großteils verborgenen Taschen eine Schnur, an deren einem Ende ein Haken baumelte. »Jetzt wird geangelt.«

Fasziniert beobachtete ich, wie sie aufmerksam den Bachlauf studierte und sich anschließend im Schneidersitz am Ufer niederließ.

»Es ist wichtig, dass dein Schatten nicht auf das Wasser fällt«, erklärte Bryn flüsternd. »Und dass du keine starken Bewegungen machst, die die Fische im Wasser spüren können.«

Ich entfernte mich einige Schritte vom Bach, um das Angelglück nicht zu gefährden, und suchte nach Essbarem.

»Juchhei!«

Bryns Jauchzen machte mich neugierig und ich ging zurück zu ihr. Freudestrahlend hielt sie die Angelschnur in die Höhe. An ihr baumelte ein bräunlicher Fisch, der wie wild zappelte.

»Gratulation«, beglückwünschte ich sie und lächelte.

Das Zappeln des Fisches beendete Bryn kurzerhand mit einem Schlag seines Kopfes auf einen Stein.

»Ich angle uns noch einen!«

»Aber mehr nicht. Wir nehmen uns nur das, was wir brauchen«, bat ich sie. »Ich mag Fisch ohnehin nicht so gern.«

Bryn nickte und warf ihre Angelschnur ein weiteres Mal aus.

Einen weiteren Fischfang später setzten wir unsere Suche fort, fanden dank Bryns Wissen und scharfem Auge sogar ein halbes Dutzend Erdbirnen und sammelten noch ein paar Wildkräuter.

Wieder an der Hütte begrüßte uns Herr von Grau mit lautem Schreien. Hastig lief ich auf ihn zu und beruhigte ihn. »Nicht so laut, mein Freund, sonst lockst du noch unsere Verfolger hierher.«

Bryn legte indes unsere Beute auf den Hackblock und begann, die Fische auszunehmen.

Ich befreite meinen Esel von den Tragetaschen und brachte sie ins Haus. Dabei fiel einer der noch übrigen Äpfel heraus und rollte über den Fußboden. Einer Eingebung folgend hob ich das Obst auf und legte es auf einen schmalen Baumstumpf, gleich am Rande der Lichtung. »Danke, ihr gütigen Waldgeister, dass ihr uns von euren Schätzen gegeben habt.«

Ich ging zurück zu Bryn, schälte die Erdbirnen und wusch die Kräuter mit etwas Wasser aus meiner Feldflasche. »Wenn wir den Rauch schnell genug verwirbeln, sollte keine verräterische Säule aufsteigen«, überlegte ich laut, war aber selbst nicht wirklich von meiner Idee überzeugt.

Plötzlich sprang Bryn auf, ihren Dolch, an dem Fischblut haftete, von sich gestreckt.

»Was ist?« Langsam drehte ich mich um, voller Furcht, was da auf uns lauerte. Am Rande der Lichtung stand ein Hirsch. Sein stattliches Geweih war behangen mit geflochtenen Blumenketten. Auf einem Ende saß ein kleiner Vogel. Der Hirsch schnaubte und senkte den Kopf. Nun sah ich die Gestalt, die auf dem Rücken des Tieres saß. Wachsame Augen, umrahmt von erdbraunem Haar, betrachteten uns. Die blasse Haut des Wesens schimmerte wie von Tau benetztes Moos, die schlanken Beine endeten in Hufen.

Ich begriff, dass wir den Geist dieses Waldes vor uns hatten, und neigte meinen Kopf zum Gruße.

»Seid willkommen in meinem Wald. Ich danke für Eure Gaben und Eure Demut. Möge Euch nichts geschehen, solange Ihr in meinen Gefilden zugegen seid.«

»Aramil?« Bryns Stimme zitterte und noch immer hielt sie den Dolch im Anschlag.

Ich hob beschwichtigend eine Hand. »Steck den Dolch weg. Wir sind nicht in Gefahr.«

Mit langsamen Bewegungen kam sie meiner Bitte nach, die Augen fest auf den Waldgeist gerichtet.

»Habt Dank für Eure Gastfreundschaft«, erwiderte ich die Worte des Schutzgeistes. »Wir wissen sie sehr zu schätzen. Wir suchen Schutz, werden Euch und Euren Wald jedoch nicht über Gebühr beanspruchen.«

»Wer jagt Euch?« Die bisher sanfte Stimme des Geistes wurde fester.

»Auftragsmörder, die ihr nach dem Leben trachten.« Ich deutete auf Bryn.

Der Waldgeist breitete die Arme aus, schloss die Augen und richtete das Gesicht gen Himmel. Ein jäher Wind ließ die Baumkronen rascheln, hier und da stob ein Vogel auf. So schnell die Böe kam, so rasch flaute sie ab. Stille senkte sich über die Lichtung.

»Auf dieser Flur seid Ihr nun sicher. Wer sich hierher verirrt, wird nur Bäume sehen, sonst nichts. Auch ein kleines Feuer wird Euch nicht verraten, darauf habt Ihr mein Wort. Auf dass meine Saiblinge nicht umsonst ihr Leben gelassen haben.«

Ich verbeugte mich tief. Als ich den Blick wieder hob, tauchten Hirsch und Waldgeist gerade in das Zwielicht des Waldes ein, lautlos, wie nur Geister es vermochten.

»Was war das denn?«

Ich schmunzelte ob Bryns fassungslosem Tonfall. »Das, meine Liebe, war ein Waldgeist. Nicht das einzige Wesen, das neben uns Menschen in Baldern lebt.«

»So einem bin ich noch nie begegnet.«

»Solche Wesen zeigen sich nur Menschen, von denen sie glauben, ihnen vertrauen zu können.«

»Du beeindruckst mich immer wieder, Aramil Flitterer«, sagte Bryn, aufrichtig lächelnd.

»Die Welt besteht nicht nur aus Kämpfen und Überleben. Es gibt viele schöne Dinge, die es wert sind, entdeckt zu werden«, erwiderte ich ungewollt verlegen.

»Ich wünschte, ich könnte das von meinem Leben behaupten, aber sei's drum. Wenn ich den Waldgeist richtig verstanden habe, können wir jetzt Feuer machen, ohne dass wir uns damit verraten.«

Ich nickte. »Aber nur ein kleines.«

»Na dann los!«

Satt und zufrieden lagen Bryn und ich nach unserem Mahl, eingehüllt in eine Decke, in dem schmalen Bett.

»Danke, dass du dich mit mir versteckst«, raunte Bryn mir ins Ohr.

Ich drückte sie an mich und gab ihr einen Kuss auf die Schläfe. »Bisher fühlt es sich nicht wie eine Flucht an.«

»Das ist wahr«, sagte sie mit schläfriger Stimme.

Ich gab mir einen Ruck und sprach aus, was mir bereits den ganzen Abend auf der Zunge brannte: »Doch du musst mir verraten, warum wir hier sind.«

Nach einigen Momenten der Stille begriff ich, dass Bryn mir – zumindest heute – eine Antwort schuldig bleiben würde. Ich schloss die Augen in der Hoffnung, dass ich trotz der widersprüchlichen Gefühle in meiner Brust Schlaf finden würde.

Am nächsten Tag lagen wir im Gras, über uns spannte sich das Blau des Himmels. Die wohltuende Stille wurde hier und da nur vom Rascheln der Blätter und dem zufriedenen Malmen meines Esels unterbrochen. Neben mir drehte Bryn in sich versunken ein Gänseblümchen in ihrer Hand hin und her.

»Du hast also Ulric gesehen.«

Die Blüte fiel zu Boden. »Ich glaube, ihn gesehen zu haben.«

»Aber das reicht doch nicht aus, um dir nach dem Leben zu trachten.« Ich drehte mich zur Seite und betrachtete ihr angespanntes Gesicht.

»Natürlich genügt das! Alle gehen davon aus, dass er tot ist!«

»Woher weißt du, wie er aussieht?« Ich bezweifelte, dass meine Erinnerung an ihn ausreichen würde, um ihn zu erkennen. Immerhin lagen mehr als zehn Sommer zwischen den Blutmarschen und heute.

»Er hat mir als Kind das Leben gerettet.«

»Wie lang ist das her? Zwanzig Sommer?«

»Solch ein Gesicht vergisst man nicht«, flüsterte Bryn.

Ich wartete, doch sie schwieg. »Wie hat er dich gerettet?«, fragte ich daher.

Bryn wandte ihr Gesicht zu mir, in ihren Augen schimmerten Tränen. »Er hat mich und meine Familie vor dem Hungertod bewahrt. Ostbaldern war schon immer karg und unwirtlich, auch, als Baldern noch ein geeintes Land war. Doch meine Familie war nie bereit, von dort wegzugehen. Wir hatten seit Generationen einen Hof, den Than selbst einmal besucht haben soll, und sie wollten den vermeintlichen Segen nicht aufgeben. Auch, als die Felder immer weniger abwarfen und meine Eltern entscheiden mussten, ob die Tiere oder wir etwas zu essen bekamen, wollten sie nicht fort.

Als der Ärger im Haus unserer hochwohlgeborenen Könige hochkochte, nutzten Banditen und Söldner die Unachtsamkeit und begannen zu plündern. Wie ich später erfuhr, hat Ulric dieses Pack angeheuert, um in seiner Armee zu kämpfen. An dem Tag, an dem unser Hof von dieser Meute Sackratten überfallen wurde, war er dabei. Er, der Königssohn, sah dabei zu, wie sie unsere letzten Kühe aus den Ställen zogen und jeden einzelnen Laib Brot in den Satteltaschen ihrer Pferde stopften. Meine Mutter war zu diesem Zeitpunkt bereits schwerkrank, ohne nahrhaftes Essen würde sie nicht lange überleben.

Während meine Eltern, meine Geschwister und der letzte Knecht, der uns noch geblieben war, starr vor Angst im Hof standen, zeterte und schrie ich, sie sollten damit aufhören. Als sie unsere letzte Ziege aus dem Stall trieben, warf ich mich auf das Tier und hielt es fest. Ich sah, wie einer der Plünderer mit gezogenem Schwert auf mich zukam und schloss die Augen.

›Halt! Stich das Kind ab und ich mache dasselbe mit dir!‹

Ich glaube, der Plünderer und ich starrten Ulric gleichsam entgeistert an.

›Lasst ihnen die Ziege. Und eine Kuh‹, ergänzte er. Dann gab Ulric den Befehl zum Abmarsch.

Meine Mutter starb kurz darauf. Für ihr schwaches Herz waren die Unruhen und die Angst einfach zu viel. Mein Vater verließ den Hof, um woanders eine Anstellung zu finden, ebenso meine Geschwister. Ich wusste nicht, wohin mit mir, also suchte ich Ulric und forderte ihn auf, mich in seine Armee aufzunehmen. Immerhin trug er die Schuld daran, dass ich mein Zuhause verloren hatte. Seine Wache lachte mich aus, ebenso Ulric, nachdem ich endlich zu ihm vorgelassen wurde. Doch er sah mir an, dass ich es ernst meinte, und so nahm er mich trotz meiner dreizehn Sommer in seinen Söldnertrupp auf.«

Abrupt setzte ich mich auf. »Stehst du immer noch in seinem Dienst?«

»Warum erschreckt dich das so?«, fragte Bryn argwöhnisch.

Ich zwang mich, tief durchzuatmen und auf der Hut zu sein.

»Jedenfalls kam der Tag der großen Schlacht, an der auch du teilnahmst, richtig?«

Zaudernd nickte ich und erinnerte mich an meinen Zusammenbruch im Badezuber von König Idar.

»Die schiere Brutalität dieses Gemetzels führte mir vor Augen, dass ich nicht wusste, auf was ich mich da eingelassen hatte. Ich missachtete meine Befehle und verließ das Schlachtfeld. Ich beobachtete, wie sie Ulric blutüberströmt zurück ins Lager trugen, dann verschwand ich.«

»Du warst fahnenflüchtig?«

»Ich *bin* fahnenflüchtig. Denn wenn Ulric wirklich noch lebt und erneut versucht, die Regentschaft über ganz Baldern an sich zu reißen, putze ich lieber den Rest meines Lebens Ydirs nach Tod stinkende Stiefel, als diesem Mann nochmal zu begegnen.«

Jetzt verstand ich.

Bryn griff nach dem Ärmel meiner Tunika. »Weißt du, ob er noch lebt?«

Ihr flehender Blick, ihre Angst, übertrug sich jäh auf mich und ich nickte. »Er lebt. Er sammelt Rekruten. Ich habe es mit eigenen Ohren gehört.«

»Wann?«, stieß sie hervor.

»Vor langer Zeit, zugegeben. Es war gerade ein Jahr nach der Schlacht ins Land gegangen. Ich lernte damals bei einer Instrumentenbauerin und fand eines Nachts heraus, dass sie zu einer Gruppe Verräter gehört. Sie schmuggelte Nachrichten in Instrumenten, um Soldaten für Ulric zu finden.«

»Merkwürdig«, warf Bryn ein.

»Aber wahr. Seitdem bin ich auf der Hut, wem ich erzähle, dass Ulric womöglich noch lebt.«

»Hast du es denn jemandem erzählt?«

Ich ließ mich wieder auf den Rücken fallen, starrte in den endlosen Himmel, stieß einen Seufzer aus. »Der König weiß es.«

»Welcher König? Idar?« Ich konnte Bryns Aufregung fast mit Händen greifen.

»Nein, Uthbert.«

Bryn sprang auf, lief erst zu einem Ende der Lichtung, dann zum anderen. Unsicher, was dieser plötzliche Ausbruch an Bewegungsdrang zu bedeuten hatte, stand ich auf und ging ihr entgegen.

»Du bist nicht mehr zu retten«, warf Bryn mir an den Kopf.

»Es ist gut, dass Uthbert es weiß« erwiderte ich. »Ihn hat jahrelang ein Alb geplagt, weil er dachte, er habe seinen Bruder ermordet.«

Bryn runzelte die Stirn. »Du meinst einen Albtraum.«

Ich winkte ab. »Wie auch immer. Jedenfalls äußerte ich ihm

gegenüber, dass er nicht wissen könne, ob Ulric den Angriff wahrlich nicht überlebt hat. Uthbert hat nie dessen Leiche gesehen.«

»Also sagtest du Uthbert nicht *Euer Bruder lebt noch*, sondern *Euer Bruder könnte noch leben*?«

»Richtig.«

Bryn kaute auf ihrer Unterlippe. »Ich weiß nicht, ob das besser ist.«

»Inwiefern besser? Was macht dich so nervös?«

»Um es kurz zu machen: Du.« Sie schlug die Hände vor das Gesicht, ein frustriertes Seufzen drang hindurch.

»Ah.« Sprachlos ging ich hinüber zu Herrn von Grau und kraulte ihn, um mich zu beruhigen. Gedanklich versuchte ich, Bryns Geschichte mit meiner zu verknüpfen, daraus eine zu weben, die Sinn ergab. Sicher, dass sie als Fahnenflüchtige von Ulrics Verbündeten eher verfolgt werden würde als ich, leuchtete mir ein.

Ich spürte eine Berührung an meiner Schulter. Fingerkuppen, die sanft Kreise beschrieben. Ich drehte mich um und sah in Bryns trauriges Gesicht.

»Mir liegt viel an dir, Barde«, sagte sie leise. »Dein und mein Wissen ist gefährlich, verstehst du? Für uns und für jeden, dem wir es weitergeben. Ich kenne Ulric besser als du. Er ist jähzornig und gefühllos denjenigen gegenüber, die seinen Anspruch nicht anerkennen und ihn verraten. Wir haben beide keine guten Karten in diesem Spiel.«

»Und deswegen mussten wir hierherkommen? Damit du mir das sagen kannst?«

Bryn nahm meine Hände in ihre. Die Gegensätzlichkeit ihrer kampferprobten und meiner lautespielenden Finger konnte kaum größer sein. Während meine lediglich an den Kuppen schwielig vom Saitengreifen waren, fühlten sich Bryns Handflächen zur Gänze so an. Kein Wunder, führte sie doch bereits ein halbes Leben lang Waffen.

»Wie du selbst weißt, hat er überall seine Gefolgsleute. Er hört und sieht das, was sie hören und sehen. Ich darf niemandem vertrauen.«

»Auch nicht mir?«

Sie seufzte. »Was soll ich darauf sagen?«, sie schlang ihre Arme um mich und legte die Stirn an meine Schulter. »Ja und nein.«

»Hm«, machte ich unbestimmt.

Sie hob den Kopf, sah mir in die Augen. »Ich gehe meinen Weg schon sehr lang, Aramil. Ich habe immer einen Plan, weiche nie von ihm ab. Du bringst mich dazu, innezuhalten, die Schönheit links und rechts des Weges zu sehen. *Dich* zu sehen. Ich wollte nur herausfinden, ob es Gerüchte über Ulric gibt. Deswegen war ich im Badehaus und auf der Burg. Doch als du plötzlich in der Speisestube standest und später im Zuber sitzend deine Geschichten erzähltest … ich musste einfach mit dir über deine Erlebnisse sprechen.«

»Du hast mich geküsst«, flüsterte ich.

Bryn schmunzelte, doch ihre Augen verrieten Trübsinn. »Ja, ich bin einem Gefühl gefolgt. Als ich später neben dir aufwachte, wurde mir bewusst, was ich getan hatte und das hat mir solche Angst gemacht, dass ich fort musste.«

»Du hast mein Herz mitgenommen, Bryn.« Meine Stimme brach.

Sie nahm mein Gesicht in beide Hände und küsste mich.

Ich spürte ihre Verzweiflung und entzog mich sanft ihrem Griff.

»Sieh mich an. Was geschehen ist, ist geschehen. Was ich für dich empfinde, ist nun da und ehrlich gesagt macht es mir Angst, dass ich nicht nur Zuneigung spüren kann.«

Eine einzelne Träne löste sich aus Bryns Augenwinkel und kullerte ihre Wange hinab. »Ich verstehe.« Sie atmete langsam aus. »Du darfst nie wieder jemandem gegenüber erwähnen, was du über Ulric weißt. Versprich mir das.«

Ich runzelte die Stirn. »Wieso …«

»Versprich es mir! Bitte. Wir wissen nicht, wohin uns der Wind nach diesem Sommer tragen wird.«

»Das klingt, als hättest du eine böse Vorahnung.«

Bryn legte mir einen Finger auf die Lippen. »Diese Denkweise hat mir beim Überleben geholfen. Also?«

»Ich verspreche es.«

Bryn küsste mich erneut, doch dieses Mal mit Leidenschaft, von Verzweiflung war keine Spur.

»Vielleicht bist du doch meine Rettung, Aramil Flitterer.«

»Dann bist du mein Untergang.«

Die nächsten Tage verbrachten wir wie in einer Blase, wie sie zuhauf am Waschtag über den Fluss tanzten. Wir suchten uns Nahrung, führten Gespräche, spielten Karten und genossen dabei die Aura des Waldes um uns herum. Die Sommerabende genoss ich im Besonderen, waren sie doch lang und ihre samtene Wärme verleitete mich zu stundenlangem Lautenspiel, bis mir die Augen zufielen.

In dieser Zeit schrieb ich die Weise über den Waldgeist, die heute als *Hirschrittballade* bekannt ist. Trotz der Abgeschiedenheit vermisste ich den Trubel der Feste und Tavernenabende nicht. Jetzt war die beste Zeit für mich, um zu verdienen. Doch da Reichtum mir weder zustand, noch wichtig war, bereute ich den entgangenen Lohn keinen Moment. Mit Bryn zusammen zu sein ließ alles andere in den Hintergrund treten. Ich schenkte ihr all meine Aufmerksamkeit. Ich liebte es, wenn sie ihren sehnigen Körper an mich presste, sei es aus Zuneigung oder Lust. Nacht für Nacht hielt ich sie fest, so gut ich konnte. Zu wissen, dass Ulric unserer beider Kindheit mit Gewalt beendet hatte, verband uns auf kummervolle Weise. Ich schlief besser, wenn Bryn in meinen Armen lag. Mir schien es, als würde sie die albtraumhaften Bilder der Blutmarschen von mir fernhalten. Selbst im Schlaf war sie eine Kämpferin.

Nach einem weiteren ruhigen Tag lagen wir im Bett, ihr Kopf auf meiner nackten Brust ruhend, während ich ihr die Geschichte von dem Brückentroll erzählte, den ich einst getroffen hatte. Ihr gleichmäßiger Atem machte mich schläfrig und bald nickte ich weg. Das Nächste, was ich hörte, war berstendes Holz. Ich schreckte hoch, da war Bryn schon auf den Füßen. Nur langsam durchdrangen meine Augen die Dunkelheit. Quälend lange dauerte es, bis ich die zwei hünenhaften Gestalten ausmachen konnte, die mitten in der Hütte standen. Der Segen des Waldgeistes! Wie hatten sie uns finden können?

Ein sirrendes Geräusch riss mich aus meiner Starre. Bryn hieb mit ihrer just gezogenen Waffe auf die Einbrecher ein.

»Bleib, wo du bist!«, befahl sie knurrend.

Ich sprang aus dem Bett. Einer Eingebung folgend hechtete ich zu dem Stapel Brennholz, den Bryn vor ein paar Tagen – mir kam es vor wie Jahre – hereingetragen hatte. Ich griff mir einen Klotz und warf, ohne lange zu zielen, auf die Schemen. Polternd verschwand das Holz im Dunkeln. Eilig griff ich nach dem nächsten. Dieses Mal traf ich einen der beiden Eindringlinge am Kopf. Ein Ächzen war zu hören. Er machte einen Schritt auf mich zu. Sofort sprang Bryn ihm in den Weg, doch der zweite Angreifer setzte nach. Binnen eines Wimpernschlags stand der Mann, der einer von Ulrics Männern sein musste, vor mir. Er packte mich grob an der Schulter und zog mich zu sich heran. Schemenhaft erkannte ich sein grobschlächtiges Gesicht, das zu einem hämischen Grinsen verzogen war.

»Schöne Grüße vom König soll ich ausrichten.«

»Von welchem König?«, fragte ich zitternd.

Der Söldner lachte rau. »Vom einzig wahren natürlich.«

Er hob die Faust und ließ sie niederfahren. Der Schlag auf meinen Kopf umhüllte mich mit dankbarer Finsternis.

Als ich zu Bewusstsein kam, stach das Sonnenlicht durch meine geschlossenen Lider. Ich zwang mich, die Augen zu öffnen, und ignorierte den hämmernden Schmerz in meinem Kopf. Ich rappelte mich auf, suchte Halt an der nächsten Wand oder dem nächsten Möbelstück und erbrach mich geräuschvoll auf den Hüttenboden. Der Gestank zerriss schlagartig den Nebel um mich herum.

»Verdammt.«

Auf wackeligen Beinen taumelte ich nach draußen. Die Sonne ging bereits unter. Wie lange war ich bewusstlos gewesen?

»Bryn? Herr von Grau? Bryn?«

Sofort hörte ich Hufgetrappel und gleich darauf rannte etwas Graues auf mich zu. Schnaubend bremste mein Esel kurz vor mir ab und stupste seinen Kopf mehrmals gegen mich.

»Ist ja gut, mein Freund. Ich bin wohlauf. Du auch?« So gut ich konnte, suchte ich Herrn von Grau nach Verletzungen ab. Zu meiner Erleichterung schien er unversehrt. Er hatte die Gefahr wohl gewittert und sich rechtzeitig versteckt.

»Du hättest uns ruhig warnen können«, flüsterte ich in seine langen Ohren.

Uns.

»Bryn? Bryn, wo bist du?«

Von Grau stieß einen jammervollen Laut aus.

»Haben sie sie mitgenommen?«

Erneutes Jammern.

Ich legte den Kopf in die Hände und sank ins Gras. »Und sie hat Schutz bei mir gesucht. Diese Närrin.« Ich schluchzte und vermochte mir nicht vorzustellen, was Ulric mit Fahnenflüchtigen machte.

Irgendwann stand ich auf, suchte meine Habe zusammen und

zog mit meinem Esel los. Insgeheim hoffte ich, dass der Waldgeist auftauchen und mir helfen würde, doch nichts dergleichen geschah. Während ich versuchte, einen Weg aus dem Wald hinauszufinden, kam ich an einem toten Hirsch vorbei. An seinem Hals klaffte ein großes Loch. Blut verklebte das Fell und Fliegen umschwirrten das verendete Tier. Dies, so vermutete ich, müsste die Antwort auf meine unausgesprochene Frage sein, wie Ulrics Männer Bryn und mich hatten finden können.

Ich sammelte zwei Eicheln und legte sie auf den Hirsch. Eine klägliche Grabbeigabe, doch wollte ich dem Waldgeist mein Beileid ausdrücken. Immerhin hatten wir den Tod in seinen Wald gebracht.

Einige Wochen später saß ich – nach einem weiteren Abenteuer, von dem ich noch berichten werde – im *Fauchenden Fuchs* und nippte an meinem Met. Orik kam herein und gesellte sich zu mir. Mit vielsagendem Blick hielt er mir ein Stück Papier unter die Nase.

»Hier, das hing am Anschlagbrett. Dein Name steht drauf.«

Ich griff nach dem versiegelten Blatt Pergament, das Orik mir hinhielt.

»Dank dir.«

Vorsichtig brach ich das Siegel, das ohne weiteres Zeichen war, und lass die krakeligen Zeilen, die es verborgen hatte.

Der Brief war von Bryn. Ich atmete tief durch. Sie lebte! Doch das war die einzig freudige Nachricht. Sie bat mich, sie und unsere gemeinsame Zeit in der Hütte auf der Lichtung zu vergessen. Ich sollte auf mich acht geben, nicht reden. Und nicht nach ihr suchen.

»Sie lebt«, flüsterte ich erleichtert.

Orik schielte auf die Nachricht. »Das ist gut. Hm, sie hat recht damit, im Verborgenen zu bleiben, wenn stimmt, was sie dir erzählt hat.« Er legte den Arm um mich. »Sorge dich nicht. Sie wird auf sich aufpassen können.«

Ich gab Orik einen Kuss. »Dein Wort in Ydirs Ohr. Soll er sie gehen lassen, wenn er sie trifft.«

Ob der Brief wirklich von ihr stammte oder eine Falle derer war, die sie mitgenommen haben, weiß ich nicht. Ich fand nie einen versteckten Hinweis darin. Dennoch wünschte ich mir immer, dass die Worte aus ihrer Feder stammten, denn dieser Brief bewies, dass ich mir Bryn nicht eingebildet hatte, dass sie echt war.

Ganz im Gegenteil zu dem, was ich danach erlebte. Da konnte ich nicht glauben, dass das, was ich sah, nicht aus meinen, zugegebenermaßen lebhaften, Träumen stammte.

Zwischenspiel – Feuertanz

Jahr 476 seit Besiedelung

Die Frage einer der Zuhörenden, ob ich immer noch Angst vor der Dunkelheit hätte, verneine ich mit einem Schmunzeln. Sonst würde ich kaum einen solch weiten Weg antreten, zu einer Jahreszeit, die von der Nacht beherrscht wird. Ich kann es, wie auch sonst, mit einem Lied erzählen, wie ich die Furcht vor der Finsternis verlor.

Der Dunkelheit zum Trotze sollte meiner Angst die Stirn bieten. Ein Stück aus tapferen Worten und wahren Taten. Lang ließ ich mich von der undurchdringlichen Düsternis lähmen, bis zu dem einen Abend, an dem ich Iska traf.

Ich saß zusammengekauert, mit nichts als Herrn von Grau als Schutz vor der Dämmerung, am Wegesrand. Der Rückweg von Bryns Hütte schien ohne sie ungleich länger. Weit und breit war keine Taverne zu finden und so sah ich mich bald der aufkommenden Nacht gegenüber. Umso mehr erleichterte es mich, als ich nicht weit entfernt auf einem Hügel einen Feuerschein ausmachte.

»Hm, Banditen werden das schon nicht sein, von Grau. Die würden sich nie so leicht finden lassen.«

Es kostete mich all meinen Mut, zu dem Feuer zu gehen. Aber alles war besser, als alleine in der Dunkelheit zu hocken und auf das nächste Rudel Wölfe zu warten. Oben auf dem Hügel angekommen, suchte ich hinter ein paar knorrigen Büschen Schutz und beobachtete das Schauspiel vor mir. Die Flammen loderten hoch in den Himmel, als wollten sie ihn in Brand setzen. Um das Feuer herum tanzte eine Gestalt. Sie jauchzte und warf immer wieder die Arme in die Luft.

»Ich glaube, wir können uns nähern«, raunte ich meinem Esel zu und gab die Deckung auf.

»He da, willst du mir an meinem Feuer Gesellschaft leisten?«, rief die Gestalt zu mir herüber.

»Wenn es Euch nichts ausmacht«, entgegnete ich mit lauter Stimme und erkannte beim Näherkommen eine Frau. Der Schein der Flammen drang durch ihr dünnes Gewand und gab so eine deutliche Silhouette preis.

»Mitnichten. Nur die Bezahlung muss stimmen.« Die Frau stieß ein glockenhelles Lachen aus.

Fragend zog ich die Augenbrauen zusammen. »Aber ... das Feuer ist doch groß genug für zwei Dutzend Leute. Könnt Ihr nicht einfach jemanden hinan lassen, der Schutz sucht?«

»Die, mit denen ich mein Feuer teile, geben mir etwas dafür«, sagte sie bestimmt. »Eine Erinnerung, eine Geschichte, ein Geheimnis, such es dir aus.«

Ich starrte sie für einen Moment an wie der Wels den Fischer, nachdem er von diesem gefangen worden war. »Ähm, wenn Ihr das sagt.« Ich ließ von Graus Führstrick los und ging erst ein paar Schritte in eine, dann in die andere Richtung. »Ich hab's!«

Die Frau hob die Augenbrauen. »Ich höre.«

»Ich habe Angst.«

»Angst wovor?«

»Na, vor der Dunkelheit! Ist das nicht offensichtlich? Warum sollte ich sonst an Euer Feuer kommen wollen?« Aufgebracht deutete ich auf mich, »Kaninchen«, und dann in die Schwärze der Nacht hinaus: »Schlange.«

Die Frau kam näher und betrachtete mich eingehend. »Das ist

weder eine Geschichte noch ein Geheimnis oder eine Erinnerung. Dennoch, die Patrone sind dir hold, denn ich kann dir helfen.«

»Pff«, schnaubte ich, »sicher doch.«

Sie reichte mir die Hand. »Mein Name ist Iska.«

Ich ergriff sie, doch anstatt eines Händeschüttelns erfuhr ich einen Ruck und fand mich nahe Iskas Nasenspitze wieder.

»Hör auf zu unken. Dir ist es doch ernst mit der Dunkelheit, oder?« Sie lugte auf meine Laute. »Bist du ein Spielmann?«

»Ein Barde. Aramil Flitterer heiße ich«, antwortete ich, überrumpelt von dem jähen Themenwechsel.

»Dann bist du viel auf Reisen, nicht wahr?«

»Ausschließlich. Barden haben kein Zuhause.«

Iska umfasste ihr Kinn mit den Fingern. »Da ist das mit der Angst wirklich von Nachteil.« Sie griff nach meinen Händen. »Komm, wir tanzen die Angst weg.«

Meine verdatterte Miene entlockte ihr ein Lachen.

»Vertrau mir. Was hast du zu verlieren?«

Nichts. Iska hatte recht. Ich ließ Bündel und Laute bei Herrn von Grau und wandte mich wieder dem Feuer zu.

»Zieh die Schuhe aus. Du musst die Erde spüren.«

Ich tat, wie mir geheißen, und drückte meine Zehen in das kühle Gras.

»Tut gut, nicht wahr?«

Lächelnd schloss ich die Augen. »Es fühlt sich wunderbar an.«

Iska nahm meine Hand und zog mich zum Feuer. Dann ließ sie mich los, begann zu tanzen und zu klatschen. Bald tat ich es ihr gleich. Die Flammen zogen meinen Geist in ihren Bann, es gab nur noch sie und die Hitze. Iska stimmte ein Lied an, reihte Vokale aneinander und verwob die Melodie mit dem Knistern der Flammen zu einem filigranen Duett. Plötzlich fühlte ich Leichtigkeit, Stück um Stück verlor die Finsternis um mich herum an Gräuel und ohne Zutun formten sich

Verse in meinem Kopf, um der Dunkelheit zu trotzen, ihr ein für alle Mal die Bedrohlichkeit zu nehmen:

Trübe wird der Horizont,
nun, da jetzt der Abend kommt.
Und der Dämmerung kalte Hand
sich über Balderns Flure spannt.

In der Nacht passier'n die kühnsten Dinge,
Liebe findet sich, tauscht güldne Ringe.
Doch auch Blut und Gier und Tod
färbt manch Nächte triefend rot.

Ein kleines Feuer, schnell entfacht,
ein Lager für die kühle Nacht,
soll heute deine Heimstatt sein.
Wart's nur ab, du bist nicht allein.

Bald umtanzen dich kleine Lichter,
kommen rasch dicht und dichter.
Zu spät rufst du laut um Hilfe.
Waren's die Augen gieriger Wölfe.

Greif nach der Fackel, lass Funken fliegen.
Mutig hast du die Wölfe vertrieben.
Der Dunkelheit zum Trotze bleibst du dort
in deinem Lager und läufst nicht fort.

Der Dunkelheit zum Trotze,
die Patrone steh'n dir bei.

Der Dunkelheit zum Trotze,
unter'm Himmel bist du frei.

Schwer atmend blieb ich stehen, die Hände in die Hüften gestemmt, den Blick in die Ferne gerichtet. Das große Feuer ließ die Nacht um uns herum dunkler erscheinen, doch ich spürte ... nichts. Mein Herz klopfte mir bis zum Hals, gleichwohl empfand ich keine Angst. Im Gegenteil, ich taumelte schier vor Glück.

»Warum hätte ich dir nicht schon früher begegnen können, Iska? Mein Leben wäre um einiges einfacher gewesen!«

»Alles zu seiner Zeit, Meister Barde. Wahrscheinlich durfte ich dir erst jetzt begegnen, um dir zu helfen, wer weiß?«

Ich drückte sie. »Danke«, murmelte ich erleichtert.

»Sieh doch«, sagte Iska, als ich sie wieder losließ.

Ich drehte mich um und sah das erste Licht des Tages am Horizont. »Es ist Tag«, hauchte ich.

»Du warst die ganze Nacht draußen!«, rief sie aus und lachte.

»Wie kann ich mich je dafür erkenntlich zeigen?«

Iska winkte ab. »Ach, nicht doch. du hast dir selbst ein mächtiges *Galdra* geschaffen. Denk immer daran, wenn du nachts durch Baldern wanderst, und dir wird nichts geschehen.«

»Ein *Galdra*? Was ist das? Ich kenne dieses Wort nicht.«

»Sagen wir, es ist ein Zauber, der dich schützt«, antwortete Iska. »Komm, lass uns den Flammen Beistand leisten, bis sie nichts mehr haben, das sie verzehren können.«

Die Erinnerung an Iska lässt mich schmunzeln. Leider bin ich ihr bisher kein zweites Mal begegnet. Ich denke nahezu jede Nacht an sie, egal ob ich sie draußen oder in der warmen Schankstube einer Taverne verbringe.

Erst im Nachhinein kam mir der Gedanke, Iska könnte eine Hexe sein. Es gibt davon nicht viele, da sie, soweit ich weiß, ihren Ursprung außerhalb Balderns haben.

Wie dem auch sei, seit der Begegnung mit Iska bin ich ein mutigerer Barde mit einer Angst weniger im Gepäck, und so wandert es sich leichter.

Glut und Salz

Jahr 479 seit Besiedelung

Legt ein paar Zweige in das Feuer. Schürt die Flammen. Sie stehen meiner nächsten Geschichte gut zu Gesicht.

Nachdem ich Bryn aus den Augen verloren hatte, geschah bald darauf das Gleiche mit meinem Lautenspiel. Ich trat kaum noch auf Märkten und Festen auf und hielt mich auch sonst abseits der großen Straßen. Ulrics Gefolgsleute waren nun sicher im Bilde über mein Mitwissen um seinen Plan, seinen Bruder Uthbert zu stürzen. Die Angst, gefunden zu werden, erstickte jeden musikalischen Keim in mir.

In diesen eintönigen Tagen brachte mir ausgerechnet ein kleiner weißer Kiesel eine bitter notwendige Abwechslung.

Ich legte eine Rast an einem verlassenen Wandererlager ein und verspeiste ein paar harte Brotreste. Besorgt betrachtete ich meine nahezu aufgebrauchten Vorräte und dachte darüber nach, dass ich bald wieder ein Dorf oder eine Stadt aufsuchen musste, um sie aufzufüllen. Herr von Grau indes kürzte unbekümmert die saftigen Grashalme auf eine Länge.

»Manchmal wäre ich auch gern ein Esel.«

Herr von Grau schnaubte. Sicher traute er mir das Eselsein nicht zu.

Ein Krächzen links von mir ließ mich den Kopf drehen. Eine gierige Krähe landete auf einem nahen Baumstumpf und beäugte mich mit ihren glänzenden schwarzen Augen.

»Verschwinde. Ich habe gerade mal genug Essen für mich.«

Der Vogel krächzte erneut. Zweimal. Dreimal. Unwirsch warf ich einen Stein nach ihm. Die Krähe flatterte auf und verschwand hinter den nächsten Baumwipfeln.

»Jetzt fühle ich mich schlecht, mein Freund.« Der Esel rührte keine Miene ob meines Geständnisses. Ich schüttelte den Kopf und sah links und rechts den Weg hinunter. Doch niemand kam, alles war ruhig.

»Au!« Etwas Kleines, Hartes hatte mich am Kopf getroffen. Reflexartig tastete ich nach der Stelle und sah zeitgleich nach oben. Über mir kreiste krächzend die Krähe.

Wütend hob ich die Faust, doch senkte sie kurz darauf wieder. Einen Vogel zu bedrohen war genauso sinnvoll, wie eine Ziege auf einem Dachboden zu schlachten.

»Das hab ich wohl verdient«, rief ich der Krähe zu. Wieder hallte ihr Krächzen über die Baumwipfel. »Ja ja, schon gut«, murmelte ich und ließ den Kopf sinken. Aus dem Matsch funkelte mir etwas entgegen. Ich bückte mich und griff danach. Der kleine Kiesel funkelte leicht im schwachen Licht der Sonne. Grob wischte ich den Schmutz mit den Fingern weg und hielt das funkelnde Gestein nah vor meine Augen. »Hm.« Aus einem Impuls heraus leckte ich daran und verzog sofort das Gesicht. »Bäh! Das schmeckt ja wie ein Dutzend Schinken!« Der Geruch des Kiesels erinnerte mich jäh an das Meer, das ich schon so lange nicht mehr besucht hatte. Stammte das Gestein von dort? Ich konnte mir nicht vorstellen, dass Krähen Kiesel so weit trugen.

Ich sammelte meine Sachen und den Esel ein, blickte dabei immer wieder nach oben, doch von der Krähe keine Spur. Grübelnd setzte ich meinen Weg fort, den Salzklumpen tief in meiner Hosentasche vergraben.

Herr von Grau und ich liefen nicht lange, bis wir zu einer Kreuzung kamen. Unentschlossen sah ich zwischen den wegweisenden

Schildern hin und her. Jede der vier Richtungen würden uns über kurz oder lang zu einer größeren Stadt bringen. Von Grau, selten hilfreich in Richtungsfragen, machte sich am Wegesrand an dem spärlichen Grün zu schaffen.

Gerade wollte ich willkürlich einen Pfad einschlagen, da hallte erneut das markante Krächzen einer Krähe zu mir hinunter. Ich suchte den Himmel nach dem schwarzen Vogel ab. Dort! Er kreiste links von uns, über einem der schmaleren Wege. Ich ging ihr ein paar Schritte entgegen. Die Krähe setzte zum Sinkflug an und warf erneut etwas über mir ab. Dieses Mal landete es zum Glück nicht auf meinem Kopf, sondern knapp daneben auf meiner Schulter, prallte ab und kam auf dem Kies zum Liegen. Ich hob es auf und verglich es mit dem Gestein aus meiner Hosentasche.

»Eindeutig der gleiche Kiesel.« Ich überlegte nicht lange, bis ich den Entschluss fasste, diesem Hinweis, der genauso gut auch keiner sein konnte, zu folgen.

»Hör auf, dir den Bauch vollzuschlagen, von Grau«, rief ich. »Wir haben fortan ein Ziel, scheint mir.«

Als hätte sie mich verstanden, bestätigte die Krähe krächzend meine Vermutung und flog über den Weg, den ich nun einschlug. Mein Blick folgte dem schwarzen Federfleck mit Leichtigkeit über den grauen Himmel, der so voller Wolken hing wie meine Gedanken.

Wir gingen nach Südosten, der Horizont stets dominiert von der größten Gebirgskette Balderns, den Sechs Riesen, und dem etwas abseits davon stehenden Berg, den man Drachenfelsen nannte. Von diesen Wesen, den Drachen, sprach Tobin Saitenpfad in einem seiner Lieder, doch mit eigenen Augen gesehen hatte er nie einen. Das Buch der Patrone erzählte von solch einer Begegnung nur an einer Stelle. Als die Patrone in diesen Gefilden anlandeten, soll ein Drache sie überrascht haben. Es sei sein Land und er teile nicht, außer, man diene ihm. Una, Ydir und Eion übernahmen die Aufgabe, einen Pakt mit dem Drachen auszuhandeln. Phax, der den Überlegungen der drei lauschte, schlug vor, dem Drachen eine Weise zu widmen und ihn so von seinen Forderungen abzulenken. Sie willigten ein und Phax trat dem Drachen allein gegenüber. Leider wurde die Weise selbst nicht übermittelt, genauso wenig, ob Phax damit Erfolg gehabt hatte. Doch da Baldern von unserem Volk reich besiedelt wurde und von einem Drachen jede Spur fehlte, schien der Barde aller Barden Erfolg gehabt zu haben.

Herr von Grau und ich wanderten zunächst durch dünn besiedeltes Gebiet, doch nach und nach wurden die Abstände zwischen den Gehöften kürzer und nach zwei Tagesmärschen betraten wir ein geschäftiges Dorf im Grenzland von Nord- und Ostbaldern.

Menschen in abgetragener Arbeitskleidung eilten mit Schubkarren und Körben hin und her, man hörte unweit das Hämmern auf Eisen und von irgendwo her drang der Duft von frisch gebackenem Brot in meine Nase. Unweigerlich folgte ich meinem Geruchssinn.

Ausschau nach bekannten Gesichtern haltend schritt ich die schlammige Hauptstraße entlang. Natürlich hätten mich Ulrics Häscher jederzeit und viel leichter auf offener Straße überfallen können, dennoch traute ich es ihnen zu, hier zwischen den Leuten unterzutauchen und auf eine Gelegenheit zu warten. Mit der Hand fuhr ich über meine müden Augen und zwang mich zur Ruhe.

Ich war schon länger nicht mehr in einer Siedlung gewesen und betrachtete neugierig meine Umgebung. Jede der Hütten, die die Straße säumten, wirkte eilig zusammengezimmert. Kaum ein Brett oder Pfosten verlief gerade. Offenbar war dieses Dorf schnell aus dem Boden gestampft worden und diente nur einem Zweck, der den hier lebenden Menschen wichtiger war als alles andere.

Als ich die Tür zur Bäckerei öffnete, knarzte diese lauthals in ihren Angeln. Ich betrachtete die bescheidene Auslage. Brotlaibe stapelten sich neben kleineren Handbroten, allesamt herzhaft. Nicht ein Honigkuchen lag dort.

Eine hagere Frau in schweren Holzschuhen polterte heran. Die Hände in die Hüften gestemmt musterte sie mich misstrauisch.

»Ihr seid nicht von hier«, stellte sie fest.

»Seid gegrüßt.« Ich verneigte mich knapp. »Ja, das ist wahr. Ich bin nur auf der Durchreise und konnte nicht an dem köstlichen Duft Eurer Brote vorbeigehen. Ich würde gerne zwei Laibe erstehen.« Ich griff gleichzeitig in meine Geldkatze und ließ drei Kronen auf die Theke fallen. Rasch sammelte die Frau sie ein und steckte die Münzen in ihre Schürze. »Sagt, wie heißt dieser Ort?«

»Ihr seid in Weißkiesel. Was führt Euch hierher?«, fragte sie, während sie nach den Broten griff.

Ein Vogel, dachte ich, doch sprach es nicht aus. »Die Straße. Einfach die Straße.« Da fielen mir die Kiesel in meiner Hosentasche wieder ein und ich kramte sie hervor. Mittlerweile waren sie mehr Staub als Steinchen, dennoch hielt ich der Bäckerin meine offene Hand hin. »Kommt *das* von hier?«

Die Frau beugte sich vor, um besser sehen zu können. Ihr Blick sprach Bände. »Das könnt Ihr wohl glauben. *Das* ist Salz. Kennt ihr kein Salz?«, fragte sie ungläubig. »Es wird in dem Berg dort abgebaut. Seit vielen Jahren schon.« Sie deutete mit den Broten nach links.

Ich nahm ihr die Laibe ab. Mein Magen knurrte ob der bevorstehenden Mahlzeit. »Selbstverständlich kenne ich Salz. Ich wusste nur nicht, dass man es auch in Bergen abbauen und nicht nur aus dem Meer gewinnen kann. Wird dort schon lang Salz abgebaut?«

Sie kniff die Augen zusammen. »Wenn Ihr mich fragt, länger als es dem Berg lieb ist. Zu viele Menschen graben dort. Sicher, das Salz ist wertvoll, man kann es sogar mit Gold aufwiegen, aber der Berg will nicht, dass wir so viel nehmen. Ab und an hört man ihn stöhnen und knurren. Kein gutes Omen.«

Ich runzelte die Stirn. Ein knurrender Berg?

Die Tür knarzte und ein neuer Kunde betrat die Bäckerei.

»Habt Dank für die Brote und die Auskunft«, verabschiedete ich mich und trat wieder hinaus auf die Straße. Herr von Grau wartete hufescharrend auf mich, wohl sauer, dass er zwischen all dem Morast kein Hälmchen fand, das er abgrasen konnte. Ich verstaute einen Laib Brot in einer der vielen Taschen und brach vom anderen ein Stück ab. Der Esel schnappte danach, doch ich wusste um die Tricks meines Gefährten und hielt das Brot schnell außer Reichweite. »Nichts da, mein Freund. Frisches Brot ist nichts für dich und außerdem hast du den Bauern, bei dem wir gestern übernachtet haben, um einen beträchtlichen Haufen Heu erleichtert.« Herr von Grau schnaubte. Ich streichelte ihm zur Versöhnung den Hals und griff nach seinem Führseil. »Komm, alter Freund. Lass uns den Berg von nahem betrachten. Ich bin begierig darauf, zu wissen, ob dort eine Krähe auf uns wartet.«

Das restliche Dorf sah genauso eilig zusammengezimmert aus. Zwischen einigen Hütten spannten sich Zeltplanen, unter denen Feldbetten standen. Mir schien, als hätten die hier Wohnenden zunächst nur einen kurzen Aufenthalt geplant, der nun doch immer länger wurde. Dafür sprach auch der Brunnen, der sich im Zentrum der Siedlung befand und an dem ich meine Wasservorräte auffüllte. Herr von Grau stillte seinen Durst an der benachbarten Tränke, dann erkundeten wir den Ort weiter. Während die Wege zwischen den Hütten unbefestigt waren, bildeten lange Bretter eine Art Steg zwischen dem Eingang in den Berg und der Stelle, an der das abgebaute Salz gesammelt, gewogen und die Arbeitenden entlohnt wurden. Eine streng dreinblickende Frau saß in einem Unterstand, vor sich ein dickes Buch, in das sie unablässig schrieb. Durch die Finger dieser Frau rann wohl jedes Körnchen Salz von Baldern. Ich fragte mich, für wen sie arbeitete. Ihre Kleidung ließ nichts erahnen. Zwei Wachen flankierten sie. Große Burschen, die das Treiben um sie herum aufmerksam verfolgten.

Je näher ich dem Berg kam, desto umtriebiger wurde das Geschehen. Ich sah gen Himmel und suchte ihn nach einer Krähe ab, doch entdeckte nicht einen Vogel. Ratlos, in welche Richtung ich mich wenden sollte, machte ich ein paar Schritte zur Seite und lehnte mich an einen knorrigen Baum, zu wurmzerfressen, um zu einer Hütte verarbeitet zu werden. Plötzlich bebte der Boden unter meinen Füßen. Ich hielt mich unwillkürlich an Herrn von Grau fest und sah, wie dutzende Menschen aus dem Mundloch des Berges ins Freie strömten. Als wäre Ydir selbst hinter ihnen her, drängten sie, sich gegenseitig die Ellenbogen in die Seiten treibend, aneinander vorbei. Einige riefen laut die Patrone an. Die Salzzählerin sah von ihren Aufzeichnungen hoch und runzelte die Stirn. Sie nickte einem ihrer Wächter zu, der aus dem Strom der Flüchtenden einen packte und zu ihr an den Tisch zerrte. Leider verstand ich weder, was der Mann sagte, noch sah ich sein Gesicht, doch er deutete unentwegt auf den Stolleneingang. Kopfschüttelnd schickte sie ihn weg und beugte sich wieder über ihr Buch. Meine Neugier war geweckt. Was machte den Menschen so Angst, was die Salzzählerin wiederum völlig unbeeindruckt ließ?

Ich entfernte mich von dem Trubel und folgte der Flanke des Berges ostwärts. Die Geräusche von Weißkiesel wurden allmählich leiser, bis sie schließlich ganz verschwanden. Ich hörte nur meine Stiefel und von Graus Hufe auf dem morastigen Untergrund. Ich zuckte zusammen, als aus dem Nichts das Krächzen ertönte. Auf dem Ast eines jungen Baumes saß die Krähe. Sie neigte den Kopf hin und her, ihre tiefschwarzen Augen auf mich gerichtet.

»Wo soll ich lang?«, fragte ich, weil mir nichts anderes einfiel.

Der Vogel erhob sich vom Ast und flatterte die Bergwand entlang nach oben. Hilflos hob ich die Arme in die Luft. »Wenn ich es doch so leicht hätte wie du«, rief ich ihm nach.

Ich sollte also am Drachenfelsen hinaufsteigen. Skeptisch betrachtete ich den steilen Fuß des Berges. Ich war Barde, kein Bergsteiger. Ich sah zu von Grau. »Du bleibst besser hier und wartest auf mich. Hier wirst du mir wenigstens nicht gestohlen, so wie damals in Stolzensand.« Mein Esel stieß einen Schrei aus. »Ja, ich weiß, dass du viel besser den Berg hochkommst als ich!« Ich verstaute schweren Herzens meine Laute in der Transporttasche und schulterte mein Bündel. »Wenn jemand kommt, lauf weg. Niemand soll dich oder meine Laute in die Finger bekommen«, sagte ich, wie schon so oft auf unserer gemeinsamen Reise, zu Herrn von Grau. Dann suchte ich nach einer geeigneten Stelle, um den Aufstieg zu beginnen.

Der Boden war nachgiebig und alle drei Schritte rutschte ich zwei nach unten. Von oben krächzte mir die Krähe entgegen. Ob sie mich anspornte oder verhöhnte, vermochte ich nicht zu sagen. Eion sei Dank dauerte der Aufstieg nicht allzu lang. Schnaufend erreichte ich ein kleines Felsplateau. Die Krähe wartete dort auf mich. Sie hopste vor der Steinwand hin und her und keckerte.

»Ich kann nicht durch Stein gehen, Vogel.« Ich trat an den Felsen heran, tastete ihn ab und kam mir dabei reichlich albern vor. Was erwartete ich? Eine Tür? Dass der Stein kein Stein, sondern Nebel war?

Die Krähe beobachtete mich und rollte mir dann plötzlich ein Steinchen vor die Füße. Ich sah sie fragend an. Daraufhin nahm sie einen Kiesel in den Schnabel und klopfte damit gegen den Felsen.

So eigenartig es mir auch vorkam, machte ich es ihr nach. Ich hob meinerseits einen Stein auf und klopfte damit die Felswand ab.

Tok tok.

Ich verharrte. Klopfte erneut.

Tok tok.

Eindeutig. Hinter dem Felsen war ein Hohlraum. Oder ein Gang.

Tok tok. Tok tok.

Ich klopfte die Wand so lange ab, bis ich anhand des Geräusches die Ränder des Hohlraums ausmachen konnte, und zog mit dem Stein in meiner Hand eine Linie aus Kalk. Als ich zurücktrat, erkannte ich eine Art Türrahmen. Und nun? Ratlos zeichnete ich noch eine Türklinke dazu und drückte dagegen. Zögerlich bildeten sich Risse im Gestein, die zu Fugen heranwuchsen. Feiner Staub rieselte zu Boden, der unter meinen Füßen vibrierte. Ich sprang zurück, fassungslos darüber, was gerade vor meinen Augen geschah. Was hatte ich hier – wegen eines Vogels – in Gang gesetzt?

Das Geräusch splitternden Gesteins grub sich in meine Ohren. Ich presste meine Hände auf sie. Im gleichen Moment schwenkte der Stein mit einem malmenden Geräusch nach innen. Mir klappte die Kinnlade herunter, als sich ein dunkler Gang hinter dem meterdicken Stein offenbarte. Die Krähe hingegen keckerte unbeeindruckt und hüpfte in den Berg hinein. Ich zögerte, unsicher, ob ich ihr folgen sollte. Ein weiterer Ruf des Vogels hallte zu mir hinaus. Es klang fordernd, ungeduldig.

Ich warf einen Blick gen Himmel. Grau und verschlossen gab auch er mir keinen Hinweis, welchen Weg ich einschlagen sollte. Mit einem tiefen Atemzug sog ich die kühle Luft ein und schloss für einen Moment die Augen. »Für die Geschichte!«, sprach ich mir Mut zu.

Ich schnappte mir mein Bündel und machte ein paar schnelle Schritte in den Berg hinein, bevor ich es mir wieder anders überlegte.

Hinter mir rumpelte und donnerte es jäh. Erschrocken drehte ich mich um. Eine Wolke aus Steinstaub wirbelte umher und brannte mir in den Augen. Zu spät hob ich den Arm, um die Staubwolke abzufangen. Mehr schlecht als recht rieb ich mir den Dreck mit dem Ärmel aus den Augen. Die Tür! Verschwunden! Ich rannte zurück und hämmerte mit den Fäusten gegen den Stein. Nichts tat sich. Ergeben lehnte ich die Stirn gegen das kühle Gestein und seufzte. »Jetzt komme ich wohl nur noch durch die Vordertür raus.«

Innerhalb des Berges herrschte Dunkelheit. Ein schwacher Schimmer war das Einzige, was ich momentan sehen konnte. Mich langsam nach vorne tastend ging ich auf ihn zu. Bald stand ich an einer Kreuzung, wo sich der Gang in verschiedene Richtungen teilte. Nur aus einer kam das gedämpfte Licht. Still lauschte ich, ob mich ein Geräusch in eine andere Richtung leiten würde, doch nichts. Die Krähe hörte ich auch nicht mehr. So unerschrocken, wie sie vorhin in den Berg gehüpft war, schien sie hier öfter zu sein.

»Hättest mich wenigstens weiter führen können«, grummelte ich ins Dunkel hinein und tastete mich weiter vorwärts.

Ich lief und lief. Der Gang wurde mal enger, mal breiter und führte dabei stetig bergab. Mein Fuß stieß gegen etwas Hartes, das mit einem Klirren über den Boden rutschte. Ich ging in die Hocke und tastete danach.

»Au!« Rasch zog ich die Hand zurück und schüttelte sie. Etwas Spitzes hatte mir in die Handfläche gestochen. Diesmal vorsichtiger griff ich nach dem Gegenstand und hielt ihn nah vor meine Augen. »Hm. Eine Schere. Und eine gewaltige dazu. Wer die wohl hier liegengelassen hat?« Nach kurzer Überlegung, ob sie mir dienlich sein könnte, legte ich sie zurück. Am Ende verletzte ich mich noch selbst damit.

Ich ging weiter. Langsam fiel mir das Atmen schwer und ich schalt mich einen Narren, dass ich einem Vogel mit einem Salzkrümel gefolgt war. Erschöpft blieb ich stehen und setzte mich, die Schulter an die steinerne Wand gelehnt. Da ertönte jäh ein Donnern, so dass ich glaubte, der ganze Berg würde beben. Staub und Kiesel regneten erneut auf mich herab. Hastig sprang ich auf, aus Angst, dass gleich der ganze Stollen über mir zusammenstürzen würde. Ich nahm die Beine in die Hand und hastete auf das Licht zu. Der Weg begann, sich unerwartet zu neigen, ich stolperte über meine eigenen Füße und fiel der Länge nach hin. Gerade rechtzeitig. Mit dem Kopf hing ich über einem Abhang. Der Gang, dem ich bis eben noch gefolgt war, endete in einer riesigen Halle, deren Boden einige Dutzend Meter unter mir zu liegen schien. Ich kniff die Augen zusammen, um mehr zu erkennen. Der Schimmer, dem ich gefolgt war, kam definitiv von hier. Unter mir breitete sich ein Berg aus Weiß und Gold aus.

Ich robbte von der Kante zurück und rappelte mich auf. Hoffentlich gab es einen Weg nach unten, denn diesen funkelnden Schatz wollte ich mir aus der Nähe ansehen.

Wo war eigentlich die Krähe abgeblieben?

Etwas traf mich am Kopf und brachte mich ins Wanken. Ich wedelte wild mit den Händen und versuchte, mich an der Felswand festzuhalten, um nicht doch den Abhang hinunterzustürzen. Ein Krächzen ertönte und brach sich dutzende Male am Gestein.

»Du Biest, hör auf«, rief ich, doch die Krähe ließ nicht von mir ab. Ich schlug um mich, doch traf den Vogel nicht. Mein rechter Fuß trat ins Leere. Mein Herz machte einen Satz. Und ich fiel.

»Bei allen Patroneeen!« Ich fiel und traf einen Augenblick später hart auf dem funkelnden Hang auf und rutschte nach unten. Der Untergrund löste sich und schlitterte tosend mit mir zusammen in die Tiefe. Ich suchte nach Halt, doch ich griff ins Leere. Als ich endlich zum Liegen kam, brannte meine Haut feuergleich. Ich sprang auf und sah an mir hinunter. Meine Haut und meine Kleidung waren über und über mit weißem Staub bedeckt.

»Salz, das Weiße ist Salz!« Ich wühlte in meinem Bündel nach der Wasserflasche und kippte, um nicht mein ganzes Trinkwasser zu verlieren, vorsichtig etwas davon auf ein Stück Tuch. Vorsichtig säuberte ich damit die Wunden zumindest notdürftig. Das Brennen ebbte leidlich ab, aber das musste genügen.

Plötzlich bebte erneut der ganze Berg und ein Knurren erklang, lauter als alle Wolfsrudel in Baldern zusammen. Der weiß-goldene Haufen vor mir begann, sich zu bewegen. Ich erstarrte. Die Spitze erhob sich und langsam kam erst ein schuppenbesetztes Maul zum Vorschein, dann zwei gelblich glühende Augen, ein stachelbewehrter Nacken und schließlich ein langer Hals. Ich keuchte, schnappte nach Luft. Der Blick aus den Augen richtete sich auf mich und sie verengten sich zu Schlitzen. Ich schluckte trocken.

»Was für ein Wicht bist du und warum störst du meine Ruhe?«

Ich machte ein paar Schritte rückwärts, bis ich gegen eine krude Steinformation stieß, die einen weiteren Rückzug unmöglich machte. »Ähm, ich ... die ... die Krähe ... ich ...«

Die Bestie schnaubte und kurz erhob sich ein Salzsturm im Inneren des Berges. Ich kniff die Augen zusammen.

»Ah, du bist das. Liedermacher. Notenschmieder. Hat Nebelklaue dich gefunden und zu mir gebracht.«

Ein Krächzen ertönte von irgendwoher aus der steinernen Halle.

»Dieses Federvieh hat mich von da oben heruntergeschubst. Ich hätte mir das Genick brechen können!«

Freches Keckern hallte durch den Berg.

»Wenn ich dich zu fassen bekomme, gare ich dich über dem nächsten Feuer«, zischte ich missmutig.

»Ich habe auf dich gewartet. Barde. Weisenschreiber.«

»Auf mich? Ihr kennt mich doch gar nicht.«

»Die Menschen, die hier tagein, tagaus klopfen, singen Lieder. Lieder, die du einst erdacht hast. Melodienweber. Geschichtenträger. Solch prächtige Worte müssen von einem prächtigen Mann stammen, dachte ich mir.«

Das Ungeheuer senkte das Haupt und kam so nah mit seiner Schnauze an mich heran, dass sein kalter Atem meinen Körper umspülte wie ein Herbststurm.

»So prächtig siehst du letztendlich nicht aus. Sagenknüpfer. Saitenreiter.«

»Das liegt an den gegebenen Umständen«, erwiderte ich und lehnte mich weiter zurück. Die mächtigen Zähne, die sich in dem meterlangen Maul aneinanderreihten, ließen mir das Blut in den Adern gefrieren. Instinktiv straffte ich die Schultern. Wenn ich nicht aufgefressen werden wollte, musste ich das Ungetüm unterhalten, rief mir meine innere Stimme zu. Kurz dachte ich an die Schere zurück, auf die ich im Gang gestoßen war. Eine lächerliche Waffe, aber immerhin wäre es eine gewesen.

»Darf ich erfahren, mit wem ich es hier zu tun habe, wenn Ihr schon meinen Namen und mein Repertoire kennt?«

Ein Knurren grollte den langen Hals des Ungeheuers empor und ergoss sich in einer salzigen Wolke. »Du kennst mich nicht? Ich bin dein Gebieter! Mich nicht zu kennen, ist Frevel!«

Rasch verneigte ich mich so tief, dass meine Stirn fast das Salzhäufchen vor meinen Füßen berührte. Mein Nacken kribbelte. Die Angst, jeden Moment im Schlund des Biestes zu landen, stieg in mir hoch.

»Ich bin Menduir. Ältester aller Drachen und Herrscher über Draakenaar!«

Mir ging ein Licht auf. Der Drachenfelsen trug seinen Namen nicht aus lauter Willkür.

»Verzeiht mir, Eure Herrlichkeit! Jetzt, da Ihr es sagt, kehrt die Erinnerung zurück. Seid Ihr der Drache, der einst die Siedler empfangen hat?«

Etwas hinter mir knackte. Erschrocken machte ich einen Satz nach vorne, näher an das verhängnisvolle Maul heran.

»Erwähne nie wieder diese Unruhestifter!«, donnerte der Drache.

Ein Steinbogen löste sich ob der Erschütterung und stürzte auf mich nieder. Ich hechtete nach links. Krachend schlug der Stein da ein, wo ich gerade noch gestanden hatte. Der Brocken zerbröselte und ich erkannte darunter eine Schwanzspitze. Offenbar hatte ich den Drachen mit der Frage zu den Patronen erzürnt. Während ich mein Gedächtnis nach den Erzählungen von Tobin Saitenpfad durchforstete, suchte ich einen Fleck, der weder für Maul noch für Schwanz rasch zu erreichen war. Enttäuscht stellte ich fest, dass ich überall in der steinernen Halle dem Zorn der Riesenechse ausgesetzt war. Meine nächsten Worte musste ich wirklich weise wählen.

»Ich wollte Euch nicht erzürnen. Wollt Ihr mir vielleicht offenbaren, warum Ihr mich habt herbringen lassen? Wie kann ich Euch zu Diensten sein?«

Der Drache hob den Kopf und sah auf mich herunter. »Zwei Dinge verlange ich von dir. Ein Lied und eine Botschaft.«

»Da habt Ihr genau den Richtigen vor Euch! Denn mein Name ist Aramil Flitterer, Barde, Geschichtenerzähler und gelegentlich Bote. Ich fühle mich sehr geehrt, über Euch eine Weise dichten zu dürfen, großer Menduir.«

»Das Volk muss daran erinnert werden, wer der wahre Gebieter über Draakenaar ist.«

»Draakenaar?«

»Dein Volk nennt es Baldern, nach diesem aberwitzigen Geschlecht von Nichtsnutzen, die denken, sie regieren. Doch es ist mein Land!«

»Sehr wohl. Leider habe ich meine Laute gerade nicht bei mir, aber ich werde für Euch eine Weise dichten, die Eurer würdig ist und bitte Euch, mir die Melodie zu überlassen.«

Menduir schnaubte. »Du kannst doch summen. Ihr Menschen summt häufig, ich höre das durch die Stollen, dir ihr in meinen Berg schlagt.«

»Ich kann nicht gleichzeitig summen und singen. So leid es mir tut.«

Der Drache neigte den Kopf zu mir herunter. Erneut ging ein Zittern durch den Berg. Ich gab mein Bestes, um nicht von der Erschütterung umgeworfen zu werden.

»Deine Widerworte machen mich müde. Unter anderen Umständen hätte ich dir schon dein kümmerliches Leben genommen. Doch sei's drum. Höre zuerst meine Botschaft, die du überbringen sollst. Schreib sie nieder, sollte dein kleiner Schädel nicht ausreichen, um sie zu behalten.«

Ich ließ mich im Schneidersitz auf den salzbedeckten Boden nieder und kramte in meinem Bündel, ohne zu wissen, ob das Schreibzeug überhaupt darin war. Doch tatsächlich zog ich nach kurzer Suche ein Stück Pergament sowie einen schon recht abgewetzten Graphitstift hervor.

»Ich bin bereit, Eure Herrlichkeit. Wem darf ich die Nachricht überbringen?«

»Meinem Nachfahren. Zumindest kommt er einem Nachfahren recht nahe.«

»Es gibt noch einen Drachen in Baldern?«, fragte ich erstaunt.

»Ich bin der letzte Drache auf diesem Kontinent, dazu verdammt, in diesem Berg zu hocken. Doch du wirst mir mit der Überbringung der Botschaft helfen, mich zu befreien.«

Mein Blick glitt über den gigantischen Körper der Echse und da begriff ich es. Menduirs Körper verwuchs mit dem Berg. Nur sein Oberkörper war bis zur Brust frei von Salzgestein, ebenso sein Schwanz, dessen Spitze er eben voller Wut auf mich geschleudert hatte. Bei jeder von Menduirs Bewegungen zitterte der Berg, weil er Teil dessen war.

»Und an wen geht sie?«

»Ihr Menschen nennt ihn Ulric.«

Ich erstarrte.

»Er ist ein Balg der letzten Königin«, sprach Menduir weiter. »Er trägt einen Teil von mir in sich und somit einen gewissen Teil meiner Macht.«

Während ich versuchte, zu verstehen, was der Drache mir eben offenbart hatte, starrte ich ihn unverwandt an. Ich konnte keinen klaren Gedanken fassen.

»Stellst du dich tot, Versdichter, Liedermacher?«

Rasch schüttelte ich den Kopf und konzentrierte mich auf meine Aufgabe. »Nein. Nein, nein. Verzeiht. Ich habe nur versucht, zu verstehen, wie …«

»Du sollst nicht verstehen. Nur dienen. Hör zu und schreib nieder, was ich dir sage.«

»Jawohl«, brachte ich nur hervor und heftete meinen Blick auf das Stück Papier auf meinem Schoß.

»Ulric Drachensohn. Du bist der letzte Erbe Draakenaars. In deinem Blut liegt die unendliche Macht meines Geschlechts verborgen. Komm zu meinem Berg und ich werde dich lehren, wie du sie nutzen kannst, um Macht und Reichtum zu erlangen.«

Sobald ich die letzten Worte notiert hatte, blickte ich auf. »Das ist die Botschaft?«

Der Drache nickte. Salzkiesel regneten auf mich hernieder.

»Du wirst ihm die Nachricht ohne zu zögern überbringen. Auch wenn euer Leben für uns Drachen einem Flügelschlag gleicht, rinnt die Zeit durch meine Klauen.«

»Wie Salz, meint Ihr?«

»Unterbrich mich nicht!«, donnerte der Drache und ich zog den Kopf ein.

»Mit Verlaub, warum muss Ulric Euch befreien? Warum kann ich das nicht tun? Ich bin doch schon hier.«

»Weil du nicht von meinem Blut bist«, entgegnete Menduir schlicht.

»Aber wie kann Ulric es sein?«, bohrte ich nach, in der Hoffnung, den Drachen nicht allzu sehr zu erzürnen. Doch wenn diese Verbindung bedeutete, dass Ulric erneut erstarkte und früher oder später doch die Herrschaft über ganz Baldern erlangte, musste ich versuchen, dies zu verhindern.

»Sagte ich nicht, dass du nur dienen sollst?«, knurrte Menduir und kam mir mit seinen spitzen Zähnen beängstigend nah.

»Selbstverständlich habt Ihr das, aber ich soll doch ebenso ein Lied über Euch verfassen. Wie soll ich das tun, wenn Ihr mir nichts über Euch erzählt?«

»Ich sage dir, was in dem Lied vorkommen soll.«

Ich lachte auf. »Bei allem gebührenden Respekt, Menduir, Salziger unter dem Berge, so gestaltet sich das Weisenschreiben nicht. Ich werde von Geschichten inspiriert, von Schicksalen! Wenn Ihr ein Lied von mir wollt, dann müssen es meine Worte sein. Fresst mich ruhig, wenn Ihr damit nicht einverstanden seid.« Ich verschränkte die Arme und hielt dem stechend gelben Blick des Drachen stand.

Der hob den Kopf und kratzte sich mit einer Vorderkralle an der Schläfe. Salz rieselte erneut auf mich herab und ich kam mir mittlerweile vor wie ein Stück Pökelfleisch.

»Mut hast du, Mensch. Das muss ich dir lassen.«

»Danke.« Ich neigte den Kopf und lächelte. »Erzählt mir einfach ein bisschen von Euch und im Handumdrehen werden wir einen Liedtext haben, der Eurer mehr als würdig ist.« Ich versuchte, alle Zuversicht in meine Stimme zu legen, die ich noch hatte.

»Ich kann ihn spüren, den Menschen namens Ulric. Einst war seine Aura stark. Vor ein paar Jahren verschwand sie. Ich dachte, er sei tot, doch seit kurzer Zeit fühle ich wieder seine Präsenz. Schwach und unbeständig, aber sie ist da.«

»Seit wann konntet ihr ihn spüren? Seit seiner Geburt?«, hakte ich vorsichtig nach.

»Es muss seit dem Tag seiner Geburt gewesen sein, ja. Plötzlich war da dieser kleine Funken, der an meinem Geist zupfte. Ich habe lange überlegt, wie dies zustande kommen konnte. Die Antwort muss Salz sein.«

»Salz?«, wiederholte ich plump. Als wäre es nicht schon absurd genug, dass ich mich mit einem Drachen unterhielt, der langsam mit einem Berg verwuchs.

»Ich habe mich vor hunderten von Jahren in diesen Berg zurückgezogen. Habe meinen Schatz bewacht. Geruht.« Menduir verzog angewidert das Gesicht. »Mich vor den Blicken der Siedler verborgen.«

»Ihr hättet sie auch fressen können«, warf ich schulterzuckend ein.

»Ich kann mich daran erinnern, kurz zuvor ein ganzes Dorf verspeist zu haben.«

»Und da war kein Platz mehr für ein weiteres halbes Dutzend?«, fragte ich und griff nebenbei nach dem Kanten Brot in meinem Bündel. Ich biss davon ab und verzog unwillkürlich das Gesicht. Das Brot schmeckte fürchterlich salzig. Angewidert schob ich es zurück in meine Tasche.

»Wir Drachen müssen uns nicht zwangsläufig von Fleisch ernähren. Ich erhalte meine Kraft mit meinem Schatz.« Menduir holte Luft und stieß sie durch seine Nüstern wieder aus. Wieder saß ich inmitten eines Sturms. Jäh wurde es heller in dem Berg. Funkelndes Gold kam zum Vorschein, wo eben noch eine dicke Schicht aus Stein und Salz gelegen hatte. Unmengen Münzen, Kelche, Edelsteine und Geschmeide umringten den Drachen.

»Verstehe. Das Salz, also«, versuchte ich, den Drachen wieder auf das ursprüngliche Thema zu lenken.

»Euer Volk baut schon lange das weiße Gold von meinem Berg ab. Es ist ein Teil von mir. Ihr Menschen würzt damit, nehmt es also zu euch. Sozusagen verzehrt ihr mich.«

Ich erkannte die Ironie und gab Menduir mit einer Geste zu verstehen, dass ich begriff, was er meinte.

»Das Menschenweib, das Ulric ausgetragen hat, muss wohl besonders viel davon vertilgt haben. Zu niemandem sonst spüre ich eine solche Verbindung, auch zu ihr nicht.«

»Sie ist auch vor einigen Jahren gestorben«, warf ich ein und dachte dabei an Berolt.

»Das ist belanglos. Ich brauche Ulric. Sein Blut kann mich befreien. Ich bin es überdrüssig, hier im Berg zu sitzen und zu Salz zu erstarren. Meine Zeit, den Ahnen gegenüberzutreten, ist noch nicht gekommen.«

»Wie alt seid Ihr denn?«

»Ich sah das Land aus dem Meer wachsen, als ich ein Schlüpfling war.«

Vor meinem inneren Auge entstand das Bild eines enthaupteten Ulric, dessen Blut Menduir benetzte. Gerade war ich mir nicht sicher, ob ich mich mit einem größenwahnsinnigen Königssohn oder einem Drachen auseinandersetzen wollte. Beide waren schwer zu töten.

»Ich werde ihm Eure Nachricht so schnell wie möglich

überbringen. Dessen seid euch gewiss. Doch kenne ich leider nicht seinen derzeitigen Aufenthaltsort. Könnt Ihr ihn in diesem Moment spüren?«

Ich hielt den Atem an. Wenn Menduir mir den genauen Aufenthaltsort von Ulric verriet, würde ich Uthbert den Hinweis überbringen. Er könnte seinen Bruder bis an dessen Lebensende in eine Zelle sperren. Das wäre das Beste für Land und Leute.

Der Drache schloss für einen Moment die Augen. Er schien zu lauschen. Unruhig wartete ich darauf, was Menduir als Nächstes sagen würde.

Dieser schnaubte. »Seine Aura ist schwach heute. Er ist nördlich des Berges, mehr weiß ich nicht. Wenn du von hier fortgehst, wird Nebelklaue dich begleiten. Sie hilft dir bei der Suche nach meinem Nachfahren.«

»Sehr großzügig von Euch, Menduir, Allerherrlichster.« Ich verstaute Papier und Stift im Bündel. Nördlich vom Berg bedeutete quasi alles von Baldern, von hier bis zu dem Wald, in dem ich mit Bryn einen Sommer verbracht hatte.

»Was ist nun mit meinem Lied, Barde?«, knurrte Menduir und fixierte mich.

Ich sprang auf, klopfte mir das Salz von der Hose und die Erinnerungen aus dem Kopf. »Wir können sofort beginnen. Ein paar Zeilen kamen mir schon in den Sinn. Möchtet Ihr, dass ich sie Euch vortrage?« Die Reime in meinem Kopf waren nichts Großartiges, aber ich war Aramil Flitterer, ich konnte aus einem zünftigen Fluch eine Ballade erschaffen, wenn ich wollte.

Der Drache neigte den Kopf und wedelte träge mit der Klaue. »Beginne.«

Ich räusperte mich und schloss die Augen. In meinem Kopf hörte ich die Saiten meiner Laute, tief und schwungvoll. Es würde als eines der meisterhaftesten Lieder in die Geschichte eingehen, wenn ich lebend aus dem Berg entkam, da war ich mir sicher.

In diesem Land,
vor unserer Zeit,
war einst nichts von Menschenhand,
nur grüne Wildnis, weit und breit.

Ich erzähl's euch, auf wessen Land ihr hier wandelt.
Ihr solltet euch fürchten vor dem,
von dem dies Lied hier handelt.

Die Geschichten sind wahr,
nichts ist erfunden.
Wer's nicht glaubt, ist ein Narr,
denn ich hab' den Drachen gefunden.

Was ihr hier hört,
ist so geschehen.
Wer den Drachen stört,
für den wird's unangenehm.

Die Entdeckung Balderns liegt weit zurück.
Die Patrone kamen mit dem Schiff,
versuchten hier ihr Glück.
Kaum angelegt, ein dunkler Schatten sie ergriff.
Riesig und die Schwingen weit gespannt,
fand sie Menduir, der Herrscher über dieses Land.

Die Geschichten sind wahr,

nichts ist erfunden.
Wer's nicht glaubt, ist ein Narr,
denn ich hab' den Drachen gefunden.

Was ihr hier hört,
ist so geschehen.
Wer den Drachen stört,
für den wird's unangenehm.

»Hinfort mit euch!«, brüllte der Drache.
Ein Donnern, lauter als jedes Gewitter.
»Weil ich sonst Asche aus euch mache!«
Ja, die Begrüßung, die schmeckte bitter.
»Ich gebe euch Zeit bis morgen früh.
Baut euch kein Lager, spart euch die Müh'.«

Den Patronen ward angst und bang,
Menduirs Zorn glich einem Sturm.
Ob der Drache sie verschlang,
wie ein Huhn es tat mit einem Wurm?

Die Geschichten sind wahr,
nichts ist erfunden.
Wer's nicht glaubt, ist ein Narr,
denn ich hab' den Drachen gefunden.

Was ihr hier hört,
ist so geschehen.
Wer den Drachen stört,
für den wird's unangenehm.

Langsam öffnete ich die Augen und studierte angespannt die Mimik des Drachen. Sein durchdringender Blick ruhte auf mir. Sein Schweigen verunsicherte mich und auch, wenn Menduir keine Anstalten machte, mich zu töten, traute ich der Ruhe nicht. »Es ist noch nicht ganz fertig. Sicherlich lässt sich der ein oder andere Vers noch ergänzen«, ergänzte ist rasch.

»Hm«, brummte der Drache und senkte seinen Kopf. »Es ist wahr, was die Menschen über dich sagen, Barde. Du knüpfst Wörter zu Sagenteppichen, die ihren wahren Kern umhüllen. Dem Lied fehlt noch etwas Erbarmungslosigkeit und es zollt meiner Macht nicht genug Respekt. Ergänze das! Und dann wird jeder, der dieses Lied hört, in Ehrfurcht erstarren und wissen, wer dieses Land seit jeher regiert.«

»Natürlich. Ihr seid der wahre Gebieter über Draakenaar.«

Nun, da ich ein recht passables Lied gedichtet hatte, keimte der Fluchtgedanke in mir wieder auf. Kurz überlegte ich, ob ich den steilen Abhang, den mich die Krähe heruntergeschubst hatte, wieder hinaufklettern sollte, doch sah der ganze goldene Plunder wenig danach aus, als würde er einer Kletterpartie standhalten. Ich würde wieder nach unten rutschen. Die Möglichkeit, auf Menduirs Kopf zu klettern, um dann von ihm nach oben gehoben zu werden, verwarf ich so schnell, wie sie mir in den Sinn gekommen war. Das waren mir zu viele Zähne zu nahe an meinem pochenden Herzen. Und außerdem hatte sich die Steintür, durch die ich in den Berg eingedrungen war, wieder verschlossen. Es blieb nur eine letzte Möglichkeit. Der Drache musste einen Durchbruch zu einem der Salzstollen schlagen.

»Wie mächtig seid Ihr, Menduir?«

»Überaus mächtig.« Er schnaubte, ganz so, als müsste er lachen.

»Damit ich Eure Botschaft überbringen und das Lied über Euch verbreiten kann, muss ich zunächst den Berg verlassen. Könnt Ihr wohl eine Bresche zum nächsten Stollen schlagen?«

»Das werde ich nicht tun.«

»Aber … ich muss doch irgendwie hier raus!«

»Ich werde keine Verbindung zwischen den habgierigen Menschen und meinem Hort schaffen. Sie tragen das Salz ab. Was passiert erst, wenn sie von meinem Schatz erfahren? Alles werden sie mir nehmen. Alles! Nein, ich werde nichts dergleichen tun. Sieh zu, wie du hier rauskommst.«

Menduirs Worte brachten in mir einen Gedanken ins Rollen. Er wollte, dass ich seine Botschaft überbrachte, mich aber nicht aus dem Berg hinauslassen. Ich wollte unbedingt hier raus, aber die Botschaft würde ich mit Sicherheit hierlassen. Zugegeben, meine Chancen standen schlechter als die des Drachen, aber mein Kopf war bei weitem nicht so salzverkrustet.

In dem Bewusstsein, alles auf eine Karte zu setzen und womöglich als Drachenfutter zu enden, verschränkte ich die Arme. »Ihr seid nicht mächtig genug, gebt es zu. Ihr könntet den Stein gar nicht zum Bersten bringen.«

Menduirs Brust blähte sich. Ein Brüllen entsprang seiner Kehle und brandete einer Sturmflut gleich gegen die Höhlenwände. Ich presste die Hände auf meine Ohren, dennoch explodierte der Schmerz in ihnen.

»Wie kannst du es wagen, Mensch, meine Gewalt infrage zu stellen?«

Überall rieselte salziges Gestein von der Decke. Die goldenen Schätze rutschten und umschlossen mich rasch bis zu den Knien. Mit Mühe zog ich meine Beine aus dem metallenen Morast.

»Warum erstarrt Ihr dann zu Salz? Euer Hort ist ausgelaugt, ist es nicht so? Jetzt erkenne ich es. Das Gold, es ist ganz stumpf! Deswegen braucht Ihr Ulrics Blut. Darin ist noch Kraft, vielleicht die letzte, die Ihr je bekommen werdet. Doch ich sage Euch etwas:

Ich werde die Nachricht nicht überbringen. Ich kann nicht derjenige sein, der das Ende Balderns einläutet. Wenn Ulric kommt und Euch befreit, werdet ihr Terror über das Land bringen. Der Thron gehört nicht Euch. Wer herrscht, muss gütig sein. Weder Ihr noch Ulric tragt Güte im Herzen, sofern ihr überhaupt eines besitzt!«

Ich holte Luft und fragte mich, warum ich das immer noch konnte und nicht bereits in Menduirs Maul verschwunden war. Das von ihm in Gang gesetzte Beben nahm immer weiter zu, begleitet vom unablässigen Grollen des Drachen.

»Es wird Zeit, dass ich diesem steinernen Gefängnis entkomme«, knurrte Menduir. »Aber zuerst erschlage ich dich!«

Mein Blick schnellte nach oben. Panisch hielt ich nach der keulenartigen Schwanzspitze des Drachen Ausschau. Da! Ich sprang zur Seite, landete auf meiner Schulter und rollte mich weiter, bis ich an einen Felsen stieß. Auf allen vieren krabbelte ich dahinter. Wie sollte ich bloß die nächsten Augenblicke überleben? Ich hatte den Drachen wütend gemacht, aber würde es reichen, dass er mir ungewollt einen Weg ins Freie bahnte? Etwas mehr Provokation sollte nicht schaden, dachte ich mir. Ich richtete mich auf und formte mit meinen Händen einen Trichter, um gegen den Lärm anzukommen.

»He da, Menduir! Besser, du bleibst hier drin. So ein Drache aus Salz ist eigentlich gar nicht furchteinflößend. Die Leute werden ihr Fleisch mit Euch pökeln, aber Euch niemals den Respekt zollen, den Ihr glaubt, zu verdienen!«

Ein ohrenbetäubendes Reißen ging durch die Höhle. Gebannt starrte ich auf den Leib des Drachen. Das Salzgestein, das diesen bis eben noch umschlossen hatte, war zerborsten und bröckelte in Windeseile. Faltige, bleiche Haut kam zum Vorschein. Menduir streckte sich und stieß ein Stöhnen aus. Der Odem aus seinem

Schlund erinnerte mich an ein erloschenes Lagerfeuer. Kalte Glut, deren letzte Funken nichts mehr gegen die Asche ausrichten konnten.

Ein Sturm, viel heftiger als der, den seine Nüstern hervorzubringen vermochten, wirbelte durch das Innere des Berges. Er hatte auch seine Schwingen befreit. Menduir warf seinen Kopf hin und hier, offenbar auf der Suche nach mir. Ich kauerte mich hinter den Felsen und blickte mich nach einer Steinformation um, unter der ich mich sicher verstecken konnte, wenn der Berg einstürzte. Mir rutschte ein heiseres Lachen heraus. Eher glaubte ich, gerade meine letzten Atemzüge zu tun, bevor mich Tonnen von Stein und ein Drache aus Salz unter sich begraben würden.

»Da bist du!«, brüllte Menduir triumphierend und ließ sich auf seine Vorderklauen fallen.

Die Erschütterung gab dem Berg den Rest. Ein Donnern, gleich tausend Gewittern, ertönte. Berstender, aufeinanderstürzender Stein füllte mein Blickfeld vollkommen aus. Der Drache verschwand hinter einem Regen aus Felsen.

Mir war, als hörte ich die Menschen schreien, die bis eben noch in den Salzstollen gearbeitet hatten. Wer jetzt immer noch im Berg war, dem war die Begegnung mit Ydir sicher.

Geduckt rannte ich zu einer Art Steinbogen. Über ihm stapelten sich bereits mehrere Felsen, doch der Bogen selbst war intakt. Sollte ich das hier überleben, dann am ehesten an dieser Stelle. Ich kauerte mich darunter und presste meinen Körper fest an die Steinwand. Ich kniff die Augen zu und bedeckte die Ohren abermals mit meinen Händen. Stumm betete ich zu den sieben Patronen. Sie mussten mir einfach helfen, waren sie doch teils mit schuld an meiner Situation, wenn man Tobin Saitenpfads Erzählungen vertrauen konnte.

»Komm heraus, Barde. Komm heraus!«, hörte ich die Rufe von Menduir. Dann krachte es, einmal, zweimal, dutzende Male. Es wurde vollkommen finster um mich herum. Mein letzter Gedanke galt Orik. Und Bryn.

Nun, da ich hier vor euch sitze, wisst ihr, dass ich den teilweisen Einsturz des Drachenfelsens überlebt habe. Wenn ich sehe, wie der Berg heute aussieht, frage ich mich, womit ich mir dieses Glück erkauft habe.

Ich wurde im Zuge der Bergung der Salzleute gefunden und gerettet. Die Menschen, die rechtzeitig aus den Stollen geflohen waren, erzählten mir, wie die Dinge endeten, die ich in Gang gesetzt hatte. Sie hätten einen Drachen aus dem Berg emporsteigen sehen, bleich wie ein Leichentuch. Er hätte sich in den Himmel hinaufgeschwungen und Salz sei von seinen Schwingen auf die Erde gefallen wie Schnee im Winter. Doch bald strauchelte er. Seine Flügel trugen ihn nicht. Er sei gen Norden abgedreht, ein markerschütterndes Brüllen über das Land schickend. Ich erfuhr, dass die Küstenleute von Ostbaldern etwas riesiges Weißes ins Meer stürzen sehen haben. Prompt seien ein paar aufs Wasser hinausgefahren, um nachzusehen, was es war. Entdeckt haben sie nichts. In den Wochen darauf waren viele tote Fische an den Strand gespült worden. Ich vermute, Menduir hat im Meer ein nasses Grab gefunden. Das Salz, das er mit sich trug, tötete eine Menge Fische und es dauerte einige Wochen, bis die Gewässer sich erholten.

Die Botschaft, die Menduir mich aufschreiben ließ, habe ich bald nach dem Erlebnis verbrannt. Hätte ich sie nicht ein paar Tage später in meiner Tasche gefunden, würde ich mir selbst nicht glauben, dass ich mit einem Drachen gesprochen habe. Und da ich ein Geschichtenerzähler bin, habe ich das Lied, welches ich in der Höhle begonnen habe, wahrheitsgetreu zu Ende gebracht. Hört selbst:

Nun, wie wir alle wissen,
sind die Patrone geblieben,
denn sie waren gerissen
Und haben Menduir vertrieben.

Der erste der Barden schuf ein Lied,
das dem Drachen huldigte, ohne Frage.
Was ihn dann unter den Berge trieb,
davon erzählt leider keine Sage.

Die Geschichten sind wahr,
nichts ist erfunden.
Wer's nicht glaubt, ist ein Narr,
denn ich hab' den Drachen gefunden.

Was ihr hier hört,
ist so geschehen.
Wer den Drachen stört,
für den wird's unangenehm.

Wie ich Menduir begegnete, weiß heute jedes Kind.
Ob ihr mir glaubt, das überlasst euren Herzen.
Doch so erfunden manche meiner Weisen sind,
ich neige nicht immer zu Scherzen.

Die Geschichten sind wahr,
nichts ist erfunden.
Wer's nicht glaubt, ist ein Narr,
denn ich hab' den Drachen gefunden.

Was ihr hier hört,
ist so geschehen.
Wer den Drachen stört,
für den wird's unangenehm.

Ich sehe es euren Gesichtern an. Auch euch wird bang bei dem Gedanken, mit einem solch mächtigen und wütenden Wesen in einem einstürzenden Berg gefangen zu sein. Wenn ich daran denke, zieht sich dieser Moment so lang wie eine Reise durch das gesamte Königreich, doch sicherlich konnten es nicht mehr als ein paar Augenblicke gewesen sein. Trotz der Angst, die ich in Menduirs Gegenwart hatte, hätte ich ihn gern unter anderen Umständen getroffen. Solch ein alter Geist hat viele Geschichten zu erzählen. Was hätte ich Weisen daraus weben können! Doch nun liegt der Drache am Grunde des Meeres, seines Körpers beraubt und seine Erinnerungen für immer verloren.

Die Hochzeit des Jahres

Jahr 481 seit Besiedelung

Liebe ist etwas Wunderschönes. Gewiss, sie kann auch schmerzen und Schlimmeres, dennoch wäre mein Leben ärmer ohne die Liebe. Und das Idars auch. Lasst mich noch einen Schluck Met nehmen, dann erzähle ich euch eine wahrhaft bewegende Geschichte über die Liebe und welche Kraft sie hat.

Eines Tages, ich saß gerade im Schankraum des *Fuchses*, öffnete sich die Tür und ein Jüngling betrat die Taverne. Er trug alberne Pluderhosen und einen Hut mit einer Feder auf dem Kopf. Ein Bote?

Bevor ich etwas sagen konnte, stand Orik neben mir auf und erhob die Stimme: »He da, Junge! Du siehst mir nicht so aus, als wärst du schon reif genug für einen Ort wie diesen. Wenn du warme Milch willst, bist du hier falsch.«

Der Neuankömmling zog die Stirn kraus und schritt eilig auf meinen Geliebten zu, hob den Zeigefinger und hielt ihn Orik direkt unter die Nase. »Wen nennt Ihr hier einen Jüngling? Aus Euch spricht der Neid, denn ich bin eine junge Birke und Ihr nur eine verknöcherte alte Kiefer!«

Der Hutträger riss sich selbigen vom Kopf und ich erkannte, dass Orik falschlag. Ich zugegebenermaßen auch. Der junge Mann war eine junge Frau.

»Bitte verzeiht die Grobheit des hiesigen Tavernenwächters. Es ist seine Aufgabe, darauf zu achten, dass die Regeln eingehalten werden, und das schließt das Hinauswerfen zu jungen Publikums mit ein. Ihr allerdings seid weder Publikum noch zu jung.« Ich verneigte mich tief. »Wie kann ich der Botin von König Idar behilflich sein?« Sich in der Heraldik des eigenen Landes auszukennen, lohnte sich dann und wann durchaus.

»Seid Ihr Aramil Flitterer?«, fragte sie ohne Umschweife.

»Der bin ich. Barde, Geschichtenerzähler und gelegentlich auch Bote.« Ich grinste. »Aber sicher kein so zuverlässiger, wie Ihr es seid.«

Die Botin griff in ihre lederne Umhängetasche und holte einen wachsversiegelten Brief heraus. »Diese Nachricht darf ich Euch von König Idar überbringen. Sie ist wichtig. Und dringend. Am besten lest Ihr sie sofort und gebt mir Eure Antwort direkt mit auf den Weg.«

Ich schaute die Botin überrascht an, doch ihre Miene ließ keinen Rückschluss auf den Inhalt des Schreibens zu. Gab es eine neu entbrannte Fehde zwischen den Brüdern oder galt es nur, eine weitere Geburtstagsgesellschaft zu unterhalten? Die Erinnerung an die letzte versetzte mir einen Stich und ich sah zu Orik, der mich mit fragendem Blick betrachtete. Wortlos stand er auf und ging zur Bar, vermutlich, um uns Ale einzuschenken.

Ich ging zurück an meinen Tisch und legte den Brief vor mir ab. Ich hatte das letzte Jahr in Ruhe genossen, ohne Intrigen, Fabelwesen oder sonstige lebensbedrohliche Dinge. Ich wollte nicht, dass diese friedliche Zeit jetzt schon endete. Ich atmete tief durch und löste vorsichtig das Siegel vom Pergament. Das Blut rauschte in meinen Ohren und ich bekam nur entfernt mit, dass Orik den Becher mit Ale neben mir abstellte. Ohne hinzusehen, griff ich danach, benetzte meine Kehle mit dem kühlen Trunk und faltete den Brief auseinander.

Lieber Aramil,
geschätzter Freund,

ich schreibe diese Zeilen in aller Eile, denn die Zeit drängt. Ich bin verliebt und habe vor, zu heiraten. Meine Braut kenne ich noch nicht lang, doch wir möchten nicht warten und uns schon bald vermählen.
Hiermit möchte ich Dich herzlichst zu unserer Hochzeit einladen und Dich ebenfalls bitten, uns bei den anschließenden Feierlichkeiten zu unterhalten.
Bitte gib meiner Botin deine Antwort gleich mit auf den Weg. Die Hochzeit soll am 22. des Monats stattfinden.
Ich hoffe auf eine Zusage von Dir und freue mich schon jetzt, Dich auf meinem Landsitz willkommen heißen zu können.

Auf bald,

Idar

Ich blickte zu der Botin. »Das ist in weniger als einer Woche. Idar scheint es ja wahrlich ernst zu meinen.«

Sie schmunzelte und nickte. »Er ist sehr verliebt. Welche Nachricht darf ich meinem König überbringen?«

»Selbstverständlich eine Zusage! Sagt, dass ich mich geehrt fühle und sehr auf die Festlichkeiten freue. Ich werde morgen bei Tagesbeginn aufbrechen.«

Die Botin verneigte sich knapp. »Habt Dank. Der Landsitz von König Idar liegt in Weinkuppe, am Ende des Briefes findet Ihr eine Wegbeschreibung. Bis dahin.«

Sie hob die Hand zum Abschied, doch ich hielt sie mit einer Geste auf. »Ihr könnt nicht gehen, ohne Euch zu erfrischen.« Ich stand auf und ging vor zum Tresen. Dahinter hatte ich nichts zu suchen, doch der Wasserkrug stand in Reichweite, also schöpfte ich Wasser mit einem Tonbecher und reichte ihn der Botin.

»Habt Ihr auch Hunger? Die Küche des *Fuchses* ist hervorragend, die beste in ganz Nordbaldern! Und ich kann dies mit Fug und Recht behaupten, ich kenne so ziemlich alle Tavernen des Landes.« Ich zwinkerte der Botin zu.

»Das ist sehr freundlich, aber ich muss mich beeilen. Ich habe noch weitere Gäste einzuladen und wenn mir etwas schwer im Magen liegt, kann ich mein Tempo nicht halten. Ich habe einen Ruf zu verlieren, wisst Ihr?« Jetzt war es an ihr, mir zuzuzwinkern. »Gehabt Euch wohl!«

Und schon war sie zu Tür hinaus. Ich sah ihr schulterzuckend nach, dann ging ich zurück zu meinem Ale und trank es in einem Zug aus.

»Darfst du in Begleitung kommen, Aramil?«, hörte ich Oriks Stimme leise hinter mir.

Ich drehte mich um und legte meine Hand an seine Wange. »Sag bloß, du willst einer königlichen Vermählung aus freien Stücken beiwohnen.«

»Wieso nicht? Das Essen ist gut, alle sind so fein gekleidet und unterhalten sich über feinsinnige Themen.« Orik sah auf die Spitzen seiner Stiefel.

Ich angelte nach dem Brief und überflog ihn noch einmal, doch ich konnte keinen Hinweis finden, was meine Begleitung betraf. Die Botin war mittlerweile, ihrem rastlosen Benehmen nach zu urteilen, bestimmt auch schon über alle Berge.

»Wenn du mitkommen möchtest, dann komm mit. Ich würde mich über ein bisschen Gesellschaft auf Reisen freuen.« Ich stellte mich auf die Zehenspitzen und drückte Orik einen Kuss auf die Lippen. Ich spürte, wie er unter meiner Berührung lächelte.

»Ich geh' und sag' Svadis, dass ich ein paar Tage nicht da sein werde.«

Die Nacht vor unserer Abreise brachte uns weniger Schlaf als erhofft. Orik, pflichtbewusst, wie er war, bläute seiner Vertretung mit aller Nachdrücklichkeit die Regeln des *Fuchses* ein, die es unter allen Umständen zu beachten galt. Ich, weil ich mir bereits jetzt das Gehirn auf der Suche nach einer angemessenen Ballade für die Hochzeit zermarterte, dabei kannte ich die Braut noch nicht einmal. Am nächsten Morgen trotteten wir beide also gleichermaßen müde zu den Stallungen, um Herrn von Grau und Distel, die Stute, die ich einst von Berolt beim Kartenspiel gewonnen hatte, zu holen. Beide Tiere begrüßten uns mit leisem Brummeln, während sie sich an ihrer Morgenration Heu gütlich taten. Distel zählte mittlerweile um die zwanzig Sommer, doch sie liebte Ausflüge und würde die Möglichkeit, wieder einmal länger unterwegs zu sein, sicher begrüßen.

Der Brief mit der Wegbeschreibung steckte griffbereit im Innenfutter meines Reiseumhangs. »Kann es losgehen?«, fragte ich meinen Gefährten und grinste.

»Lass uns aufbrechen«, entgegnete Orik und schwang sich in Distels Sattel.

Die Reise nach Weinkuppe verlief ruhig. Obwohl der Frühling gerade in den Sommer überging und diese Zeit für viele Regenfälle bekannt war, zeigte der Himmel tagsüber sein strahlendstes Blau und in der Nacht ein beeindruckendes Sternenmeer. Am Abend des zweiten Reisetages betraten wir das Örtchen, wo die Feierlichkeit stattfinden sollte. Ein stattlicher Bau auf einer Anhöhe unweit davon überragte das beschauliche Dorf deutlich.

»Ich denke, da müssen wir hin«, mutmaßte ich mit Schalk in der Stimme und deutete auf das imposante Gebäude.

»Ich denke, du liegst richtig«, erwiderte Orik grinsend und schnalzte mit der Zunge, um Distel zum Weitergehen zu bewegen.

Am Tor des Anwesens angekommen, hielt uns ein ernst dreinschauender Soldat auf. Seine Haltung deutete darauf hin, dass er noch nie ein Schlachtfeld gesehen hatte. In diesem Moment konnte ich mir keinen friedlicheren Ort als diesen vorstellen, dennoch war der Soldat ausgerüstet, als würde er gleich in den Krieg ziehen.

So in Gedanken versunken, hatte ich seine Worte an uns gar nicht mitbekommen. Ich schüttelte den Kopf. »Entschuldigt, was sagtet Ihr?«

»Ich fragte, was Euer Begehr ist. Maulaffen feilhalten könnt Ihr auch abseits von König Idars Land.«

»Ah!« Ich begriff, was der mürrische Soldat von mir wollte, und zog die Einladung aus meiner Manteltasche. »Unser Begehr ist es, eingelassen zu werden. Hier ist unsere Legitimation.« Ich wedelte mit dem Pergament unter der Nase des Mannes herum. Der schnappte danach und riss es mir aus der Hand. Er warf einen kurzen Blick auf das Geschriebene, dann hielt er mir den Brief wieder hin.

»Ihr dürft passieren. Meldet Euch oben an der Hauptpforte. Euch werden sodann Zimmer zugewiesen.«

Ich verbeugte mich knapp und passierte gemeinsam mit Orik, von Grau und Distel den Wachposten.

»He da, was soll der Mist?«, rief uns der Soldat hinterher.

Ich warf einen Blick über meine Schulter und sah den Haufen Eseläpfel, die mitten im Weg lagen. Ich lachte auf und streichelte von Grau den Hals und er stieß mich sanft mit seiner Nase an. »Danke, dass du dann und wann deutlich machst, was ich denke.«

Der langgezogene Weg hoch zur Residenz war gesäumt von großen Büschen, die farbenprächtige Blüten zierten. Auch auf den Wiesen sprossen allerlei kleine Blumen.

Als die eindrucksvolle Eingangstür in unser Blickfeld kam, sahen wir, dass wir bereits erwartet wurden. Eine Person, gekleidet in elegante Hosen und einen bodenlangen Mantel, reich verziert mit Ornamenten aus schimmerndem Garn, lächelte uns an, doch das Lächeln erreichte ihre Augen nicht. Ich hoffte auf höfliche Distanziertheit statt Voreingenommenheit. Immerhin reiste ich mit einem Esel und Orik mit einem alten Pferd. Da waren manche schnell mit ihren Vorurteilen.

»Im Namen von König Idar darf ich Euch aufs Herzlichste auf Balderns schönstem Weingut begrüßen. Mein Name ist Tomte, ich bin Majordomus dieses Anwesens. War die Reise angenehm?«

Ich verneigte mich vor Tomte und holte mein schönstes Lächeln hervor. »Wir freuen uns sehr über die Einladung von König Idar. Mein Name ist Aramil Flitterer und das ist mein Begleiter Orik.« Ich deutete mit der ausgestreckten Hand auf ihn, was er zum Anlass nahm, sich ebenfalls zu verneigen, wenn auch etwas holprig. Ich schmunzelte und wollte ihn am liebsten sofort küssen.

Tomte legte die Finger an die Lippen und stieß zwei kurze, laute Pfiffe aus. Binnen weniger Augenblicke eilten zwei Stallburschen heran.

»Versorgt bitte die Tiere der Herrschaften.« Die beiden Jungen nickten und nahmen Zügel und Führstrick von Orik und mir entgegen. Schnell holte ich noch meine Laute aus von Graus Tragetaschen. Mein persönliches Bündel hatte ich mir bereits über die Schulter geworfen.

»Folgt mir bitte. Ich zeige Euch Eure Zimmer.«

»Eines genügt«, murmelte Orik.

»Gewiss. Ein Zimmer«, entgegnete Tomte und führte uns eine mit dickem Teppich ausgelegte Treppe nach oben. »Sobald Ihr Euch erfrischt habt, möchte Euch der König sprechen, Meister Flitterer.«

»Ich werde mich beeilen.«

Wir erreichten das Obergeschoss des Hauses und folgten einem Flur. An der dritten Tür links machte Tomte halt und öffnete die kunstvoll gearbeitete Holztür. »Hier ist für die nächsten Tage Eure Bleibe. Sollte es Euch an etwas mangeln, lasst es mich wissen.«

Mit einem knappen Nicken verabschiedete Tomte sich, also betraten wir das geräumige Zimmer. Durch die großen Fenster konnte man den Sonnenuntergang sehen, der das Innere in ein wohliges Zwielicht tauchte.

Orik schloss die Tür und umarmte mich von hinten. »Musst du wirklich sofort zu König Idar? Ich könnte uns ein paar Kerzen entzünden und ...«

Schnell löste ich mich von Orik, bevor ich meine Prioritäten überdachte. »Einen König lässt man nicht warten, auch wenn es ein so entspannter wie Idar ist. Aber nach der Audienz gehöre ich ganz dir«, ergänzte ich zwinkernd.

Ich streifte mir Bündel und Umhang von den Schultern und ging zum Waschtisch. Der Krug daneben war bis zum Rand mit Wasser gefüllt. Ich schüttete etwas davon in die mit Mustern verzierte Schale und griff nach der Seife.

»Hm, ich sollte bald wieder nach Trollbrücken reisen und sehen, wie es Valja geht«, überlegte ich laut beim Anblick der Seife. Mein letzter Besuch lag schon einige Sommer zurück.

Nachdem ich mir den Staub der Straße von der Haut gewaschen hatte, eilte ich zurück in die Eingangshalle. Tomte erwartete mich dort und wies mir den Weg in die Bibliothek. Ich klopfte an der Tür, wartete einen Moment und trat ein.

»Meister Aramil!« König Idar kam mit offenen Armen auf mich zu und umarmte mich. »Es ist eine wahre Freude, Euch zu sehen.«

Ich erwiderte die Umarmung. »Habt Dank für die Einladung. Sie ehrt mich sehr. Ich bin schon sehr gespannt auf Eure Braut. Eurem Brief nach zu urteilen ist es die große Liebe.«

Idar packte mich bei den Schultern. »Und ob sie das ist, mein Freund. Sie ist eine wundervolle, kluge, sanfte und wunderhübsche Frau.«

In seinen Augen erkannte ich nichts als Bewunderung für seine künftige Gattin und ich spürte ein Kribbeln in meinem Herzen. Dieses Gefühl würde ich auf jeden Fall in meine Ballade einfließen lassen.

»Tomte sagte mir, Ihr seid in Begleitung eines Mannes. Wo ist er?«

Ich lächelte ergeben. »Oben in unserem Zimmer. Verzeiht, sollte ich damit Eure Gastfreundschaft überstrapazieren. Mir war dieses Mal nicht nach alleine reisen.«

Idar winkte ab. »Je mehr Gäste, desto schöner die Feier.«

»Wo Ihr gerade Tomte erwähntet … Ich bin mir offen gesprochen nicht sicher, wie ich sie oder ihn ansprechen soll«, gestand ich.

»Weder noch, Aramil«, erwiderte der König. »Tomte ist … eine Person, die sich keinem Geschlecht zugehörig fühlt.«

»Ich werde es mir merken«, versprach ich nickend.

Es klopfte an der Tür. Sie wurde einen Spaltbreit geöffnet und

Tomtes Kopf erschien. »Mein König, das Abendmahl ist bereit. Soll ich Eurer Verlobten Bescheid geben?«

»Nein, das mache ich selbst. Danke, Tomte. Holt Ihr Euren Begleiter, Aramil. Wir treffen uns sogleich im Speisesaal. Ich habe wunderbaren Wein, den Ihr probieren müsst. Ich habe ihn selbst gekeltert!«

»Ihr steckt voller Überraschungen, König Idar.«

Der lachte lauthals auf. »Nur voller Ideen, die mal mehr, mal weniger von Erfolg gekrönt sind.«

Mittlerweile war die Sonne hinter dem Horizont verschwunden und riesige Kerzenleuchter erhellten das Innere der königlichen Residenz. Die prächtige Holztafel trug allerlei Teller und Schüsseln, Schalen und Platten, die allesamt mit köstlich duftendem Essen gefüllt waren. Ich hörte Oriks Magen knurren, als wir den Saal betraten und uns der Essensduft entgegenschlug.

Weitere Gäste trafen nach und nach ein, doch niemand kam mir bekannt vor.

Tomte entdeckte uns und kam herüber. »Meister Aramil. Darf ich Euch und Euren Begleiter zu Eurem Platz geleiten? Der König wünscht, dass Ihr bei ihm sitzt.«

Ich nickte und folgte, Orik hinter mir herziehend.

Sobald alle saßen, ging die Tür erneut auf und König Idar betrat den Saal. An seinem Arm führte er eine zierliche Frau. Gehüllt in wallende Gewänder sah es so aus, als würde sie schweben. Ihr langes, helles Haar reichte ihr bis zur Hüfte und schimmerte im Schein der Kerzen.

Idar rückte seiner Verlobten den Stuhl zurecht und stellte sich dann neben seinen. Er hob die Hände und die letzten Gespräche bei Tisch verstummten.

»Meine geschätzten Gäste. Wir freuen uns über die Maßen, dass Ihr alle so rasch und zahlreich unserer Einladung gefolgt seid. Schon übermorgen werden Cyrisma und ich uns vermählen.«

Idar ergriff die Hand seiner Braut. Unwillkürlich ließ ich meine Hand unter dem Tisch verschwinden und umfasste sanft Oriks Knie.

Cyrisma erhob sich von ihrem Stuhl und lächelte zurückhaltend in die Runde. »Auch ich möchte mich dafür bedanken, dass Ihr nach Weinkuppe gekommen seid, um gemeinsam unsere Vermählung zu feiern. Bitte, fühlt euch ganz wie zuhause. Die nächsten Tage ist unser Haus Euer Haus.« Sie ergriff das gefüllte Weinglas vor sich und erhob es. »Auf neue Freundschaften!«

»Auf neue Freundschaften!«, wiederholten alle am Tisch.

Ich nippte zuerst vorsichtig am Wein, doch nahm gleich einen zweiten Schluck. Er schmeckte vorzüglich. Rund, schwer und dennoch fruchtig. So einen Wein hatte ich noch nie zuvor gekostet.

»König Idar, Ihr habt nicht zu viel versprochen. Dieser Wein ist vorzüglich.«

Der Hausherr lächelte freudig. »Habt Dank. Ich trage eigentlich nicht viel dazu bei. Die meiste Arbeit machen der Weinberg und die Reben.«

»Das stimmt«, warf Cyrisma ein.

»Du traust mir ja viel zu, mein Herz.« Idar lachte.

»Ich traue dir in der Tat sehr viel zu und ich habe dir auch zugestimmt. Die Traube muss auf reichem Boden wachsen und unter der richtigen Sonne gedeihen. Dass du sie anschließend mit deinen Füßen platttrittst, kann die Früchte kaum schlechter machen.« Cyrisma grinste verschmitzt und Idar hauchte ihr einen Kuss auf den Handrücken.

»Wie recht du doch hast. Leider macht es mir viel zu viel Spaß, barfuß durch einen riesigen Bottich voller Trauben zu laufen.«

Ich lauschte amüsiert dem Geplänkel des Brautpaares, während ich allerlei Braten, Wurzelgemüse und duftendes Brot auf meinem Teller vereinte und mit Sauce übergoss. Orik unterhielt sich angeregt mit seiner Tischnachbarin. Selten hörte ich ihn so viel reden, doch das lag wohl daran, dass er oft mit Trunkenbolden zu tun hatte, die sowieso keinen geraden Satz mehr zu sagen imstande waren.

Der Abend ging in die Nacht über. Wein und Gespräche flossen mühelos dahin und bald forderte mich der König dazu auf, eine kleine Kostprobe meines Repertoires zu geben. Es wurde schon hell, als Orik und ich ins Bett fielen.

Die Sonne stand bereits hoch am Himmel, als ich nach einer viel zu kurzen Nacht hinaus in den prächtigen Garten ging. Hatte mich der liebevoll angelegte Weg vom Tor zum Anwesen schon beeindruckt, überwältigte mich der Garten buchstäblich. Überall sprossen Blüten und fügten sich zu einem vielfältigen Farbenmeer zusammen. Ich dachte an die in Form geschnittenen Büsche in Uthberts Garten zurück, die zwar kunstvoll, aber lieblos wirkten. Idars Garten hingegen war eine wahre Pracht.

Ich ging durch einen Gang aus kleinen Bäumen, dessen Ende sicher in eine andere Welt führen würde. Doch am Ausgang wartete Cyrisma auf mich.

Überrascht blieb ich stehen. »Seid gegrüßt, edle Dame.«

»Meister Flitterer, richtig?«

»Ihr lauert mir auf, ohne sicher zu wissen, wer ich bin?«, fragte ich glucksend.

»Ich habe Euch nicht aufgelauert.«

»Verzeiht«, erwiderte ich reichlich verlegen. »Wie kann ich Euch zu Diensten sein?«

Cyrisma ging ein paar Schritte und ich folgte ihr.

»Idar erzählte mir, wie er Eure Bekanntschaft gemacht hat. Ein schöner Zufall. Ich fühle mich geehrt, den bekanntesten Barden von ganz Baldern auf meiner Hochzeit zu wissen.«

»Mitnichten, mir ist es eine Ehre, auf Eurer Hochzeit aufspielen zu dürfen.«

Wir gingen ein Stück und mir fiel auf, dass Cyrisma im Vorbeigehen nahezu jede Blume berührte. Mir schien, allen Pflanzen reckten sich ihr entgegen.

»Ihr mögt Blumen sehr, nicht wahr?«

»Ich liebe sie. Die Natur ist unser Zuhause, wir müssen sie ehren und beschützen.«

»Ja, da habt Ihr voll und ganz recht.«

In meinem Kopf spannen sich die ersten Fäden zu Zeilen eines Lieds über das Brautpaar. Das Erblühen ihrer Liebe. Ein ewiger Sommer.

»Wenn Ihr mir dir Frage erlaubt: Wie habt Ihr Idar kennengelernt?«

»Oben in den Weinhügeln begegneten wir uns zum ersten Mal. Er kämpfte um seine Weinreben, die nicht gedeihen wollten. Ich dachte, er würde sie aufgeben und sie herausreißen, doch das Gegenteil trat ein. Er kümmerte sich liebevoll um jede Pflanze, versuchte herauszufinden, was ihnen schadete. Seine Rebbäuerin sagte ihm, dass er ein paar Reihen zuwuchern lassen sollte, um den Pflanzen mehr Platz zu geben. Wir trafen uns immer wieder, redeten und verliebten uns.«

Ein träumerischer Ausdruck trat auf Cyrismas Gesicht, der mir so viel mehr über ihre Beziehung zu Idar sagte als ihre Worte.

»Danke, dass Ihr mich an Eurer Geschichte teilhaben lasst.«

Cyrisma blinzelte irritiert, so weit fort waren ihre Gedanken wohl geflogen. »Wenn Ihr mich jetzt entschuldigt. Ich muss sehen, wie die Vorbereitungen zu unserer Feier vorangehen.«

Ich verneigte mich knapp und sah Cyrisma nachdenklich hinterher.

Mein Gefühl sagte mir, dass dies nicht alles war, worüber sie mit mir sprechen wollte. Andererseits, ich kannte sie kaum und konnte mich dahingehend gut irren.

Ich beendete meine Runde durch den prächtigen Garten und kehrte dann in unser Gemach zurück. Orik saß im Bett, einen leeren Becher in seiner Hand. Ich schmunzelte, als ich sein Gesicht sah. Seine Augen, müde und klein, zeugten von unserer langen und trunkreichen Nacht mit dem König und seiner Verlobten.

»Hat dich der Schlaf endlich gehen lassen?«, neckte ich meinen Geliebten und setzte mich neben ihn.

Orik ließ seinen Kopf auf meine Schulter sinken. »Ich werde nie wieder etwas trinken«, ächzte er.

»Schlechter Zeitpunkt dafür, mein Freund. Morgen feiern wir eine Hochzeit! Noch dazu die eines Königs, der obendrein eigenen Wein keltert!«

Orik winkte ab. »Ja, schon gut. Aber ich muss mich morgen ja nicht so am Wein gütlich tun, wie ich es gestern tat.«

Ich streichelte ihm über seine stoppelige Wange. »Da sagst du etwas Wahres. Ich sollte es auch langsamer angehen lassen. Immerhin soll ich aufspielen. Da bin ich besser im Vollbesitz meines Geistes.«

Es klopfte an der Tür. Ich ging hin und öffnete sie. Draußen stand Tomte und lächelte schmallippig. »König Idar lässt Euch grüßen und bittet Euch, ihn draußen vor dem Haupteingang zu treffen.«

»Sogleich?«

»Jawohl«, entgegnete Tomte, machte kehrt und schritt mit hinter dem Rücken verschränkten Armen davon.

Ich sah Tomte nach. »Hm. Ich werde nicht schlau aus Idars Majordomus.« Ich ging zurück zu Orik und gab ihm einen schnellen Kuss. »Idar verlangt nach mir. Sieh zu, dass du was zu essen bekommst. Wir sehen uns später.«

Draußen auf dem Vorhof wartete der König bereits auf mich.

»Verzeiht, dass ich Euch warten ließ.« Ich deutete eine Verbeugung an, doch Idar winkte ab.

»Meister Aramil, ich bin hier zuhause und nicht auf der Flucht. Auch ich kann einmal ein paar Augenblicke ins Land gehen lassen. Ist es nicht sowieso das, was Herrschende meistens tun? Löcher in die Luft starren?« Sein dröhnendes Lachen steckte an und ich lachte ebenfalls.

»Das soll schon vorgekommen sein«, erwiderte ich schmunzelnd. »Was kann ich für Euch tun?«

»Mir Gesellschaft leisten. Ich würde Euch gern meine Weinberge zeigen, wenn es Euch interessiert.«

Ich nickte. »Sicherlich interessiert mich das, Hoheit. Ich weiß so gut wie gar nichts über die Herstellung von Wein.«

Ich folgte dem König einen schmalen Weg hinaus aus dem Anwesen und einen Hügel empor, im Schlepptau zwei Wachen, die zwei Hellebardenlängen Abstand von uns hielten. Bald kamen die Reben in Sicht, die sich am Hang zahlreich aneinanderreihten.

»Ich habe mit dem Weinanbau begonnen, weil mir schrecklich langweilig war. Diese ganzen Dispute mit meinen Brüdern um das Land unseres Vaters, kaum nachdem er unter der Erde war, hatten mich derart ausgelaugt, dass ich dankbar das kleinste Stück Balderns annahm. Die Menschen hier bedürfen keiner großartigen Führung. So weit entfernt von der Baldernburg schafften es seit jeher nur wenige Verwalter des Königshauses so tief in den Süden. Nachdem ich mich erholt hatte, wusste ich nicht, wohin mit der Zeit, also habe ich mich umgehort und eine Rebbäuerin gefunden, die nach Arbeit suchte.«

»Habe ich sie bereits kennengelernt?«, fragte ich neugierig.

Idar schüttelte den Kopf. »Sie ist nicht so gern unter Menschen. Sie lebt auch lieber allein in ihrem bescheidenen Heim als bei mir auf dem

Anwesen, wo tags wie nachts Bedienstete um sie herum sind.« Er zuckte mit den Schultern. »Jedenfalls hat sie mir alles über Wein beigebracht, was ich weiß.«

Schweigend legten wir einige Schritte zurück.

»Ich habe gehört, was Ihr für meinen Bruder getan habt«, ergriff Idar jäh das Wort und ich zuckte zusammen. Mit Mühe schluckte ich die Frage hinunter, welchen der beiden er meinte, denn er konnte nicht wissen, was ich damals im Drachenfelsen über Ulric erfahren musste.

»Ihr meint wegen Uthberts Albträumen.«

»Richtig. Endlich kann man wieder ein vernünftiges Wort mit ihm wechseln. Die Müdigkeit hat ihn zornig und unnahbar gemacht. Für das Land ist es ein wahres Geschenk, dass er mit so einer klugen und umsichtigen Strategin wie Esther vermählt ist. Nur ihr ist es zu verdanken, dass Nordbaldern nicht aus den Fugen gerät. Ich korrespondiere regelmäßig mit ihr, müsst Ihr wissen. Ich vermisse meine Schwägerin. Sie ist eine so geschickte Spielerin wie Regentin.« Idar zwinkerte mir zu. »Setzt nie Kronen, wenn Ihr Kwat mit ihr spielt. Ihr verlasst den Tisch als armer Mann und ohne einen Fetzen Kleidung am Leib.«

Ich grinste. »Ich werde es mir merken, Hoheit.«

»Den Rat könnt Ihr gleich in die Tat umsetzen, denn sie werden morgen ebenfalls der Zeremonie beiwohnen.«

Die Aufregung in Idars Stimme rührte mich. Endlich schien eine Aussöhnung zwischen den Brüdern in greifbare Nähe zu rücken.

»Das freut mich sehr«, erwiderte ich aufrichtig.

Unvermittelt blieb der König stehen und machte eine weitreichende Geste. »Hier habe ich Cyrisma kennengelernt. Sie lief die Rebenpfade entlang, als würde sie etwas suchen. Ich wollte ihr dabei helfen, doch sie wollte mir nicht sagen, nach was sie Ausschau hielt. Seit diesem Tag trafen wir uns immer wieder und schnell verliebte ich mich in sie, was ich ihr auch bald sagte. Es machte mich so glücklich, als sie meine Liebe erwiderte und mit mir in mein Heim kam. Und nun heiraten wir«, schloss Idar mit einem breiten Lächeln.

»Eine ungewöhnliche Geschichte, fürwahr.«

Der König hob die Hand und winkte einer Gestalt, die zwischen den Reben auftauchte. Sie erwiderte die Geste, machte aber keine Anstalten, näherzukommen.

»Meine Rebbäuerin«, erklärte Idar und ich nickte. »Lasst uns noch ein paar Trauben mitnehmen. Sie schmecken auch frisch von der Rebe hervorragend.«

Wir pflückten uns einige Früchte und genossen sie auf dem Weg zurück zum Anwesen.

»Ich freue mich schon sehr auf die Feier. Sie wird sicher wundervoll.«

Idar klopfte mir auf die Schulter und ich verlor kurz das Gleichgewicht. »Es wird wahrhaft prächtig! Und Ihr werdet dafür sorgen, dass man auch noch in vielen Jahren über unsere Vermählung sprechen wird.« Er öffnete die Tür zu seinem Gemach, zu dem wir währenddessen geschlendert waren. »Fühlt Euch ganz wie zuhause«, ergänzte er noch, dann schloss er die Tür.

Kurz starrte ich auf das mit edlen Schnitzereien verzierte Holz. »Hm. Wenn ich wüsste, wie es ist, ein Zuhause zu haben«, murmelte ich.

»Habt Ihr etwa keines?«

Ich fuhr zusammen. Tomte stand neben mir, ohne dass ich zuvor Schritte gehört hatte.

»Wo kommt Ihr denn her?«

»Ich bin hier Majordomus. Ich bin immer da. Und überall.«

»Ich fange an, das festzustellen. Und nein, ich habe kein Zuhause. Barden ist es untersagt, ein eigenes Heim zu haben. Wusstet Ihr das nicht?«

Tomte zuckte mit den Schultern. »Nein. Aber ich bin auch

kein Barde. Kennt Ihr die Haus- und Hofregeln eines königlichen Wohnsitzes?« Die Frage unterstrich Tomte mit einer hochgezogenen Augenbraue.

»Zugegeben, nein.« Ich ließ den Kopf hängen. »Dennoch bin ich der Meinung, dass man dies nicht vergleichen kann.«

»Wie Ihr meint.« Tomte machte ohne ein weiteres Wort auf dem Absatz kehrt und ging.

Ich zuckte mit den Schultern und lief zurück zum Gemach, das ich allerdings verlassen vorfand.

Ich spielte einige Lieder zur Übung. *Ewig leben, Ich zog einst aus, Die Tafel der Patrone*. Dann angelte ich mein Liederbuch aus dem Bündel und blätterte darin herum. Morgen würde ein freudiger Tag werden, einer im Zeichen der ewigen Liebe. Kurz blieben meine Augen an der *Badehaus-Ballade* hängen, ebenso bei *Des Recken Liebe* und ich nahm mir vor, neue Weisen zu schreiben, die zu frohen Anlässen passten. Doch morgen würden mich die Tanzmelodien von Lely Kupferstimme retten.

Ich saß und spielte, während die Sonne vor meinem Fenster langsam sank, bis sie hinter dem Horizont verschwand. Ich hörte ein Klappern und drehte mich um. Orik war wieder da, doch er kam nicht mit leeren Händen. Er trug zwei silberne Platten mit sich, auf denen sich Fleisch, Gemüse und Brot türmten.

»Speisen wir nicht gemeinsam mit den anderen Gästen?«, fragte ich beim Anblick der Köstlichkeiten.

»Heute nicht. Ich dachte, wir gönnen uns noch ein wenig Zeit zu zweit.« Orik wackelte mit den Augenbrauen.

Ich lachte auf und legte die Laute beiseite. »Willst du mich mit Hühnerschenkeln verführen?« Mit zwei Schritten war ich bei ihm und stibitzte mir eines der knusprigen Stücke.

»Ich bin mir sicher, dass es klappt. Wart's nur ab!« Orik stellte die

Platten auf dem runden Tisch in der Mitte des Raumes ab. »Lauf nicht weg. Ich hole noch schnell den Wein.«

»Keine Sorge«, beruhigte ich ihn augenzwinkernd. »Dieses Festmahl lasse ich mir doch nicht entgehen.« Dabei nahm ich die Augen nicht von ihm. Orik errötete und stolperte fast über seine eigenen Füße, als er sich umdrehte, um den Wein zu holen.

Ich schreckte aus dem Schlaf hoch. Angespannt blickte ich mich in der Dunkelheit um und erwartete fast, Uthberts Nachtalb auf mir sitzen zu sehen. Doch nichts. Der Sichelmond erhellte spärlich unser Zimmer und warf wilde Schatten auf Boden und Wände. An sich genug Platz für den Alb, sich zu verbergen. Vorsichtig wand ich mich aus Oriks Umarmung und stand auf. Schnell entzündete ich eine Stumpenkerze und schritt damit das Gemach ab.

Ich konnte keinen Nachtalben – oder sonst irgendjemanden – entdecken.

Von meiner Schlaflosigkeit frustriert rieb ich mir mit der Hand über das Gesicht. In wenigen Stunden begannen die Feierlichkeiten. Ich dachte an den Geburtstag des Königs damals im Badehaus zurück und seufzte. Ich brauchte dringend meinen Schlaf, also blies ich die Kerze aus und legte mich wieder zu Orik. Schloss die Augen. Wartete auf Müdigkeit.

»Das kann doch nicht wahr sein«, zischte ich und verließ das Bett erneut. So leise wie möglich zog ich meine Kleider und Schuhe an, entzündete abermals die Kerze und schlich mich leise aus dem Zimmer, durch die Gänge hinaus in den Garten. Die frische Luft würde mich schon müde machen.

Ich schlenderte durch den Garten. Umgeben von den Geräuschen der Nacht, schloss ich die Augen und holte tief Luft. Die Düfte der unzähligen Blumenarten verschmolzen zu einem süßen Potpourri.

Jäh hörte ich ein Rascheln vor mir und öffnete die Augen. Einige Meter vor mir lief eine kleine Person in nachtschwarzem Umhang und mit hochgezogener Kapuze durch den Garten. Im Lauf trat sie auf den Saum und strauchelte, ruderte mit den Armen und stürzte auf das taunasse Gras. Ich rannte hinüber, um der Person aufzuhelfen. Als ich mich hinkniete, vernahm ich ein Schluchzen.

»Alles in Ordnung?« Besorgt zog ich die Kapuze zur Seite und erkannte Cyrisma. Ihre tränennassen Augen, verengt zu zornigen Schlitzen, funkelten mir entgegen.

»Lasst mich«, fauchte sie, drehte sich ruckartig zur Seite und löste so den Kapuzenstoff aus meiner Hand.

»Ist etwas geschehen?« Ich richtete mich auf und trat einen Schritt zurück, um Cyrisma Platz zu machen.

»Ich sagte, lasst mich.« Ihr feindlicher Tonfall erstickte jede weitere Nachfrage im Keim. Sie richtete sich auf, wischte dabei Grashalme von ihrem Kleid fort.

»Also findet morgen keine Hochzeit statt«, sprach ich meinen nächsten Gedanken dennoch laut aus. »Soll ... soll ich irgendjemandem eine Nachricht überbringen?«

»Ihr sollt mich in Ruhe lassen!« Der Satz, zunächst ein Flüstern, schwoll zu einem Schreien an. Erschrocken presste Cyrisma sich die Hand auf den Mund. »Das war laut«, flüsterte sie durch ihre Finger hindurch.

Etwas ratlos nickte ich.

Cyrisma blickte sich um, ihr schlanker Körper zitterte unter dem dünnen Umhang. »Ich kann nicht bleiben«, hauchte sie. »Ich kann nicht heiraten.«

»Ist etwas vorgefallen, das Euch zu dieser Entscheidung bewegt?«, versuchte ich es so diplomatisch wie möglich.

»Ja ...«

Erschrocken zog ich die Augenbrauen nach oben.

»... Nein. Es ist ... verzwickt. Meister Flitterer, habt Ihr schon mal jemanden geliebt, den Ihr nicht lieben durftet?«

Meine Gedanken schnellten zu Bryn und ich nickte langsam.

»Dann könnt Ihr euch in etwa vorstellen, was ich fühle. Ich liebe Idar, aber ich darf es nicht.«

»Aber wer untersagt Euch, auf Euer Herz zu hören?«

»Meine Herkunft.«

Fragend sah ich sie an.

Cyrisma schwieg.

»Ihr seid ein Fabelwesen, richtig?«

»Ihr seid vertraut mit ... uns?«, fragte sie erstaunt.

»Ja ja, ich bin mit einem Nöck befreundet. Und mit einem Brückentroll! Und ich habe mich einmal mit einem Nachtalben unterhalten, aber das empfehle ich niemandem«, plapperte ich vor mich hin.

»Ich ... ich bin eine Fee.« Sie sagte das, als wäre sie traurig darüber.

»Ah, deswegen. Die Pflanzen lieben Euch – der Garten sah nach unserem kleinen Spaziergang viel frischer aus.«

»Das habt Ihr bemerkt?«

Ich nickte. »Warum lauft Ihr fort?«

Cyrisma sah mich mit großen Augen an. Aus ihnen tropfte Traurigkeit. »Meine Familie hat diese Verbindung nie geduldet, hat mich als Verräterin beschimpft. Und die bin ich auch. Idar baut seinen Wein direkt neben unserem Feenhügel an. Meine Familie war darüber sehr erbost und zu Beginn haben wir dafür gesorgt, dass seine Trauben verdarben, die unser Heim bedrohten. Ihr Menschen werdet immer mehr und unser Lebensraum dadurch kleiner und kleiner.« Während sie sprach, ballte sie ihre Hände zu Fäusten. »Ich beharrte darauf, dass Idar anders sei, und nahm mir vor, ihm zu erzählen, dass ich eine Fee bin. Er sollte lernen, wie die Welt der Menschen auf uns Fabelwesen wirkt.

Heute wäre der Tag gewesen. Er sollte mich in dem Wissen heiraten, dass ich kein Mensch bin. Doch gestern sprach er davon, dass die Rebbäuerin vorgeschlagen hätte, den Weinberg zu verlegen, um die Geister zu besänftigen und den Ertrag zu erhöhen. Er lachte dabei so laut, dass sein Gesicht ganz rot wurde und ihm die Tränen liefen. *Geister, dass ich nicht lache*, hat er gesagt. *Die sollen froh sein, dass sie so guten Wein vor der Haustür haben. Das Land gehört mir und da baue ich Wein an, wo es mir beliebt.* Ich war erschrocken über so viel Egoismus. Nie hätte ich gedacht, dass mein Idar so denkt. Ich kann mich mit solch einem Mann nicht vermählen. Das bringe ich nicht über's Herz. Er beleidigt meine Familie. Mich! Jetzt gehe ich zurück, in der Hoffnung, dass sie mich wieder aufnehmen. Doch ich befürchte, mir wird der Zutritt zum Hügel verwehrt.«

»Erst gestern Vormittag ließet Ihr durchblicken, wie sehr Ihr Idar liebt. Könnt Ihr diese Zuneigung so mir nichts, dir nichts aus Eurem Herzen verbannen und gehen? Wieso stellt Ihr Idar nicht zur Rede? Verlangt eine Entschuldigung und dass er sich bessern soll?«

Cyrisma senkte den Kopf. »Nein. Das kann ich nicht.«

»Was hindert Euch daran, es ihm zu erzählen?«

Ein Ruck ging durch die Fee. Sie zog den Umhang enger und funkelte mich an. »Das geht Euch überhaupt nichts an!«

Überrascht wich ich zurück, wollte mich entschuldigen für meine unbedachten Worte, doch Cyrisma hatte sich bereits umgedreht und lief davon. Augenblicke später war sie mit der Dunkelheit verschmolzen.

»Wo ist sie? Wo ist meine Braut?«

Das ganze Anwesen erzitterte ob der Rufe Idars. Ich zog mir die Decke über den Kopf, als könnte ich so dem Gespräch entfliehen, das vor mir lag.

Nachdem Cyrisma in die Nacht verschwunden war, war ich zurück ins Bett gegangen. Ich hoffte inständig, dass meine Begegnung im Garten nur ein böser Traum gewesen war. Was würde ich dafür geben, dass jetzt ein Nachtalb auf mir säße. Doch nein. Ich war gestern Nacht hellwach, genauso wie jetzt. Langsam zog ich erst ein, dann das andere Bein unter der Bettdecke hervor und rutschte vorsichtig von der Matratze. Hinter mir brummelte Orik, der von alldem nichts mitbekommen hatte.

»Wer brüllt denn da so?«

»Der König.«

»Warum? Ist ihm seine Braut weggelaufen?«

»Ja.«

Ich spürte, wie die Bettdecke zur Seite flog. Einen Augenblick später lag Oriks verwuschelter Kopf auf meiner Schulter.

»Wie, *ja*?«

»Sie ist weggelaufen.«

»Woher weißt du das schon wieder?«

»Ich habe sie gehen sehen.«

Orik schnappte nach Luft. »Und du hast sie nicht aufgehalten?«

»Warum sollte ich? Es ist doch ihre freie Entscheidung, zu heiraten – oder eben nicht.« Ich presste die Handballen gegen meine müden Augen. »Aber ich muss es ihm sagen. Er soll wissen, dass sie selbst gegangen ist und nicht entführt wurde oder sonst wie verschwunden ist.«

Ich zog mir Hose und Tunika über, schlüpfte in meine Stiefel, ohne sie zu binden, und trat hinaus auf den weitläufigen Flur.

Dort wuselten Bedienstete hin und her. Ihre verschreckten Blicke sprachen Bände. Ich hob die Hand und hielt einen von ihnen auf. »Wo ist der König?«

»Seid besser froh, wenn Ihr ihm nicht begegnet.«

»Das war nicht meine Frage. Wo ist der König?«

»Unten in seiner Bibliothek«, erwiderte der Bedienstete und eilte schnell weiter.

Ich straffte die Schultern und ging hinunter.

»Aramil, sie ist fort! Verschwunden! Ich werde alle Hebel in Bewegung setzen und wenn ich die schuldige Person zu fassen bekomme, zertrete ich sie so wie meine Trauben! Meine Leute suchen sie schon seit Stunden, doch keine Spur von ihr!«

Idar, nur bekleidet mit einem zerknitterten Hemd und Unterhosen, lief in der Bibliothek auf und ab. Auf einem Tisch standen eine Weinkaraffe und ein Becher, doch beides schien unangetastet. In einer Ecke entdeckte ich Tomte, bewegungslos und die Hände hinter dem Rücken verschränkt. Zum Dasein als Majordomus gehörte wohl offensichtlich auch, keine Gefühlsregung zu zeigen.

Ich schüttelte den Kopf und schritt entschlossen auf den König zu, packte ihn an den Schultern und zwang ihn so, stehenzubleiben und mir in die Augen zu sehen.

»Atmet durch. Eure Aufgebrachtheit wird Euch bei der Suche nach ihr nicht von Nutzen sein.«

»Atmen! Ihr seid ein Witzbold! Meine Cyrisma ist verschwunden. Wir wollten uns heute vermählen!«

»Ich weiß, König Idar. Ich weiß aber auch noch mehr.«

»Was? Was wisst Ihr? Wer hat sie entführt? Für den Unhold knöpfe ich eigenhändig das Seil!«

Ich sah zu Boden, suchte nach Worten. Plötzlich packte mich Idar mit einer Pranke am Hals und stieß mich gegen den Tisch. Ich rang keuchend nach Luft.

»Ihr schweigt! Wart Ihr es? Was habt Ihr ihr angetan?«

Ich packte Idars Unterarm und riss daran. Plötzlich tauchte Tomte in meinem Sichtfeld auf, ergriff Idars Hand. Dessen grimmiger Gesichtsausdruck wich erst Verwirrung, dann Scham. Tomte löste die königlichen Finger von meinem Hals und schob Idar bestimmt weg.

»Hoheit, ich bezweifle, dass der Barde etwas mit dem Verschwinden zu tun hat. Außerdem wollte er Euch eben etwas mitteilen. Das kann er nicht, wenn Ihr ihn erwürgt.«

Tomte griff nach dem vollen Weinbecher und drückte ihn Idar in die Hand. Der leerte ihn in einem Zug.

»Verzeiht, Aramil. Verzeiht mir tausendmal. Ich bin nicht ich selbst. Meine Liebe ist fort und es bricht mir das Herz.«

»Sie ist fortgelaufen«, sagte ich tonlos, schwer atmend.

»Sie ist was?«, fragten Idar und Tomte gleichzeitig, doch Tomtes überraschter Ausruf wollte nicht ganz zum Gesichtsausdruck passen.

»Cyrisma möchte Euch nicht mehr heiraten und ist fortgelaufen«, wiederholte ich.

Idar sank in den nächsten Stuhl und bedeckte seine Augen mit den Händen. »Was habe ich nur getan, dass sie diese Entscheidung getroffen hat?«

Ich sah von Idar zu Tomte. Unsere Blicke hielten ungewöhnlich lange aneinander fest, so als wüsste Tomte, was nun kommen würde. Das knappe Nicken bestätigte meinen Verdacht.

»Hoheit, es steht mir nicht zu, Euch das nun Folgende zu sagen. Doch ich tue es trotzdem, um Cyrismas und Eurer willen.«

Ich räusperte mich. Ungefragt drückte Tomte mir ebenfalls einen Becher Wein in die Hand.

»Ihr habt euch abfällig über ihre Familie geäußert. Unbewusst, dennoch ist dies ein schwerwiegendes Vergehen.«

Der König sah mich an, Verwirrung im Blick. »Aber ich kenne ihre Familie doch gar nicht.«

»Habt Ihr sie je danach gefragt?«

Stumm starrte Idar mich an, dann schüttelte er den Kopf. »Ich habe immer nur sie gesehen. Ich war ... ich bin so sehr in sie verliebt!«

»Wisst Ihr, woher sie kommt?«, fragte ich erneut.

»Na aus der Gegend«, erwiderte Idar mit einem Stirnrunzeln.

Tomte schnaubte. »Hoheit, Cyrisma ist eine Fee. Ihr Feenhügel liegt auf dem Berg, den Ihr mit Weinreben übersät habt. Ihr Lebensraum und der ihrer Familie ist in Gefahr. Erinnert Ihr Euch, was Ihr vor zwei Tagen über *Geister* gesagt habt?« Mit verschränkten Armen stand Tomte vor dem König und sah dabei zu, wie die Worte in ihn hineinsickerten.

Überrascht zog ich die Augenbrauen hoch. Tomte wusste also über Cyrisma Bescheid. Doch woher? So vertraut, dass sie miteinander Geheimnisse austauschten, wirkten die beiden bislang nicht auf mich. Im Gegenteil, Tomte schien Cyrisma eher auf Abstand zu halten. In mir keimte eine Vermutung. War Tomte womöglich ebenfalls ein Fabelwesen?

»Ich sagte ... oh, ich sagte ...« Idar vergrub erneut das Gesicht in den Händen und schluchzte laut auf. »Ich ... ich muss zu ihrem Hügel und sie um Vergebung bitten.« Er erhob sich, die Knie wackelig.

Tomte stützte ihn, doch machte keinen Schritt. »Das lasst Ihr besser bleiben. Die Feen könnten dies als Angriff werten.«

»Aber ... wie kann ich sie um Verzeihung bitten, wenn ich sie nicht suchen darf?«

Tomte sah mich an. Verblüfft, dass ich wohl erneut den gleichen

Gedankengang hatte wie des Königs Majordomus, schlug ich vor: »Schreibt ihr einen Brief. Lasst ihn dort liegen, wo sie ihn mit Sicherheit findet, und dann wartet. Wenn sie Eure Entschuldigung akzeptiert, wird sie zurückkehren.«

»Der Barde hat recht.«

»Danke, Tomte«, sagte ich bass erstaunt.

Ein Bediensteter betrat die Bibliothek mit gesenktem Blick, als fürchtete er, das nächste Opfer von Idars Gefühlsausbruch zu werden. »Verzeiht die Störung, aber König Uthbert und Königin Esther sind soeben eingetroffen.«

Sobald er seine Botschaft losgeworden war, schlüpfte der Bedienstete auch schon wieder zur Tür hinaus.

Idar stöhnte auf. »Auch das noch!« Er plumpste zurück in den Sessel.

»Ich werde Eure Gäste begrüßen und Ihr schreibt den Brief, Hoheit. Barde, helft ihm dabei«, beschied Tomte und verließ die Bibliothek Richtung Haupteingang.

Etwas hilflos blickte ich auf den König, da kam mir eine Idee. »Ich hole schnell meine Laute. Mit Musik lässt sich besser über Gefühle schreiben, glaubt mir. Und Ihr spritzt Euch etwas kaltes Wasser ins Gesicht und lasst Euch Stift und Papier bringen.« Ich blickte an ihm hinab. »Und vielleicht auch eine Hose.«

Idar nickte müde. »Was immer Ihr sagt, Aramil.«

Der Tag zog an uns vorbei. Der König und ich suchten nach den rechten Worten und feilten so lange, bis uns der Kopf schwirrte. Orik sah von Zeit zu Zeit nach uns, versorgte uns mit Trunk und Speisen, während Tomte sich um alles andere kümmerte. Als die Nacht anbrach, saß ich draußen im Garten und zupfte die Saiten meiner Laute. Idar indes hatte sich auf den Weg gemacht, um einen geeigneten Platz für den Brief zu finden. Mein Gefühl sagte mir jedoch, dass Cyrisma dem Brief, sofern sie ihn fand, keine Beachtung schenken würde.

Ich schloss die Augen und ließ meine Finger von allein ihren Weg durch Saiten und Noten finden. Die Melodie erinnerte mich an Regen, der auf Blätter fiel. Ich wischte mir eine Träne fort, nachdem ich den letzten Ton gespielt hatte. Von irgendwoher drang ein Schluchzen an meine Ohren. Auch wenn ich mich freute, dass ich Menschen mit meinen Liedern berührte, brachte ich sie ungern zum Weinen.

Mit Bauchgrimmen dachte ich an den nächsten Tag. Wie lang Cyrisma fortbleiben würde, wussten nur die Patrone. Ich war mir nicht einmal sicher, ob sie überhaupt zurückkehren würde.

Trotz einer ruhigen Nacht hing mir die Müdigkeit am nächsten Morgen noch in den Knochen. Ich gähnte und gähnte, fragte mich, was mich wohl geweckt haben mochte. Die Sonne begann doch gerade erst ihren Aufstieg gen Himmel.

»Es laugt einen aus, Gefühle niederzuschreiben. Hat der König überhaupt ein Wort des Briefes selbst verfasst?«

Ich warf Orik einen vorwurfsvollen Blick zu. »Natürlich. Er hat den ganzen Brief allein geschrieben. Ich habe ihm nur geholfen, die richtigen Worte zu finden.«

Orik öffnete den Mund.

Ich hob die Hand. »Behalte es für dich«, sagte ich nur.

»Wie du meinst«, grummelte er. »Ich brauche etwas zu essen. Begleitest du mich?«

»Später vielleicht«, winkte ich ab und trat ans Fenster. Dieser Garten war wirklich eine Augenweide. Ich ließ den Blick über das Meer aus Farben schweifen, bis er an zwei Gestalten hängenblieb.

»Das ist nicht wahr!«, rief ich aus.

Prompt stand Orik neben mir. »Was ist los?«

»Sieh, da unten!«

»Wo?«

Ich deutete auf eine abgelegene Ecke des Gartens. »Dort hinten. Da steht Idar mit Cyrisma. Sie ist wieder da!«

»Ob sie streiten?«, überlegte Orik.

»Kann ich nicht sagen.« Ihrer beider Haltung war beherrscht, die Gesten ruhig, doch sie sahen auch nicht so aus, als würden sie sich im nächsten Moment in die Arme fallen.

Ich entdeckte Tomte auf der Terrasse, den Blick starr auf das Paar gerichtet.

»Ich glaube, ich komme doch mit zum Frühmahl«, nahm ich Oriks Gesprächsfaden wieder auf und wandte mich vom Fenster ab. »Außerdem muss ich noch Esther und Uthbert meine Aufwartung machen. Seitdem ich sie das letzte Mal gesehen habe, muss viel passiert sein.«

Die große Tafel war für das Frühmahl noch nicht gedeckt, doch in der Küche wurden wir versorgt. Ich nahm mir einen Apfel und ein Stück Brot, entschuldigte mich kurz bei Orik und ließ ihn bei den Bediensteten.

Mein Weg führte mich durch die Eingangshalle, in die Bibliothek, hinaus auf die Terrasse, durch die Tür, die Tomte am nächsten war.

»Guten Morgen!«

»Morgen.«

»Keine prächtige Laune heute, Tomte? Dabei glimmt ein Funken Hoffnung am Horizont, was die Hochzeit angeht.« Ich deutete mit dem Stück Obst auf Cyrisma und Idar, die noch immer miteinander sprachen.

»Hm.«

»Also mich macht das glücklich«, plapperte ich weiter und grinste breit.

»Ich hatte nicht damit gerechnet.«

Fragend schaute ich Tomte von der Seite an. »Ja, dass Cyrisma den Brief findet, lag gerade so im Bereich des Wahrscheinlichen. Andererseits ist sie eine Fee. Fabelwesen meistern Dinge viel leichter als wir schnöde Menschen.«

»Du bist ein schnöder Mensch, Barde.«

»Ich weiß, ich weiß«, räumte ich seufzend ein.

Tomte schwieg. Wir standen nebeneinander, den Blick in den Garten gerichtet. Cyrisma und Idar standen immer noch am selben Fleck, redeten.

»Ich habe den Brief verbrannt.«

Ich biss geräuschvoll in meinen Apfel und genoss Tomtes abfälligen Blick. Endlich näherten wir uns der Wahrheit! »Verzeiht. Euer Obst ist wirklich knackig.« Ich wischte mir einen Saftspritzer vom Kinn. »Wolltet Ihr nicht, dass Euer König mit Cyrisma glücklich wird?«

»Sie wird nicht mit ihm glücklich. Mit keinem Menschen. Sie ist eine Fee. Sie sollte bei ihresgleichen bleiben.«

»Weil Ihr auch das beste Beispiel dafür seid«, spottete ich. Tomtes Augen feuerten Blitze auf mich ab und ich unterdrückte ein Schmunzeln.

»Was redet Ihr da überhaupt?«

Ich wagte den Sprung: »Die Reaktion des Königs auf Eure Offenbarung, dass Cyrisma eine Fee ist, ließ mich darauf schließen, dass Ihr ebenfalls ein Fabelwesen seid.«

»Ihr haltet Euch wohl für ganz gewieft, Meister Barde.«

Tomtes schneidender Ton ließ mich innerlich zusammenfahren.

Ich bemühte mich um einen milderen Tonfall: »Ihr wolltet

sie beschützen, ich verstehe. Aber es liegt nicht in Eurer Gewalt, und schon gar nicht in Eurem Ermessen, zu entscheiden, was Cyrisma glücklich macht und was nicht. Wenn sie Idar liebt, soll sie ihn heiraten können, auch wenn er ein Mensch ist und sie eine Fee.«

»Das bringt nur Schaden«, zischte Tomte.

»Wenn es Euch Schaden gebracht hat, tut es mir leid, Tomte. Doch muss das Schicksal anderer Fabelwesen nicht dem Euren gleichen.«

»Ich habe mich an ihn gebunden.« Tomte seufzte und deutete mit dem Kinn in Richtung des Königs. »Er rettete mich in meiner Wichtelgestalt aus einem Eimer Milch, in den ich gefallen war. Hätte er mich nicht entdeckt, wäre ich ertrunken.« Eine Träne rollte Tomtes Wange hinab. »Ich versprach Idar, meine Schuld zu begleichen und ihm zu dienen. Ich gab meine Wichtelgestalt auf und begleitete ihn fortan als Majordomus. Ich vermisse mein Volk, meine Familie sehr, doch Idar zu dienen erfüllt mich. Aber seit Cyrisma bei uns ist, ist der König wie ausgewechselt. Der Lebemann, dem ich so gern gedient habe, ist fort. Versteh mich nicht falsch, Barde. Es ist gut so, wie es ist. Ich jedoch komme mir seitdem fehl am Platz vor, ungebraucht und auch ich kann nicht zurück.« Tomte deutete mit beiden Händen auf sich. »Diese Gestalt bleibt mir bis in den Tod.«

Ich betrachtete Tomte mit ruhigem Blick. Tomtes grün-braune Augen schimmerten feucht.

»Würde es Euch besser gehen, wenn Ihr ginget?«

Tomte schüttelte den Kopf. »Nein.«

»Und wäre es besser, Cyrisma ginge und Idar bliebe unglücklich, wer weiß wie lang?«

Ein weiteres Kopfschütteln.

»Dann, denke ich, habt Ihr eine Antwort. Oder nicht?«

Tomte zog geräuschvoll die Nase hoch und wischte sich mit dem Ärmel über das Gesicht. »Barde, es stimmt, was die Leute über dich sagen. Du bringst sie zum Reden.«

Ich verbeugte mich knapp. »Stets zu Diensten!«

Ein freudiger Schrei wehte zu uns herüber. Unversehens schnellten unsere Köpfe herum. Dort unten im Garten lagen sich Cyrisma und Idar in den Armen. Nach einigen Augenblicken lösten sie sich voneinander. Idar entdeckte uns und winkte.

Tomte straffte die Schultern, doch bevor ich den ersten Schritt auf das Gras machen konnte, wurde ich zurückgehalten.

»Kein Wort zu niemanden! Verstanden, Barde?«

»Nicht mal ein Liedchen?«

»Kein einziger vermaledeiter Ton!«

Ich schluckte. »Verstanden.«

Tomte ließ meine Tunika los. »Gut.«

»Moment«, grübelte ich laut, »wenn Ihr den Brief, den ich, ich meine, Idar für Cyrisma geschrieben hat, verbrannt habt, warum steht sie da im Garten und wirkt dem König nicht mehr so abgeneigt wie noch vor Sonnenaufgang?«

Tomte zuckte mit den Schultern. »Es war wohl nicht der Brief, der nötig war.«

Idars Majordomus erreichte das Paar kurz vor mir und verneigte sich formvollendet.

»Wie kann ich Euch zu Diensten sein?«

Der König klatschte in die Hände und lachte herzlich. »Weckt alle! Bereitet alles vor! Heute feiern wir Hochzeit!« Er legte seinen Arm und Cyrismas zarte Gestalt. Die Fee lächelte schüchtern. »Lasst uns hineingehen, mein Herz. Auch wir wollen uns bereitmachen.«

Unsicher blickte Cyrisma zwischen Idar, Tomte und mir hin und her. »Ich würde gerne alles Prunkvolle weglassen. Prunk ist nichts für Feen. Wir sind ein Naturvolk. Die Natur ist schön so, wie sie ist. Lasst es uns einfach halten, ja?«

»Alles, was du wünschst, mein Herz«, beeilte Idar sich, zu sagen. »Tomte?«

»Jawohl.« Des Königs Majordomus machte kehrt und verschwand Richtung Anwesen.

»Meinen allerherzlichsten Glückwunsch«, sagte ich an das Brautpaar gewandt. »Ich bin froh, nun doch auf Eurer Hochzeit aufspielen zu dürfen.«

»Danke für alles, Aramil«, sagten Cyrisma und Idar gleichzeitig.

Verlegen winkte ich ab. »Ach, keine Ursache«, sagte ich. Ich ging ein paar Schritte rückwärts und bedeutete den beiden, mir zu folgen. »Und nun auf! Das Fest kann ohne Euch nicht stattfinden!«

Es war eine wunderschöne Hochzeit. Idar weinte, als Cyrisma ihm für immer ihre Hand versprach, und auch Orik schnäuzte mehr als einmal in sein Taschentuch.

An diesem Abend suchte ich oft Blickkontakt zu Tomte. Doch meine Sorge blieb unbegründet. Cyrisma forderte Tomte auf, mit ihr zu tanzen, und Tomte hatte sichtlich Spaß daran.

Auch kam ich endlich dazu, mit Uthbert und Esther zu sprechen. Die beiden waren mittlerweile Eltern von zwei Kindern und sehr glücklich über so viel Leben im Schloss. Bei einem Krug Wein erfuhr ich, dass seit meinem Besuch bei Hofe vor einigen Jahren keine Nacht mehr den König Schlaf gekostet hatte.

»Ich singe das Lied von Tobin Saitenpfad, das Ihr mir zeigtet, ab und zu aus Vorsicht«, raunte mir Esther ins Ohr.

Ich schmunzelte und stieß mit ihr an. »Lieder sind dafür da, um gesungen zu werden.«

Als die Nacht begann, in den Morgen überzugehen, fiel ich

erschöpft vom vielen Tanzen auf eine Bank. Kurz darauf landete jemand neben mir. Cyrisma strahlte mich an, ihre Wangen rot von Wein und Tanz.

»Ich amüsiere mich prächtig, Aramil!«

»Das freut mich, Hoheit. Eine wundervolle Feier habt Ihr hier ausgerichtet.« Ich hob meinen Kelch und stieß mit Cyrisma an. »Gestattet Ihr mir eine Frage?«

Die Fee nickte überschwänglich.

»Was hat Eure Meinung über die Verbindung mit Idar geändert?«

Ein verschmitztes Lächeln huschte über ihr Gesicht. »Ich habe einen Pakt mit ihm geschlossen.«

Ich zog die Augenbrauen nach oben. »Jetzt bin ich neugierig.«

»Ich habe ihm erklärt, was mich verletzt hat und was ich von ihm erwarte, wenn er mein Gemahl sein möchte. Und er hat mir versprochen, Südbaldern im Sinne aller Wesen zu führen und, vor allem, den Hügel meiner Familie in Ruhe zu lassen.«

»Das freut mich sehr!«, erwiderte ich überschwänglich. »Südbaldern blickt einer wunderbaren Zukunft entgegen.«

»Das denke und hoffe ich auch. Und ich bin ja hier, um Idar daran zu erinnern.« Cyrisma kicherte und sprang auf. »Lasst uns tanzen, Meister Barde!«

Lachend ergriff ich die dargebotene Hand der Fee und wirbelte mit der Braut durch den Saal.

Am nächsten Morgen, oder, um ehrlich zu sein, zur Mittagsstunde, wurde ich von Idar und Uthbert in die Bibliothek gerufen. Auf dem kleinen Tischchen lag ein auseinandergefaltetes Pergament, eilig beschrieben, die Tinte zum Teil verschmiert. Die Gesichtsausdrücke der Umstehenden, zu denen auch Tomte und Esther gehörten, ließen nichts Gutes erahnen.

»Was ist passiert?«, fragte ich, mich innerlich für das wappnend, was nun kommen würde.

»Der Brief ist von Ulric. Er will, dass ich den Thron aufgebe, sonst beginnt er einen Krieg«, berichtete Uthbert tonlos vom Inhalt der Nachricht.

Erschrocken riss ich die Augen auf. »Wie konnte er es schaffen, so viele …«

»Das ist unerheblich«, fiel Uthbert mir ins Wort. »Wichtig ist, dass wir mit ihm verhandeln. Krieg ist keine Option. Er ist unser Bruder. Ich …« Er stockte. »Ich hätte ihn fast umgebracht. Ich bin es ihm schuldig, ihn anzuhören.«

Esther ergriff den Arm ihres Gemahls. »Er wird dich in eine Falle locken.«

»Ich gehe mir dir, Bruder«, versprach Idar und legte ihm die Hand auf die Schulter.

»Aramil?«

Der unsichere Ton Uthberts machte mich nervös. »Ja?«

»Bitte begleitet uns. Ihr habt einen Einfluss auf die Menschen, besonnener zu handeln. So die Patrone wollen, hilft uns das bei den Verhandlungen mit Ulric.«

Ich schluckte, sah von einem Gesicht zum anderen. Und fasste mir ein Herz, auch wenn es in diesem Moment flatterte wie ein Schwarm Spatzen. »Ich werde Euch begleiten.«

Die Angst, die ich in diesem Moment verspürte, warf mich in Erinnerung erneut zurück zu jenem Tag, als die Schlacht in den Blutmarschen wütete. Auch jetzt noch wühlt es mich auf. Todesangst ist etwas, was ich keinem wünsche, nicht einmal meinem ärgsten Feind. Lasst mich kurz einen Schluck Met trinken. Auch wenn diese Ereignisse schon längst Vergangenheit sind, flattern meine Nerven bei dem Gedanken daran. Gebt mir einen Moment, um mich zu sammeln, dann erzähle ich weiter. Nun habe ich die Tür schon aufgestoßen, also kann ich auch hindurchgehen.

Wer das letzte Wort hat

Jahr 481 seit Besiedelung

Wie ich euch eben bereits berichtet habe, erreichte uns ein Brief von Ulric. Er befahl uns zu sich. Wir zweifelten nicht daran, was er wollte, was er vorhatte.

Bitte legt Zweige nach, vertreibt die Schatten. Was ich euch nun erzähle, ist an Düsternis kaum zu übertreffen.

Der Treffpunkt, den Ulric in seiner knappen Nachricht bestimmt hatte, lag einen guten Tagesritt von Idars Anwesen entfernt.

Wir packten das Nötigste, während uns Pferde gesattelt wurden. Mein Protest gegen ein eigenes Pferd wurde rasch erstickt und man versprach mir, dass ich eines der zahmsten Tiere bekommen würde.

Der Abschied von Orik fiel mir schwer. Es fühlte sich endgültig an. Er versprach, Herrn von Grau und Distel sicher zurück zum *Fauchenden Fuchs* zu bringen. Und ich gab ihm auch meine Laute mit.

Orik hielt mein Pferd, während ich versuchte, in den Sattel zu kommen. Trotz der angespannten Stimmung sorgte ich für einige verhaltene Lacher, was mir nur recht war.

Bevor wir vom Hof ritten, beugte ich mich nochmal hinab zu Orik, nahm sein Gesicht in beide Hände und küsste ihn innig. »Bis bald. Ich bin in zwei Tagen zurück im *Fuchs*. Warte dort auf mich.«

»Ich nehme dich beim Wort«, entgegnete er und hauchte mir einen letzten, flüchtigen Kuss auf die Lippen.

Unsere kleine Gruppe kam, trotz meiner fehlenden Reitkünste, schnell voran. Zum Schutz von Uthbert und Idar begleiteten uns vier Wachen. Eine davon, eine grimmig drein guckende Frau mit zwei Äxten und geflochtenen Haaren, hielt sich stets neben mir, um mich aufzufangen, als ich zum dutzendsten Male aus dem Sattel rutschte.

»Wie seid Ihr sonst gereist?«, fragte sie mit einem nervösen Blick auf meinen schwankenden Körper.

»Zu Fuß. Mit einem Esel als Begleiter. Wie es sich für einen Barden geziemt«, ergänzte ich bissig.

»Hm«, brummelte die Soldatin und richtete ihren Blick wieder nach vorn.

Wir erreichten die Taverne *Zum Schädelspalter* bei Einbruch der Dunkelheit. Eingehüllt von Bodennebel schälte sich die Silhouette des Gebäudes langsam aus der Dämmerung. Torfhütten lag unweit von hier, somit befanden wir uns am Rand der Sümpfe. Hier konnte man leicht etwas – oder jemanden – verschwinden lassen, dachte ich mit Magengrimmen.

In einigen Schritten Entfernung zügelten wir die Pferde und stiegen ab. Das Auftreffen unserer Stiefel auf dem Boden erschien unnatürlich laut in der beklemmenden Stille.

»Es ist niemand hier«, flüsterte ich irritiert.

»Ihr irrt. Sie beobachten uns schon eine Weile«, erwiderte die Soldatin und zog ihre Äxte aus den Halterungen.

Ich warf einen zweiten Blick auf das Haus vor uns. Die Taverne schien schon bessere Tage gesehen zu haben. An mehreren Stellen war die Hauswand mit Brettern dürftig ausgebessert worden, auf dem Dach meinte ich, Moos auszumachen, und das war nur, was ich in diesem Zwielicht erkennen konnte.

»Wir gehen besser nicht durch die Vordertür. Könnte eine Falle sein«, murmelte der Hauptmann.

Wir banden die Pferde nicht fest. Sie sollten eine Chance zur Flucht haben, falls sich dieses Treffen zu unserem Nachteil entwickelte.

Ich hielt mich dicht bei den beiden Königsbrüdern, während wir Fuß um Fuß die Taverne umrundeten.

»Es ist viel zu ruhig hier. Bleibt wachsam«, raunte der Hauptmann seinen Leuten zu. In diesem Moment flog eine Tür auf, die keiner von uns als solche erkannt hatte, so sehr fügte sich das Türblatt in die Fassade ein. Heraus trat ein grobschlächtiger Mann mit rissigem Wams und zwei verschiedenen Stiefeln an den Füßen.

»Der Herr erwartet euch«, ertönte seine Stimme, schartig wie ein altes Messer.

Meine Nackenhaare stellten sich auf. Ich kannte die Stimme! Er musste einer der Männer sein, die Bryn und mich vor ein paar Jahren in der Waldhütte überfallen hatten.

Der Hauptmann trat vor, doch der Kerl stieß mit der Hand gegen dessen Brust. »Nicht du, nur die Könige und der Barde.«

Idar zog seinen Hauptmann zurück, als der zum Konter ansetzen wollte. »Nicht, Jesper.«

Er sah fragend zu seinem König.

»Sichert das Gelände«, befahl Idar, dann schob er sich an seinem Hauptmann vorbei und betrat die Taverne. Uthbert folgte ihm, ohne zu zögern.

Angst lähmte mich und meine Füße versagten mir den Dienst.

»Los, Barde«, knurrte der Mann.

Meinen Blick an seine kleinen Augen geheftet, schritt ich unter dem Türsturz hindurch. Sofort zog der Hüne die Tür hinter mir zu.

»Da lang«, knurrte Ulrics Handlanger und deutete nach links.

So, wie es aussah, standen wir im Schankraum der Taverne. Tische, Bänke und Stühle lagen teilweise zerschlagen und verstreut darin herum. In einer Ecke sah ich eine Ratte durch eine Ritze verschwinden. Auf dem Tresen stapelten sich allerlei Unrat und Krüge. Dazwischen stand ein Paar löchriger Stiefel. Doch außer uns sah ich niemanden. Wo war Ulric?

»Wo ist unser Bruder?«, verlangte Uthbert zu wissen.

Der Mann, der uns hereingelassen hatte, brummte nur und zeigte nochmal in dieselbe Richtung. Auf einmal erkannte ich eine weitere Tür.

»Ist er da drin?«, fragte ich und machte einen Schritt in Richtung der Tür, die sich plötzlich öffnete und drei weitere Söldner ausspuckte. Einer davon schritt geradewegs auf mich zu und klopfte mit groben Schlägen meinen Körper ab.

»Waffen?«, fragte er mürrisch.

»Wenn Ihr meine Laute meint, nein, die habe ich nicht dabei«, erwiderte ich scherzhaft und erntete einen grimmigen Blick. »Hieß diese gemütliche Einkehr eigentlich schon immer *Zum Schädelspalter* oder habt ihr sie so genannt?«

»Das war die Idee vom Heerführer«, gab mir einer der Wachen überraschend eine Antwort.

»Halt die Klappe, du Schleimkopf! Und du, Barde, hast wohl den Ernst der Lage nicht verstanden«, knurrte der Mann, ließ aber von mir ab. »Der hier ist sauber.«

»Die anderen auch«, sagte der Söldner, der Idar nach Waffen durchsucht hatte.

»Gut. Bringt sie zum Heerführer.«

Uthbert, Idar und ich wurden in den Raum geführt, aus dem eben noch die Söldner gekommen waren. Mit einem Krachen fiel die Tür hinter uns ins Schloss. Erstaunlicherweise blieben die Söldner draußen. Nur einen Augenblick später sah ich, warum. Am anderen Ende des Raumes saß Ulric auf einem Stuhl, an dessen Lehne ein Gehstock lehnte. Neben ihm stand Bryn mit gezogenem Langdolch. Die Spitze deutete auf uns.

Ich konnte nicht anders, als sie anzustarren. Es waren nur wenige Winter vergangen, seit ich sie zum letzten Mal gesehen hatte. Ihre Züge, wie immer wachsam, wirkten verhärmt, ihre Augen müde. Was auch immer Ulric von ihr verlangte, es zehrte an ihr.

»Brüder! So viele Jahre und einen Mordversuch später sehe ich euch wieder. Ihr seid fett geworden. Das königliche Leben hat euch träge gemacht.«

Ich rollte mit den Augen ob der plumpen Provokation. Doch bei Uthbert fruchtete sie, das erkannte ich an seinem entrüsteten Schnauben.

»Du hättest dieses Leben ebenfalls haben können. Doch du hast dich dafür entschieden, lieber Krieg zu führen und das Leben Unschuldiger aufs Spiel zu setzen!«

»Richtig erkannt, Bruder. Dieses Leben steht mir zu. Und nur mir.«

Ulrics herablassender Blick glitt an Uthbert hinab, blieb kurz an Idar hängen und fixierte dann wieder den König von Nordbaldern.

»Ich hoffe, dir ist bewusst, dass du hier bist, um die Krone abzugeben. Mir gleich, ob du es freiwillig tust oder«, er zog den Mundwinkel nach oben, »ob ich mir die Krone von deinem abgetrennten Kopf pflücke.«

Uthbert straffte die Schultern. »Ich werde dir meine Krone nicht geben.«

»Wir sind hier, um eine gemeinsame Lösung zu finden, Ulric. Das hätten wir schon nach Vaters Tod tun sollen«, ergänzte Idar.

Ich betrachtete Bryn. Die Waffe immer noch im Anschlag sah sie ruhig zwischen den Brüdern hin und her. Mir widmete sie keinen Blick, obwohl sie meinen spüren musste. Ich rief mir in Erinnerung, was sie mir damals in der Waldhütte über ihre Vergangenheit erzählt hatte. Was Ulric für sie getan, aber wie sie auch darunter gelitten hatte. Trotz allem riskierte sie ihr Leben noch immer für diesen rachegetriebenen Mann und ließ ihn darüber bestimmen. Resigniert schloss ich die Augen, drückte Daumen und Zeigefinger auf meine Nasenwurzel.

»Es gibt kein *gemeinsam*, Idar. Versteh das endlich! Vater hat es nie erkannt, aber ich bin der Einzige, der Baldern zu neuer Größe verhelfen kann. Sieh doch, was Uthbert aus diesem Land gemacht hat! Nichts! Brach liegt es da. Ungenutzt! Es gibt so viel zu erobern. Die Landesgrenzen müssen erweitert werden. Ich will mehr! Ihr kennt doch den Leitspruch unserer Dynastie: *Glück den Mutigen, Gram den Verzagten!*« Er deutete auf sich. »Glück.« Dann auf seine Brüder. »Gram.«

»*Größenwahn* würde eher passen«, murmelte ich vor mich hin.

Jäh fixierte mich Ulrics durchdringender Blick. »Der Barde. Was macht der eigentlich hier? Tritt näher!«, herrschte er mich an.

Gleich Blut aus einer offenen Wunde sickerte der klägliche Rest Mut aus mir heraus. Die nackte Angst, mein Leben hier und heute zu verlieren, überflutete mich, ließ mich frieren. Ich wollte fortlaufen. Ich konnte weder vor noch zurück. Dennoch zwang ich mich dem Drang, dem Befehl zu folgen, zu widerstehen.

»Hast du nicht gehört?«, knurrte Ulric.

»Vorwärts, Barde.« Bryns eisige Stimme ließ mein Herz kurz stillstehen, bevor es in dutzendfacher Geschwindigkeit weiterschlug. Sie kam auf mich zu, trat neben mich und hielt die Spitze ihres Langdolchs mit deutlicher Botschaft an meine Taille. Meinem Blick jedoch wich sie aus.

So gelassen wie möglich machte ich die paar Schritte und blieb zwei Armlängen vor Ulric stehen. Ich musterte ihn, wie er mich musterte. Sein von Falten zerfurchtes Gesicht, dessen Mitte eine schiefe Nase bildete, war übersät von grauen Bartstoppeln. Seine zusammengesunkene Gestalt passte so gar nicht zu dem streitbaren Ausdruck, dem Lodern in seinen Augen.

Ulric leckte sich die spröden Lippen. »Du wusstest die ganze Zeit, dass ich am Leben bin. Ist es nicht so?«

Ein Nicken war alles, was ich zustande brachte.

»Warum hast du mich nicht verraten? Meinen Brüdern wäre es ein Leichtes gewesen, mich aus dem Weg zu räumen, sobald sie mich gefunden hätten. Stattdessen führen wir jetzt diese nette kleine Unterhaltung.«

Jäh fühlte ich mich an meine Begegnung mit dem Drachen erinnert. Ständig geriet ich in ausweglose Situationen. *Setz alles auf eine Karte.* »Vielleicht dachte ich, Ihr seid mit dem Wissen um das Leid, das Ihr verursacht habt, bereits genug gestraft. Erst die Begegnung mit Menduir hat mich eines Besseren belehrt.«

Ulric kniff die Augen zusammen. »Dieser Name … sag ihn nochmal.«

»Menduir. Euer zweiter Vater, wenn Ihr so wollt.«

»Was redet Ihr da?«, riefen Uthbert und Idar wie aus einem Mund.

Ich drehte mich um, deutete gleichzeitig auf Ulric. »Sein Geist war mit dem eines Drachen verbunden. Sein Name war Menduir und er lebte lange Jahre eingesperrt im, nun ja, Drachenfelsen.«

»Dem Salzberg?«, hakte Idar nach.

Ich nickte.

»Aber wie … ?« Uthbert deutete ratlos auf seinen Bruder.

»Vermutlich nahm Eure Mutter zu viel – oder zu reines – Salz zu sich, als sie Ulric unter dem Herzen trug. So wurde das Band zwischen ihm und dem Drachen geknüpft. Menduir spürte die ganze Zeit eine Verbindung zu Ulric und er wohl auch zu ihm. Warum ist er wohl so habgierig, im Gegensatz zu Euch? Und wie«, ich warf Uthbert einen Blick zu, »hat er wohl Euren tödlichen Schwerthieb überleben können?« Ich zuckte mit den Schultern. »Die Macht des Drachen wohnt ihm inne.«

Ulric griff zu seinem Gehstock und stieß damit hart auf den Boden. »Genug! Zeit zu schinden wird euch nicht zum Ziel bringen!«

»Horcht in Euch hinein, Ulric«, sagte ich schnell. »Ihr spürt die Wildheit, Ihr *seid* es!«

»Lebt der Drache noch?«, konterte er.

Ich schüttelte den Kopf.

»Dann ist es nicht von Bedeutung. Und, da wir schon von anderen Vätern reden, lasst uns doch gleich davon sprechen, dass auch Uthbert nicht von Siegesmund stammt. Er hatte nie Anspruch auf die Krone!«

Ulrics süffisantes Lächeln ließ mir das Blut in den Adern gefrieren. »Woher wisst Ihr …«, flüsterte ich. Ich biss mir auf die Zunge, bemerkte den Fehler zu spät. Mein Blick zuckte zu Bryn, die die Spitze ihres Dolches gegen meine Taille drückte. Ihre Miene blieb unbeweglich.

»Verbindlichsten Dank für die Bestätigung meiner Vermutung, Barde. Ich mutmaßte nur, aber du scheinst es ja zu wissen.« Sein triumphaler Blick kam einem Schlag in meine Magengrube gleich.

Ulric wandte sich zu Uthbert und spuckte ihm vor die Füße. »Du bist nicht mein Bruder. Du bist bloß ein Bastard!«

»Ich werde die Krone nicht aufgeben«, wiederholte Uthbert, der keinen Zoll wich. Nichts in seinen Augen zeugte davon, dass er dem eben Gesagtem Glauben schenkte. »Wir können zusammen einen Weg finden, wie wir Vaters Wunsch gerecht werden oder …«

»Oder was, du dreckiger Bastard?«, fragte Ulric mit lauernder Stimme.

»Oder du wirst ins Exil gehen, Ulric«, vervollständigte Idar den Satz seines Bruders. »Du willst das Land nur für deine Belange benutzen. Die Menschen, die darin leben, bedeuten dir rein gar nichts.«

Ulric erhob sich, stützte sich schwer auf seinen Stock und reckte den Zeigefinger nach vorne. »Was habt ihr denn für das Land gemacht, hä? Nichts! Du«, er deutete auf Idar, »lässt dich im Süden Tag für Tag mit Wein volllaufen und heiratest die nächstbeste Dirne. Und du«, sein Blick richtete sich auf Uthbert, »bist der erbärmlichste König, den Baldern je gesehen hat. Du regierst nicht. Du hast das Volk allein gelassen, so, wie du es mir vorwirfst, zu tun. Ich habe damals versucht, für meine Leute etwas zu essen zu beschaffen, nachdem die Flut uns so verheerend traf. Und was tatest du? Du hast uns am langen Arm verhungern lassen, uns deine Hilfe verwehrt! Was hätte ich deiner Meinung nach tun sollen? Von Käfern und Gewürm leben? Nein! Ich bin ein Königsgeborener. Ein Drachengeborener, wenn man diesem Hampelmann hier glauben will. Mein Platz ist auf dem Thron und nirgendwo anders!«

»Ich habe getrauert! Um dich!«, schoss Uthbert zurück. »Wie ich sehe, war es ein Fehler, in mehrerlei Hinsicht.«

»Nehmt es mir nicht übel, Hoheiten, aber Ihr dreht euch im sprichwörtlichen Kreis.«

Plötzlich lagen alle Blicke auf mir. Auch Bryns. Nur kurz sah sie mir in die Augen. Meine Gedanken schnellten zurück zu dem warmen Sommerabend, an dem wir, im Gras liegend, die Sterne betrachtet hatten. Ich schluckte und gab mich dem freien Fall hin, denn meine Aussage glich einem Sprung eine Klippe hinunter.

»Sind wir doch mal ehrlich«, plapperte ich weiter. »Ulric hier will alleiniger Herrscher von Baldern werden. Das führt aber ziemlich sicher zum Untergang des Reiches.« Ich sah Ulric in die Augen. »Tut mir leid, wenn ich das so deutlich sage.« Er setzte zu einem Widerwort an, doch ich ließ ihn nicht. »Idars Interessen liegen beim Weinkeltern und bei seiner Gemahlin, da hat die Regierung eines Reiches keinen Platz. Und Uthbert, Eure Gemahlin ist ein besserer König, als Ihr es je sein werdet. Und da spielt es nicht einmal eine Rolle, ob nun Siegesmund Euer Vater ist oder irgendjemand anderes.« Ich trat einen Schritt zurück, um alle im Blick zu haben. »Für mich ist keiner von Euch ein geeigneter Regent für Baldern. Lasst Esther auf den Thron und euch allen wäre geholfen.«

Niemand rührte sich, alle starrten mich an. Hätte jetzt ein Wichtel gehustet, wir hätten es gehört.

»Spar dir die Luft zum Atmen, Barde«, sagte Ulric, der sich als Erster von meinem Monolog erholt hatte. »Solange du noch atmen kannst. Bryn, du weißt, was du zu tun hast, meine Taube.«

Ulrics wedelnde Handbewegung in meine Richtung wirkte, als träfe mich eine Welle eiskalten Wassers. Wie damals im Meer trat der Instinkt zu überleben an die Oberfläche. Ich musste strampeln, sonst würde ich untergehen.

Ich beugte mich zu Ulric vor. »Ihr hattet Eure Chance. Ihr habt den Weg des Blutes gewählt. Die Not Eures Volkes rechtfertigt nicht die hunderten Toten, die damals in den Blutmarschen ihr Leben ließen. Und ich weiß, wovon ich rede, denn ich war dort.« Mit dem Zeigefinger stieß ich ihm an die Schulter. Ein Zittern ging durch Ulrics Körper. »Ihr habt nicht den Charakter eines Königs. Ihr seid nicht stark. Ihr fühlt Euch vielleicht so, weil Ihr Menschen um Euch habt, die es für Euch sind.« Ich nickte in Richtung Bryn. »Ohne diese seid Ihr nur ein Opfer Eures eigenen Krieges, einem Traum hinterherjagend, der nie mehr als ein Hirngespinst war.«

Ulrics Gesicht verzog sich zu einer Fratze. Ein markerschütternder Schrei schlug mir entgegen. Im Augenwinkel sah ich, wie seine Hand unter sein Wams schnellte. Ich wusste, was als Nächstes passieren würde. Als würde die Zeit verlangsamt, sah ich die blitzende Klinge eines Messers sich aus dem Stoff schälen und meinem Herzen nähern. Ich bereitete mich auf den Schmerz vor, das Ende, dem ich unweigerlich entgegensah. Ich hatte ein gutes Leben.

Ein Ruck durchfuhr Ulric. Seine Augen, eben noch mordlüstern, weiteten sich. Ungläubigkeit beherrschte sein Gesicht, als er nach vorne sackte.

Ich suchte Halt an der Holzwand. Ulrics Körper, gestützt von Bryn, sank langsam zu Boden. Er röchelte, spuckte Blut. Seine Lippen bewegten sich gleich einem Fisch, der auf dem Trockenen versuchte, zu atmen.

Bryn ließ Ulric los und richtete sich auf. In ihrer Hand der Langdolch, von dessen Klinge Blut tropfte.

Nur langsam begriff ich, was gerade geschehen war. Ungläubig starrte ich auf die Waffe, dann auf Bryn.

»Es ist besser so«, sagte sie tonlos. Ulric wand sich auf dem Boden, seine Bewegungen wurden immer langsamer. Bryn wischte den Dolch an den Kleidern ihres Herren sauber, steckte die Klinge wieder ein und eilte auf die Tür zu. Nur einen kleinen Spalt öffnete sie sie und schlüpfte hindurch. Ohne ein weiteres Wort.

Endlich erwachten Uthbert und Idar aus ihrer Erstarrung. Sie eilten zu Ulric, knieten sich neben ihm auf den Boden, ohne auf die Blutlache zu achten, die unter Ulrics Körper immer größer wurde. Uthbert bettete den Kopf seines Bruders auf seinen Schoß, Idar indes presste seine Hände auf die Wunde.

»Es wird alles gut, Bruder. Sorge dich nicht, es wird alles gut«, flüsterte Uthbert immer wieder. Idar hörte bald auf, seine Hände auf die blutende Einstichstelle zu drücken. Auch ich deutete die blassen Lippen Ulrics richtig. Das Leben wich langsam, aber stetig aus ihm. Er fing an zu zittern, seine Zähne schlugen aufeinander und mit letzter Kraft krallte er sich an Uthbert fest.

»So tu doch jemand etwas«, schluchzte dieser.

»Es gibt nichts mehr, was wir tun können«, erwiderte Idar. »Unser Bruder ist verloren.« Er ließ den Kopf sinken.

Ich ging in die Hocke und griff nach Ulrics blutverschmierter Hand, drückte sie und summte leise die Melodie der *Tafel der Patrone*. Er wurde ruhiger, zumindest kam es mir so vor, und wenige Augenblicke später wich alle Spannung aus seinem Körper.

Uthbert schluchzte. Idar setzte sich neben seinen Bruder, schloss ihn in seine Arme.

Ich musste weg. Raus aus dem Raum, der nach Blut stank. Doch draußen warteten Ulrics Handlanger, die sich bestimmt nicht in Ruhe erklären lassen würden, wer ihren Herrn getötet hatte.

Idar stand auf. »Ich gehe raus und sage es ihnen.«

»Nein!« Ich hob die Hände.

»Willst du für immer hier drinbleiben, Aramil?« Idar lachte heiser, dann weiteten sich seine Augen. »Du willst dieser Frau mehr Zeit verschaffen. Du kennst sie.«

Ich nickte fahrig. »Ihr kennt sie auch, aber wahrscheinlich erinnert Ihr Euch nicht. Sie war auf Eurem Geburtstag, damals im Badehaus.«

Idar warf einen schnellen Blick auf seinen toten Bruder. »Verstehe.«

Die Tür wurde aufgestoßen und die vier Männer stürmten in den kleinen Raum. Ulrics Leiche zog sofort deren Aufmerksamkeit auf sich.

Die Söldner zogen ihre Waffen. »Wer von euch war das?«, schrie einer von ihnen.

»Die Frau, die vorhin zu euch herauskam«, antwortete Idar unbeeindruckt ob des ganzen Stahls.

»Bryn? Nein, für sie war Ulric wie ein Vater!«

Schützend stellte ich mich vor Idar. »Sie wäre nicht die erste Tochter, die ihren Vater tötet.«

Die Söldner sahen sich an. »Aber … was tun wir jetzt?«, fragte einer.

»Ich würde sagen, ihr sucht euch einen neuen Herrn. Ulric wird euch jedenfalls nicht mehr bezahlen.«

Ratlosigkeit machte sich auf den Gesichtern der Männer breit.

»Am besten, ihr nehmt euren letzten Sold und geht in die nächste Taverne. So eine Entscheidung, wir ihr sie vor euch habt, sollte man nicht überstürzt und ohne Met treffen.«

Die vier Männer ließen ihre Waffen sinken. »Wir waren schon lange nicht mehr in einer Taverne. Ulric hat's uns immer verboten«, murmelte der eine.

»Auf was warten wir dann noch?«

Die vier trappelten davon, einen letzten Blick auf ihren Herrn werfend, für den sie jahrelang einen Krieg vorbereitet hatten.

Ich stieß einen Schwall Luft aus. Dass der Krieg wahrlich zusammen mit Ulric gestorben war, erleichterte mich maßlos. Hoffentlich konnte Baldern nun wieder zusammenwachsen zu dem Land, welches es einst gewesen war.

Idar fiel die Kinnlade herunter. »Wie schafft Ihr das, Aramil? Ich dachte bis eben, wir müssen uns einen Weg nach draußen kämpfen und Ihr löst das … mit Worten.«

Ich kratzte mich verlegen am Kopf. »Ich bin Barde. Worte sind, wenn man so will, meine Waffen. Niemandem wäre geholfen, würde heute noch mehr Menschen sterben.«

Das Türblatt knallte krachend an die Wand und Idars Wachen stürmten herein.

»Geht es Euch gut, Hoheit?«

»Ja ja, alles bestens, Jesper.« Er seufzte. »Von meinem Bruder kann ich das leider nicht behaupten.«

Jesper nahm seine Mütze ab. »Mein Beileid, Hoheit.«

»Bringt ihn hinaus. Wir wollen ihn beerdigen. Wenigstens die letzte Ehre wollen wir ihm erweisen.«

Die Suche nach einem geeigneten Platz für Ulrics letzte Ruhestätte gestaltete sich im Dunkeln schwierig. Als Uthbert und Idar sich auf einen Ort geeinigt hatten, begannen die Wachen mit zwei Schaufeln, die sie in der alten Taverne gefunden hatten, zu graben. Währenddessen entkleideten die beiden Brüder Ulric und hüllten seinen Leib in eine Decke, die Idars Wappen trug.

Bei Sonnenaufgang bedeckten sie den Körper mit Erde. Dabei sang ich leise das *Ydirlied:*

Wenn wir uns einst schlafen legen,
hin zur ew'gen Ruh,
erteilt Ydir uns seinen Segen,
deckt sanft unsere Seelen zu.

Hab keine Angst, hab keine Sorgen,
vor dem, was in seinem Reich geschieht.
Bald ist dir nichts mehr verborgen.
Ich sing' für dich das Ydirlied.

Meine Gedanken waren die ganze Zeit bei Bryn. Ulric starb durch ihre Hand, als dieser versuchte, mir das Leben zu nehmen. Aber warum? Ihr Schicksal war immer er gewesen. Er und sein Plan, Baldern an sich zu reißen. Eine hohe Position an Ulrics Seite und sie hätte für den Rest ihres Lebens ausgesorgt.

Die wirren Gedanken, die Bryns Tat in mir ausgelöst hatten, überlagerten meine Freude, noch am Leben zu sein.

Jäh spürte ich, wie meine Beine zitterten. Ich ging einige Schritte weg vom Grab, setzte mich auf den Boden und vergrub das Gesicht in den Händen. Die Erschöpfung schlug über mir zusammen wie Wellen eines tosenden Meeres.

Jemand rüttelte an meiner Schulter. Es kostete mich alle Kraft, den Kopf zu heben. Uthberts müdes Gesicht schwebte vor meinem.

»Es ist alles getan, Meister Flitterer. Wir machen uns auf den Rückweg zu Idars Gut. Doch vorher möchte ich Euch noch etwas fragen.« Der König setzte sich neben mich in den Staub. »Sagt, wer ist mein Vater, wenn es Siegesmund nicht ist?«

Ich holte tief Luft, schloss die Augen, öffnete sie wieder und fing Uthberts Blick ein. »Erinnert Ihr Euch an den Ritter, nach dem ich Euch damals fragte? Berolt.«

Uthbert nickte stumm.

»Er ist Euer Vater.« Schnell hob ich die Hand, um den König daran zu hindern, mich zu unterbrechen. »Er erzählte es mir selbst vor einigen Jahren, als ich ihn in einer Taverne traf. Er nahm mir das Versprechen ab, es nie einer Menschenseele zu verraten.« Ich ließ den Kopf hängen. »Heute habe ich dieses Versprechen gebrochen.«

Ich spürte Uthberts Hand auf meinem Arm. »Wie lernten sich er und meine Mutter kennen?«

»Ebenfalls in einem Gasthaus, als Eure Mutter zu ihrer Hochzeit auf die Baldernburg reiste. Sie haben sich bis zuletzt geliebt.«

Uthbert kniff sich mit Daumen und Zeigefinger in die Nasenwurzel. »Und ich habe ihn der Burg verwiesen.«

»Woher hättet Ihr es auch wissen sollen? Was hättet Ihr getan, hätte Berolt Euch gesagt, er wäre Euer Vater?«

»Ich hätte ihn der Lüge bezichtigt und fortgeschickt«, erwiderte der König mit belegter Stimme und erhob sich. »Ich habe über vieles nachzudenken. Kommt, es wird Zeit.«

»Ich bleibe hier«, hörte ich mich sagen.

Verdutzt sah er mich an.

»Ich habe keine Kraft mehr. Geht ohne mich.«

Uthbert lief hinüber zu Idar, flüsterte ihm etwas zu. Sofort kam dieser auf mich zu und ging vor mir in die Hocke.

»Ich werde Euch mitnichten hierlassen. Es ist kein Wunder, dass Euch das eben Geschehene so zu Herzen geht, das geht es uns allen. Gerade deswegen werde ich Euch nicht Eurem Schicksal überlassen. Ich fessele Euch an den Sattel, sollte es nötig sein.«

»Werdet Ihr nicht«, sagte ich ruhig. »Ihr werdet mich hierlassen. Irgendwann werde ich aufstehen und zurück zum *Fuchs* gehen. So die Patrone wollen, werde ich dort ankommen.«

Idars Augen weiteten sich. Er öffnete den Mund, doch es blieb still. Stattdessen nickte er, sein besorgter Blick verwandelte sich in Trauer.

»Passt auf Euch auf, Meister Aramil. Ihr seid mir ein lieber und teurer Freund geworden. Denkt an Orik, er wartet auf Euch.« Idar ergriff meine Hände mit den seinen und drückte sie kurz, dann stand er auf. »Lasst Aramil ein Pferd da. Wir reiten ohne ihn zurück.«

»Danke, aber ich brauche kein Pferd. Ich kann doch sowieso nicht mit ihm umgehen.«

»Wie Ihr wollt«, seufzte Idar. »Auf die Pferde, Abmarsch!«, rief er seinen Leuten zu und schwang sich selbst in den Sattel. Von dort aus warf er mir seine Wasserflasche zu.

»Auf bald, Aramil«, sagten Uthbert und Idar wie aus einem Mund, dann trieben sie ihre Pferde an.

Mit gleichgültigem Gemüt sah ich den Fortreitenden nach. Kurze

Zeit später herrschte Stille. Nur die Geräusche der Natur umgaben mich, hin und wieder knarzte das Gebälk der verlassenen Taverne im Wind.

Ich wusste nicht, wie lange ich dort schon so saß, als ich einer Bewegung im Augenwinkel gewahr wurde. Aus der Silhouette des Waldes schälte sich eine gebeugte Gestalt mit langem verfilztem Haar und verhärmtem Gesicht. Ich blieb, wo ich war, denn sie machte keinen bedrohlichen Eindruck auf mich.

Bis auf wenige Schritte kam die Gestalt heran, dann blieb sie stehen, wirkte unentschlossen. Es war eine Frau, und sie schien schon sehr alt zu sein. Die Haut an Kopf und Armen wirkte wie Pergament, das sich über die Knochen spannte. Immer wieder huschte ihr Blick zwischen mir und Ulrics Grab hin und her. Ihre eingefallenen Augen überzog ein grauer Schleier. Da deutete sie auf das Bündel blutiger Kleider, in denen Ulric den Tod gefunden hatte.

»Braucht Ihr das noch?«

Überrascht schüttelte ich den Kopf, ratlos, was ich antworten sollte.

Die Frau schlurfte langsam auf die Kleidung zu und bückte sich mühselig danach. Vorsichtig, als wäre ein Kind darin eingewickelt, drückte sie den Stoff an ihre Brust.

»Ich wasche das, dann kann er es bald wieder anziehen«, sagte sie leise, fast sanft.

»Das ist sehr freundlich von Euch, aber ich befürchte, der Träger dieser Kleidung wird sie nicht mehr brauchen.« Ich deutete auf den aufgeschütteten Erdhaufen. »Er lebt nicht mehr.«

Der Blick der Frau folgte meinem, dann fixierte sie mich erneut. »Nun, ich bin auch tot und trotzdem trage ich Kleider.« Sie zeigte an sich herunter, wo die abgetragene Robe an ihrem Körper hing, gleich einer Fahne an einem windstillen Tag.

»Ah, Ihr seid … tot«, echote ich, überfordert von der Tatsache, dass vor mir eine Verstorbene stand.

Sie zuckte gleichgültig mit den Schultern, was ihre Knochen knacken ließ wie Holz im Feuer.

Ich fuhr mir mit den Händen über das Gesicht, wischte für einen Moment die Realität fort. »Warum wollt Ihr seine Kleider waschen?«

»Ich muss es tun. Das ist meine Aufgabe, bis Ydir mich zu sich holt.«

»Aber …« Ich stockte. »Ihr sagtet eben, Ihr seid bereits tot.«

Die Frau nickte. »Das ist mein Schicksal, als Strafe, weil ich es nicht schaffte, in reinen Leinen von dieser Welt zu gehen.«

Erst jetzt entdeckte ich den großen, unregelmäßig geformten Fleck auf dem Kleid der Frau. Der Stoff sah aus, als wäre er schon hunderte Male gewaschen worden und doch wollte die rostrote Färbung offenbar nicht verschwinden.

»Ich ließ mein Leben, als ich meinem Kind das seine schenkte«, beantworte die Waschfrau meine stumme Frage. »Ich weiß nicht, ob es überlebt hat, aber ich glaube einfach fest daran und dann muss ich lächeln.« Sie tat es ihren Worten gleich. »Und jetzt entschuldigt mich. Ich muss hinunter zum Fluss, waschen.« Sie wandte sich zum Gehen, blieb nochmal stehen und drehte sich zu mir. »Warum sitzt Ihr eigentlich hier und wartet darauf, dass die Wölfe kommen und Euch fressen?«

Überrascht über ihre Frage rappelte ich mich auf. »Ich … ich … weiß es auch nicht.« Mit dem Daumen deutete ich nach hinten auf die verfallene Taverne. »Da drin ist letzte Nacht etwas Furchtbares geschehen. Ich habe jemanden verloren und wäre selbst fest gestorben und …«

»Ist dieser Jemand tot?«, unterbrach mich die Waschfrau.

»Nein … nein, ist sie nicht.«

»Na seht Ihr, also könnt Ihr sie wiederfinden.«

»Ich glaube, das will sie nicht«, flüsterte ich und ließ den Kopf hängen.

»Ihr Lebenden und eure Probleme.« Die Waschfrau spuckte geräuschvoll aus. »Gibt es denn niemanden, der auf Euch wartet?«

Ich zog die Nase hoch und wischte mir mit dem Handrücken darüber. »Doch ... doch, ich glaube schon.«

»Na seht Ihr. Dann nutzt die Zeit, die Euch die Patrone geschenkt haben. Ich würde dafür sterben, noch einmal bei meiner Familie sein zu können.« Ihr ersticktes Lachen ging in einen rasselnden Husten über. Die Waschfrau packte die Kleidung fester und setzte sich erneut in Bewegung. Nach wenigen Schritten hielt sie abermals inne und drehte den Kopf halb zu mir. »Geht. Hier gibt es wirklich Wölfe.« Sie machte eine scheuchende Handbewegung. »Lebt wohl.«

Ich sah der Frau nach, bis die Bäume sie verschluckten. Dann erhob ich mich, drehte mich um die eigene Achse, ratlos, in welche Richtung ich meine Schritte lenken sollte. Innerlich schalt ich mich für das törichte Verhalten, nicht mit den Königen zum Gut zurückgekehrt zu sein. Dennoch, ich wollte nicht in Gesellschaft sein. Nach Gutdünken entschied ich mich für eine Richtung und marschierte los, hoffte, dass mein Instinkt mich zum *Fauchenden Fuchs* leiten würde.

Tatsächlich dauerte es keine zwei Nächte, bis ich auf vertrauten Straßen reiste und gegen Abend erkannte ich das markante Dach der Taverne in der Dämmerung. Orik rannte mir entgegen, sobald er mich sah, drückte mich erst an sich und mir dann einen Kuss auf die trockenen Lippen. »Den Patronen sei Dank, du lebst! Aber wieso siehst du aus wie ein Landstreicher?«

Ich brachte kein Wort hervor, nur Tränen. Orik legte mir seinen Arm um die Schultern und bugsierte mich in die Taverne und hinauf in unser Zimmer. Auf dem Bett drückte ich mich an ihn, die Hände in den Stoff seines Hemdes gekrallt. Orik streichelte mir immer wieder über den Rücken und nach und nach wurde ich ruhiger. Schließlich konnte ich erzählen, was bei dem Treffen mit Ulric geschehen war. Orik schnappte nach Luft, als ich erzählte, dass Ulric mich töten wollte und dass Bryn dies verhindert hatte, indem sie ihren Herren tötete.

»Ich möchte mich bei ihr bedanken«, flüsterte Orik und ich schüttelte den Kopf.

»Kannst du nicht. Sie wird sich verstecken, womöglich auch Baldern verlassen. Es gibt sicherlich welche unter Ulrics Gefolgsleuten, die nicht nur schlichte Söldner sind, und sie deswegen tot sehen wollen.«

»Ich verstehe.« Orik drückte mir einen Kuss auf die Stirn. »Schlaf jetzt. Ich passe auf dich auf.«

Es dauerte nicht lang, dann wussten alle Bewohnenden Balderns, dass der König von Ostbaldern nicht mehr lebte. Idar trat offiziell von der Thronfolge zurück und übernahm die Aufgabe als Botschafter des Südens. Es wurde Zeit, dass Baldern wieder Beziehungen zu den angrenzenden Ländern knüpfte.

Auch Uthbert dankte ab. Ihm auf den Thron folgte seine Gemahlin Esther, die in Wahrheit bereits seit vielen Jahren die Geschicke des Landes lenkte. Orik und ich wurden zu den Festlichkeiten eingeladen. Eine wundervolle Zeremonie, die ich nie vergessen werde.

Esthers erster Erlass war es, die innerlands gezogenen Grenzen aufzulösen und mit dem Wiederaufbau der zerstörten Dörfer im Osten des Landes zu beginnen.

Die Königin war nicht zu bremsen. Unermüdlich arbeitete sie sich durch die Gesetze, die ihre Vorgänger erlassen hatten, und widerrief alles, was einzelne Gruppen benachteiligte. So auch die Regel, dass Barden keinen festen Wohnsitz oder Vermögen haben durften. Valjas Einladung, zu ihr nach Trollbrücken zu ziehen, nahmen Orik und ich nur allzu gerne an.

Dort erreichte mich auch der Brief, der uns bei diesem Wetter vor die Tür gezogen hat. Auch wenn ich mir einen Abend schöner vorstellen könnte, als bei einem Schneesturm in einer Höhle vor einem kleinen Feuer zu hocken, so bin ich doch froh, euch dabei getroffen zu haben. Mich hat lange niemand mehr nach einer Geschichte gefragt und, seien wir ehrlich, es ist doch nur mein Leben, nichts Besonderes.

Ach, ich hoffe, der Sturm lässt bei Tagesanbruch nach. Mich drängt es hin zu dem Treffpunkt, zu dem ich unterwegs bin.

Winterjahre

Jahr 491 seit Besiedelung

Der Brief hat eure Aufmerksamkeit noch einmal aufgerüttelt? Eines muss ich euch lassen, ihr habt wirklich eine Ausdauer, was das Zuhören angeht. Obwohl, wenn ich wählen müsste zwischen einem Schneesturm und einem redseligen Barden, würde mir die Entscheidung ebenso leichtfallen.

Der Met ist fast zu Ende und so hoffentlich auch die Nacht. Aber viel zu erzählen habe ich so oder so nicht mehr. Ihr könnt euch also zurücklehnen.

Vor einigen Tagen erreichte mich in Trollbrücken eine Nachricht. Ich spielte gerade in der Taverne auf, als eine in einen Umhang gehüllte Gestalt das Haus betrat. Ein Reisender, ohne Frage, seiner Kleidung nach zu urteilen. Ich sah, wie er sich mit Olve unterhielt, der seinerseits mit einem Nicken auf mich deutete. Ich versuchte, mein klopfendes Herz zu beruhigen. Sicherlich ging es nur um einen Auftrag und der Mann war kein Meuchelmörder. Aber meine Vergangenheit hatte mich vorsichtig werden lassen.

Nach meinem Auftritt schlenderte ich zum Tresen, um meine Kehle mit einem kühlen Met zu benetzen. Der Mann im Umhang stand immer noch da, trank ebenfalls und beäugte mich. Ich entschied, meinem Unwissen ein Ende zu bereiten, und ging auf den Fremden zu.

»Phax zum Gruße! Gibt es einen besonderen Grund, warum Ihr mich beobachtet? Habt Ihr Arbeit für mich oder eine durstige Klinge?«

Ich tappte ungeduldig mit dem Fuß, während ich auf eine Antwort wartete. Der Fremde gab mir diese in Form eines kleinen Stück Leders. Darauf erkannte ich ein eilig in die Haut eingeritztes Haus, daneben etwas, was wie ein Baum aussah. Irritiert sah ich auf. »Was soll das bedeuten?«

»Sie sagte, Ihr kennt den Dolch, mit dem das da geritzt wurde«, erklang leise die tiefe Stimme des Mannes. Sein Gesicht konnte ich in dem dämmrigen Licht nicht ausmachen und die Kapuze auf seinem Kopf wirkte wie festgewachsen.

»Wer, sagtet Ihr, seid Ihr?«

»Ich sagte gar nichts. Und das ist auch nicht von Belang. Lebt wohl.« Der Mann stürzte den Rest seines Getränks hinunter, warf eine Münze auf den Tresen und verschwand durch die Tür.

Fassungslos blickte ich ihm nach. Langsam sickerte die Erkenntnis in mein Bewusstsein, von wem die Nachricht stammen musste. Mir knickten die Beine weg und ich konnte mich gerade so am Tresen festhalten, damit ich nicht umkippte.

Bryn.

Nach mehr als zehn Wintern kontaktierte sie mich. In meiner Brust wechselten Freude und Wut wie sonst meine Finger die Saiten. Heftig schlug ich mit der Faust auf das Holz. Alle Köpfe schnellten zu mir herum und ich hob entschuldigend die schmerzende Hand.

»Alles in Ordnung?«, raunte Olve mir zu und ich nickte nur.

»Ich geh besser nach Hause.« Mit fahrigen Bewegungen steckte ich das Stück Leder ein und zog mir meinen Mantel über. Der Winter dieses Jahr war besonders hart und selbst auf dem kurzen Weg zwischen Taverne und Heimstatt fror ich erbärmlich, trotz fellgefüttertem Mantel.

»Was hat dich so aufgebracht?«, begrüßte mich Orik, als ich, begleitet von einem Schwall Schneeflocken, unser Heim betrat. Wortlos warf ich das Stück Leder auf den Tisch, sobald ich mich des dicken Mantels entledigt hatte. Orik sah verwundert auf die Tierhaut und dann wieder zu mir. Grummelnd ließ ich mich ihm gegenüber auf die Bank fallen und legte die Stirn auf die Tischplatte. »Daschischvonir.«

»Wie bitte?«, fragte Orik stutzig.

Ich hob den Kopf. »Das ist von ihr«, wiederholte ich übertrieben betont. »Bryn. Warum meldet sie sich nach zehn Jahren wieder bei mir? Ich dachte, sie sei über alle Berge.«

»Vielleicht war sie das ja auch und nun hat es sie wieder in die Heimat verschlagen«, überlegte Orik laut.

»Ich will sie nicht sehen«, maulte ich.

»Du hast ihr dein Leben zu verdanken«, rief Orik. »Und ich auch.« Er griff über den Tisch und streichelte meinen Handrücken. Dann nahm er das Leder und betrachtete eingehend die Zeichen darauf. »Weißt du, was das bedeutet?«

Ich nickte. »Hm, ich glaube schon.«

»Jetzt lass dir doch nicht alles aus der Nase ziehen, Aramil!« Orik suchte meinen Blick.

Seufzend stand ich auf und lief ziellos durch die Stube. »Ich vermute, sie meint die Hütte, in der wir mal eine kurze Zeit gemeinsam verbracht haben. Das muss zwölf, fünfzehn Sommer her sein. Ich bezweifle, dass die Bruchbude noch steht.«

»Wenn du das mal außer Acht lässt«, hakte Orik nach, »würdest du wieder hinfinden?«

Ich zuckte mit den Schultern.

»Du solltest gehen und es versuchen.«

Meine Stimme überschlug sich. »Wie bitte?«

»Du hast mich schon verstanden. Und ich würde dich gerne begleiten, wenn es dir recht ist. Ich möchte Bryn immer noch danken, dass sie verhindert hat, dass du abgestochen wurdest.« Orik stand auf, kam auf mich zu und schlang die Arme um mich. »Ohne dich wäre mein Leben nur halb so amüsant.« Er wollte mich küssen, doch ich wand mich aus seiner Umarmung.

»Ich empfinde etwas für sie, Orik.«

»Ich weiß.«

»Wenn ich sie wiedersehe, dann weiß ich nicht, unter welchen Voraussetzungen das sein wird. Weder auf meiner noch auf ihrer Seite.«

»Das ist nur natürlich.«

Entgeistert starrte ich ihn an, dann wandte ich den Blick ab und nahm mein ruheloses Umherwandern wieder auf. »Wir können nicht beide gehen. Jemand muss sich um Herrn von Grau kümmern. Er ist so einsam, seit Distel gestorben ist.«

»Valja übernimmt das sicher gerne«, wischte Orik meinen zugegebenermaßen schwachen Einwand fort.

Abrupt blieb ich stehen, sah Orik in die Augen. »Warum willst du, dass ich gehe?«

Die Wärme in seinem Blick ließ meine Knie weich werden und ein zweites Mal an diesem Tag lief ich Gefahr, einfach umzufallen. »Weil eure Geschichte noch nicht zu Ende erzählt ist. Und ich weiß, wie sehr du es verabscheust, wenn du Geschichten nicht zu Ende erzählen kannst.«

Mir fiel die Kinnlade herunter. Mit zwei Schritten war ich bei meinem Geliebten und zog ihn an mich. »Du bist wundervoll. Wundervoll und unnachgiebig zugleich.« Ich küsste ihn. »Womit auch immer ich das verdient habe, ich bin mir sicher, eines Tages werde ich dafür bezahlen.«

Orik lachte und sein tiefer Bass hallte durch den Raum. Er zwinkerte mir zu. »Möglich, dass auch ich ein Fabelwesen bin und mir so Stück für Stück deine Seele einverleibe.«

Am nächsten Morgen brachen wir auf. Nach einem kurzen Besuch bei Valja, um für von Graus Verpflegung zu sorgen und sie wissen zu lassen, dass wir bald wieder da sein würden, machten wir uns auf den Weg Richtung Norden. Orik beschwerte sich ein ums andere Mal, dass wir zu Fuß gingen, obwohl wir uns Pferde wahrlich leisten konnten. Doch ich traute diesen Tieren nach wie vor nicht und kam mir auf ihnen vor wie ein nasser Sack, der dort einfach nicht hingehörte. Die erste Nacht verbrachten wir in einer Taverne am Wegesrand. Ich bezahlte mit einem halben Dutzend Liedern für Essen und Unterkunft und am nächsten Morgen setzten wir unseren Weg fort, sobald die Sonne über den Horizont lugte. Obwohl wir auf den Handelswegen blieben, kamen wir wegen des vielen Schnees nur langsam voran. Wir trafen unterwegs nur auf wenige andere, und niemand reiste mit Fuhrwerk, würden die Räder doch ständig im Schnee einsinken. Schnell wurde Orik und mir klar, dass wir vor Einbruch der Dunkelheit kein Wirtshaus mehr erreichen würden, und wenig später überraschte uns ein Schneesturm.

Und nun, nun sind wir hier mit euch und verbringen eine Nacht in einer Höhle. Doch die Gesellschaft könnte nicht besser sein.

Hm, wie es aussieht, wird der Schneefall schwächer. Seht ihr das? Und der Morgen scheint auch nicht mehr fern zu sein. Ich meine, eine vage Röte am Horizont zu erkennen. Das ist gut, denn wir haben noch einiges an Strecke vor uns und ich bin mir nach wie vor nicht sicher, ob uns am Ende unseres Weges jemand erwartet … oder nicht. Ich kann wahrlich nicht sagen, was mir lieber ist. In Bryns Nähe zu sein bedeutet für mich stets, dass Leid auf flüchtiges Glück folgt. Und dennoch folge ich ihrer Nachricht.

»Aramil, sieh«, unterbricht Orik mich. »Da sucht wohl noch jemand Schutz vor dem Sturm.«

Jeder ist willkommen! Auch wenn Met und Feuer nahezu aus sind.

»Ich suche weder das eine noch das andere, dafür aber einen Barden, der sich wohl vom Schnee hat überraschen lassen. Sag, hast du ihnen auch unsere Geschichte erzählt, Aramil?«

Epilog

Jahr 491 seit Besiedelung

Nachdem der Schneesturm sich endgültig gelegt hat und wir die Höhle verlassen konnten, sehen wir drei uns im ersten Tageslicht in die Augen.

»Und nun?«, fragt Bryn, ein Lächeln auf den Lippen.

»Wird in unser Heim eingebrochen, solltest du mit uns gehen?«, entgegne ich.

Bryn schüttelt den Kopf, ihre kurzen Haare wippen dabei sanft. »Mittlerweile ist alles zu lang her. Niemand interessiert sich mehr für mich.«

»Dem muss ich widersprechen«, sage ich und hauche ihr einen Kuss auf die Wange. Hinter mir räuspert sich Orik. Ja, richtig. Es wird Zeit, die beiden miteinander bekannt zu machen.

»Bryn, das ist Orik. Ihm gehört mein Herz. Und Orik, das hier ist Bryn. Auch ihr gehört mein Herz.«

Ich trete einen Schritt zurück, die Nerven zum Zerreißen gespannt. Mein Blick springt zwischen Bryn und Orik hin und her. Es dauert einen Wimpernschlag, dann ziehen sich beide in eine Umarmung.

»Danke, dass du ihm das Leben gerettet hast«, schluchzt Orik und mein Herz zieht sich zusammen.

»Danke, dass du für ihn da bist«, erwidert Bryn und reicht Orik ein Stück Stoff, in das er geräuschvoll schnäuzt.

»Pff, als würde ich nur mit eurer Hilfe überleben.«

Beide drehen gleichzeitig den Kopf zu mir und lüpfen jeweils eine Augenbraue.

Ich hebe resigniert die Hände. »Schon gut, schon gut. Ich bin bereit, das zu diskutieren. Aber nicht hier, es ist kalt und der Met ist alle. Wo geht es zur nächsten Taverne?«

Ich bin doch nur ein Spielmann
Ein Blatt im Wind
Lass ich mich treiben
Die Lieder bleiben

In Extremo – Spielmann

Nachwort

Dir hat das Buch gefallen? Ich würde mich sehr darüber freuen, wenn du mein Buch bewertest!

Ganz gleich ob Sterne-Rezension, Blogbeitrag oder Social Media Post – bitte teile deine #SaitenweiseBardenreise mit anderen Lesenden. Dadurch gibst du mir Sichtbarkeit auf dem Buchmarkt, gerade für mich als Selfpublisherin ist dies enorm wichtig.

Herzlichen Dank!

Danksagung

Da ist er: Mein Debütroman. Zwei Jahre zwischen dem ersten geschriebenen Wort und dem Moment, in dem ich das Buch zum ersten Mal in den Händen hielt. Es war eine intensive Zeit, in der ich viel über das Schreiben, aber auch über mich gelernt habe.

Den Barden zu schreiben hat unglaublich viel Spaß gemacht. Eines Tages war er plötzlich da und wollte, dass ich seine Geschichten erzähle. Mitgebracht hat er einen geltungsbedürftigen Esel, der dafür sorgte, dass Aramil und ich in der Spur bleiben – er wollte ja schließlich zuhause und bei seinen Karotten ankommen.

An der Entstehung dieses Romans war ich nicht allein beteiligt. Es gibt viele liebe Menschen, die mich dabei unterstützt haben, sei es mit ihren Freundschaften, ihren Dienstleistungen oder ihrem Blick von außen.

Schon seit einigen Jahren ist Roxy meine Schreibbuddy und immer für mich da, wenn ich an mir zweifle, irgendwo feststecke oder eine zweite Meinung brauche. Du bist meine Stimme der Vernunft, auch dank dir bin ich da, wo ich heute bin. Nur mit dir kann ich Fotos von belegten Semmeln mit Champignonwurst teilen. Auch, aber nicht nur deswegen bist du ein großartiger Mensch. Danke, dass du da bist.

Lucia hat mir mit ihren Plottingkünsten aus so mancher Sackgasse geholfen, in die ich während des Schreibprozesses gelaufen bin. Bei unzähligen Affogati saßen wir da und haben Ideen gewälzt, Wege gefunden, wieder verworfen, um dann doch auf die Lösung zu kommen.

Danke, dass du immer Zeit für mich hattest (auch mitten in der Nacht), wenn Aramil mir mal wieder auf der Nase rumgetanzt ist.

Andi – manche kennen ihn unter dem Namen Savian – möchte ich danken, dass er mir mit seiner Fantasyexpertise zur Seite stand. Wegen ihm habe ich sogar einen Berg versetzt! Und für mich hat er Aramil zum Leben erweckt. Egal ob für das Crowdfundingvideo oder für witzige Reels – du hast dich in Klamotte geschmissen und ins Zeug gelegt. Vielen Dank für deine Zeit, Kreativität, Lesestimme und vor allem deine Freundschaft. Diese bedeutet mir unheimlich viel.

Dieses Buch so schön dank der herausragenden Arbeit der Dienstleistenden und Artists, die ich für dieses Projekt gewinnen konnte:

Lily von Lektorat Papiervogel, die Aramil auf links gedreht und mir so gezeigt hat, wo ich noch mehr aus dem Text herausholen kann. Laura Stadler hat mit ihrem Korrektorat jeden noch so kleinen Stolperstein aus dem Buch getilgt, so dass es nun ein angenehmer Spaziergang hindurch ist. Juliana von Fabula Coverdesign hat das schönste Cover auf diesem Planeten für den Barden gestaltet, das absolut gelungen die Stimmung der Story einfängt. Luriusa hat die wunderschönen Kapitelendgrafiken, den kleinen Herrn von Grau und das grandiose Portrait von Aramil gezeichnet. Martina Nowak sorgt mit ihrer wunderbar stimmigen Landkarte von Baldern dafür, dass sich niemand beim Lesen verläuft. Karl-Heinz Zimmer hat mit seinem Buchsatz großartige Arbeit geleistet und dem Buch den letzten und sehr wichtigen Schliff verpasst.

Ein großer Dank geht auch an meine Testlesenden, die vor allen anderen den Barden gelesen und auf Herz und Nieren getestet haben. Dank euch ist das Buch besser geworden.

Bedanken möchte ich mich auch bei meinen liebsten deutschen Mittelalterbands – allen voran In Extremo, dArtagnan und Schandmaul –, die mit ihrer Musik wahre Kreativstürme in mir auslösen und so einen kleinen Teil zum Barden beigetragen haben. Ganz besonders erwähnen möchte ich hierbei In Extremo. Seit ich sie 2003 beim Computerspiel *Gothic* zum ersten Mal »live« auf der Bühne gesehen habe, liebe ich die Band heiß und innig. Umso mehr freue ich mich, dass mir die Jungs erlaubt haben, die zwei Liedzitate, die am Anfang und am Ende des Buches zu finden sind, hier aufnehmen durfte. Es bedeutet mir die Welt!

Einen absolut riesigen, herzlichen Dank auch an alle 121 wundervollen Menschen, die mein Crowdfunding auf Startnext unterstützt und es somit möglich gemacht haben, dieses Buch zu veröffentlichen. Mein besonderer Dank geht hierbei an Roxy, Lucia, George W. Morlock, Biggi, Roman, Yavanna, Kathi, Dani, Heike, Lumen, Mara Slembek, Kathrin und Sandy.

Nicht zuletzt geht mein Dank an meinen Lebensgefährten, der so manchen Tag (okay, es waren echt viele) auf mich verzichtet hat, damit ich schreiben, planen und veröffentlichen konnte. Mukmuk.

Wenn dir Aramils Geschichten gefallen haben, dann sind die Werke von Marleen S. Meri sicher auch etwas für dich:

Lieder der Wälder – Eschenelegie

Willst du zu den Elben, geh durch die Eschen
Find Wurzeln und Ursprung, lange vergessen,
Durchquere die Erde, lausch Knarren und Knistern,
Dort flüstern die Falter, da hörst du ihr Wispern.

Als Prinz Severyn von den heiligen Wäldern zum Propheten ernannt wird, ist er völlig überzeugt: Man hätte keine bessere Wahl treffen können. Entschlossen, als Held in die Geschichte einzugehen, will er sich der finsteren Macht stellen, die seine Untertanen in Ungeheuer verwandelt. Er beschließt, sich dafür ins geheimnisvolle Eschenhort zu begeben – die Heimat seiner Ahnen, die er für die Schamlosigkeit verantwortlich macht.

Dass ausgerechnet eine Gruppe verantwortungsloser Spielleute die Einzigen sein sollen, die den Weg dorthin kennen, kommt ihm vor wie ein schlechter Scherz. Doch seine Begleiter sind mehr, als sie zu sein scheinen – und auch die Bedrohung entpuppt sich bald als unheilvoller als gedacht. Severyn bleibt nichts anderes übrig, als sich mit den unbesonnenen Freigeistern auf die Reise zu begeben. Immerhin ist er der Auserwählte und das Schicksal der Wälder liegt in seinen Händen.

ISBN: : 978-3985950171

Lieder der Wälder – Silbersonett

In den Gärten, tief in den Gärten,
zwischen den schönsten Blüten,
wo mich Mond und Sterne behüten,
da werde ich heute sterben.

Der gefallene Prophet Teannan war für den heimtückischen Mottenangriff an Severyns Geburtstag verantwortlich. Nun bedroht er die heiligen Wälder, die Menschheit, ja, die ganze Welt. Teannans Diener Prinz Azahr konnte einer Gefangennahme knapp entkommen und befindet sich auf der Flucht – mit Severyns Geliebter in seiner Gewalt!

Glücklicherweise kann sich Severyn auf die Unterstützung der Wälder verlassen, um Breya zu retten. Eine prophetische Vision entsendet den Auserwählten und seine Gefährten auf eine heikle Rettungsmission ins raue Aradrov. Eine geheimnisumwobene Hexe, eine Stadt aus Blut und Juwel sowie ein sinistrer Maskenball sollen den Weg zu Breya ebnen. Auch die Barden spielen eine tragende, wenn auch unfreiwillige Rolle im Vorhaben der Wälder. Doch die Helden müssen achtgeben: Teannan ist ihnen stets einen Schritt voraus. Und vor dem, was der gefallene Prophet plant, ist niemand sicher.

ISBN: : 978-3985954148

Autorinnenvita

© Jens Bicker

Sarah Malhus, Jahrgang 1989, schreibt schon seit ihrem 12. Lebensjahr.

Tagsüber in einem Brotjob tätig, verbringt sie ihre Freizeit am liebsten mit Literatur, sei es produzierend oder konsumierend. Genreübergreifend schreibt sie alles, was ihr die Plotbunnys bringen – von Kurzgeschichte bis Roman –, doch in der Fantasy fühlt sie sich zuhause.

Sie ist zudem als Herausgeberin und im Vorstand des gemeinnützigen Vereins Münchner Schreiberlinge e.V. tätig.

Die Autorin wohnt mit ihrem Lebensgefährten und zwei Kaninchen nördlich vor Münchens Stadttoren.

Weitere Informationen und Veröffentlichungen:
Homepage: *www.sarahmalhus.de*
Instagram/Twitter/Facebook: *@schreibmaid*

Positive Tags

Prolog: Geschichten erzählen

Auftakt: Hilfsbereitschaft, Bestärkung

Wie ich Barde wurde: Hilfsbereitschaft, Musik

Der verschwundene Ring: Gleichgeschlechtliche Liebe, Esel

Zwischenspiel – Funkenflug: Gleichgeschlechtliche Liebe, found family

Zur See!: Esel

Die Mutprobe: Esel

Der letzte Ritter: Esel, Liebe

Wie die Badehaus-Ballade entstand: Esel

Des Königs Albtraum: Hilfsbereitschaft, Verarbeitung von Traumata, Esel

Ein Sommer zu zweit: Liebe, Esel

Zwischenspiel – Feuertanz: Überwindung von Ängsten

Glut und Salz: Drache, Esel

Die Hochzeit des Jahres: nicht-binärer Nebencharakter

Wer das letzte Wort hat: found family

Winterjahre: found family

Epilog: Bisexualität, Polyame Beziehungen, found family

Inhaltswarnungen / Content Notes

Prolog: Alkoholkonsum (angedeutet)

Auftakt: Vertrauensverlust, Verrat durch die eigenen Eltern, Kampf und körperliche Gewalt, Leichen (erwähnt), Body Horror, PTBS

Wie ich Barde wurde: Hunger, Body Horror, PTBS / Flashbacks, Gewalt, Intrigen

Der verschwundene Ring: Seelische Grausamkeit, Ertrinken (angedeutet)

Zwischenspiel – Funkenflug: Alkoholkonsum

Zur See!: Tod durch Ertrinken (angedeutet), Diebstahl

Die Mutprobe: Erpressung, Verleumdung

Der letzte Ritter: Glückspiel, Alkoholkonsum, Verlust einer geliebten Person (erwähnt)

Wie die Badehaus-Ballade entstand: PTBS / Flashbacks, Alkoholkonsum

Des Königs Albtraum: Schlafstörungen, Angstzustände, Unerfüllter Kinderwunsch

Ein Sommer zu zweit: Kidnapping, Tod von Tieren

Zwischenspiel – Feuertanz: Angst vor Dunkelheit

Glut und Salz: Leichte Verletzungen, Dunkelheit, Enge Räume/Gänge

Die Hochzeit des Jahres: Alkoholkonsum, Verunglimpfung von Fabelwesen

Wer das letzte Wort hat: Krieg (erwähnt), Blut, Mord, Tod im Kindbett (erwähnt)

Winterjahre: Alkohol (erwähnt)

Epilog: Alkohol (erwähnt)